Solo Teníamos Dieciseis

Sheila Wilches

ADVERTENCIA

Querido lector:

Gracias por elegir mi libro. Antes de que comiences, me gustaría compartir una breve nota: los puntos de vista expresados son únicamente míos y no representan a ninguna organización, institución o individuo. Aunque inspirado en recuerdos personales y experiencias de la vida real, este trabajo no pretende ser un relato factual. Las cartas, agendas y citas incluidas se reproducen textualmente de recuerdos preservados.

Cualquier parecido con personas o eventos reales es pura coincidencia. Este libro puede incluir temas sensibles; si bien los he abordado con cuidado, los lectores pueden reaccionar de manera diferente. Te invito a leer con apertura y reflexión.

Las perspectivas en este libro reflejan mi conocimiento en el momento de la escritura, aunque el mundo sigue cambiando. Para obtener información más actualizada, te recomiendo consultar fuentes confiables. Este libro no sustituye el consejo profesional; si necesitas orientación en temas médicos, legales, financieros u otros, te animo a buscar el apoyo de un profesional calificado.

Como autor, mi objetivo es contar historias que entretengan, inspiren y fomenten la reflexión, no predecir resultados o el futuro. Espero que este libro te ofrezca momentos que resuenen contigo y enriquezcan tu camino.

Gracias por acompañarme en esta aventura literaria.

Un cordial saludo,

Sheila Wilches
Autora

Este libro está dedicado a todos los lectores que luchan por tener voz, aquellos que sufren de traumas generacionales y aquellos que, a pesar del dolor, brindan esperanza para el futuro. Especialmente, dedico este libro a mi mamá, Nancy, quien me enseñó el significado del amor.

Prefacio

La belleza de nosotros radica en la pureza e inocencia
de los cimientos de nuestro amor, verdaderamente sublime.
Palabras escritas en hojas blancas de papel
que trascendieron los años distantes.
Sostenidas por la memoria de nuestro corazón en las páginas de un libro,
una canción, o un distintivo aroma dulce.
Hasta que concedimos nuestros errores y entendimos
que estábamos destinados el uno para el otro desde un instante.

Un instante, tan fugaz como es,
el recuerdo de él perdura una eternidad.
Ese instante en el que te encuentras,
o te besas por primera vez, de nuevo.
Ese abrazo instantáneo, hace que tu corazón
se acelere, y tu esperanza nunca termine.
Ese instante en el que cierras los ojos
y treinta años pasan.

Luego, una publicación, un simple hola, da paso a una nueva era.
Nuevas hojas blancas descubren tantas revelaciones,
declaraciones y palabras no dichas.
De un amor que siempre fue intenso y fuerte,
con una edad de experiencia para sobrellevarlo.
Buscando lo que una vez se perdió, ahora ha sido avivado.

Las palabras se convierten en polvo cuando la falta de acción, las desaparece.
Palabras que se convirtieron en realidad a pesar de todos los obstáculos.
Palabras que ayudaron a sanar el corazón roto,
Palabras que han asegurado el vínculo eterno.
Palabras como, –Eres mía y soy tuyo–.

Javier Espinoza y Sheila Wilches
Abril de 2023

Capítulo 1
Cuando Todo Empezó

Ven a vivir conmigo y sé mi amor,

Y disfrutaremos de todos los placeres

Que las colinas y valles, cañadas y campos,

O bosques, o montañas empinadas ofrecen

Marlowe, El pastor apasionado a su amada

Era un tranquilo día de otoño en la ciudad de Toronto, y Rebeca amaba su ciudad a pesar de que era un lugar metropolitano de estricta rutina. Fue un año de cambios tremendos. Una época que etiquetaría a individuos como Rebeca como una *bebé en transición*. Una persona que no nació con la tecnología pero tuvo que aprenderla para adaptarse a la ola del futuro.

Era el año 1991, la introducción de muchas tecnologías icónicas. En el verano de 1991, la World Wide Web (Red de Extensión Mundial) se hizo pública y se lanzaron programas de computación como Windows Media Player. Se inauguró el primer cibercafé y se introdujo el primer teléfono móvil. El Motorola International 3200 revolucionó las comunicaciones al ser el primer teléfono digital que contaba con tecnología encriptada 2G. Sin embargo, su precio desorbitado lo convertía en un lujo exclusivo. Sin mencionar que su tamaño voluminoso, parecido a una caja de pañuelos, lo hacía parecer cómico cuando se lo sostenía contra la oreja. La tecnología era una palabra extranjera, por lo tanto, un número significativo de personas estaban satisfechas con herramientas tradicionales como calendarios manuales, teléfonos fijos, Rolodexes e interacciones cara a cara como sus principales métodos para realizar negocios diarios.

Para los trabajadores del día a día, fue otro día llenando su tanque de gasolina a 0,45 centavos el litro y comprando un cartón de huevos a 1,20 dólares. Este año tuvieron lugar numerosos acontecimientos importantes, pero podría decirse que el de mayor impacto fue la introducción del Impuesto sobre Bienes y Servicios (GST) en lugar del Impuesto sobre las Ventas de Fabricantes por parte del Primer Ministro Brian Mulroney, y la detención de Pablo Escobar, el notorio capo del El cartel de cocaína más grande del mundo.

Para Rebeca, este no era un mundo en el que le preocupara el costo de vida o la inflación. Era una adolescente y su drama surgió en la escuela secundaria. Afortunadamente para ella, las cámaras de los teléfonos móviles aún no se habían inventado y cualquier percance que encontrara no podía publicarse en ninguna plataforma de redes sociales. En cambio, la cultura pop era la esencia de la posición social de un adolescente. Estar al dia con los programas de televisión, la música y las películas de moda era un fuerte indicador de la popularidad de uno. Programas de televisión populares como *Salvado por la campana* o en la industria musical, *New Kids on the Block*.

Sin embargo, Rebeca estaba demasiado ocupada con responsabilidades para familiarizarse con toda la cultura del momento. Tenía poco conocimiento del protocolo de las *chicas populares* y, por lo tanto, pasó todos sus años de primaria en las sombras. Fue intimidada, aislada y sus frecuentes cambios de escuela le impidieron establecer amistades duraderas, lo que exacerbó la situación.

Cuando se graduó de octavo grado, tenía gafas extrañas que parecían dos lentes de aumento juntas, cabello cortado de manera desigual y ropa de gran tamaño en la que fácilmente cabía otra persona pequeña. Hasta el año anterior también tenía un par de pies izquierdos y parecía que siempre tropezaba, pero ahora todo era diferente. El verano anterior, visitaron a familiares en Sudamerica, como resultado, Rebeca se había estirado y la ropa le quedaba bien. Su cabello negro y rizado había crecido, tenía un bronceado de aspecto natural y sus padres le cambiaron las gafas. Y a la falta de coordinación, bueno, era algo en lo que estaba trabajando pero que había practicado constantemente en las reuniones familiares. Ya llevaba un año en la escuela secundaria y la vida parecía mejor. Rebeca Shirley Cortez tuvo un nuevo comienzo.

Rebeca se estaba preparando para una fiesta importante esa noche. Fue el comienzo de una serie de fiestas de Quinceañera por venir. Quinceañera es una celebración de madurez tradicional latinoamericana para una joven. Las jovenes son presentadas por sus padres en la sociedad para anunciar su trancisión de niña á adolecente. Estas fiestas se han celebrado tan simplemente como una reunión en un patio residencial, pero en general son fiestas formales y extraordinarias, similar a una boda, pero sin el novio.

Rebeca estaba emocionada al haber sido invitada, *¿Qué ponerme?* Rebeca se preguntó repetidamente. Ésta es una pregunta que la mayoría de los adolescentes hacen a diario, pero esta noche fue muy particular. Examinó numerosos conjuntos antes de finalmente decidirse después de mucha contemplación.

–¡Esta falda y este top! Perfecto. ¡Una cosa fuera de mi lista! –Exclamó Rebeca. Era una falda negra lisa, no tan corta como una minifalda, aproximadamente una mano por encima de la rodilla, y una blusa blanca sin mangas.

Además, estaba de muy buen humor ya que esta semana cumplia dieciséis años. Ella misma no tuvo una fiesta de Quinceañera debido a un fuerte deseo de asimilarse a su diverso grupo escolar, lo que la llevó a elegir el equivalente norteamericano de un *Dulce Dieciseis* o baile de debutantes. Sería un evento modesto que se llevaría a cabo en tres semanas.

Katrina y Abraham, los padres de Rebeca, eran parte de la vanguarda que lucharon por encontrar un lugar en Canadá y llegaron a principios de los años 1970. Durante el mandato del Primer Ministro Pierre Trudeau, hizo que las residencias permanentes fueran extremadamente accesibles para ciertos países. Sin pensarlo, Abraham salió de Ecuador a la edad de diecisiete años y enfrentó muchas luchas como inmigrante de primera generación, como conseguir un domicilio. Katrina salió de Perú a la edad de dieciséis años y enfrentó diferentes desafíos, como las barreras del idioma.

Cuando se conocieron en Toronto, a los dieciocho y diecinueve años respectivamente, no eran más que unos niños. Se casaron y en el futuro enfrentaron luchas juntos. No todo fue color de rosas, pero construyeron una vida juntos. Sus diligentes esfuerzos los impulsaron a su actual estado de comodidad. A diferencia de la mayoría de los inmigrantes que luchaban por ganarse la vida, sus padres eran dueños de una casa independiente de cuatro habitaciones en el centro de Toronto, un automóvil y ahorros, pero el éxito no se fraguó sin decepciones. Sus padres intentaron varios negocios a lo largo de los años, como una lavandería, una tintorería y una joyería. Desafortunadamente, cada negocio fracasó por una razón u otra y comenzó de nuevo cada vez, pero se negaron a la derrota. La combinación de sus habilidades, corazón y determinación sería la combinación que haría de Rebeca la mujer en la que eventualmente se convertiría.

Rebeca estaba inquieta. *Son sólo las 16:00 horas ¡El tiempo no podría ir más lento!* pensó. Rebeca se había ido preparando poco a poco a lo largo del día en medio de sus quehaceres, adornando un peinado distinto y luciendo un sutil toque de maquillaje. Rebeca medía alrededor de cinco pies y cuatro pulgadas sin tacones, tenía una constitución delgada de aproximadamente talla diez y tenía rasgos faciales atractivos. Como no se le permitía ir sola a las fiestas, su madre Katrina decidio acompañarla a la fiesta. Exactamente a las 17:30 horas. Rebeca estaba lista y le hablo en voz alta a Katrina.

–Mamá, ¿estás lista? ¿Podemos irnos ya? –Rebeca hizo un puchero. Tenía la sensación, una intuición si se quiere, de que esa noche no era una fiesta cualquiera, sino que iba a ser su debut, la noche en que llamaría la atención. Durante el viaje, Rebeca vio pasar esta vista extraña de su ciudad, mientras su madre conducía. Ya no estaban en su zona casera.

La fiesta fue sólo por invitación y al entrar Rebeca estaba asombrada. Había elegantes globos de color rosa y blanco que brillaban como estrellas y un aroma de rosas de las flores en los centros de mesas. Cuando Rebeca miró más de cerca, un juego de globos deletreaba *Quinceañera* en un arco sobre la mesa principal. Había una banda en vivo y un DJ, sintió que le temblaban las rodillas cuando la anticipación la invadió. Estaba segura de que iba a ser una noche especial. Se unieron a la fila de recepción mientras ésta avanzaba rápidamente, saludó a la Quinceañera.

–¡Feliz cumpleaños! Muchas gracias por invitarme –Rebeca dijo agradecida. La Quinceañera abrazó cordialmente a Rebeca. A Rebeca no se le escapó que su presencia en la fiesta se debió únicamente a la inclusión de sus dos mejores amigas, Isabela Domínguez y Verónica Ríos. Eran populares y no era su primera Quinceañera. Rebeca comenzó a buscarlas, fueron fácilmente reconocibles, su coqueteria las delataba desde cualquier rincon de la sala y se dirigió en su dirección. Rebeca no prestó atención al paradero de su madre, mientras observaba que todos los adultos se habían reunido cerca de la entrada, asumiendo que su madre estaba entre ellos.

–¡Isa, Vero! –Saludó Rebeca.

–¿Cuándo llegarón? –Rebeca continuó. Verónica saltó directamente a la conversación.

–Nosotras también acabamos de llegar; La mamá de Isa nos acaba de dejar –respondió Verónica. A diferencia de la madre de Rebeca, las madres de Isabela y Verónica eran liberales y les permitían más libertad que Katrina.

–Todos estarán aquí esta noche, así que mantén los ojos y los oídos bien abiertos –afirmó Isabela. Rebeca no tenía idea de lo que eso significaba. *¿Quiénes son todos?* Se preguntó.

–¡Con seguridad! –Rebeca respondió. Lo más probable es que Isabela estuviera hablando con Verónica, pero Verónica ignoró el comentario.

Se había servido la cena, se habían atendido las formalidades de la fiesta y la parte de baile de la noche que todos esperaban con impaciencia estaba a punto de comenzar. Isabela y Verónica habían estado socializando con los muchachos y rápidamente fueron buscadas para bailar. Rebeca conocía a algunos de ellos a través de Isa y Vero, pero no reconoció al resto. De todos modos, incluso si conocía a todos en la habitación, carecía de la seguridad en sí misma que poseían Isa y Vero para coquetear sin esfuerzo y llamar la atención, particularmente con su madre a solo unos metros de distancia. Mientras Rebeca estaba cerca de su mesa, esperaba que alguien la invitara a bailar mientras cuestionaba su atuendo. *Tal vez debería haberme puesto un vestido,* pensó ahogándose en cierto arrepentimiento por su elección. Alguien se acercó.

–Hola, ¿te gustaría bailar? –Preguntó. Sucedió tan rápido que Rebeca no pensó, solo respondió.

–¡Sí! –Dijo con confianza. Procedieron a bailar.

–Mi nombre es Joaquín, ¿cómo te llamas? –Preguntó Joaquín, mientras bailaban.

—Mi nombre es Rebeca, –respondió ella.

—No te había visto antes y conozco prácticamente a todos en esta fiesta, excepto a ti. ¿Por qué? –Preguntó con mucha curiosidad. Mientras Joaquín hacía la pregunta, Rebeca intentaba encontrar una respuesta ingeniosa mientras notaba la apariencia del joven. Tenía una constitución delgada, de aproximadamente cinco pies y seis pulgadas, tez bronceada, cabello oscuro y ojos oscuros, y se veía tan adorable con su linda corbata de moño roja. De repente, las luces se atenuaron y la atmósfera de la conversación cambió. Rebeca se puso nerviosa y no podía recordar la pregunta. Durante las siguientes horas, Joaquín le pidió a Rebeca bailar varias veces. En los descansos entre los bailes, Joaquín iniciaba una conversación.

—Tengo dieciséis años –Dijo Joaquín, en segundos se corrigio.

—No. Lo siento, acabo de cumplir diecisiete y soy de Guatemala. Voy a la escuela secundaria pública de Richmond –reveló como si quisiera quitarlo del medio. Rebeca respondió con vaguedad pero logró cubrir todas sus bases, pero Joaquín parecía desconcertado.

—¿Por qué no te conozco? Conozco a Isabela y Verónica. Crecí con muchos de los chicos de aquí, pero no recuerdo haberte visto nunca con ellos y tu no eres facil de olvidar –preguntó. Rebeca no tuvo una respuesta inteligente, así que optó por la verdad.

—No se me permite salir como a Isabela y Verónica, así que debo ser selectiva cuando pido permiso. Lo reservo para momentos como esta fiesta –explicó, con un tono teñido de vergüenza. Todos sus amigos, incluido Joaquín, parecían poseer la libertad que ella anhelaba, lo que sólo sirvió para que se sintiera más fuera de lugar.

Joaquín se mostró comprensivo.

–Te entiendo; No puedo ir a ninguna fiesta sin mis hermanos mayores. Mi mamá tiene reglas estrictas –se compadeció, señalando una mesa llena de gente. Mientras continuaban bailando, él mostró una habilidad impresionante y la guió sin esfuerzo. Su tono era gentil y dulce mientras hablaban, un cambio refrescante con respecto al enfoque habitual que Rebeca había encontrado. Pasaron la mayor parte de la noche bailando, hablando y mirándose a los ojos.

A pesar de que Isabela y Verónica eran sus mejores amigas, no actuaron como tal. La ignoraban y la excluyeron de su grupo de amigos, probablemente porque Rebeca era una de las únicas quinceañeras con una madre acompañante. Se estaba haciendo tarde y era hora de irse, según los estándares de su madre. Joaquín y Rebeca parecían haber establecido una fuerte conexión desde el principio. Se despidieron y, en el último momento, Joaquín se armó de valor para hacer una pregunta muy obvia.

–¿Me das tu número? –Joaquín preguntó vacilante. Sin demora, Rebeca buscó una servilleta y un bolígrafo.

–Aquí está mi número –dijo con una gran sonrisa y le entregó la servilleta. Joaquín le aseguró que se comunicaria pronto. Quedó gratamente sorprendida porque disfrutó muchísimo su tiempo con Joaquín y, aunque se desvió de sus expectativas iniciales de la velada, estaba dispuesta a construir una maravillosa amistad, si ese fuera el destino final de la conexión.

Pasaron los días y el 9 de Octubre, finalmente, Rebeca cumplió dieciséis años. Aunque su gran fiesta sería al fin de mes, todavía anhelaba que hoy fuera especial. Varios tíos y tías se unieron para cenar y conmemorar su cumpleaños, y como el cumpleaños de Katrina caía el día anterior, siempre terminaba en una celebración múltiple. Rebeca siempre se sintió el caluroso amor de su mamá, con sus abrazos, besos, regalos especiales y atenciones. Rebeca no tuvo quejas, excepto uno, habían pasado cuatro días desde que Rebeca conoció a Joaquín y él todavía no había llamado. Bueno, al menos hoy es mi cumpleaños y otros amigos me llamarán, pensó Rebeca. Efectivamente, algunos amigos la llamaron para desearle un feliz cumpleaños, como Arturo, Fernando, Isabela, Verónica y Angelo. Entonces entró una llamada.

–Hola –respondió ella.

–Hola, soy Joaquín de la fiesta. ¿Recuerdas? –Dijo Joaquín. Debió haber reconocido su voz.

–Sí, te recuerdo –respondió Rebeca. Joaquín inició la conversación con soltura.

–Quería llamarte antes, pero tuve unos días ocupados con las tareas escolares –explicó.

–Entiendo –respondió ella. Su primera conversación telefónica no fue incómoda y, al igual que su primer encuentro en la fiesta, fluyó orgánicamente.

–Disfruté bailando y hablando contigo y me gustaría que pudiéramos ser amigos –preguntó Joaquín. Rebeca se dio cuenta de que Joaquín no sabía que era su cumpleaños y no la llamaba para desearle un feliz cumpleaños, sino simplemente para charlar.

—Sí, también disfruté bailando y hablando contigo —respondió Rebeca.

—¿De qué te gustaría hablar? —añadió Rebeca.

—¡De ti! —Dijo Joaquín emocionado.

—Quiero saber todo sobre ti, ¿cuál es tu color favorito, qué quieres ser cuando seas grande? —Preguntó Joaquín con curiosidad. Rebeca y Joaquín hablaron durante horas por teléfono y una amistad estaba en el horizonte.

Al día siguiente, era una noche de escuela, Rebeca y Joaquín estaban nuevamente hablando por teléfono. A Rebeca no se le permitía hablar por teléfono después de las 21:00 horas.

—Oye, espera. Te volveré a llamar, necesito conectar la línea telefónica a mi habitación —le dijo a Joaquín. Colgó sin obtener respuesta, metió el teléfono en su habitación y habló con Joaquín debajo del cubrecamas. Los dias pasarón rapido desde ese día que empezaron a comunicarse y era increíble lo cómodo que se sentían la una con el otro. Hablaban de cualquier cosa, de la escuela, de sueños, de esperanzas y la noche parecía pasar volando en un instante.

—Está bien, entonces, ¿sabes que tengo que preguntar? —Joaquín dijo interrogativamente.

—¿Preguntar qué? —Ella respondio.

—¿Tienes novio? —Preguntó con temor.

—No —respondió Rebeca, podía escuchar que Joaquín estaba gratamente sorprendido.

– ¿Por qué no? Una chica como tú sin novio. ¿Eso no parece correcto? –preguntó él. La conversación sobre por qué Rebecca no tenía novio se interrumpió rápidamente por el hecho de que Joaquín tampoco tenía novia. Este coqueteo continuó hasta alrededor de las 03:00 de la mañana.

—Deberíamos colgar el teléfono –afirmó Rebeca y antes de darse cuenta de lo que estaba sugiriendo, soltó.

—¿Estarías dispuesto a recogerme de la escuela? –No podía creer Rebeca lo que acababa de preguntar. *¿Qué pensará? ¡Debo estar loca!* Pensó Rebeca, sintiéndose avergonzada y sonrojada.

—Sí, estaré allí. ¡Hasta la vista, artista! –Joaquín respondió sin dudarlo.

—Hasta luego, borrego! –Ella respondió con una sonrisa en su rostro.

El día escolar transcurrió como siempre para un viernes y Rebeca estaba muy emocionada de ver a Joaquín. Él era una novedad en su vida y, como cualquier cosa nueva, era estimulante y misterioso. Joaquín también se instaló en su vida como una mano en un guante, lo cual en el mundo de un adolescente es prácticamente imposible. En la escuela, los chismes eran la norma y Rebeca nunca ofreció ningún detalle de su vida de forma voluntaria. Ella era una persona reservada, pero por supuesto, las continuas preguntas de Isabela y Verónica no fueron evitadas. Todos vieron que Rebeca pasó su tiempo con Joaquín la noche de la fiesta y era necesario alimentar los chismes. En el fondo, Rebeca no confiaba en su mejores amigas y era vaga en sus respuestas. El timbre final sonó, Rebeca fue a recoger sus pertenencias y fue recibida por Isabela y Verónica. Eran amigas mucho más cercanas y siempre se reían tontamente.

—¿A dónde vas tan rápido? ¡Tenemos práctica de porristas! —Recordó Isabel. Rebeca olvidó por completo que estaban practicando una nueva rutina para el equipo de porristas, sentía que ella tampoco pertenecía allí. Ser animadora normalmente implicaba ser popular y atractiva, cualidades que ella no percibía en sí misma, especialmente porque toda su infancia la acosaron por tener un aspecto extraño.

—Tengo algo que hacer hoy, pero mañana estaré en la práctica —respondió Rebeca mientras se alejaba. No había manera de que no fuera a juntarse con Joaquín, después de todo, ella fue quien le extendió la invitación.

Rebeca salió del edificio principal y miró a su alrededor un par de veces. *No lo veo, pensó. ¿Cambió de opinión? ¿No encontró la escuela? ¡O tal vez pensó que no valía la pena el esfuerzo!* La mente de Rebeca corría tan rápido como una maratonista. Continuó caminando y en la cima del cerro divisó a Joaquín. Saludó moderadamente para asegurarse de que ella lo viera. Cuando Rebeca se acercó, él la miró con dulzura y el nerviosismo pareció desaparecer.

—¿Encontraste bien la escuela? —Preguntó Rebeca, buscando tranquilidad.

—Sí, tengo amigos en esta escuela —Él respondió rápidamente.

—Entonces, ¿adónde te gustaría ir? —Preguntó Joaquín. Rebeca no había mencionado que tenía limitaciones después de la escuela porque tenía responsabilidades. Debió haber pensado que irían al parque, al centro comercial o se encontrarían con amigos, como hacen otros adolescentes.

—Lamento no haber mencionado esto, pero realmente no puedo ir a ningún lado porque debo recoger a mi hermano y a mi hermana de la escuela a las 15:45 horas. Pensé que tal vez podríamos caminar juntos. —Ella preguntó tímidamente.

—Esta bien, entonces caminemos —respondió Joaquín, un poco confundido pero abierto a la sugerencia. Él alcanzó su mochila.

—Déjame ayudarte —Dijo con tanta dulzura que Rebeca se derritió. La caminata desde la escuela de Rebeca hasta su casa fue de aproximadamente 30 minutos. paseo de ocio, pero parecieron cinco minutos mientras los dos caminaban y hablaban. Rebeca no quería que terminara la conversación, cómo continuarla. Ella lo miró y sonrió.

—Fue mi cumpleaños el miércoles, el primer día que me llamaste —Dijo tímidamente. Joaquín se detuvo en seco.

—¿Por qué no me dijiste que era tu cumpleaños? Podría haber hmm, o tal vez lo haría… —tropezó Joaquín. Ella se detuvo unos pasos delante de él.

—Está bien. Esa no es la razón por la que te lo digo —Empezó Rebeca.

—Lo que quiero decir es que voy a celebrar una fiesta de Dulces Dieciséis y quería saber si te gustaría venir —Preguntó mientras se acercaba unos pasos. El descontento de Joaquín desapareció tan rápido como apareció.

—¿Entonces sí? —Preguntó Rebeca mientras miraba su reacción con una sonrisa.

—¡Por supuesto! —Respondió alegremente Joaquín. Rebeca le dio a Joaquín más detalles de su fiesta de *Dulces Dieciséis* y cuando llegaron a la escuela primaria de su hermanos, lo detuvo nuevamente con una rápida confesión.

—Tendré que preguntarle a mi mamá, pero estoy seguro de que todo estará bien —Ella soltó, con una mirada pensativa.

—¿Aún no le preguntaste a tus padres, pero me invitaste? —Dijo Joaquín riéndose de su confesión. Rebeca se rió entre dientes con él e ignoró la cuestión obvia. Joaquín abrazó a Rebeca y emprendió el camino a su casa.

Todos los arreglos para su evento estaban finalizados, pero Rebeca había invitado a Joaquín y no podía retirar la invitación. Además ella no tenía ningún deseo de retractarse, había algo obvio entre ellos que hizo que Rebeca reaccionara instintivamente. Una incorporación de último momento a la lista de invitados no es una integración fácil y faltaban dos semanas. Sus *Dulces Dieciséis* era un evento que había estado esperando desde que tenía nueve años, y la expectativa de la noche perfecta era esencial. Estoy segura de que mamá estará bien con una persona más, pensó. Efectivamente, cuando Rebeca detectó el momento adecuado para dar la noticia, Katrina se mostró dispuesta. Aunque en lo que respecta a las culturas, Katrina era tradicional y se requería una invitación formal, al menos verbal.

Unos días después, Katrina llamó a la mamá de Joaquín.

—Buenas noches, ¿puedo hablar con la mamá de Joaquín, por favor? —Había muchas voces y se escuchó un fuerte sonido de fondo antes de que ella escuchara una respuesta.

—Sí, ella habla —respondió ella.

—Sr. Méndez, esta es la mamá de Rebeca, nuestros hijos van juntos a la escuela y me gustaría invitarle a usted y a su hijo a los Dulce Dieciseis de mi hija el próximo sábado —dijo Katrina. Katrina se equivocó al decir que iban a la misma escuela, pero Rebeca no estaba dispuesta a corregirla.

—Buenas noches, soy Ramos, Leticia Ramos, prefiero que me llamen por mi apellido de soltera. Es un placer conocerla. Gracias, Sra. Cortez, mi hijo mencionó que su hija lo había invitado. No puedo asistir, pero no puedo enviarlo solo; tendría que ir con su hermano —respondió la señora Ramos.

—Lo entiendo, y puedo acomodar —dijo Katrina. Rebeca estaba tan feliz de escuchar la aceptación de la invitación que estaba escuchando a escondidas.

Más tarde esa noche, Joaquín la llamó no para charlar, sino para informarle de una carta que había dejado en su buzón. No era propio de él pasar por alto la charla, por lo cual que rápidamente busco la carta y comenzó a leer:

He estado sintiendo algo por ti que no puedo explicar.
Cada vez que escucho tu voz en el teléfono, mi corazón se detiene
y luego comienza a latir más rápido que antes.

La carta leía, directa, pero profunda. *¿De donde vienen estos sentimientos si ni siquiera me conoce?* Pensó mientras abría el cajón de su mesita de noche y lo guardaba. A pesar de sentirse desconcertada, mantuvo su confusión en secreto con ella misma, y en los días previos a su fiesta, Joaquín también evitó abordar el tema. Sus conversaciones se centraron en las próximas celebraciones de cumpleaños.

Los Dulce Dieciséis de Rebeca llegarón y el día comenzó a las 08:00 horas con maquillaje, peinado y vestimenta. Llevaba un hermoso vestido largo blanco con pequeñas rosas rosadas que se alineaban en la parte inferior del vestido en forma de zigzag. El vestido quedaba ligeramente fuera del hombro con un atractivo diseño floral de encaje en la parte delantera. Fue diseñado para resaltar sus curvas sutilmente manteniendo un aura de elegancia y delicadez. Tenía un fondo de campana y no pesaba. Rebeca medía cinco pies y seis con tacones. Su cabello estaba recogido con gotas rizadas y se colocó una pequeña corona en el medio de su cabeza. Su maquillaje fue sutil, con tonos naturales, beige y marrones claros. Como cualquier adolescente, la emoción de una fiesta centrada principalmente en ella era estimulante y sus emociones eran incontenibles. Siguió recordándose a sí misma que debía respirar.

Es costumbre tener una misa en la iglesia donde el sacerdote bendice a la joven y le pide a Dios que la guíe hacia la edad adulta. Durante su misa, la mente de Rebeca vagaba con anhelos, imaginando las sorpresas que esta noche podría ofrecer. Sus Dulces Dieciséis justificaban que los chicos centraran su atención en ella, pero *¿lo harían?* Quería atención, atención adecuada, atención saludable y deseaba saber cómo se sentía ser esa chica.

Existe una tradición que estipula que la cumpleañera arrojará una pequeña flor, como un ramo en una boda, y el joven que la atrape tendrá el primer baile después de su padre. Un gesto simbólico para que el joven la cortejara con el permiso del padre. Rebeca estaba sumida en sus sueños cuando notó que el sacerdote parado frente a ella le otorgaba la bendición final y volvió a concentrarse.

El ambiente de su esperada fiesta estaba en camino. Los invitados empezaron a llegar, en su mayoría familiares, tías, tíos, abuelos y primos. Cassandra entró al pasillo, prima hermana de Rebeca, ellas crecieron juntas, como hermanas. Fueron las primeras nietas nacidas en Canadá y hasta hace unos años eran inseparables. Sin embargo, Cassandra sólo tenía trece años y, para Rebeca, todavía era una niña.

—Cassie, ¿qué estás haciendo aquí? —Dijo Rebeca, notando a Cassandra parada a su lado.

—Quiero ver quién entra. ¿Me vas a presentar a tus amigos? —Preguntó Cassandra.

—No si estás rondando, ahora ve a tu asiento, te los presentaré más tarde —exclamó Rebeca. Uno a la vez llegaron los invitados, Verónica, Fernando, Edgar, Leia y Rosie. ¿Que es esto? ¿Isabela trajo una cita? se pregunto Rebeca.

—Hola Becky, este es Vince, mi cita —dijo Isabela con orgullo y una gran sonrisa.

—Hola, pasa. Me alegra que hayas podido venir —dijo Rebeca,

desconcertada, esperando que Isabela simplemente apretara a Vince en las mesa de amistades.

Las festividades de la noche estaban a punto de comenzar y Rebeca no se daba cuenta de que Joaquín no había llegado. Estaban sirviendo la cena cuando Rebeca vio a Joaquín en la puerta principal con otras cuatro personas. *¿Qué está pasando? ¿Trajo a un equipo con él?* Pensó. Katrina corrió hacia la puerta y Rebeca la siguió poco después. Rebeca sólo podía imaginar que su madre estaba molesta por el número extra de invitados. Cuando Rebeca se acerco a la entrada del salón, escuchó a Joaquín explicarse.

–…Dijo hermanosss, no hermano, mi mamá siempre se encarga de que los hermanos estemos juntos en las fiestas por si acaso –dijo Joaquín. Los invitados ya estaban en el plato principal y Rebeca pudo percibir el malestar y la vergüenza de Joaquín por la situación. Katrina era tradicional pero también de gran corazón. Ella no estaba molesta, sólo un poco estresada.

–Sí, claro, aunque tendrás que darme unos minutos porque tendría que agregar otra mesa para tu familia y hablar con la cocina –respondió Katrina. Joaquín estaba agradecido.

–Por favor tómese su tiempo, esperaremos –aseguró Joaquín. Rebeca volvió a su asiento sin decirle una palabra a Joaquín. Su objetivo era evitar aumentar la ya aparente inquietud de Joaquín. La mesa se dispuso rápidamente y la cocina preparó eficientemente los aperitivos y el plato principal para ellos, mientras que los invitados restantes disfrutaron del postre.

La cena concluyó y Rebeca se preguntó quién recogería su flor.

La elección de los caballeros fue selectiva porque ella tenía una familia numerosa, por lo que la lista de amigos se redujo al mínimo. Rebeca examinó la habitación, *¿Quizás Enrique?* Pensó. Ella sí tuvo una historia con él, pero no terminó bien. Sus ojos recorrieron rápidamente a los chicos porque no tenía ningún interés, pero entonces, *¡Espera! ¡Joaquín!* Pensó. Rebeca disfrutó bailar con él, sería lindo bailar su primer baile con él.

Llegó el momento, Rebeca sostenía su flor con fuerza y temblaba de nervios. Una voz en el micrófono habló.

—Ok, entonces todos los chicos por favor pasen al medio de la pista de baile, Rebeca está a punto de tirar su flor para ver quién baila primero —dijo el maestro de ceremonias. Los muchachos, siendo muchachos, entraron arrastrando los pies a la pista de baile, empujando y jugando y gritando.

—1, 2 y... 3 —contó en voz alta el maestro de ceremonias. Rebeca lo lanzó al aire. La risa retumbo cuando Vince abrió la mano para revelar un pañuelo de papel enrollado. Fue una farsa. El corazón de Rebeca comenzo a acelerarse porque bailar con Vince habría sido incómodo. El maestro de ceremonias inició nuevamente el conteo.

—Muy bién, esta vez de verdad, ¡lista Rebeca, 1, 2 y... 3! —Volvió a contar. La risa retumbo con más fuerza y estallaron los aplausos. Rebeca se dio vuelta para ver quién atrapó la flor cruzando los dedos que no fuera Vince otra vez, solo para ver a Joaquín lejos en la parte de atrás. *No había manera de que él lo hubiera atrapado por mucho que lo hubiera lanzado,* pensó. Rebeca y su padre, Abraham, comenzaron el baile y, cuando la canción se acerco al final, habló el maestro de ceremonias.

–¿Podría el afortunado que atrapó la flor venir al centro de la pista de baile, por favor? – El anunció. Para decepción de Rebeca, era Edgar, un amigo, y la anticipación del maravilloso momento se había desvanecido. El baile fueron los tres minutos más largos de su vida y la maravillosa noche que había cumplido en gran medida con sus expectativas pronto llegaba a su fin. Rebeca estaba sentada en una mesa recuperando el aliento cuando Joaquín se acercó a ella de repente.

–¿Tienes sed? Te traje una bebida –dijo Joaquín. Dejó un vaso sobre la mesa.

–Gracias –respondió Rebeca. Él tenía una jarra y le sirvió un vaso lleno. *Es lo más lindo que un chico ha hecho por mí en toda la noche,* pensó, y su corazón dio un vuelco.

–Lo siento si molestamos a tu mamá. Mi mamá no me hubiera dejado venir a tu fiesta sin mis hermanos y tenía muchas ganas de venir –explicó Joaquín.

–Lo entiendo y creeme, mi mamá también entiende porque ella es igual de protectora –respondió Rebeca.

–¿Estás pasandolo bien? –Ella preguntó.

–Sí, es muy lindo, tendremos Dulce Dieciseis y Quinceañeras consecutivos durante los próximos meses –dijo Joaquín. En ese momento, Cassandra se inclinó hacia Rebeca y le susurró al oído.

–No me has presentado a ninguno de tus amigos –sondeó Cassandra. Rebeca puso los ojos en blanco.

–Joaquín, esta es mi prima, Cassandra –dijo Rebeca. Justo en ese momento, invitaron a bailar a Rebeca, dejando á Cassandra y Joaquín hablando en la mesa. Era la última canción de la noche y Rebeca notó que Cassandra y Joaquín se habían llevado bien. Estaban bailando.

La noche terminó con los pies palpitantes de Rebeca, su vestido con algunas manchas leves, su cabello todo despeinado y exhausta. Era hora de irse a casa. Rebeca estaba acostada en la cama recordando la maravillosa noche y pensó en sus regalos. Su madre había dicho que abrirían los regalos a la mañana siguiente. *¿Cómo podía esperar que yo, una chica de dieciséis años, esperara?* Pensó, *abriré sólo uno.*

La mayoría de sus amigas le habían regalado sobres excepto Joaquín, él también le había dado un regalo. Su decisión fue facíl. Era una pequeña caja en forma de cubo envuelta en papel rosa y un lazo de encaje blanco con una pequeña etiqueta que decía: *Feliz cumpleaños. De: Joaquín.* Al abrirlo, el papel de regalo crujía y hacía ruido, decidio hacerlo mas despacio y la anticipación creció. Cuando Rebeca finalmente buscó dentro de la caja, había un pequeño osito de peluche marrón con una camiseta que tenía un corazón rojo. En el corazón se leía –Feliz cumpleaños a alguien especial –El estómago de Rebeca dio un vuelco. Sólo se conocían desde hacía tres semanas y media y él le compró un regalo para alguien especial. *¿Especial cómo?* Ella se preguntó; A ella le encantó el regalo, pero una vez más quedó confundida, él parecía estar convencido en sus sentimientos hacia ella, en un corto período de tiempo.

Aproximadamente una semana después, durante su habitual conversación telefónica, Joaquín mencionó que le molestaban los rumores que había iniciado Edgar. Edgar le decía a la gente que él y Rebeca estaban saliendo porque atrapó la flor en su fiesta de *Dulces Dieciséis*. Joaquín parecía confundido, triste y molesto. Rebeca le informó a Joaquín que había tomado medidas extremas para detener los avances de Edgar porque él se había vuelto agresivo. Ya no eran amigos. En este punto de la conversación, el tono de Joaquín cambió y le dijo a Rebeca que había una sorpresa en su buzón. Rebeca encontró y abrió su carta, y la primera parte era una mezcla de palabras que describían sentirse molesto por Edgar, pero no fue lo que llamó su atención, fue la certeza de sus sentimientos. Decía:

> Aunque solo llevamos de hablar durante un par de semanas, puedo decir que te conozco lo suficiente como para decirte que te amo. Puedes pensar que esto es estúpido, pero mi corazón sangrá por ti, así que escribí esta carta para que la pluma sangre con tinta de mis sentimientos hacia ti.

Las palabras *Te amo* fueron escritas tres veces el tamaño que todas las demás palabras para enfatizar la importancia de su sentimiento. Joaquín acababa de declararle su amor a Rebeca sin lugar a dudas. Era la primera vez que un joven proclamaba su amor por Rebeca y ella se quedó sin palabras. La afirmación de Joaquín de que estaba indiscutiblemente enamorado de Rebeca trastornó sus pensamientos, al darse cuenta de que no entendía lo que significaba estar *enamorada*.

Capítulo 2
La Amistad

Eres tan hermosa para mí,
Eres todo lo que siempre querré,
Todo lo que necesito

Javier Espinoza, 1991

La correspondencia secreta y extravagante de Joaquín y Rebeca era tan breve como un poema o tan larga como una carta. En una de esas ocasiones, el padre de Rebeca, Abraham, encontró una carta mientras regresaba tarde del trabajo. Inmediatamente lo rompió sin leer la información, pero advirtió a Katrina sobre lo inapropiado de los avances del joven. Se convirtió en responsabilidad de Katrina informar a Rebeca lo que sucedió y ella rápidamente llamó a Joaquín para preguntarle sobre el contenido. Joaquín no se enojó, aceptó con gusto escribir otra carta y sería más cuidadoso la próxima vez. A partir de entonces Joaquín dejó sus cartas por las mañanas.

A Joaquín le gustaba leer y, por lo tanto, reunía citas literarias y poemas para compartirlos con Rebeca. A la mañana siguiente, Rebeca recibió una carta que comenzo con un par de citas, una lista de las razones por las que la amaba, una serie de acertijos de palabras (diez para ser exactos) y un resumen de lo que recordaba de la carta destruida. En esta carta en particular lo que le llamó la atención fue que Joaquín escribió en broma acerca de tener múltiples personalidades al manejar los conflictos. Le presentó a Rebeca a Luis el imbécil y a Marcos el luchador. Rebeca pensó riendo, *el no quiere conocer a Marie la guerrera*. Su correspondencia rozaría la seriedad y la tontería, con los absurdos que cabría esperar de los adolescentes.

Un viernes por la tarde es una parte anticipada de la semana para cualquier adolescente, y el último período se prolongó. Rebeca estaba garabateando en su agenda pequeñas notas y pensamientos de cosas que se asentaban en su mente. El maestro, el Sr. Allan de LAWS101, estaba concluyendo el día escolar con una importante cuestión jurídica que se publicó en las noticias.

–Clase, asegúrese de mantenerse informado sobre los nuevos desarrollos en este caso, continuaremos hablando de ello la próxima semana –instruyó el Sr. Allan.

Rebeca estaba soñando despierta y amaba su agenda escolar porque era su complemento a un diario. Lo guardó de cerca, aunque no tendría sentido para cualquiera que lo leyera. Las anotaciones eran vagas y sus poemas estaban encriptados. Las primeras páginas tenían poemas, algunos de los cuales fueron escritos pensando en alguien y otros simplemente inspirados por el aburrimiento. En algún lugar entre todas esas notas, poemas y pensamientos, había un puñado de recordatorios de tareas, aunque las actividades académicas de Rebeca nunca fueron su prioridad. Sin embargo, tenía un gran interés en el campo del derecho y ocasionalmente hizo intentos académicos dentro del curso.

La campana de la escuela sonó y sobresaltó a Rebeca mientras estaba sumida en sus pensamientos y garabateaba en su agenda. Ella fue la última en irse y mientras caminaba por el pasillo hacia su casillero, se le dieron saludos casuales con un movimiento de cabeza o un pulgar hacia arriba. Isa y Vero no estuvieron en el último período de Rebeca, así que se encontraron en los casilleros.

–¿Dónde está Joaquín hoy, no te va a recoger? –Dijo Verónica condescendientemente. Rebeca y Verónica no tenían una amistad fuerte, a través de Isabela se toleraban mutuamente.

–De hecho, él viene, siempre viene a recogerme los viernes –respondió Rebeca gruñendo.

–No le hagas caso, se peleó con Oscar esta mañana y está siendo una puta con todos –dijo Isabela. Una vez más Isabela suavizó la tensión entre ellas. Rebeca no pudo recoger sus cosas lo suficientemente rápido.

–¡Chao! –Ella dijo y salió furiosa. Rebeca se había reunido con Joaquín en la cima de la colina todos los viernes desde que empezaron a hablar. Había una roca en su lugar de espera lo suficientemente grande como para sentarse cómodamente. Rebeca se dispuso a esperar y saco su agenda y regreso a hacer sus garabatos, que fueron evolucionando hasta convertirse en un dibujo impresionante. Después de unos quince minutos Rebeca penso, *¿y si Verónica tuviera razón? ¿Verónica sabía algo que ella no sabía?* Los estudiantes que sabían de su amistad se detenían y preguntaban: *¿Aún no ha llegado?* ó pasarían riéndose. Sin embargo, a Rebeca nunca le molestaron las opiniones de otras personas. Ella optó por partir alrededor de las 15:15 horas; decepcionada pero dándole a Joaquín el beneficio de la duda, *tal vez simplemente perdió el autobús o se retrasó en la escuela,* se dijo a si misma. Sin embargo, apenas llegó a casa, llamó a la casa de Joaquín, pero no hubo respuesta, *qué raro, con tanta gente en la familia uno pensaría que habría alguien en casa,* pensó con curiosidad.

Esa noche Rebeca esperaba una llamada de Joaquín, pero eran las 21:00 horas. y todavía no había llamado. Una sensación de déjà vu la invadió cuando los recuerdos de un encuentro pasado con un chico específico volvieron rápidamente. Se preguntó si Joaquín sería realmente diferente de los demás muchachos o si había vuelto a cometer un error de juicio. Una sensación nauseabunda en la boca del estómago sirvió como un claro indicio de su angustia y su mente retrocedió en el tiempo hasta Enrique en la primavera del 91.

A principios de ese año conoció a Enrique, de Ecuador. Tenia una personalidad astuta y arrogante y saltaba de una chica a otra, creyendo que era un regalo de Dios para las mujeres. Su atractivo era una linda cara, alto, de constitución mediana, sonrisa sensual, cabello oscuro y piel bronceada, el sueño de cualquier colegiala. Rebeca le conocio a través de Veronica. Habían hablado brevemente una o dos veces fuera de la escuela, pero un día él la llamó de la nada.

—Hola, ¿te estaba llamando para ver si te gustaría ir a una fiesta conmigo mañana? —Preguntó. No hubo diálogo ante la pregunta; fue directo al grano.

—¿De quién es la fiesta? —Preguntó Rebeca mientras escaneaba su cerebro pensando cómo obtener permiso.

—Es en la casa de Angelo. Van todos, Oscar, Verónica, Isabela, Edgar, James, Karen —afirmó. Rebeca respondió apresuradamente.

—Está bien, ¿dónde nos encontraríamos? —Ella acórdo.

—¿Te veré en el vestíbulo, digamos alrededor de las 20:00

horas en punto? –afirmó Enrique. Rebeca estaba confundida, *supongo que no es una cita*, pensó. De una manera tradicional que recuerda a las escenas de las películas, la cita empieza al recoger a la otra persona en su casa.

–Sí, está bien, nos vemos mañana –respondió Rebeca. Enrique no era un conversador ó de muchas palabras, por lo que la llamada telefónica fue breve.

La noche siguiente, Rebeca había evocado de manera convincente una pequeña mentira piadosa y encontró un atuendo apropiado para una fiesta en casa, pero no reveló la verdad. Rebeca eligió jeans azules y una camiseta sin mangas celeste cubierta por un suéter blanco borroso de gran tamaño. La mentira piadosa de Rebeca fue de ir a la casa de su amiga, estaba á unas veinte casas, una amiga de la escuela primaria, a quien Katrina adoraba. El edificio de apartamentos de Angelo estaba a unas dos cuadras de su escuela secundaria y Rebeca llegó al edificio con unos cinco minutos de sobra. Unos minutos más tarde, Enrique bajó corriendo las escaleras del edificio, entusiasmado.

—¡Llegaste! Vamos, la fiesta está ardiendo—dijo jadeante, tirando de su mano mientras la guiaba escaleras arriba. Vestía unos jeans negros y una camiseta blanca sin mangas, con un pañuelo rojo que asomaba como una chispa en el bolsillo trasero.

El apartamento estaba oscuro y lleno de luces brillantes de diferentes colores, como una discoteca. Sonaba una canción de merengue y estaba fuerte. La fiesta fue genial y todos saludaron a Rebeca desde la distancia. Muchos se sorprendieron al ver a Rebeca allí, pero no sintieron la suficiente curiosidad como para acercarse a ella. Rebeca colocó su suéter en una mesa decorativa cercana, mientras Enrique sostenía a Rebeca por la cintura y la guiaba a la pista de baile. Bailaron varias piezas juntos y luego sonó una canción de Reggae. Rebeca nunca antes había bailado así con un chico. Se sentía incómoda y la abrazo demasiado fuerte, demasiado cerca. Podía sentir algo en la parte interna de su muslo y lo empujó ligeramente hacia atrás para romper el agarre.

—¿Podríamos tomar algo de beber? —Preguntó Rebeca. Enrique la miró fijamente antes de dirigirse directamente a la cocina. Ella se quedó parada en medio de la pista de baile, esperando, cuando un chico se acercó a ella.

—¿Estás aquí con Enrique o son solo amigos? —Preguntó. Antes de que Rebeca pudiera responder, Enrique corrió a su lado y le rodeó el hombro con el brazo.

—Ella está conmigo —afirmó con firmeza. El tipo simplemente se alejó sin decir una palabra más. Rebeca inmediatamente dirigió su atención a Enrique.

—No me gusta eso; Él sólo estaba haciendo una pregunta y yo puedo hablar por mí misma —le aseguró. Rebeca no tenía problemas para defenderse cuando estaba enojada y la mayoría de los chicos se sentian amenazados por su convicción. Se alejó para refrescarse y se paró justo afuera de la puerta del apartamento. Enrique tardó unos minutos antes de decidirse a acercarse a ella.

—No seas así, nos estamos divirtiendo, ¿no? —Dijo dulcemente con esa sonrisa, usando bien su encanto. Él se acercó un poco más y ella supo de inmediato que estaba a punto de besarla. Rebeca se quedó allí; ella no tenía experiencia en besar. Gentilmente, apoyó las manos en su cintura, acercándola irresistiblemente a él. En medio de la puerta se besaron. Era dulce y encantador, como cabría esperar de alguien como Enrique, pero sentía una ausencia total de conexión emocional. No fue lo que imaginó que se sentiría en su primer beso con Enrique. Luego el beso se volvió más agresivo y su mano subió por su espalda hasta el interior de su camisa.

—No, pará, volvamos a bailar —dijo Rebeca nerviosa. Ella estaba consciente de la fama de jugador de Enrique y no quería ser un número más. Por la expresión del rostro de Enrique, no quedó impresionado y ella estaba segura de que había interrumpido las intenciones su creciente erección. Frustrado, se encogió de hombros.

—Oh, olvídalo, estás siendo estúpida —la insultó y regresó al apartamento. La reacción de Enrique confirmó que Rebeca no era nada más que un juego. Cuando Rebeca volvió a entrar al apartamento, Enrique estaba entrelazado con otra chica como un pretzel en la pista de baile. Si bien no fue la respuesta que esperaba, se alineó precisamente con las reacciones que había anticipado. Rebeca estaba disgustada y, en su opinión, él no merecía su tiempo. ella decidió irse a la casa, nadie se dio cuenta de que ella se fue.

Después del paseo por el mundo de los recuerdos, Rebeca se quedó dormida esperando la llamada de Joaquín y era la primera noche desde que comenzó su amistad que no conversaban antes de irse a dormir.

La mayoría de los adolescentes pasaban los fines de semana en una fiesta, en una discoteca o hablando por teléfono. Para Rebeca, el teléfono era su salvavidas al mundo adolescente y pasaba todo su tiempo hablando con quienquiera que estuviera ese fin de semana. A razón de que sus hermanos eran pequeños, el teléfono era exclusivamente suyo con alguna que otra llamada para sus padres. Rebeca hablaba con Isa y Vero en llamadas de grupo, pero conversaciones cortas ya que siempre tenían planes y eran invitadas a fiestas. Dejaron de preguntarle a Rebeca por completo si quería accompanarlas por razones obvias, la respuesta siempre fue la misma: no podía obtener permiso. Durante el resto de su tiempo libre, vivía indirectamente su vida romántica a través de programas de televisión como *Beverly Hills 90210* ó *Salvado por la campana*. A menudo se preguntaba si el drama de las citas adolescentes era tan complejo como estos programas de televisión. Mientras miraba televisión, Rebeca se dio cuenta de que no había tenido noticias de Joaquín; sin embargo, la amistad era nueva y trato de no pensar demasiado en el abandono.

Los domingos eran días familiares en la casa de Rebeca con misa al mediodía y después un almuerzo con la familia extendida. También había una regla de no llamadas por teléfono al menos hasta el final del día. Sin embargo, ese día Joaquín llamó a primera hora alrededor de las 09:00 horas; y aunque conocía la regla, se le debe haber escapado. Abraham no lo permitio. En cambio, le pidió a Joaquín que volviera a llamar más tarde. Rebeca se obligó a sacar a Joaquín de su mente hasta más tarde esa noche, cuando volvió a llamar.

—Hola —dijo Rebeca con indiferencia.

—¿Qué estás haciendo? —Joaquín dijo como si todo estuviera bien.

—¡Nada! —Rebeca resopló. Sin un segundo que perder, Joaquín agrego.

—Lamento no haber ido a recogerte, mi hermano y algunos de nuestros amigos se pelearon en la estación Dundas West y no pude enviarte un mensaje. Ayer todavía estábamos intentando determinar la gravedad de las lesiones. Pasamos la mitad del día en el hospital —Joaquín explicó, la actitud de Rebeca desapareció rápidamente.

—¿Por qué, qué pasó? —Reaccionó Rebeca.

—Fue por la razón más idiota que te puedas imaginar —dijo en broma. Cambiando rápidamente a un tono más serio. —Uno de nuestros amigos había estado coqueteando con una chica en el autobús y no sabía que ella hablaba español. Ella se ofendió y le dijo a su novio que mi amigo le estaba diciendo cosas groseras. Luego, cuando llegamos a la estación de metro, su novio y sus amigos intentaron darle una paliza. Tuvimos que interrumpir la pelea pero quedamos atrapados en la pelea —Joaquín añadió. Rebeca estaba preocupada.

–¿Quién resultó herido? ¿Qué tan graves son tus moretones? –Ella cuestionó. La conversación había tomado una dirección diferente.

–Afortunadamente solo tuve un par de rasguños, pero no estoy herido. Mi hermano tiene un par de moretones en las costillas y Francisco tiene el meñique quebrado. Manny se lastimó los nudillos al golpearle la cara a un tipo. Principalmente me dedique a levantar cuerpos –el añadio para aligerar el ambiente. La broma pasó por alto a Rebeca, pero lo había perdonado casi al instante. Estaba más preocupada por su bienestar.

–¿Hay algo que pueda hacer? –Ella preguntó.

–No, en realidad puedes hablar conmigo porque te extrañé y lamento haber estado en silencio estos últimos días, pero la vida se interpuso –Él respondió.

Ella escuchó su explicación con duda, pero no tenía motivos para dudar de él. Todavía sufría malos recuerdos de su relación con Enrique y los otros chicos que alimentaban su incertidumbre. Rebeca decidió compartir con Joaquín la terrible experiencia de Enrique, pensó que al menos le daría una idea de los tipos con los que había tratado. Joaquín estaba asqueado.

–La mayoría de hombres tienen la idea de que las mujeres son posesiones y son tratadas de esa manera. Es parte de nuestra sociedad patriarcal y una cultura que debemos romper –Respondió. Rebeca y Joaquín continuaron hablando de temas aleatorios hasta que la madre de Joaquín le dijo que colgara el teléfono para que descanse un poco. Se sintió agradable escuchar que a alguien más que a ella, le recordaran que cumpliera con las reglas de casa.

—Está bien, tengo que irme ahora, pero ¿puedo ir a verte el miércoles? Faltaré a mi última clase e iré a buscarte a la escuela —Preguntó Joaquín.

—¿Estás seguro de que podrás lograrlo? ¿No necesitas descansar? —Preguntó Rebeca.

—Estaré bien, quiero verte —motivó Joaquín. Rebeca sonrió, como siempre sonreía con Joaquín.

—Sí, nos vemos en el mismo lugar —asintió Rebeca de mala gana, no porque no quisiera verlo, sino porque no estaba segura de la profundidad de sus heridas. *¿Estaba siendo sincero acerca de la gravedad de la situación?* Pensó. Una vez más, le dio a Joaquín el beneficio de la duda y todo volvió a estar bien en el mundo de Joaquín y Rebeca.

El miércoles iba a ser un gran día porque le encantaban los —Dias de Joaquín —A pesar de la pelea que tuvo la semana pasada, Rebeca no se sintió asustada ni incómoda con él. Había algo en Joaquín que la calmaba.

El día escolar de Rebeca había terminado, no había práctica de porristas y no había amigos reunidos en su casillero. Fue una escapada clara. Rebeca llegó a su roca, se arregló el cabello, se ajustó la falda del uniforme y se sentó a esperar. Cuando los estudiantes pasaban, ella los ignoraba, se había acostumbrado a las burlas y las señales. Nadie, incluidos sus supuestos amigos, entendian el tipo de amistad que construyeron.

Eran las 14:58 horas y Joaquín no aparecía, llevaba esperando como 20 minutos. Rebeca se puso de pie y comenzó a caminar inquietamente alrededor de la roca, incapaz de permanecer sentada. Rebeca volvió a ver la hora, eran las 15:15 horas y todavía no aparecía Joaquín. Rebeca se quedó allí estupefacta. *¿Cómo es posible que me haya enamorado de esa frase: '¡Tengo muchas ganas de verte!* pensó y estaba fuera de sí por la frustración de el compromiso que ella había invertido en su amistad. Joaquín, estereotípicamente, no encajaba con la personalidad de un mujeriego ó un patán. Su intuición le gritaba que Joaquín era diferente, pero no podía comprender esa indiferencia. A pesar de lo molesta que estaba Rebeca, decidió caminar a doble velocidad hasta la escuela de sus hermanos para desahogarse en lugar de tomar el autobús. A última hora de la noche, Joaquín llamó, pero Rebeca estaba demasiado molesta para hablar con él e ignoró su llamada.

Rebeca no compartió muchos detalles de sus traumáticas y espantosas experiencias con muchachos o hombres con nadie, incluyendo á Joaquín. Luchaba por encontrar la esperanza de que una figura masculina pudiera ser amable, honesta y no hiriente. Sintió que el rayo de luz yacía en Joaquín. Era una presencia refrescante, pero últimamente la hacía dudar de ello. Hasta tal punto que estaba cuestionando su intuición sobre la percepción del carácter de Joaquín. Lo único en lo que podía pensar de nuevo eran en experiencias pasadas, esta vez la llevaron de regreso a Angelo, a quien conoció unas semanas después del fiasco de Enrique.

Angelo era más amigo de un amigo, y Rebeca lo conocía incluso menos que a Enrique. Toda la información que tenía sobre Angelo venía de noticias a través de Verónica u otros amigos, y él solía frecuentar su escuela con regularidad. Angelo era parte de una conocida pandilla llamada LI Boyz. Había abandonado la escuela para unirse a esta pandilla y había cometido muchos actos criminales durante su participación como uno de los líderes. Había sido condenado por algunos delitos menores y, como era menor de edad, se le declaró culpable de servicio comunitario y libertad condicional. Angelo estaba en una cuerda floja y se le ordenó que no hiciera más travesuras o la próxima condena lo enviaría automáticamente al reformatorio. Rebeca salía de la escuela y subía la colina hacia su parada de autobús, cuando Angelo se acercó a Rebeca por primera vez.

–Hola Rebeca, sabes que Enrique lo siente y te extraña mucho, tal vez deberías darle otra oportunidad –afirmó Angelo. Rebeca estaba molesta por el mensajero.

–¿Por qué eres tú quien habla por él? ¿Por qué no me lo dice él mismo? Preferiría no estar con un tipo que ni siquiera puede hablar por sí mismo, ¡gracias! –Ella respondio. Angelo no insistió en el tema, sino que comenzó a caminar con ella y comenzó una conversación sobre puntos de interés aleatorios, incluido cómo se convirtió en un LI Boy.

–Tuve que robar un auto de lujo en Forest Hill como parte de mi iniciación. Luego, fueron una serie de desafíos los que me llevaron a ascender de rango –dijo. Rebeca no respondió, quedando sin palabras ante la confesión. Angelo continuó explicando cada uno de esos desafíos y parecía sorprendentemente cómodo hablando con Rebeca. Él le dijo muchas cosas que ella sospechaba que un extraño a la pandilla no debería saber. La conversación fue unilateral y cuando llegaron a la parada de autobús de Rebeca, Angelo se detuvo.

—Bueno, ahora me voy —se despidió rápidamente y regresó a la escuela mientras le hacía un medio saludo de mano. Rebeca recibió toda esta información en tan corto período de tiempo, y no entendía el por qué.

Al día siguiente, Angelo y Rebeca tuvieron una breve conversación telefónica y reveló el verdadero propósito de su llamada.

—Fue muy agradable hablar contigo ayer. Saldrías conmigo —preguntó. Rebeca estaba confundida, no sabía que Angelo tuviera algún interés.

—Pensé que todo lo que querías era hacerme volver con Enrique —preguntó. Angelo gruñó de risa.

—El tuvo su oportunidad y la desperdició —pronunció. Rebeca estaba totalmente sorprendida.

—¿Bien, cuando? —Ella preguntó.

—Iré a tu escuela la próxima semana, tal vez el miércoles y podremos decidir a dónde vamos a partir de ahí, ¿te parece? —Él le contesto.

—Está bien, no vemos entonces —confirmó. Hablaron un poco más. Escuchó atentamente mientras Angelo compartía numerosas historias cautivadoras, que recordaban escenas típicas de las películas. Rebeca había estado extremadamente protegida y no conocía el mundo más allá de su radio de cuatro kilómetros. De hecho, ella nunca había tenido conversaciones sobre sexo con nadie, incluso insinuar era tabú. Sin embargo, haber lidiado con el abuso sexual cuando era niña, luego en octavo grado y recientemente, le dio una perspectiva completamente diferente sobre el sexo y el amor. Ella no confiaba en los hombres.

El miércoles de la semana siguiente, Rebeca tuvo práctica de porristas después de la escuela. El equipo de porristas se había formado recientemente y no estaba bien organizado. Rebeca iba a las prácticas pero siempre tenía que salir más temprano para recoger a sus hermanos. Cuando Rebeca salía de la escuela después de la práctica, los pasillos generalmente estaban vacíos. Rebeca salió del edificio de la escuela y vio a Angelo a lo lejos. *¡Mierda!* Ella pensó: *Olvidé que Angelo dijo que vendría hoy.* Rebeca caminó hacia él, pero no estaba solo, estaba acompañado por un grupo de chicos encaramados en el borde de concreto de una casa cercana.

—Hola, lo siento, olvidé que nos reuniríamos hoy, estaba en la práctica de porristas —explicó.

—Llevo aquí casi una hora —declaró Angelo con hostilidad. Rebeca pensó: *¿Quién es él para enojarse conmigo? Apenas somos amigos.* Ella ordenó sus pensamientos.

—¿Podríamos tal vez vernos mañana? —Ella preguntó.

—¿Por qué no podemos hacer algo ahora? —Dijo Angelo con firmeza. La forma en que Angelo se dirigía a Rebeca no era su tono dócil como en los últimos días.

–No puedo, tengo que apurarme ahora y recoger a mis hermanos –respondió Rebeca.

–Entonces me estás diciendo que esperé para nada –dijo con actitud. Las personas que rodeaban a Angelo soltaron un fuerte –Ohhhh, mierda –y la conducta de Angelo cambió de decepcionado a molesto. Su postura se volvió confrontativa y Rebeca lentamente dio pasos hacia atrás alejándose de la multitud.

–Angelo, llámame si quieres intentarlo de nuevo, tengo que irme ahora –dijo mientras se despedía con la mano y se escabullía. Angelo no estaba contento y se notaba por su mirada desdeñosa. Su cambio de actitud asustó a Rebeca.

Estos paseos por el pasado molestaban a Rebeca y decidió no devolverle la llamada a Joaquín, sino que anotó en su agenda antes de acostarse. Joaquín no volvió a llamar esa noche.

Rebeca, Isa y Vero estaban en sus casilleros al final del siguiente día escolar como siempre, pero hoy se les unieron Mario, Arturo y Miguel. Quien parecía haber decidido utilizar su área de casilleros como el *lugar de encuentro*. Sus casilleros estaban situados en una parte remota del edificio, lo que proporcionaba una apariencia de privacidad.

–¿Adivina quién está aquí? –Dijo Miguel. Rebeca no se dio cuenta de que la pregunta estaba dirigida a ella y continuó rebuscando en su mochila. –¡Holaaaaaaaaaa! –Miguel dijo sarcásticamente. Arturo tocó suavemente a Rebeca en las costillas para llamar su atención. Arturo era un chico amable y dulce que había declarado su afecto a Rebeca en noveno grado, pero Rebeca no correspondía con los mismos sentimientos. Siguieron siendo buenos amigos y Rebeca lo tenía en alta estima. Rebeca miró hacia arriba.

—Oh, ¿estás hablando conmigo? —Preguntó Rebeca. Miguel puso los ojos en blanco.

—¡Sí! Joaquín está aquí. Me pidió que te dijera que te está esperando afuera —Él replicó. Rebeca le dio a Miguel una mirada irritada. Cerró su casillero, agarró su chaqueta y se despidió de todos menos de Miguel. Por razones desconocidas, Miguel y Rebeca no se toleraban, aunque no había ninguna razón genuina para ello. Eran prácticamente extraños y nunca se molestaban en invertir tiempo en conocerse. Fue simplemente una falta de conexión desde la primera instancia. Comenzaron la escuela secundaria el mismo año y asistieron a algunas clases juntos, pero prefirieron ignorarse. Al parecer, Joaquín era amigo de Miguel. Aunque eso no sorprendió a Rebeca, todos eran amigos de Joaquín y, si aún no lo eran, querían serlo. A veces era bastante irritante para Rebeca.

Para el mundo exterior, ella parecía popular, coqueta y buscadora de atención. De hecho, ella siempre se esforzaba por encajar en su grupo de amigos que ocultaban los verdaderos demonios con los que luchaba todos los días. Mientras caminaba por el pasillo hacia la entrada principal, luchaba con su abrigo, y se lo puso a tientas. Era un día frío y ella fingió no darse cuenta de la presencia de Joaquín. Comenzó a caminar en su dirección habitual.

—¡REBECA! ¡REBECA! —Gritó Joaquín. Al observar sus

mejillas y nariz enrojecidas, junto con su apariencia temblorosa, dedujo que debía haber estado esperando durante algún tiempo en el frío. Rebeca siguió caminando. Joaquín la alcanzó y mantuvo su ritmo apresurado.

—Sé que debes estar enojada conmigo, pero no fue mi culpa. Hubo un cierre en mi escuela porque algunos de los estudiantes escondían armas y hubo una búsqueda en toda la escuela —Joaquín continuó, sin perder el ritmo. —A algunos estudiantes, incluidos mi hermano y yo, no se nos permitió salir porque nuestros nombres aparecían en una lista estúpida que se encontró en uno de los casilleros —Joaquín continuó, todavía sin respuesta de Rebeca. —La administración de la escuela pensó que nos habían atacado. No nos soltaron hasta pasadas las 18:00 horas con mis padres. ¡Tenía muchas ganas de estar aquí! —Subrayó mientras caminaban uno al lado del otro, Rebeca todavía lo ignoraba.

—Como sea, está bien, no hay problema. No es que sea tu novia ni nada parecido —espetó Rebeca, tratando de parecer indiferente. *¿Qué?* Su voz interior gritaba. Rebecca estaba mucho más alterada de lo que había querido admitirle a Joaquín, y hasta a sí misma. —Solo soy tu amiga y no debería haber expectativas de un amigo —Ella respondio.

—Aun así, lo siento —Joaquín expresó con pesar.

Caminaron durante bastante tiempo en silencio. Rebeca estaba luchando con su mochila porque era pesada. Cuando cambió su mochila al otro hombro, se le cayeron algunos lápices, su libro de arte y su agenda. En ese momento, Joaquín se rió entre dientes.

—¡Que es tan gracioso! –Pronunció Rebeca. Ella pensó que se estaba riendo de su torpeza.

—Hago lo mismo en mi agenda, dibujo logotipos y otras cosas o escribo citas que quiero recordar –Dijo con una sonrisa. –¿Puedo verlo? –Preguntó antes de abrirlo.

—No hay tiempo, estamos aquí –dijo Rebeca todavía furiosa. Le sorprendió no oponerse a que Joaquín mirara su agenda.

—Está bien, ¿puedo tomarlo y te lo devolveré la próxima vez que te vea? –Solicitó. Rebeca no respondió, pero la mirada que le había dado insinuaba que estaba bien. –Gracias, te llamaré esta noche –Joaquín le aseguró mientras comenzaba a alejarse. Rebeca no podía creer que no le molestara que Joaquín se llevo su agenda.

Como prometió, Joaquín llamó esa noche y hablaron durante horas, era casi imposible que Rebeca siguiera enojada con Joaquín. Rebeca había olvidado lo frustrada que estaba con sus dulces palabras y su tono gentil, era fácil de olvidar, como hipnotizada. Le encantaba escuchar las tiernas palabras que decía sobre las personas que le importaban, el ferviente entusiasmo que mostraba por sus opiniones políticas y el profundo afecto que sentía por ella.

—Te extraño –dijo al azar.

—Nos acabamos de ver esta tarde –confirmó desconcertada y continuó. –Entonces, ¿has leído mi agenda? –Ella preguntó.

—Sí, me encantan los poemas, ¿los escribiste tú? –Preguntó.

—Sí, lo hice. ¿Sabes que eres la primera persona a la que le he permitido leer mi agenda? –exclamó Rebeca.

—Gracias por confiarme esto, eso significa mucho. ¿Está bien si escribo en élla? –Preguntó.

–¿Qué vas a escribir? –Ella respondió con curiosidad.

–Bueno, tendrás que esperar y ver –respondió con un toque de timidez en su voz. Rebeca sabía que Joaquín no cedería así que decidió cambiar de tema.

La conversación se prolongó hasta bien entrada la noche y Joaquín nunca dejaba de ponerle la piel de gallina a Rebeca. Él la felicitaría por su amabilidad, belleza o encanto. Atributos que otros habían dado por sentado o que habían sido vistos como una debilidad. Joaquín no la hacía sentir estúpida, era un experto en libros, en la calle y sorprendentemente popular, pero, sobre todo, nunca la menospreció por ser ingenua. Lamentablemente, las noches no podían durar para siempre y llegó el momento de decir buenas noches.

El fin de semana no fue diferente a la mayoría para Rebeca: las tareas domésticas y el tiempo libre dedicado al teléfono. Un teléfono que ahora tenía un cable de cinco metros que llegaba hasta los rincones más alejados de su dormitorio.

Joaquín la llamó el sábado temprano en la noche, pero la conversación fue mínima ya que estaba celebrando una fiesta en casa. Desafortunadamente, aunque Joaquín la invitó, a ella le faltó el coraje para desafiar nuevamente a sus padres. Los padres de Rebeca no aprobaban que una niña de dieciséis años estuviera en una fiesta en casa sin supervisión. Sin embargo, las fiestas en casa de Joaquín eran el chisme del lunes, famosas por ser –increíbles –La casa era espaciosa, la música estaba bien mezclada, se respetaba la política de no pandillas y siempre había muchas bebidas. Venía gente de diferentes partes de la ciudad para asistir a las fiestas de su casa, a veces Joaquín ni siquiera conocía a la mitad de las personas en su casa. La madre de Joaquín parecía ser protectora pero al mismo tiempo progresista, su filoSophia era: *Prefiero que hagas una fiesta y hagas un desastre aquí, que estar en lugares ajenos donde no sé lo que está pasando.* Ella era una madre leona y protegía a sus cachorros a toda costa, queriendo tenerlo delante de sus narices si ocurría algún asunto extraño. Con cinco varones que criar era el mejor camino, necesitaba tener un exterior duro.

El comienzo de la semana fue tranquilo y parecía que todo estaba bien para Rebeca. A menudo llevaba dinero a la escuela para comprar el almuerzo y se dirigía a la cafetería. Isa, Veró, Arturo, Mario, Tonia y Valerie estaban todos dando vueltas en sus casilleros. Ya era oficial, la zona se había convertido en *el lugar de reunión.* Cuando Rebeca se detuvo en su casillero para recoger el dinero del almuerzo, alguien le tapó los ojos por detrás. Esto la sobresaltó e inmediatamente se giró quitándose las manos de los ojos, con alivio se formó una enorme sonrisa.

–¿Qué estás haciendo aquí? –Ella preguntó. Joaquín no tuvo oportunidad de responder cuando todos lo interrumpieron y le dieron un apretón de manos amistoso y cordial. A Rebeca la desconcertaba que conociera a tanta gente en su escuela. Rebeca cerró su casillero y caminaron en dirección opuesta a los demás. –¿Qué estás haciendo aquí? –Rebeca volvió a preguntar.

—Falte a la ultima clase, quería verte, extraño esa hermosa sonrisa. También quería devolverte esto —dijo mientras le entregaba la agenda. Tan pronto como Rebeca lo sostuvo, notó que él había hecho cambios en la portada. Añadió pegatinas y garabatos. Estaba a punto de abrirla cuando Joaquín la detuvo. —No lo abras todavía, léelo después —pidió él. Sus miradas se encontraron, y ella se preguntó qué pasaba por su cabeza. —No puedo quedarme, voy a intentar volver al cuarto periodo, pero te llamaré esta noche —comentó dulcemente. Rebeca se derritió, con estrellas en los ojos.

—Sí, por supuesto —afirmó. Le dio un beso en la mejilla y se fue. Ella quedó asombrada por el nivel de esfuerzo que hizo para proporcionarle la agenda. Rebeca caminó hacia la cafetería sintiendo algo muy diferente y se regodeó en ello por un rato.

Sonó el timbre del tercer período y mientras Rebeca estaba sentada en la clase de matemáticas, no podía dejar de pensar en la agenda. La abrió y noto que la agenda se había amenizado con pegatinas, dibujos, citas y… *¿tarjetas de béisbol?* Pensó mientras pasaba las páginas, Joaquín hizo un circulo en la fecha 5 de octubre de 1991 y escribió: *el día que nos conocimos.* Todo lo escrito que había añadido Joaquín ocupaba unas cuatro páginas y comenzaba:

11:05 horas

Querida Rebeca:

Hoy es sábado 9 de noviembre, exactamente un mes después de nuestra primera conversación telefónica. De todos modos, pensé que sería bueno poder invitarte a algo, pero como no tienes tiempo para ti debido a tus responsabilidades, el regalo tendrá que esperar. Entonces, ¿qué opinas de la agenda y los cambios que hice? Espero que te gusten las pegatinas, hay más pero no las voy a pegar si no estamos los dos de acuerdo.

LO SIENTO

No he compensado todas las veces que te he dejado plantada. Entonces, aquí hay algunas opciones que tienes y que estoy dispuesto a hacer:

1. *Beso en la mejilla,*
2. *Llevarte al cine,*
3. *Ir a tu escuela cada vez que tengo un día libre,*
4. *Ir juntos al centro comercial Dufferin el LUNES,*
5. *Todo lo anterior.*

Tengo que irme ahora y cobrar por los periodicos que entregué. Escribiré más tarde.

J.M.

La agenda continuó con Joaquín contándole a Rebeca sobre su fiesta en casa y cómo deseaba que Rebeca estuviera allí para bailar con la chica más bonita como la primera vez que se conocieron. Continuó con las razones por las que disfrutaba hablar con ella y algunos comentarios vagos sobre los chismes en su escuela. Para dividir los párrafos o historias, Joaquín citó a varios autores o poetas diferentes, algunos fueron profundos y otros simplemente hicieron reír a Rebeca:

> Frase del día:
> *Si aprecias a tu amigo, atesóralo en general,*
> *incluso cuando estés en el centro comercial.*

Rebeca estaba disfrutando la agenda y Se empapó de cada palabra, cada dibujo é imagen. En una de esas páginas, en la parte superior, Joaquín había colocado varias pegatinas de una banda de dibujos animados, un pato tocando el violonchelo, una silla tocando una trompeta y otra silla tocando un saxofón. Notas musicales dibujadas de colores rodeaban las pegatinas. El título de esta página decía *¡Están tocando en tu honor!*

Rebeca notó que a lo largo de la agenda, Joaquín había escrito mal su nombre *Rebecca* en lugar de Rebeca, lo que no la molestó en lo más mínimo, sino que se reía entre dientes cada vez.

La última página fue la menos colorida o creativa porque Joaquín la había escrito el día que Rebeca estaba enferma en la cama. No habían hablado. Grapado a la página escrita había un dibujo de un Bebé Mickey en una mecedora sentado encima de una gran pelota de playa roja. El dibujo hizo que Rebeca riera nuevamente, ya que parecía que Mickey se estaba adentrando en territorio travieso. Ella sintió que le quedaba bastante bien a Joaquín. Junto al dibujo adjunto se leía *Que te mejores pronto.*

La última entrada de la agenda era un juego: *Encuentra cuántas veces tu nombre está mal escrito en esta agenda.* La maestra ya no pudo ignorar la carcajada que salió de Rebeca y Rebeca recibió su primera advertencia.

Esta fue la mejor parte de su día, tomó su bolígrafo y un par de resaltadores. Comenzó con un *Hola Joaquín* y trató de ser lo más creativa posible para agregar color y diseño, y continuó escribiendo:

Por eso me gusta hablar contigo:
1. Me haces reír,
2. Tienes bonitos poemas,
3. Es fácil hablar contigo
4. Nunca nos quedamos estancados,
   siempre tenemos cosas de qué hablar,
5. Porque escuchas,
6. Eres un buen amigo y yo también quiero que

esta amistad dure una eternidad o al menos un siglo.

Rebeca fue interrumpida por el timbre del salón de clases y no tuvo la oportunidad de escribir tanto como esperaba. Rebeca no prestó atención a una sola palabra que la maestra enseñó durante todo el período y fue a su siguiente clase. El cuarto período fue Arte y Rebeca realmente disfrutó esta clase. La agenda tuvo que esperar hasta que ella regresara a casa, pero nada iba a empañar este día. Fue el comienzo de una transmisión en papel privada que tardó aproximadamente una semana en llegar, pero la espera valió la pena.

Durante las siguientes semanas, la agenda se había convertido en el salvavidas de Joaquín y Rebeca. Un santuario donde podían expresar libremente sus pensamientos más íntimos, donde ningún comentario se consideraba insignificante y ninguna cursilería demasiado sentimental. Aunque hablaron por teléfono, continuarían con sus pensamientos, opiniones y simples tonterías en la agenda. Se produjeron continuas adiciones, como un diseño de título para la portada que decía *Cartas Privadas* y juegos como llenar los espacios en blanco y un poema que Rebeca escribió para Joaquín:

> Cuando veo tus grandes ojos marrones
> me siento en mi lugar
> Porque verte me hace feliz
> Hablando con tu cara amorosa
> Con tu gran sonrisa cálida
> Y una mente comprensiva
> Amigos como tú son difíciles de encontrar.

La amistad se había vuelto extraordinariamente fuerte, algo que no se esperaría de dos adolescentes. La agenda, por más privada y especial, no era seria o confidencial, las conversaciones serias estaban reservadas para las cartas directas o en persona. Con el tiempo, la agenda se convirtió en su libro de chismes.

Joaquín se había acostumbrado a visitar en secreto la casa de Rebeca a altas horas de la noche y a sentarse en la entrada. Rebeca había compartido con Joaquín secretos intimos que ni siquiera sus mejores amigas conocían. Joaquín también había compartido detalles íntimos de su infancia, se sentían muy cómodos el uno con el otro y era un vínculo fuerte. Sin embargo, los oscuros secretos de sus vidas eran demasiado para que cualquiera de ellos los expresara y se evitaron. Eran chicos de dieciséis y diecisiete años que afrontaban la vida lo mejor que podían y Rebeca se había apoyado en Joaquín de forma gradual, pero profunda. Se había convertido en su roca, sin siquiera reconocer el impacto.

Leer las nuevas entradas de la agenda fue lo más destacado de sus días escolares. En la clase de Religión se estaba alistando con sus libros, lápices y su agenda para –parecer –estar preparada. La maestra comenzó su lección y Rebeca procedió a abrir la agenda, en ella se leía:

Son las 09:43 horas y estoy pensando en nuestra relación, te extraño desde tempranas horas del día y he tomado una decisión:

¿Quieres salir conmigo?

¡¡POR FAVOR!!

Extraño tu hermosa voz, tu cálida risa y tu amistosa comprensión aún cuando no estás cerca. Tienes una hermosa personalidad y necesito decirte cómo me siento. Nunca antes me había enamorado y, si lo había hecho, nunca se había sentido tan fuerte. Me gusta lo que tenemos y espero que nunca cambies como mucha gente que conozco. Lo que tenemos es infantil porque no buscamos en el otro lo que muchos adolescentes buscan en una relación y espero que siga así, con la única excepción de que digas sí a salir conmigo.

El mensaje no fue para nada lo que Rebeca esperaba y sintió mariposas en el estómago. Se sintió halagada, el enfoque de Joaquín era único y súper lindo también. Durante el resto del día, Rebeca estuvo inquieta y se dio cuenta de que había elevado el listón de las expectativas. Sus experiencias con chicos u hombres no habían sido positivas hasta Joaquín, amaba su relación. Él la hacía sentir calma, segura, y sobre todo, le inspiraba una confianza ciega. Bastaba uno de sus abrazos para transformar un día terrible, o esas palabras suyas que siempre parecían llegar en el momento justo. Cómo estaba adaptando una época oscura de su vida para que fuera soportable. Rebeca tenía muchos pensamientos y decidió no escribir ninguno de sus sentimientos en la agenda. En cambio, pensó que lo mejor sería hablar con Joaquín en persona. 🐾

Capítulo 3
No Es Suficiente

Si puedo evitar que un corazón se rompa,
No habré vivido en vano.
Si puedo aliviar una vida del dolor, o calmar un sufrimiento,
O ayudar a un petirrojo desmayado a regresar a su nido,
No habré vivido en vano.

Emily Dickinson, Poemas, 1

Las semanas de un calendario pueden ser tan rápidas como un abrir y cerrar de ojos o tan lenta como ver un grifo que gotea llenando un balde de agua. Estas metáforas midieron la realidad de cualquier situación para Rebeca. De manera similar, la amistad con Joaquín había florecido tan rápidamente que apenas podía entender la conexión, pero la adoraba. Sólo habían pasado poco más de dos meses desde que se conocieron y ella se sentía cómoda llamándolo su mejor amigo, un verdadero mejor amigo. Joaquín encajaba con la descripción sin duda por su sinceridad, amabilidad y por tener en cuenta el mejor interés de ella.

Aunque llamó a Isabela y Verónica sus mejores amigas, no encajaban en el papel ni se ganaban su confianza. Fue solo un título que se les dio sin méritos o tal vez por defecto porque Rebeca quería encajar con las chicas latinas de la escuela. Quería hacerse un nombre popular y *cool* y no quería repetir las humillaciones de la escuela primaria, así que se hizo amiga de ellas. Pero los tiempos estaban cambiando y Rebeca se vio obligada a realizar un seguimiento de los acontecimientos diarios, por pequeños que fueran, para compartirlos con Joaquín. A menudo se pregunta sobre su compañía actual y su paradero.

Si la gente no entendió su amistad al principio, ciertamente no lo iban a entender con las recientes declaraciones. La sociedad siempre dicta que amistades entre géneros opuestos no pueden ser platónicas. Sin embargo, ella se mantuvo firme en mantener su amistad permanente.

Rebeca evitó hablar de la pregunta y eso impacientó a Joaquín. No podía comprender del todo por qué su respuesta inmediata no fue un ensordecedor sí, amaba todo sobre él, pero hubo una vacilación. Una vacilación que Rebeca era demasiado joven para entender, pero la llenaba de agonía. Había una sensación de alivio en todo esto, su fé en los hombres estaba mejorando y progresaba una recuperación de la maldad de muchos otros. Sin embargo, Joaquín comenzó a presionarla para que respondiera. En una de sus cartas más recientes, Joaquín escribió: *Sigo diciendo que al no responder la pregunta, estás dando falsas esperanzas*. Rebeca estaba desconcertada por su convicción; para tener diecisiete años, él estaba convencido de que ella era el amor de su vida. En un intento de descifrar su vacilación, formuló las siguientes preguntas en la agenda:

¿Estás seguro de que te gusto?
¿Me conoces lo suficiente como para salir conmigo?
¿Serías del tipo celoso conmigo?
¿Cómo te sentirías acerca de los otros *Admiradores*?

Joaquín, aunque tranquilo por naturaleza, podía ser muy pasivo-agresivo con sus comentarios. A menudo le decía en broma a Rebeca que él era solo otro de sus muchos admiradores en su colección de chicos. Estaba claro que a Joaquín le molestaba no tener la atención exclusiva de Rebeca. Sin embargo, él fue el único que consiguió su atención recíproca. Comprender que Joaquín estaba siendo pasivo-agresivo habría hecho que fuera más fácil responsabilizarlo. Desafortunadamente, las herramientas para una relación mentalmente sana todavía estaban muy lejos de ser reconocidas en esta sociedad y, por lo tanto, simplemente fueron ignoradas. Además, ella sólo tenía dieciséis años, en el momento en que se decía *son cosas de niños.*

La proximidad de las vacaciones de Navidad había impedido que Rebeca y Joaquín se vieran con tanta frecuencia, por lo que Joaquín le hacía compañía hasta altas horas de la noche. Rebeca pasaba mucho tiempo en casa cuidando a sus hermanos mientras sus padres administraban un restaurante. A mediados de diciembre, Rebeca solicitó la asistencia de Joaquín en su casa alrededor de las 20:30 horas. La necesidad de abordar la cuestión planteada era inminente y Joaquín estuvo de acuerdo.

Durante esta época del año hacía frío estacional, pero ese día era agradablemente cómodo. La temperatura era de unos doce grados sobre cero y no había sensación térmica. Con un abrigo grueso y el equipo adecuado, era factible. Rebeca esperaba que las palabras que necesitaba para expresarle sus sentimientos a Joaquín aparecieran mágicamente. Eran alrededor de las 20:40 horas y Rebeca finalmente quedo libre, su hermano y su hermana estaban profundamente dormidos. Tenían diez meses de diferencia, su hermano era prematuro, por lo que eran prácticamente como gemelos, y Rebeca les llevaba aproximadamente diez años. Se abrigó y salió. Joaquín ya esperaba pacientemente.

—¿Has estado esperando mucho? —Preguntó Rebeca.

—No, unos cinco minutos más o menos. Pero hace buen tiempo aquí esta noche. No hace mucho frío —respondió Joaquín.

—¡Eso no es algo bueno! Entonces podemos quedarnos aquí toda la noche —se rió Rebeca mientras comentaba. Joaquín asintió con una sonrisa.

—¡Estoy bien con eso! Aunque realmente no quiero meterme en problemas con tu mamá. —Añadió levantando levemente una ceja.

—Está bien, no estarán en casa hasta las once de la noche porque necesitan limpiar las máquinas. —Dijo Rebeca con seguridad. Mientras Rebeca y Joaquín se acomodaban en el escalón de la entrada, el elefante en la habitación se estaba volviendo muy pesado.

—Sé que quieres que responda la pregunta que hiciste —comenzó. Ahora tenían contacto visual y no había forma de evitar la pregunta.

—Lo he pensado y quiero que sepas cuánto aprecio lo que tenemos —afirmó afectuosamente

—Pero ahora mismo no puedo salir contigo, he tenido malas experiencias con chicos y prefiero no tener una relación ahora —Ella exclamó. Las previas experiencias de Rebeca estuvieron llenas de insatisfacción. Definitivamente no deseaba que Joaquín la decepcionara. Su respuesta fue ambigua, carente de una explicación definitiva, o al menos no fué minuciosa. Rebeca se sintió desorientada y dejó escapar un profundo suspiro. Hubo una larga pausa.

—Di algo —suplicó Rebeca.

—No hay nada que pueda decir, respondiste —dijo mientras su

comportamiento cambiaba

—A mí también me gusta esta amistad y si eso es lo que seremos por ahora, que así sea. Esperaré, puedo esperar —Afirmó y se sentó erguido. Ordenó sus pensamientos.

—Solo quiero que sepas que realmente me gustas, quiero decir… ¡creo que te amo! Nunca antes le había dicho eso a una chica en persona o… contigo es tan natural decirlo —dijo mientras su tono se suavizaba. Rebeca sintió la calidez de sus palabras en su corazón y sonrió.

—Bueno, ¿quizás más tarde puedas volver a preguntarme? —Dijo, sin saber a dónde la llevaría. Joaquín tampoco iba a rendirse tan rápido.

—Cuando llegue el momento, te lo volveré a preguntar —Jaoquín agrego. Rebeca asintió sonriendo y le encantaba que él la abrazara. Ella apoyaba su cabeza sobre su hombro y le abrazaba el brazo con sus brazos. Entonces Joaquín tomaba su mano entre las suyas y permanecían inmóviles como picaportes, simplemente disfrutando de la presencia del otro y de la sensación del tacto.

A veces, sin que Joaquín lo supiera, Rebeca lloraba en silencio mientras se recostaba sobre su hombro y con la oscuridad de la noche, se ocultaba. Ella estaba luchando con traumas y de alguna manera Joaquín alivió la batalla. Por el momento, alivió el dolor de Rebeca, simplemente siendo Joaquín.

La noche continuó, ellos, hablando como de costumbre y aunque no les gustaba chismorrear, hablaban de su círculo de amigos. Sin embargo, nunca continuarían con los chismes o rumores fuera de su amistad. El consenso mutuo sobre muchos temas formó su amistad, como las cualidades de un ser humano decente y el significado de la bondad. Ambos siguieron la regla de oro: *tratar a los demás como te gustaría que te trataran a ti*. Ambos tenían sentido del humor, un profundo amor por la familia y respeto por todos los seres vivos. Todo esto y más conformó su amistad única. Eran dos guisantes en una vaina. Rebeca y Joaquín llevaban más de una hora sentados en un frío escalón de cemento y, aunque hacía buen tiempo, empezaban a sentir frío. Rebeca le ofreció un chocolate caliente y Joaquín se levantó.

—Creo que es mejor si me voy porque no quiero que tus padres me atrapen. No es que estemos haciendo nada malo –le dijo. Rebeca también se levantó y se miraron, era tierno e inocente. La intención de Joaquín de irse fracasó rápidamente, cuando los dos comenzaron a hablar nuevamente.

No importaba de qué estuvieran hablando, la facilidad de conversación entre ellos era inexplicable y así había pasado otra hora en un abrir y cerrar de ojos. Estaban tan absortos en su conversación que no se habían dado cuenta de que las luces estaban encendidas en la casa. En ese momento, la puerta principal se abrió.

—¡Ahí estas! –Dijo Katrina con severidad.

—¿Ves qué hora es? –Katrina dirigió su atención hacia Joaquín y, con un tono disciplinado, se dirigió a él.

—Joven, creo que es hora de que se vayá a casa. –Ella instruyó.

Una sombra se acercó rápidamente en primer plano y se paró detrás de Katrina; Era el papá de Rebeca. Abraham era un hombre de aspecto intimidante, de constitución fornida, de unos cinco pies y ocho pulgadas y con un temperamento latino de sangre caliente. No había forma de meterse con su padre, así que Joaquín se despidió rápidamente de Rebeca y se apresuro, perdiendose en la noche.

Por supuesto, Rebeca recibió un buen sermón sobre los comportamientos adecuados de una joven respetable, lo cual tomó una eternidad, lo que le recordó la imagen de ver un grifo que goteaba llenar un balde de agua. Rebeca escuchó a sus padres pero afirmó que no pasó nada y afirmó que solo eran amigos. Intentó explicarles a sus padres el tipo de amistad que compartían, pero ellos sintieron que entre los adolescentes no existían los *sólo amigos*. Rebeca no volvió a intentar explicarse.

El martes, Rebeca salía de la escuela y vio a Angelo desde lejos caminando por Stanley Road con la compra. Parecía diferente, maduro, y vestía pantalones y una camiseta normal, sin pañuelo, sin ninguna referencia a su pandilla. Recordó el breve período de citas con Angelo el verano anterior:

Después del incidente a la salida de la escuela, la percepción que Rebeca tenía de Angelo cambió. Su interés duró poco y logró alejar a Rebeca con su doble personalidad. Ella pensó que era el fin de su enamoramiento momentáneo. Unas semanas más tarde, Angelo la llamó y se disculpó por su reacción. Su tono se suavizó a medida que avanzaba la conversación y, al final de la llamada, acordaron reunirse después de la escuela el jueves siguiente.

Esta vez Rebeca recordó que había programado un encuentro con Angelo. Sucedió que esa mañana Katrina le informó a Rebeca que ella recogería a sus hermanos de la escuela. No habían muchos días en los que Rebeca tuviera tiempo para ella misma, por lo que fue reconfortante. Angelo estaba esperando solo en el estacionamiento de la escuela. Rebeca y Angelo se quedaron en los alrededores y entablaron conversaciones sobre temas mundanos. La conversación fue superficial ya que Angelo no parecía ser digno de confiar. Caminaron hasta un popular local de comida rápida a unos cinco minutos de la escuela llamado *Jerry's*. Tenía algunas mesas, pero todas estaban ocupadas cuando llegaron Rebeca y Angelo, así que se quedaron de pie, comiendo sus papas fritas.

–Es muy fácil hablar contigo –proclamó Angelo como si nunca hubiera tenido una conversación con una chica. –¡Tú también eres muy bonita! –Añadió.

–Gracias –respondió Rebeca y se sonrojó. Rebeca había recibido numerosos elogios, pero simplemente no podía aclimatarse a ellos. Ella nunca antes había experimentado este nivel de atención y rara vez conocía una respuesta coqueta.

Ya era hora de que Rebeca regresara a casa; según los cálculos de Rebeca, llegaría alrededor de las 16:30 horas si ella tomara el autobús. Si caminaba, le llevaría más tiempo y había llevado su tiempo libre al límite. La parada de autobús estaba a la vista, así que esperaron adentro. Cuando el autobús estaba justo en la cima de la colina, Rebeca salió corriendo, cuando estaba a punto de abordar, Angelo le agarró la mano. Se aventuró cerca y se inclinó, le rozó la mejilla y le susurró.

–¿Quieres ser mi novia? –Él preguntó y besó su mejilla mientras se retractaba. Esperó pacientemente una respuesta.

–Sí. –Rebeca respondió suavemente mientras subía al autobús. Era la primera vez que le pedían que fuera la novia de alguien. Fue la emoción de ser novia lo que la hizo soltar un sí. No había ninguna conexión emocional, pero tal vez fuera la imagen de chico malo lo que lo hacía tan intrigante. Era increíble creer las historias de Angelo, pero ella las escuchaba con escepticismo. Sin embargo, ahora era la novia de Angelo.

Una relación con Rebeca era como la de un vendedor por teléfono. Llamar con la mayor frecuencia posible, pero nunca se llega a nada. Su respeto por las restricciones de los padres impidió que sus relaciones fueran clasificadas como tipica relaciones de jovenes. El estado actual de las citas requeriría que Rebeca pasara tiempo con su novio, y eso estaba fuera de discusión. En el mejor de los casos se trataba de una relación de visitas momentáneas después del colegio y de varias llamadas telefónicas a lo largo de la semana.

En ocasiones, la escuela terminaba temprano y, ese día, Isa le dijo a Rebeca que estaban en casa de Vero después de salir temprano.

–Tú también deberías venir Becky, porque Angelo estará allí–, compartió Isa, aconsejándole que fuera toda una tipica novia. Isa estaba enderezando su falda del uniforme, más bien enrollándola para que fuera más corta. Vero levantó la vista de su casillero con una expresión de *estoy de acuerdo* y Rebeca, no tuvo de otra, que acceder.

Verónica era la que vivía más alejada del colegio y durante el paseo de veinticinco minutos se entretuvieron hablando de chicos. Isa les contó sobre los nuevos sentimientos que descubrió acerca de un amigo en común, James, y Vero les contó cómo rompió nuevamente con Oscar. Siempre terminaban juntos. Rebeca permaneció en silencio durante la mayor parte de la caminata, excepto por algunas preguntas, no tenía nada que agregar al drama juvenil. Rebeca se sentía incómoda.

Fueron las últimas en llegar: Oscar, Angelo, James, Mike y algunas personas más que Rebeca no conocía estaban esperando en la entrada de la casa. La mamá de Verónica trabajaba hasta las 18:00 horas y a veces un turno doble, era la razón que su casa estuviera disponible la mayoría de los días.

Mientras todos se acomodaban, Vero puso música. Uno de los chicos empezó a ofrecer cerveza y a pasarlas alrededor. Isa se estaba poniendo cómoda con James en el sofá, lo que sorprendió a Rebeca porque pensó que estaba saliendo con un chico llamado Greg. Vero intencionalmente corrió con Oscar a otra habitación, nuevamente confusa porque acababa de decirles que había roto con él. Y otros empezaron a bailar. Estas circunstancias eran nuevas para Rebeca y se sentó en el sofá más cercano. Ella no sabía cómo actuar; estaba claro que estaba fuera de su elemento. Angelo la acompañó en el sofá.

—¿Estás bien? —Preguntó

—Sí, estoy bien —respondió Rebeca, pero no de manera

convincente.

Angelo se acercó y se movió lentamente, con la mano izquierda en su cintura y la otra en el sofá. Comenzó a besar su mejilla suavemente y poco a poco se acercó a sus labios. Rebeca correspondió el beso pero no sintió nada. Ella quería las mariposas. Quería perder el pensamiento y tener deseo de seguir besandolo. Sin embargo, sus pensamientos estaban puestos en el reloj y tenía aproximadamente media hora antes de tener que irse. Angelo siguió besándola, ella podía sentir su mano moverse lentamente hacia su muslo y deslizarse suavemente debajo de su falda escolar. Rebeca saltó del sofá como si la hubiera mordido una serpiente. Angelo se sobresaltó y casi se cae del sofá. Todos los demás no se dieron cuenta de lo que pasó.

El corazón de Rebeca latía aceleradamente por los nervios, *estoy usando pantalones cortos, no habría llegado muy lejos. Podría haber reaccionado mejor.* Pensó. Estaba segura de que Angelo era el tipo de chico acostumbrado a salirse con la suya. Angelo se levantó y caminó hacia Rebeca que ahora estaba parada cerca de la puerta de la cocina.

–¿Te gustaría una cerveza? –Preguntó, sin ningún signo de emoción, el rostro de Rebeca habló por ella. Ella frunció el ceño con disgusto. –¿Ó algo de beber? –Añadió, basándose en su respuesta. Rebeca no bebía alcohol y no conocía a nadie de su edad que bebiera cerveza como si fuera jugo.

–Sí, por favor, refresco, jugo, agua, lo que haya –Ella soltó.

—¿Estás segura de que no quieres probar una cerveza? Te ayudará a relajarte —Ofreció persuasivamente.

—Hmm, no, hoy no, gracias —Rebeca recibió un vaso de jugo de Angelo y hablaron en la cocina durante unos quince minutos. Luego vino una pausa en silencio mientras un amigo lo interrumpía, y luego Angelo una vez más comenzó a besarla. No pasó mucho tiempo antes de que su mano comenzara a moverse hacia otros lugares, ella dejó de besarlo y se apartó.

—Tengo que irme ahora —dijo Rebeca en voz baja. Angelo perdió la paciencia con ella y se apartó de su camino aceptando su derrota. —Gracias —dijo apenas en un susurro.

Rebeca quería desesperadamente irse y se despidió sólo de Isa y Vero. Pensó que Angelo la acompañaría a casa, pero cuando Rebeca se dio la vuelta vio a Angelo frustrado.

—OK, Adios. —Dijo fríamente.

Rebeca salió pisando fuerte, ni enojada, ni resentida, mas bién, aliviada. Ahora estaba segura de que no pertenecía allí, se sentía fastidiada. El largo camino a casa le dio la oportunidad para procesar sus pensamientos y ni siquiera se dio cuenta del ritmo al que iba. ¡Ahora estaba enojada! *Una relación, incluso una amistad, no debería resultar tan desagradable,* pensó. Cuando se centró en su ubicación, la escuela de su hermano le devolvió la mirada. Había completado el camino en quince minutos, un camino que debería haber durado veinticinco minutos. Sin embargo, ella se sentía mejor.

No era raro que Angelo estuviera en la escuela de Rebeca. A menudo estaba allí para enfrentamientos hostiles; rara vez su presencia sería para Rebeca. Las peleas de pandillas eran siempre las mismas disputas de territorio con los Cali Boyz o con los JIFFS. Las chicas, normalmente las novias de los miembros, no eran solo espectadoras del caos. De hecho, fueron más crueles en el ataque que los chicos. La sangre extraída de las peleas de las chicas era excesiva en comparación con las peleas de los chicos. Los chicos fueron sencillos, hubierón peleas de cuchillos, bates ó simple puñetazos. Las heridas eran cortas y contusiones que se repararían y sanarían.

Las chicas, en cambio, bueno, eran peleas con lo que fuera accesible. Las heridas fueron rasguños profundos que dejarón cicatrices para toda la vida. Las uñas se rompían desde el centro de los dedos y provocaban su pérdida permanente. Arranques de cabello que harían sangrar el cuero cabelludo. Se arrancaban la ropa dejando los pechos al descubierto. Si había una botella de vidrio cerca, la usaban para rompersela en la cabeza. Para colmo, también verías los puños cerrados golpeando, pateando, maldiciendo y gritando. Fue como ver un combate de Ultimate Fighter. El grupo de chicas al que Rebeca ahora pertenecía por defecto se llamaba *Crazy Chicas,* también conocidas como *Las CC*. En el momento qué accedio a ser la novia de Angelo fue inscrita en la pandilla de chicas.

Angelo estaba esperando a Rebeca afuera de la escuela. –¡Hola mamásita! –Dijo. Rebeca estaba confundida y preguntó: –¿Acordamos reunirnos hoy? –Después de las travesuras en la casa de Vero, no esperaba seguir siendo la novia de Angelo.

–No, no, sólo quería darte esto –respondió. Sacó de su

bolsillo una bandana roja con un diseño excéntrico y una pequeña paleta compacta negra. Rebeca había visto este pañuelo antes, las novias de los pandilleros lo llevaban a varios lugares. Algunas lo ataban en el cabello, otras en sus mochilas a modo de amuleto y otras en sus faldas metidas en la cintura.

—¿Para qué es esto? —Ella preguntó.

—Ahora que eres mi Mamasita, esto es para que todos sepan que eres miá. —Afirmó con arrogancia.

Rebeca aceptó el pañuelo y el regalo. No estaba segura de cómo se sentía al ser mostrada como *propiedad*. ¿Fue lindo, tóxico o simplemente estúpido? Todas las cosas consideradas; Angelo no le exigió nada a pesar de que su equipo se burlaba de él porque ella no *era facil*. Rebeca se fue y Angelo se quedó para enfrentarse a los JIFFS. En el autobús abrió la polvera y era perfume sólido. Se lo acercó a la nariz, olía muy bien y lo colocó en su mochila.

Rebeca se perdiá en pensamientos de su pasado cuando estaba sola y la distancia a pie en el clima frío parecía intrascendente. El pasado que recordaba había ocurrido sólo siete meses antes y Rebeca todavía estaba tratando de procesarlo a su manera. Al día siguiente, Rebeca se despertó con dolor en las piernas y terribles dolores menstruales, no fue a la escuela. Joaquín llamó alrededor de las 20:30 horas, y Rebeca le había contado su *fascinante* día.

—¿Así que cómo estuvo tu día? ¿Algo que contar? —Preguntó Rebeca. Joaquín parecía distante. Rebeca tuvo que volver a involucrarlo en la conversación un par de veces.

—Estoy aquí. Sólo tenía que terminar esta tarea, pero ya terminé —tartamudeó, y luego continuó rápidamente. —Bueno, Helen finalmente dejó de llamarme, —dijo contento. Helen era una chica que andaba contando a todos, acerca de sus sentimientos hacia Joaquín. Había intentado despertar cierto interés en Joaquín, pero no había tenido éxito.

—Oh, sí, ¿finalmente entendió el mensaje? —Rebeca con una sensación de alivio, respondió con calma.

Joaquín le dijó de todos los avances de Helen, pero Rebeca nunca hizo comentarios. En vez, ella cambió el tema de la conversación y esperó que el tema de Helen no volviera a surgir. No quería saber de ninguna chica que quisiera ocupar su lugar en la vida de Joaquín. Ella era su chica, no de una manera convencional, pero al fin y al cabo, su chica. Esa noche su conversación se interrumpió porque Rebeca necesitaba descansar.

La peor parte de los días de enfermedad era tener que ponerse al día con los deberes. Rebeca no era una estudiante excepcional, pero mantuvo un promedio del 70% en todas las clases excepto en matemáticas, estaba contenta de haber obtenido una calificación aprobatoria en su materia más odiada.

La amistad de Joaquín y Rebeca continuó tan fuerte como lo era antes de que él planteara *la pregunta* y estaban felices. Habían comenzado rumores sobre Joaquín y llegaron a la escuela de Rebeca a los pocos días. Helen le había contado a cualquiera que quisiera escuchar la noticia de que ella y Joaquín se besaron y que estaban juntos. Al principio, Rebeca lo ignoró como cualquier otro rumor, aún así estuvo angustiando todo el día. *Joaquín hubiera sido honesto conmigo, no es algo que me hubiera ocultado, ¿o sí?* Murmuró a sí misma.

A lo largo de la escuela, Rebeca estuvo acompañada de susurros de molestia, burla y rencor, ya que todos creían que Rebeca estaba saliendo con Joaquín. Una suposición que no fue corregida por ninguno de los dos. Rebeca y Joaquín habían expresado abiertamente su amistad eterna y no era ningún secreto.

La pregunta que todo el día le hicieron a Rebeca fue: *Entonces, ¿es cierto que Joaquín y Helen están saliendo?* Rebeca se encogía de hombros en una respuesta neutral cada vez porque realmente no sabía qué pensar. Necesitaba hablar con Joaquín. Tan pronto como Rebeca llegó a casa, empujó sus pertenencias al suelo y llamó a Joaquín. Sin embargo, aún no había llegado a casa de la escuela y le dejó un mensaje a su hermano.

Las emociones de Rebeca se apoderaron de ella y la atormentaba la idea de que Joaquín acompañara a Helen a casa desde la escuela. *Él también debe acompañarla a casa, cargar su mochila y decirle cosas agradables,* se burló en voz baja. Su atención se centró principalmente en dónde estaba Joaquín y con quién mientras esperaba su llamada. Rebeca volvió a llamar a las 17:00 horas y una vez más, respondió su hermano, le aseguró que cuando Joaquín llegara a casa, le transmitiría el mensaje.

—¿Sabes donde está el? —Rebeca intentó un tono tranquilo mientras preguntaba. No estaba convencida de su evidente angustia.

–No, no lo sé, pero le haré saber que llamaste, –dijo el hermano en un tono condescendiente. Rebeca colgó y esperó ansiosamente. Eran poco antes de las 18:00 horas cuando llamó Joaquín.

–Oye, ¿llamaste? Mi hermano dijo que parecías terriblemente molesta, ¿está todo bien? –Preguntó Joaquín.

–¿Molesta? No. Te estaba llamando porque la noticia de tu novia llegó a mi escuela y quería saber por qué no me lo dijiste. –Ella interrogó.

–¡Mi novia! ¡Qué! Ahhh, no sé de qué estás hablando, ¿pero suenas molesta? –Afirmó Joaquín.

Se oyó un grito de fondo: Katrina la estaba llamando a cenar. Sus padres contrataron ayuda para el restaurante para darle a Katrina algunos días libres, y llegó el momento de una cena familiar que se esperaba desde hacía mucho tiempo.

–Te llamaré más tarde, tengo que irme ahora mismo, –dijo con tono complacido. Joaquín también escuchó a Katrina y accedió a hablar más tarde.

Rebeca le devolvió la llamada alrededor de las 19:50 horas y su hermano menor informó que no estaba en casa. Una vez más, Rebeca estaba preocupada. La desconfianza que aumentó y disminuyó a lo largo del día fue agotadora. Necesitaba mantener la calma, no tenía motivos para dudar de Joaquín. Si dijo que no tenía idea de los rumores, entonces es verdad. Rebeca se regañó a sí misma. Alrededor de las 20:15 horas; alguien llamó a la puerta y Katrina respondió.

—Hola señora, ¿puedo hablar con Rebeca, por favor? —Dijo una voz respetuosamente. Rebeca se acercó a la puerta.

—Estaremos afuera. ¿Está bien? —Rebeca afirmó.

—Mira la hora, Rebeca, no tardes mucho y deja la puerta abierta solo cierra la mampara, —dijo su madre. Rebeca se cubrió y salió. Joaquín no perdió el tiempo.

—No estoy seguro de por qué estás tan molesta, pero pensé en venir a hablar contigo en persona —dijo. La mente y el corazón atribulados de Rebeca se tranquilizaron cuando lo vio.

—No estoy molesta, solo escuché algo sobre ti y no sabía si era cierto o no —murmuró. Si tan sólo supiera lo angustiada que había estado durante todo el día.

—Si has oído algo que no te he dicho, entonces no es cierto. Entonces, ¿qué es lo que escuchaste? —cuestionó secamente. Rebeca procedió a contarle sobre el día que tuvo con el rumor sobre él y Helen. Joaquín se rió.

—¿Por qué te ríes? —Rebeca exigió con actitud. Joaquín la miró con ojos amorosos porque sabía que Rebeca lo estaba celando.

—Tendrás que resolverlo por tu cuenta, —respondió.

Joaquín siempre fue respetuoso con Rebeca, le tomó la mano suavemente. —No es cierto, ella no es mi novia, ella quiere ser mi novia pero solo hay una chica que quiero como novia y esa eres tú —dijo con ternura. Rebeca aún no estaba convencida.

—Entonces, ¿por qué creé que tiene motivos para difundir mentiras de que es tu novia? —Rebeca la interrogó, Joaquín dio un paso atrás y se apoyó contra la barandilla.

—Una vez bailamos y coqueteamos en una fiesta, y para mí no significó nada, sin embargo, para ella significó algo, traté de decirle amablemente que no sentía lo mismo por ella, pero ella seguía insistiendo. Todo el mundo sabe que estoy enamorado de ti y quiero algo más que una amistad. Es triste que esté difundiendo esos rumores cuando todos saben lo que siento por ti. —Joaquín aclaró.

—Quiero que seas mi amor infinito y quiero que digas SÍ sin dudarlo. Por eso dije que esperaría y te volveré a preguntar cuando sea el momento adecuado —continuó.

El miedo, la ira, la preocupación de Rebeca, cualquier cosa que había sentido, habían desaparecido. Joaquín había dicho exactamente lo que necesitaba oír para calmar su corazón atribulado. Rebeca lo rodeó con sus brazos, él le devolvió el abrazo y ella apoyó la cabeza en su hombro. Estaban riendo y hablando como siempre lo hacen.

—Será mejor que entre antes de que mi mamá salga y te diga: *Joven, creo que es hora de que se vaya a casa*, dijo Rebeca burlonamente. Joaquín se rió.

—Entonces, ¿estamos bien? —Imploró Joaquín.

Ella suspiró, —Sí.

La cabeza de Joaquín se inclinó ligeramente y dijo,

—Eso no suena convincente, ¿qué pasa? —Rebeca sentía mucho por Joaquín.

—Yo solo… solo quería pedirte algo pero es ridículo y ni siquiera puedo creer que esté pensando en eso —profesó.

—¿Qué pasa? Sabes que puedes preguntarme cualquier cosa —le aseguró. Rebeca necesitó un minuto para reunir el coraje para decirlo en voz alta y con una respiración profunda soltó.

—No quiero que tengas una cita ni que tengas una novia, sé que no tengo derecho a preguntarte esto, ¡pero hoy me volví loca cuando pensé que la acompañarías a casa! —Ella maldijo. Joaquín no parecía molesto, al contrario, se sonrojó y pareció halagado. Ni siquiera pensó en eso.

—Está bien, no saldré a citas, ni tendré novia. —Respondió.

Rebecca ahora estaba confundida por qué Joaquín no se mostraba ni lo más mínimo perturbado ante la petición tan descabellada

—Por ti, no hay nada que no haría. —Él continuó.

Esta sensación en la boca del estómago que no desaparecía cada vez que Joaquín estaba cerca estaba mezclada con inseguridades y traumas. Era más fácil ignorar lo desconocido de una relación romántica y simplemente aferrarse a lo que se sabía de una amistad profunda. Rebeca quiso aferrarse a toda costa a lo que para ella era terapéutico, sin comprender que a Joaquín le iba a causar exactamente lo contrario, mucho dolor. Lástima que no vendian bolas de cristal para predecir el futuro.

El negocio de restaurantes familiares se intensificó y, aunque contrataron personal adicional, Katrina ya no pudo tomarse más días libres. El padre de Rebeca tenía que ayudar en el restaurante con más frecuencia; si no tenía horas extras en su propio trabajo, continuaba en el restaurante. Por lo tanto, Joaquín iba a escondidas a la casa de Rebeca con regularidad después de horas de trabajo. Todavía hacía frío y Rebeca dejó entrar a Joaquín en su casa. Miraban programas de televisión, hablaban, reían y coqueteaban.

Rebeca a menudo se preguntaba por qué Joaquín nunca le robaba un beso. La mayoría de los chicos que ella conocía habrían aprovechado la oportunidad para intentarlo, pero Joaquín nunca lo hizo. Por primera vez, quería que Joaquín fuera el tipico adolescente. Quería descubrir cómo se sentiría besarlo, pero Joaquín era diferente a la mayoría de los chicos *y bueno, tal vez tendré que empezar yo,* pensó. Estaban viendo su programa favorito Beverly Hills 90210 en el sofá, y ella comenzó a jugar con la parte posterior de su cabello y a acariciar suavemente su cuello. Lo hacía a menudo, pero hoy tenía cierta sensualidad.

Ella estaba junto a él y colocó su mano izquierda sobre su pierna derecha. Ella le rozó las orejas con los labios y sopló suavemente mientras permitía que el calor de su aliento llegara a su piel. Intentó esta táctica un par de veces y pudo sentir la tensión. No sabía qué esperar, pero repitió lo que había visto numerosas veces en sus programas de televisión favoritos. Ella cambió su posición para mirarlo y continuó dándole pequeños besos en el cuello y luego él saltó ligeramente.

—Tu eres terrible. ¿Me estás tratando de seducir? —dijo con tono coqueto. Rebeca estaba dando su actuación digna de un Oscar y respondió con mucha naturalidad.

—¿Quién yo? Nunca —respondió con una sonrisa provocativa.

Ella no estaba nada nerviosa; se sentía tan cómoda con Joaquín que no podía imaginar que algo saliera mal. Joaquín bajó su brazo de donde había estado descansando alrededor de su cuello. Rebeca estaba decepcionada. *¿No funcionó?* Ella pensó. *¿Qué hice mal?* Ella se preguntó. Si no le hubieran lavado el cerebro haciéndole creer que las chicas decentes no daban el primer paso, ya le habría dado un beso.

Rebeca intentó sus aburridos juegos previos varias veces, pero lo que más amaba de Joaquín era también lo que estaba tensando el momento: él era un caballero de principio a fin y nunca cruzaría esa línea. No importaba que estaban viendo una película romántica como *Historia De Amor*, todavía necesitaba el consentimiento. Cuando sonó la última canción de la película, se miraron fijamente por un momento, con un deseo devorador en sus ojos. En retrospectiva, esa noche podría haber sido una noche de primeras, de pasión y, sin embargo, en un abrir y cerrar de ojos, la canción terminó. Jadeando en busca de aire, Rebeca se levantó apresuradamente como si hubiera olvidado cómo respirar. Despidió a Joaquín y sus intenciones nunca fueron discutidas.

Unos días después, Rebeca recibió una llamada inesperada.

—Hola Rebeca, soy Vince —dijo. Rebeca estaba sorprendida. No había hablado con él desde su fiesta de cumpleaños.

—¡Hola, esto es una sorpresa! ¿Cómo obtuviste mi número? —Ella preguntó. Él no respondió a su pregunta, sino que expresó el motivo de la llamada.

—Quería preguntarte sobre Isa. Ella no me devuelve las llamadas y teníamos que encontrarnos el sábado pasado en Sabor Latino, pero me dejó plantado —explicó— ¿Sabes si está saliendo con alguien más? –Preguntó. Rebeca sabía que la fidelidad entre sus amigas no era practica común.

–No lo sé, Vince, pensé que ustedes dos ya no estaban saliendo, –respondió ella con sinceridad.

–¿No tiene libre la ultima clase? ¿Va a ver a alguien más? –Preguntó en un tono devastado. Rebeca estaba confundida, *¿por qué llamarla?*

–Vince, creo que deberías hablar con ella tú mismo. Ella es mi amiga yo no puedo decirte nada, además, no soy yo a quien deberías preguntarle, tal vez quieras probar con Vero –Rebeca respondió enfadada y la conversación fue breve.

–Sí, lo siento... tal vez debería haber salido contigo, pareces tan amable –gimió. Rebeca no hizo ningún comentario.

Si bien Rebeca sabía cosas sobre Vero e Isa engañando a sus respectivos novios, nunca las delataría. Ella sentía simpatía por él, pero no apreció el comentario. Quizás por eso a la gente le gustaba hablar con Rebeca, porque ella no juzgaba. Sin embargo, Vince tenía razón, Isa lo estaba engañando y ella no hizo ningún esfuerzo por romper con Vince primero.

–Lamento no poder ser de más ayuda. Sigo pensando que deberías preguntarle a ella. –Aconsejó Rebeca.

–Bueno, gracias. Cuando veas a Isabela, ¿podrías decirle que la estoy buscando? –Preguntó.

–Seguro. No hay problema, –respondió ella.

Rebeca pensó que necesitaba hablar con Isa antes de que le llegara alguna noticia al respecto.

Al día siguiente, a la hora del almuerzo, Rebeca se acercó a Isa.

—Hola Isa, ¿vas a almorzar a Jerry's? —Ella preguntó. Isa parecía tener prisa.

—¿Que paso? No, tengo que irme, estoy ocupada ahora mismo —espetó rápidamente mientras empacaba su mochila. Era obvio que Isabela no quería que Rebeca supiera hacia dónde se dirigía.

—Sólo quería decirte que Vince me llamó ayer y estaba preguntando por ti, —admitió Rebeca. Isabela puso los ojos en blanco como si la noticia de los mensajes de Vince no fuera novedosa.

—No le dijiste nada, ¿verdad? —Dijo molesta.

—No, pero deberías hablar con él, —dijo Rebeca, molesta.

—Sí, lo haré, lo haré, —respondió ella mientras se alejaba corriendo despidiéndose, y fue el final de esa intervención.

Cada noche que pasaba Joaquín y Rebeca se comprometían más. Hablaron por teléfono, escribieron en la agenda y pasaron el mayor tiempo posible juntos. A todos los demás les pareció que estaban saliendo. Una noche en particular, mientras estaban en su llamada habitual, Joaquín hizo algo diferente.

—Tú eres… mi amor infinito, —dijo y puso la canción *Endless Love* de Lionel Richie de fondo para ella. Escuchó atentamente la letra y le encantó. Entonces recordó.

—¡Lo escribiste en nuestra agenda! —Rebeca exclamó emocionada.

—Lo hice, una semana después de tu fiesta de dulces dieciséis —confirmó.

Continuó profesándole su amor y nunca titubeó. A Rebeca le encantaba lo romántico que era y la mayoría de las noches la dejaba boquiabierta. Las canciones eran parte de su lenguaje de amor y los momentos que compartían tenían un rastro de sentimientos que se expresaban a través de canciones como *Friends and Lovers* y *Love Story*. Rebeca y Joaquín vivieron momentos que ni siquiera las parejas adultas experimentarían, y solo eran adolescentes. Aunque había pasado poco tiempo, Rebeca sin duda sentía devoción por Joaquín, pero no podía decir con seguridad que estuviera románticamente enamorada. Lo necesitaba, lo extrañaba cuando él no estaba cerca, compartía sus pensamientos con él y confiaba en él de todo corazón, pero pensaba que no estaba enamorada de él. 🐾

Capítulo 4
El Intermedio

–Dame un tema, –gritó el pequeño poeta,
–y yo haré mi parte.
–No es un tema lo que necesitas, –respondió el mundo;
– necesitas un corazón.

R. W. Gilder, Se Busca un Tema.

A medida que se acercaban las vacaciones de Navidad, la gratificante sensación de logro después de completar el penúltimo examen se instaló. Con una salida anticipada, Rebeca sintió un deseo punzante de interacción social. Mientras se acercaba a su casillero para recoger sus pertenencias; noto a Mario apoyado contra uno de ellos.

–Hola Becky, te estaba esperando, –dijo.

–¿Que pasa? –Rebeca respondió. Mario se creía un hombre atractivo, con su supuesto rostro sensual, su presunta sonrisa deslumbrante y su encanto ingenioso, que esperaba atraería naturalmente.

–¿Tengo mi examen de arte mañana y pensé que me ayudarías a estudiar? –Preguntó mientras mostraba su ardiente sonrisa. El tema ejemplar de Rebeca era el arte y conocía bien a los principales artistas canadienses.

–Claro, –respondió Rebeca con oculta decepción, ya que su interacción social tendría que esperar. Si bien deseaba unirse a su grupo, no estaba dispuesta a rechazar a un amigo que necesitaba su ayuda. Era un rasgo noble, aunque a veces molesto. El probablemente asumió que su encanto persuadió a Rebeca, pero no lo había hecho en noveno grado y no iba a hacerlo ahora, fue solo amabilidad.

Encontraron un rincón tranquilo al final del pasillo y se acomodaron. Rebeca no perdió el tiempo y abrió su libro de arte en el capítulo cinco. No fue un examen acumulativo, por lo que la atención se centró en el Estudio del Impresionismo.

—¿Qué parte necesitas estudiar o qué no entiendes? —Ella preguntó.

—Hmm, todo, —dijo Mario con humor. Rebeca se rió.

—Está bien, haré lo mejor que pueda. El impresionismo se puede dividir en dos partes principales, reflexión e interpretación. Deberías tomar notas para poder revisar ellos más tarde esta noche. —Instó y continuó desglosando las subcategorías de Interpretación. Mario sacó un lápiz y empezó a escribir la información en su cuaderno.

Rebeca ya estaba describiendo las subcategorías cuando sintió a Mario lo suficientemente cerca como para sentir su aliento en su cuello. Rebeca giró bruscamente la cabeza y chocaron.

—¡Ay! ¿Qué estás haciendo? —ella gritó. Inmediatamente, se levantó y el libro que yacía sobre su regazo cayó al suelo con un fuerte golpe. Mario saltó del suelo.

—¡Me gustas Rebeca, me gustas desde noveno grado y creo que deberías darme una oportunidad! —Dijo con autoridad. Su ego controlaba la conversación más que sus sentimientos. Rebeca retrocedió dos pasos.

—¿Qué te pasa? ¡Pensé que necesitabas mi ayuda! —Ella respondió con pesar. —¡No me gustas así, Mario, te lo he dicho varias veces! —Rebeca dijo con firmeza, recogió sus pertenencias y caminó penosamente por el pasillo. Posteriormente, ese fue el fin de la amistad de Mario y Rebeca.

Rebeca estaba decepcionada con su atención recién fundada. Contrariamente a sus expectativas, resultó ser bastante diferente de lo que había imaginado. Había anticipado una experiencia parecida a un cuento de hadas, pero en cambio se encontró con personas agresivas, con derechos y egocéntricas. Rebeca dobló una esquina distraída y accidentalmente chocó con un compañero de escuela.

–Lo siento, –dijo rápidamente. Rebeca creía que la escuela estaba vacía. Aunque la compañera no reaccionó y continuó su camino evadiendo su paradero. Rebeca notó discretamente que llevaba un pañuelo metido en su falda del uniforme y eso le trajo recuerdos de Angelo. Una época en la que ella también pertenecía a la pandilla de chicas del CC. Se preguntó si su compañera de escuela estaba luchando con las implicaciones de usar el pañuelo como ella lo hacía. Una sensación de hundimiento en su estómago desencadenó mas recuerdos.

En este recuerdo en particular, Rebeca decidió mostrar el pañuelo de Angelo. No todo el tiempo, pero era fácilmente accesible cuando era necesario. Ahora que el año escolar estaba terminando, no veía a Angelo con tanta frecuencia. Decidió permitir que las vacaciones de verano pusieran fin a su relación con Angelo. *No tendré que hacerlo; él saldrá con otra persona este verano y yo seré olvidada durante mucho tiempo,* concluyó. Pero, mientras tanto, ella todavía tenía el título de su novia. Aparte de lo obvio, mas bien dicho, intimidad sexual. ¿cuál era el papel de una novia? Rebeca seguía cualquier consejo de Isa y Vero como norma, ambas habían sido novias de pandilleros y parecían haber sobrevivido a las relaciones.

Esa mañana en particular, Vero e Isa estaban hablando en secreto en el baño de chicas cuando Rebeca entró.

—Oye, ¿de qué están hablando? —Rebeca preguntó con curiosidad.

—No lo harás, —dijo Isa mientras se reía absurdamente, Vero estuvo de acuerdo con una sonrisa condescendiente y asintió.

—¿Qué no haré? —Preguntó Rebeca con rudeza.

—¡De acuerdo! Así que la pandilla está planeando abandonar la escuela para reunirse en Center Island el próximo lunes y en High Park el miércoles, —explicó Isa. Obviamente, Rebeca nunca había faltado a la escuela y sentía curiosidad.

—Oh... ¿y cómo hacemos eso sin que nos atrapen? —Preguntó Rebeca.

—Bueno, tienes que encontrar alguna forma, pero lo hemos hecho antes, así que... —respondió Vero riendo. Ahora todo tenía sentido y Rebeca comprendió por qué no había visto a Isa y Vero con tanta regularidad al final del día de salida.

Más tarde ese mismo día, Vero le hizo una oferta a Rebeca.

—Está bien, mira, llamaré a la escuela haciéndome pasar por tu mamá y les diré que tienes que salir temprano para una cita con el médico. —Vero compartió su plan. Rebeca dudosa, no confiaba en Vero en absoluto.

—Gracias, lo pensaré, —respondió Rebeca dubitativa. Al final del día, Isa le entregó a Rebeca una nota que decía:
A quien le interese,

Por favor, disculpe a mi hija porque hoy debe salir temprano de la escuela para recoger a su hermana para una cita medica. Katrina Cortez

Rebeca quedó asombrada por la caligrafía y la precisión de la nota, pero gimió.

–Gracias, lo veré. –Ella comentó. Isa y Vero eran maestras en faltar a la escuela, pero la fachada de *chica popular* de Rebeca solo resultaría convincente si ella también faltaba a la escuela. *Tal vez podría preguntarle a mamá si podía faltar a la escuela, al menos no estaría mintiendo,* pensó.

El viernes por la tarde, a la salida, escuchó un terrible alboroto afuera. Los estudiantes corrían por el pasillo para ver la conmoción. El sonido era familiar, las dos bandas estaban peleando. Aunque era casi un ritual semanal, Rebeca no podía acostumbrarse a los gritos, las malas palabras y las burlas de los espectadores. La violencia la horrorizó y no la encontró entretenida. Rebeca salió a buscar a Angelo, pero no antes de sacar el pañuelo y ponérselo en la cintura.

Cuando pasó por completo el porton, para asombro de Rebeca, no eran los chicos peleando, sino únicamente las chicas. En ese momento, la sorpresa se convirtió en miedo cuando se dio cuenta de que se trataba de su grupo de chicas. Siete chicas de los CC's y seis chicas de los JIFFS. La pelea fue feroz y los chicos animaban a sus respectivas novias, pero Angelo no estaba a la vista. Rebeca se quedó congelada al acordarse del símbolo notablemente claro colgando de su falda gritando ¡ven a buscarme! Ella esperó el inevitable ataque y observó, pero no huyó.

Rebeca ahora estaba de pie en medio de la niebla de la multitud y los estudiantes que la rodeaban susurraban entre sí, tratando de descubrir el motivo de la pelea. Rebeca dedujo de las conversaciones que comenzó por celos. Las chicas rivales descubrieron que ambas habían estado seduciendo al novio de la otra.

Una de las chicas CC golpeó tan fuerte que la chica JIFF cayó en dirección a Rebeca, obligándola a retroceder varios pasos. Luego, con el puño cerrado, la chica CC comenzó a golpear a la niña en el suelo. Le sangraban los nudillos, pero eso no la desconcertó y continuó. La chica en el suelo la pateó y se levantó, era evidente que tenía la nariz rota. A la derecha de Rebeca, una chica de JIFFS estaba pateando a una chica de CC en el suelo con lo que parecían botas con punta de acero. La chica CC tomó su cabello y comenzó a tirarlo en diferentes direcciones. En este punto, usted no podía decir qué chica pertenecía a qué pandilla, todas estaban enredadas, ensangrentadas y peleando vigorosamente.

Un par de chicas JIFF levantaron la vista para hacer contacto visual con su novio y vislumbraron a Rebeca. La reconocieron, la escudriñaron y la ignoraron. Uno de los novios de la pandilla JIFFS se acercó a Rebeca.

—Oye, ¿dónde está tu novio? ¡Qué no de la cara, pedazo de mierda! —Dijo enojado. Rebeca no hizo contacto visual.

—No lo sé, —respondió ella con aprensión. El sonido de las

sirenas era cada vez más claro y cada vez más cercano. Lo que pareció haber durado una eternidad solo fueron menos de diez minutos. Los estudiantes, las pandillas y Rebeca despejaron el área en una fracción de segundo.

Rebeca se quitó el pañuelo y corrió colina arriba hacia su parada de autobús, pero en una dirección diferente. Un sendero que atravesaba el recinto de una iglesia cercana la llevó a la derecha hasta la carretera principal, con suerte sin que nadie la siguiera. Las sirenas se apagaron en la distancia mientras ella seguía caminando. *La policía estaría llamando a la ambulancia ahora mismo,* pensó. Las dos niñas que resultaron gravemente heridas no tuvieron fuerzas para correr y quedaron en el suelo. Estaba desconcertada por la moderación mostrada por las chicas rivales con su presencia. Rebeca nunca había peleado antes, pero se habría defendido si hubiera sido necesario. Aunque no se quejaba, todo lo contrario, aliviada de que su nariz, sus costillas y todas las demás partes de ella todavía estuvieran en una sola pieza, pero no tenía sentido.

Rebeca llamó a Angelo varias veces sin respuesta durante el final de la tarde. Al cuarto intento, Angelo respondió.

—¿Hey, que pasa? —preguntó con voz fatigada.

—Sí, ¿sabes lo que pasó hoy en mi escuela? —Preguntó molesta.

—Me enteré de la pelea, estaba ocupado, ¿estás bien? —Preguntó fríamente, sin sorprenderse por los acontecimientos.

—Sí, no sé por qué, pero nadie se acercó a mí. —Dijo todavía un poco nerviosa.

—Oh, será mejor que no, les advertí a todos que nadie te toque. —Afirmó.

—¿Porqué? —Preguntó Rebeca, estaba agradecida pero todavía molesta. De su lado, se escuchó un ruido de ollas y sartenes con una chica susurrando de fondo, estaba claro que no estaba solo.

—Porque si no querían una pelea mucho mayor, necesitaban mantenerte al margen, —respondió. La conversación terminó y Rebeca ni siquiera cuestionó la voz sospechosa de la chica, no le interesaba.

Durante estos agotadores momentos de recordar el pasado, el camino a casa fue una forma de recuperación para que Rebeca se liberara del estrés. También sentía remordimiento por no preguntarle a su compañera de escuela si necesitaba ayuda. Fue una época difícil para Rebeca en aquel entonces y todavía la aterrorizaba recordar esos momentos.

Joaquín visitó a Rebeca el sábado por la tarde y salieron a caminar. Había algo en el aspecto del coqueteo de persona a persona que era mucho mejor que por teléfono. Fue un coqueteo inocente que no hizo que ninguno de los dos se sintiera incómodo. Por ejemplo, cuando Joaquín pensaba que Rebeca no estaba mirando, inhalaba profundamente el olor de su cabello.

—Me encanta tu cabello y siempre huele muy bien, —admitió. —Fui a una fiesta en una casa el fin de semana pasado en Lakeshore y olí tu olor y pensé en ti. Siempre estoy pensando en ti, —continuó.

Rebeca también coqueteó un poco, ella al acariciarle suavemente el brazo y permanecer cerca de él durante el camino como una pareja. Ella no lo sabía conscientemente, pero cuando quería ser tierna, conversaba conscientemente en español. Él seguiría su discurso coqueto y también respondería con algo ingenioso en español. Terminaban ambos riendo.

—Entonces invítame a salir, —dijo Rebeca coquetamente sin esperar una respuesta.

—Está bien… ¿sal conmigo? ¿Sé mi novia? —Dijo Joaquín, poniendo a prueba su farol y sorprendiendo a Rebeca.

—Ayer escribí en la agenda que pienso en ti todo el tiempo, necesito escuchar tu voz. No vengo a verte todos los días porque no quiero alejarte, ni abrumarte, pero esto te digo ahora, te quiero solo para mí, ¿saldrías conmigo? —Dijo Joaquín, mientras la abrazaba suavemente. Joaquín le había preguntado a Rebeca por segunda vez.

Rebeca nunca antes se había sentido tan cerca de nadie, no podía comprender su propia vacilación. Él encarnaba todo lo que ella podía desear en un novio. Su acercamiento fue perfecto, pero Rebeca tenía miedo, un miedo que circulaba por ella una y otra vez sin explicación. ¿Fue su experiencia con otros chicos? ¿Fue el abuso sexual pasado? ¿Fue su madre sobreprotectora? ¿Ó fue su miedo a perder la perfecta amistad que tenía con Joaquín? Salir con él cambiaría la relación, Rebeca tenía que decir algo.

—Tú también eres mi mejor amigo Joaquín, y no hay nadie con quien preferiría pasar mis días, pero no puedo. No tengo permitido tener citas. Espero que esté bien, —ella respondió con reservas.

Joaquín se detuvo.

—Sí. Entiendo. —Dijo de mala gana. Estaba claro que Joaquín no esperaba la respuesta y el resto del camino fue incómodo. Su despedida fue fría y se dijeron pocas palabras. Rebeca estaba desgarrada porque lo amaba, sabía que lo amaba, pero como a un amigo. Rebeca no supo nada de Joaquín durante el resto del fin de semana y estaba demasiado agitada para llamarlo. Esperaba que con el tiempo todo se calmara, después de todo, son Joaquín y Rebeca: ¡Amigos para toda la vida!

El martes, Rebeca aún no había tenido noticias de Joaquín y estaba inquieta. Después de cenar, decidió llamarlo.

—Hola, ¿hace mucho que no escuchaba de tí? —Dijo arrogantemente mientras ocultaba sus verdaderos sentimientos. —Te escribí dos páginas en la agenda, —le aconsejó. Rebeca se aferró a la esperanza de que él hubiera superado la ira.

—No puedo hablar, tengo muchos deberes que hacer, —dijo con frialdad. —Intentaré llamarte más tarde, —dijo, perspicaz. Ella se sintió decepcionada pero le brindó el espacio que deseaba.

—Está bien, si no, ¿te veré el viernes? —Ella preguntó.

—No estoy seguro de poder esta semana, tengo proyectos que debo terminar, —respondió Joaquín.

—¿Llámame luego? —Rebeca preguntó con pesar.

—Está bien, —respondió Joaquín y colgó. Rebeca se sintió fatal y extrañaba a Joaquín. Se había convertido en una práctica semanal verlo después de la escuela todos los viernes y hablar con él por las noches, pero Rebeca solo necesitaba darle espacio. *Una amistad como la nuestra puede superar cualquier cosa*, pensó. A pesar de su corta edad, se reconocían y honraban los límites y el consentimiento.

Sin embargo, la persona que llamó y dejó un mensaje fue Vince. Rebeca lo llamó más tarde esa noche y hablaron un rato sobre lo que les gustaba y lo que no les gustaba. Se quejó de Isa y ella compartió algunas palabras de consuelo. Él parecía genuinamente desconsolado por la indiferencia de Isa y quería respuestas.

–Vince, hay muchas otras chicas que estoy segura que les encantaría salir contigo, –señaló Rebeca. –Isa ya dio vuelta a la hoja y tú también deberías hacerlo. –Ella concluyó, Vince suspiró.

–Tú crees que sí. Tal vez tengas razón, necesito olvidarme de ella, –respondió. Rebeca tenía tendencia a llevarse mejor con sus amigos varones. Ella simplemente los trataba con amabilidad y algunos chicos lo confundían con coqueteo. Rebeca conversó con Vince tal como lo haría con cualquier otro muchacho: genuinamente y con gran atención. Después de media hora de darle vueltas al mismo tema, notó que Rebeca estaba triste. Rebeca explicó vagamente el motivo de su melancolía y expresó inequívocamente que extrañaba a Joaquín. Vince la consoló por primera vez.

La vida adolescente de Rebeca continuó y habló con otras personas por teléfono, pero en comparación, todos fracasaron. Había pasado una semana desde que Rebeca y Joaquín hablaron y sonó el teléfono.

–¡Hola! –Joaquín dijo de inmediato.

–Hola, –respondió Rebeca con un tono suave.

—Parece que no puedo alejarme de ti, —exclamó.

—No quiero que te alejes de mí, —dijo inflexiblemente.

—No entiendo, me coqueteas, quieres que te recoja del colegio, pero no quieres salir conmigo, ¿por qué? —Él estipuló.

—Simplemente no siento lo mismo por ti. Creo que somos grandes amigos; Eres mi mejor amigo y siempre te amaré como mi amigo, pero creo que esto es todo lo que puedo llegar, —dijo con severidad. Joaquín pareció sorprendido por las palabras de Rebeca porque sus acciones no coincidían con sus palabras. Ella lo hizo sentir amado, especial y lo trató de manera diferente a los demás.

—Siempre seremos amigos, tal vez algún día me veas diferente, —Joaquin afirmó. Rebeca se derritió.

—Te amo, pero como mi mejor amigo, la persona a la que recurro para cualquier cosa, la persona que necesito cuando tengo miedo, estoy feliz o estoy ansioso. La única persona a la que espero para llamar, —ella respondió.

La realidad era que ella sí lo amaba, pero no había ninguna atracción física de su parte. Se había convencido a sí misma sin atracción física de que no era un amor romántico. El tema fue autodidacta a partir de los programas de televisión que veía. Joaquín guardó silencio y decidió no seguir con el tema, en cambio, procedieron a hablar de la semana del otro. Fue durante este tiempo que Joaquín tuvo una confesión.

—Tengo que decirte algo —con voz tranquila y sombría, —¿Conoces a un tipo llamado Angelo? —Preguntó. Rebeca quedó asombrada por su pregunta.

–¿Si porque? –Ella preguntó a cambio.

–Porque aparentemente él cree que es tu novio y se presentó en mi escuela la semana pasada con la intención de apuñalarme, pero afortunadamente yo no estaba allí. Luego llamó a mi casa para amenazarme, –el continuó. Rebeca se quedó sin palabras.

–¿Qué? ¿Él hizo qué? ¿Cómo supo de ti?' Ella preguntó perturbada: –¿Cómo supo de tu escuela, tu número de teléfono? ¿Qué dijo cuando te llamó? –Rebeca lo interrogó. Rebeca no podía imaginar la idea de que Joaquín saliera lastimado. Sabía de lo que Angelo era capaz y el corazón de Rebeca se hundió. Joaquín hizo una pausa.

–Descubrí que Jennifer lo estaba guiando por toda la escuela buscándome y no tenía idea de que él tenía un cuchillo. Ella pensó que él sólo quería hablar conmigo y le dio mi número de teléfono. –Respondió Joaquín. –Cuando Angelo llamó, me dijo que tenía suerte de no encontrarme en la escuela porque de lo contrario me habría apuñalado en la cara. Me advirtió que necesito mantenerme alejado de ti. –Joaquín continuó. –Le dije que podía venir a mi casa a hablar conmigo y entonces mi hermano mayor me quitó el teléfono. Mi hermano le dijo si vino a una pulgada de mí tendría que lidiar con todos ellos. –exclamó Joaquín con un tono frío en la voz. Rebeca estaba perturbada y permaneció en silencio. El incómodo silencio fue roto por la pregunta de Joaquín.

–¿Quién es Angelo? –Joaquín cuestionó. Rebeca no quiso hablar de la terrible experiencia, pero dadas las circunstancias, Joaquín merecía la verdad y le explicó todo. Rebeca comenzó con cómo se conocieron, sobre la reunión después de la escuela, la pelea de chicas, y terminó con la historia de lo que pasó en High Park.

Habían pasado un par de semanas desde que Isa y Vero habían sugerido faltar a la escuela y Rebeca no se había unido a ellas esos dos días. Sin embargo, era el 1 de junio, también conocido como el Día Nacional de Faltar, y esta era su oportunidad de demostrar que podría ser una de las *niñas populares*. Esa mañana, Rebeca estaba en la cocina con su madre mientras preparaba el desayuno para sus hermanos.

—Mamá, necesito preguntarte algo, —dijo Rebeca. Katrina se volvió y la miró con su expresión maternal —¿Sí?

—Hoy es el día nacional de ausencia de la escuela y quiero faltar a la escuela con mis amigos, —afirmó. Rebeca contuvo la respiración y esperó el sermón sobre las niñas adecuadas, y como no faltan a la escuela, que Rebeca lo podía recitar palabra por palabra.

—Está bien, ¿a dónde vas? —Katrina preguntó con calma.

—No lo sé, las chicas decían que tal vez Center Island o High Park, —respondió Rebeca. La rapidez de su respuesta fue sorprendente ya que Rebeca no había preguntado a sus amigas a donde iban el 1 de junio. Katrina hizo una pausa y le dio unos minutos para procesarlo.

—Está bien, asegúrate de estar en casa a más tardar a las 5:00 antes de que llegue tu padre, ¿de acuerdo? —subrayó Katrina. Rebeca quedó estupefacta y saltó de un lado a otro. —Gracias, mamá. —Dijo mientras abrazaba a su mamá. Rebeca fue a la escuela lista para salir inmediatamente después del salón de clases.

Cuando Rebeca llegó a la escuela, buscó a Isa y Vero, pero no había mucha gente presente. Inmediatamente, Rebeca salió de la escuela y se encontró con algunos estudiantes que dijeron que la mayoría iba a High Park. Isa y Vero ni siquiera se molestaron en esperar á Rebeca. Supusieron que no iba a faltar a la escuela. Una suposición acertada por su parte, excepto que hoy estaban equivocadas.

El viaje en metro no fue nada tranquilo y muchos estudiantes de diferentes escuelas se dirigieron a diferentes lugares. Cuando Rebeca llegó a High Park, dio varias vueltas alrededor del parque encontrando a otros estudiantes de su escuela, pero sin localizar a ninguno de sus amigas. Finalmente, con información de varias amistades que las vierón, llegó a una ravina que estaba en la esquina sur de High Park y allí estaban sentados Isa, Vero, Angelo, Karen, Oscar, James, Enrique, Manolo y muchos otros de la pandilla. Estaban contemplando un camino para trotar. La impactante entrada de Rebeca fue un gran impulso para su ego.

—¡Ey! —Rebeca gritó de alegría desde la distancia. Angelo se levantó lo más rápido posible del césped donde estaba abrazando a una chica y el desapareció calle abajo.

—¡Oh Dios mío! Faltaste a la escuela, —ridiculizó Vero.

—No jodas, —respondió Rebeca con indiferencia. Sus expresiones faciales fueron suficientes para alegrarle el día a Rebeca. Se sentó junto a Isa en el césped y simplemente pasó el rato.

Después de un tiempo, Rebeca comenzó a caminar cuesta abajo y notó a Angelo parado cerca del camino. No estaba solo, Rebeca no reconoció a su compañero. Vio de reojo a un atleta, corriendo en dirección a ellos. Rebeca comenzó a saludar para llamar la atención de Angelo cuando los vió agarrar con fuerza al atleta. Se detuvo, y al parar tan impulsivamente hizo que se tropezara. Observó impotentemente á Angelo que estaba atacando al corredor con el puño cerrado. Su amigo lo pateaba en el suelo y hurgaba en sus pantalones cortos. El corredor intentaba desesperadamente proteger su cabeza de los golpes de Angelo. El amigo le quitó el reloj al corredor y ambos huyeron en diferentes direcciones, no sin un puñetazo final por parte del misterioso compañero. Angelo grito –¡Vamos! ¡Vamos! –Ninguno de los dos se dio cuenta de que Rebeca había presenciado el ataque.

Todos los que estaban en la cima de la colina ya habían desaparecido y Rebeca estaba paralizada en shock. Intentó correr colina arriba en la misma dirección y resbaló y se raspó la rodilla. Estaba temblando y no sabía si llamar a la policía o simplemente salir corriendo. Miró a su alrededor en busca de apoyo moral, pero todos sus supuestos amigos se habían marchado.

Mientras viajaba en el metro, repitió el terrible acontecimiento en su cabeza. La euforia del impulso del ego duró poco y ahora deseó no haber faltado nunca a la escuela. *¿Qué estoy* *haciendo?* Pensó varias veces. *Esta no soy yo; No quiero ser esta persona. Ciertamente no quiero ser la novia de una persona como él,* se aseguró. Estaba mortificada. *¿El corredor está bien? ¿Cómo pueden Isa y Vero irse sin mí?* Este era el momento, el momento de la verdad, estaba enojada consigo misma por asociarse con personas que no eran consideradas con los demás. Rebeca concluyó que si le contaba a su madre lo sucedido ese día, nunca más la dejaría faltar a la escuela, así que mintió. Más tarde esa noche, el teléfono de Rebeca sonaba sin parar, pero no contestó. Alrededor de las 20:00 horas. Katrina se sintió frustrada y desconectó el teléfono.

Al día siguiente en el colegio Isa y Vero no estaban en el aula, pero a la salida, Enrique la estaba esperando en el estacionamiento.

–Rebeca, necesito hablar contigo, –dijo con urgencia. Rebeca siguió caminando lo más rápido que pudo hasta su parada de autobús. –Á Angelo lo arrestaron anoche por golpear a un tipo. Vero dijo que estabas ahí –murmuró.

–¿Viste algo? –Preguntó. Rebeca estaba desconcertada por su pregunta. *Si Vero confirmó mi presencia, entonces, por supuesto, lo vi todo, así que ¿por qué preguntaría? A menos que esté haciendo una pregunta retórica,* pensó. Rebeca siguió caminando y no respondió ni hizo contacto visual. Enrique retrocedió. –Bien, di nada, es mejor, –el la aconsejó.

Enrique había intimidado a Rebeca, y no fue hasta que estuvo al pie de su casa que se sintió segura nuevamente. Se le escapó que había un coche patrulla estacionado en la calle y entró por la puerta principal. Su corazón empezó a acelerarse y la seguridad de su hogar había desaparecido. Dos agentes estaban sentados en la sala principal con una taza de café y un vaso de agua. Se notaba que habían estado esperando un rato a Rebeca. Su madre se había tomado la semana libre en el restaurante y estaba recogiendo a los niños después de la escuela, por lo tanto, estaba en casa.

—Hola, Rebeca, mi nombre es Sargento Bakersfield y este es mi colega el Sargento McFee. Nos gustaría hacerle algunas preguntas, por favor, —dijo amablemente el oficial. Katrina le tendió la mano a Rebeca.

—Está bien, solo di la verdad, —dijo Katrina con calma, mientras rodeaba a Rebeca con su brazo izquierdo para consolarla.

—¿Dónde estuviste ayer alrededor del mediodía? —Preguntó el sargento Bakersfield.

—Estaba en High Park, —respondió Rebeca. El sargento McFee empezó a tomar notas.

—¿En qué parte de High Park? —Él elaboró. Rebeca ya había decidido que iba a decir la verdad.

—Cerca de la ravina junto al sendero, —ella respondió. El sargento Bakersfield tomó un sorbo de agua.

—¿Estabas sola? —manteniendo un tono suave sin perder el contacto visual con Rebeca.

—No, estuve allí con unos amigos, —respondió. Se burló de si misma al pensar en el tipo de personas a las que se refería como amigos.

–¿Viste algo que estaba mal, que alguien lastimara a alguien tal vez? –Preguntó con cautela. Rebeca se preguntó por qué él simplemente no le preguntó si vio a Angelo atacar al corredor.

–Sí, dos de ellos estaban golpeando a un corredor y creo que le robaron, –confirmó.

–¿Sabes los nombres de los dos chicos? –Preguntó. Rebeca experimentó una sensación de alivio al decir la verdad.

–Sólo conozco a uno de ellos, Angelo Emres, al otro no sé quién es, pero parecía que Angelo lo conocía, –explicó.

–¿Podrías decirnos qué viste? –Preguntó el sargento mientras revisaba sus notas. Rebeca procedió a contarles exactamente lo que recordaba. Cuando Rebeca completó su versión de los hechos, el sargento hizo la última pregunta.

–¿Cuál es su relación con Angelo Emres? –Preguntó. Rebeca no estaba dispuesta a revelar la verdad sobre él.

–El es un amigo. –Rebeca respondió, volviéndose hacia su madre: –Era un amigo. –Le aseguró a su madre.

–¿Conoce a alguien llamado Oscar, Enrique o James? –Preguntó el sargento, interrumpiendo en ese momento.

–Hmm, no, no sé quiénes son, –respondió Rebeca. Eso era mentira, no creía que fuera necesario avisarles de los conocidos. Estaba bastante asustada.

–Está bien, tenemos todo lo que necesitamos, gracias Rebeca, señora Cortez, me pondré en contacto cuando haya escrito la declaración para que usted y su hija puedan bajar a la estación a firmar, –concluyó. Ambos se fueron y se sintió surreal. Lo que se suponía que sería su debut como *niña cool* se convirtió en un desastre.

Una vez que los oficiales se fueron, Katrina no habló con Rebeca sobre el incidente. Ella no parecía enojada, ni pidió más detalles, se supuso que era una valiosa lección de la vida. Finalmente, Rebeca se dio cuenta de que el grupo de amigos del que se había rodeado no eran verdaderos amigos, lo que la llevó a reconocer la necesidad de nuevos compañeros. Iba a la escuela todos los días creyendo que algún día la agredirían o la lastimarían *accidentalmente* por ser *una rata*. Rebeca no durmió bien durante varios meses, ni siquiera después de firmar la declaración.

La noticia de que Angelo fue condenado por la agresión fue televisada y aunque los nombres no fueron revelados por ser menores de edad, Rebeca sabía exactamente quiénes eran los culpables. Los antecedentes penales de Angelo lo llevaron automáticamente al reformatorio y Rebeca quería saber si Angelo sabía sobre su participación en su detención, por lo que decidió escribirle una carta. El contenido era vago y sin importancia, pero era suficiente para tener una idea de su comportamiento hacia ella. Meses después, Rebeca recibió una carta de Angelo agradeciéndole porque tuvo que cambiar sus costumbres. Vio en lo que su vida terminaría si hubiera continuado el camino en el que estaba y ahora tenía la oportunidad de cambiar el rumbo. Rebeca se sintió aliviada y dejó atrás el pasado.

Rebeca concluyó su relato pero aun así le causaba pena hablar del asalto y Joaquín no reaccionó como esperaba.

—Es un mundo tan pequeño porque sé por una amistad sobre el incidente en High Park. ¿Creerías que un *Joaquín Méndez* también estuvo involucrado en el asalto? Un día después del Día Nacional de Faltar, me llamaron a la oficina de la escuela. El director puso delante de mí un artículo de periódico y me preguntó si sabía algo al respecto. —Joaquín continuó:

—El titular del periódico era 'Corredor apuñalado en High Park' y el título tenía tres nombres, uno de ellos era el mío. La administración de la escuela tenía el deber de denunciarme, pero había estado en el dentista con mi mamá y mi hermano todo el día. —Rebeca quedó atónita.

—¿Por qué nunca me lo dijiste? —Ella preguntó.

—Había decidido sacarlo de mi mente, especialmente porque mi amigo está cumpliendo una condena en la cárcel injustamente debido a ese incidente. Él estaba allí tratando de ayudar al corredor, pero el corredor testificó que mi amigo también estaba atacando. Según mi amigo, este ataque no fue sin provocación. El corredor había estado corriendo junto a ellos un par de veces antes del ataque y en una de esas vueltas les gritó: —Consigan un trabajo, holgazanes. —No estoy justificando el ataque; sin embargo, no fue un espectador inocente como decía el artículo, —explicó Joaquín. Rebeca se quedó sin palabras y al final de la llamada, la conversación se había amenizado.

La planificación de una posible primera fiesta en casa para Rebeca estaba en marcha y Katrina había aceptado, con algunas reglas. Lo obvio es que Katrina estaria supervisando y pasaría el rato en el sótano. La segunda condición era que Rebeca invitara a sus primas, Cassandra, que tenía trece años, y Marsha, que tenía catorce. Rebeca tenía casi diecisiete años y en su adolescencia eso suponía una gran diferencia. Rebeca obedeció de mala gana. Joaquín aceptó traer la música y sugirió amigos a los que podría invitar. Rebeca también invitó a Vince ya que habían estado hablando por teléfono por un tiempo. Aunque no se asociaba regularmente con Isa, Vero y un par de personas más de la antigua pandilla, aun así las invito. Sin la pandilla, habría tenido una fiesta en casa muy limitada y aburrida.

La mañana de la fiesta, Vince llamó para preguntar si podía traer a un amigo. Era su mejor amigo y Rebeca no puso objeciones, *cuanto más mejor*, pensó. Quería que su fiesta fuera grandiosa y chismeada como una de las fiestas de Joaquín. Rebeca y su mamá trasladaron los muebles de la sala principal y los guardaron para hacer espacio. Rebeca colgó algunas decoraciones, preparó algunos refrigerios y Katrina preparó bocadillos y compró golosinas adicionales. El último paso fue prepararse. A Rebeca le encantaba usar faldas, por lo que su primera elección de vestimenta fue una faldita negra con una camiseta sin mangas beige. Las primas de Rebeca fueron las primeras en llegar porque Katrina se ofreció recogerlas y sería una fiesta de pijamas.

–Esto es genial; Nunca antes había estado en una fiesta en casa,

—dijó Cassandra poniendo atención a su alrededor.

—Yo también. Me pregunto quién vendrá, —respondió Marsha con una mirada curiosa. Rebeca bajó rápidamente las escaleras, no tenía paciencia con sus primas.

—No toquen nada, —exclamó Rebeca. —Y asegúrense de que ustedes permanezcan fuera de la vista. —Rebeca las regañó. Cassandra y Marsha miraron a Rebeca con molestia y agarraron unas papas fritas. Apenas toleraron la actitud de Rebeca y su miserable intento de ser popular.

La fiesta empezó sin problemas. Había más de veinte adolescentes y el ambiente era increíble. La moda musical en ese momento era el House y el Reggae, y *El General* controlaba la popularidad de las radios latinas. Joaquín y Rebeca habían estado bailando casi toda la noche. Las primas de Rebeca habían pasado la noche sentadas en la escalera, mirando, comentando y riéndose. Joaquín le pidio a Cassandra y Marsha a bailar en distintos momentos, él era dulce de esa manera.

Vince había estado señalando a Rebeca, brindándole toda su atención e ignorando a todas las demás chicas. Estaba claro que Vince también había despertado el interés de Rebeca y ella comenzó a coquetear, pero fue esporádico. A medida que avanzaba la noche, Vince intentó permanecer cerca de Rebeca, pero su atención se centraba en Joaquín.

Una de las canciones favoritas de Rebeca sonó a todo volumen en el altavoz y rápidamente corrió al lado de Joaquín. Se sentían cómodos el uno con el otro y eso hacía que el plan de Vince fuera difícil de conquistar. El amigo de Vince dio un evidente empujón de confrontación cuando *accidentalmente* chocó con Joaquín. Aunque desdeñoso, Joaquín hizo contacto visual pero ignoró su estupidez y continuó bailando con Rebeca.

La fiesta fue un éxito, pero Vince ansiaba pasar tiempo con Rebeca y se estaba impacientando. Estaba frustrado por la falta de atención de Rebeca. El amigo de Vince cargó contra Joaquín y le dio un violento empujón, esta vez no fue casualidad. Joaquín rápidamente acortó la distancia y quedó frente a frente.

—¿Cuál es tu problema? —Joaquin despotricó. El amigo de Vince no retrocedió, sino que dio un paso atrás para estar junto a Vince y Joaquín también dio un paso adelante. Debido a la música alta, Rebeca no pudo escuchar el intercambio de palabras. Joaquín estaba molesto, entonces Vince se unió a la discusión.

—¿Por qué no llevamos esto afuera? —Vince lo confrontó en voz alta, todos estaban al tanto de la actuación del ego. Con los tres chicos enojados, el momento acalorado estaba a punto de empeorar. Katrina corrió y puso fin a la pelea que se estaba produciendo.

—¿Alguien puede encender las luces? —Ella ordeno. —¿Qué está pasando? —Exigió. En ese momento, la música se había apagado y la fiesta había cesado. Después de que Katrina recibió cierta información complicada, se volvió hacia Rebeca con *la mirada*.

—Tienes que pedirle a uno de ellos que se vaya ahora, —le indicó a Rebeca. Katrina no iba a permitir las indiscreciones de los adolescentes en su casa. Rebeca se dirigió a Joaquín y expresó las palabras que la perseguirían por el resto de su vida.

—Creo que será mejor que te vayas. —Ella dijo claramente. Joaquín quedó impactado, herido y se dirigió hacia la puerta. Katrina lo siguió.

—Vamos, te llevaré a casa, no quiero peleas fuera de mi casa. —Ella afirmó. Katrina tardó unos veinte minutos en dejar a Joaquín en casa y durante ese tiempo todos se fueron. Cassandra y Marsha se pusieron cómodas en la habitación de Rebeca.

Rebeca repasó la noche y estaba descontenta, no podía creer sus propias acciones. Joaquín era la mejor persona de su vida y lo había tratado muy mal. ¿Cómo iba a explicar su idiotez? *Bueno, ante todo una disculpa,* pensó. *Si alguien debería haberse ido, deberían haber sido Vince y su terrible amigo.* Sus pensamientos se movían como pelotas de ping-pong, *¿tal vez debería decirle cómo me hace sentir? Cómo él fue el único en quien pensé cuando todos se fueron. Que me arrepentí de haberlo lastimado en el momento en que le dije que se fuera, y que desearía poder retractarme.* Rebeca se sintió fatal. Quería llamar a Joaquín inmediatamente y disculparse, pero necesitaba esperar hasta que su mamá estuviera en la cama.

Rebeca estaba ordenando y perdida en sus pensamientos. De repente, Katrina estaba parada junto a ella y claramente todavía estaba molesta.

—¿Ese es el tipo de amigos que tienes? —Dijo en tono elevado.

—¡Amigos que te faltan el respeto a ti, a tu casa, a tus padres! —Katrina continuó, gritando con gestos con las manos.

—¡Malcriados! ¿No te enseñé mejor? Ella añadió.

—¿No te enseñé a ser una joven respetuosa? Subo, todas las luces están apagadas, los niños bailan *así* y ocurre una pelea. ¡Soy responsable de todos en esta casa y de lo que pasó aquí! —Katrina respiró hondo ante su última sílaba.

—Puedes garantizar que no habrá más fiestas aquí y deberías mirar cómo conseguir mejores amigos. Amigos que valen la pena. ¡Estoy muy decepcionada contigo! —terminó Katrina. Subió las escaleras furiosamente sin permitir que Rebeca respondiera.

El sonido de las respiraciones profundas y repetitivas de Katrina desapareció gradualmente en la distancia. Una oleada de ira se apoderó de Rebeca y se sintió mareada. Su cuerpo cayó al suelo al recordar las palabras de su madre: *Estoy muy decepcionada de ti*. Mientras esas palabras resonaban, ella susurró: —Tú también me decepcionaste. —Sus ojos no pudieron contener las lágrimas desbordantes que se habían acumulado y comenzó a sollozar.

El resentimiento reprimido de Rebeca salió a la superficie, desencadenado por esas hirientes palabras de su madre, y comenzó a hervirle la piel. Luchó contra el desplazamiento, la presión de sus compañeros, la frustración, la ansiedad y el miedo. Estos fueron algunos de los sentimientos reprimidos después de no uno, sino tres abusos sexuales de hombres diferentes. Los abusadores quedaron momentáneamente deshonrados y sólo recibieron una palmada en la mano. Rebeca nunca recibió las herramientas para afrontar tal terrible experiencia y Katrina nunca le dio el espacio seguro para expresar sus sentimientos sobre sus abusadores. Se esperaba que tuviera amnesia y siguiera adelante.

La rabia era abrumadora, recordó los momentos que necesitaba que su madre le dijera: *Voy a golpearles la cabeza con un bate, sacarles los ojos y darles patadas en las pelotas hasta que pidan clemencia por lastimarte.* Como mínimo, necesitaba que su madre estuviera furiosa con ellos, pero había sido tan neutral que Rebeca se sentía insignificante. Era como si el abuso fuera una especie de rito de paso para todas las niñas latinas, incluida su madre. La habían condicionado a esconderlo debajo de la alfombra porque no era nada diferente a lo que le paso a la mayoría de los adolescentes latinos en otras generaciones, fenomeno que ahora conocemos como *traumas generacionales*. La ira de Rebeca la había consumido en silencio, pero esta noche se hizo evidente: sentía resentimiento hacia su madre. Los acontecimientos de la noche fueron borrosos mientras Rebeca se sentaba sola, desesperada.

Capítulo 5
Amor ó Amistad

Decir que puedes amar a una persona toda tu vida,
es como decir que una vela seguirá ardiendo mientras vivas.

Tolstoy, La Sonata a Kreutzer.

El día era gris, sombrío y llovía. Erá clima apropiado para la mañana después de la peor fiesta en casa jamás vivida. Rebeca yacía en su cama reviviendo los acontecimientos de la noche y recordando cómo se intensificaron tan rápidamente. El diálogo entre Vince y Joaquín le era desconocido, pero no podía haber sido nada adecuado por la expresión de Joaquín. En cuanto al amigo de Vince, había notado que seguía chocando intencionalmente con Joaquín, tratando de instigar una pelea. Joaquín lo había ignorado, pero Rebeca omitió la gravedad de la situación.

Por supuesto, Rebeca disfrutaba bailar, hablar y reír con Joaquín; pero hoy estaba furiosa con él. Había mostrado falta de respeto hacia su hogar, había causado angustia a su madre y tenía un mayor nivel de responsabilidad en comparación con Vince, ya que ella depositaba su confianza y cuidado en él. Se sentía inquieta y después de la reprimenda que recibió de su madre, la necesidad de disculparse con Joaquín por cualquier delito quedó obsoleta. Los sentimientos de Rebeca eran muchos, pero el remordimiento ya no era uno de ellos.

Cuando Rebeca estaba agitada, limpiaba obsesivamente y a un ritmo alarmante, quemando parte de la ira reprimida. La distracción del momento era arreglar su casa, y casí la tenia ordenada cuando de repente sonó el timbre. Rebeca estaba a sólo unos pasos cuando abrió la puerta, Joaquín estaba parado en la puerta con cintas de música en la mano.

–Toma, sólo quería darte esto, –dijo. Su tono no era el habitual, amable y dulce con el que le hablaba a Rebeca, sino todo lo contrario. La conciencia del resentimiento de Rebeca hacia su madre la noche anterior la estaba consumiendo, pero no estaba enojada con su madre, estaba enojada con Joaquín. No podía afrontar la situación actual excepto recibir las cintas.

–Gracias. –Ella respondió con frialdad y cerró la puerta.

A medida que avanzaba el día, ella se puso más furiosa. *¿Sabe en cuántos problemas me metí debido a ese incidente? ¿Sabe que no me permitirán volver a celebrar otra fiesta en casa? Ni siquiera pidió disculpas por la falta de respeto,* se repitió. Aunque Rebeca había liberado algunas de sus furias con la limpieza, todavía se sentía constreñida por sus emociones y decidió llamar a Joaquín.

–Hola, –dijo ella.

–Hola, –respondió Joaquín. Rebeca no estaba dispuesta a ninguna pequeña charla y fue directo al grano.

–Eso es todo lo que tenías que decir. ¿No cree que sea necesaria una disculpa por la falta de respeto? Dijo enojada. Joaquín sin dudarlo no estuvo de acuerdo.

–No tengo nada de qué disculparme, no hice nada. –Afirmó. No tenía nada más que añadir y por primera vez colgó a Joaquín. Claramente, Rebeca no estaba lista para tener una conversación tranquila.

El día parecía inmensamente largo cuando Rebeca estaba recluida con sus propios pensamientos angustiosos, respaldados por sentimientos encontrados. La solución obvia era hablar detalladamente con Joaquín. Siempre tenía sentido cuando ambos debatían sobre un tema y compartían su opinión. Varios intentos de contactarlo nuevamente vía telefónica fracasaron esa noche, pero ella pensó que era mejor hablar en un nuevo día.

Era domingo, pero Rebeca metió el teléfono en su habitación temprano en la mañana. La cantidad de veces que Rebeca llamó a la casa de Joaquín podría haber justificado una orden de restricción. El teléfono sonó y sonó y nadie contestó durante horas. En una operación encubierta al minimercado de la esquina, Rebeca decidió visitarlo y tuvo que duplicar el tiempo del viaje. Su madre abrió la puerta y tenía una mirada decepcionada, como si supiera lo que pasó.

–Hola, ¿puedo hablar con Joaquín, por favor? –Preguntó Rebeca cortésmente.

–Él no está aquí. –Dijo su madre, sin ningún tipo de expresión facial. Este fue el primer encuentro de Rebeca con la madre de Joaquín, uno a uno. Rebeca se quedó allí parada preguntándose si él estaba en casa pero evitándola.

–¿Porfavor, podría decirle que Rebeca pasó por aquí y que realmente me gustaría hablar con él?, –dijo en tono angustiado. Su madre simplemente asintió levemente y cerró la puerta.

Rebeca se dio cuenta de que no sabía mucho sobre la madre de Joaquín. De hecho, ella no sabía mucho sobre ningún miembro de su familia. Su necesidad de ayuda terapéutica siempre dirigió la conversación hacia la vida de Rebeca. Joaquín la escuchaba, la consolaba y le preguntaba lo poco que sabía sobre su familia. Por otro lado, incluso si Rebeca abordara el tema de la familia de Joaquín, él cambiaría de tema, era protector con los suyos.

Momentos después de regresar a casa, sonó el timbre. Abrió la puerta con entusiasmo creyendo que era Joaquín, pero en cambio, Vince estaba en su puerta. La madre de Rebeca estaba arriba atendiendo a sus hermanos.

–¿Quién es? –gritó Katrina.

–¡Es para mi! –Rebeca gritó en respuesta. Cuando volvió a centrar su atención en Vince, él habló rápidamente.

–Lamento lo de anoche, las cosas se salieron de control y no debería haber faltado el respeto a tu casa ni a tus padres, –dijo con humildad. Rebeca escuchó. –¿Puedo pasar? –Preguntó. Ella se hizo a un lado y le permitió entrar al vestíbulo a pesar de que no esperaba tratar con él tan rápido, si es que alguna vez lo hacía. Mientras Vince estaba en el vestíbulo, parecía sinceramente angustiado por los acontecimientos de la noche.

–¿Quieres algo de beber? –Rebeca preguntó en tono amable y le indicó con un gesto que tomara asiento.

–Sí, por favor, cualquier cosa que tengas estaría bien, –respondió Vince agradecido. Rebeca estaba en la cocina preparándole a Vince un vaso de jugo. Katrina bajó y vio a Vince.

–¿Qué está haciendo aquí? –Ella preguntó.

–Señora Cortez, lamento mucho haber actuado como lo hice anoche y me disculpo por la falta de respeto –dijo, tan rápidamente como se lo había dicho a Rebeca. Katrina quedó desconcertada, no esperaba una disculpa, pero quedó gratamente impresionada.

–Gracias, –respondió ella. Katrina se acercó a Rebeca en la cocina y se miraron a los ojos. Rebeca sabía exactamente lo que estaba pensando Katrina. Era la mirada maternal de *Asegurate que la visita termine antes de que llegue tu padre*. Rebeca regresó con su jugo y se sentó en el sofá.

–Gracias por tu disculpa, no sabes cuánto lo aprecio, –afirmó Rebeca. Había suavizado cierta tensión entre Rebeca y Katrina. Vince estaba inquieto y ella sintió que estaba formulando palabras. Ella esperó.

–Sé que solo hemos estado hablando durante unas pocas semanas, pero comencé a sentir algo por ti. –Él dijo. Rebeca sabía que habían estado coqueteando en la fiesta de su casa, pero se suponía que él estaba enamorado de otra persona.

–Estoy confundida, ¿no estás enamorado de Isa? –Ella cuestionó. Vince tenía un encanto y lo usaba bien, aunque no como Enrique. Viéndolo en retrospectiva, quizá no fue más que manipulación disfrazada de encanto.

–Sí, lo estaba, pero tú fuiste quien dijo que hay otras chicas por ahí, pense que te referias a tí. ¿Quieres ser mi novia? –respondió de manera convincente, y sus expresiones faciales parecían sinceras. Rebeca continuó observándolo. Desconfiaba de todos y necesitaba que la tranquilizaran todo el tiempo. Sin embargo, ella estaba complacida con su disculpa, para ser justos, él fue quien instigó el problema en primer lugar, sin embargo, fue completamente inesperado. Rebeca había catalogado a Vince como del tipo chovinista, pero hoy, él resultó ser mejor de lo que Rebeca le había dado crédito.

–¿Puedo pensarlo? –Dijo desconcertada. Vince no insistió en el tema y se despidio.

Durante el resto del día no supo nada de Joaquín. Llegó la noche y todavía no había llamada de Joaquín. El interés de Rebeca por comprender la fatídica noche estaba siendo superado por una actitud tiránica. Joaquín era una persona vital en su vida, pero no aparecía por ningún lado. Rebeca estaba decidida a recibir una disculpa de Joaquín porque Katrina había grabado en su cerebro *que los verdaderos amigos respetan el hogar del otro*. Como Rebeca no consideraba a Vince un verdadero amigo, sus expectativas sobre él eran inexistentes, pero Vince tomó la iniciativa. Con determinación, marcó el telefono.

–Hola, ¿puedo hablar con Joaquín, por favor? –Preguntó Rebeca. Fue uno de sus hermanos quien respondió.

–No está en casa, –respondió, –y tampoco sé a qué hora volverá, –añadió.

–¿Podría decirle que Rebeca volvió a llamar y que me gustaría hablar con él, por favor? –Dijo desanimada y colgó.

La decepción, la ira y la confusión de Rebeca se convirtieron en resentimiento porque Joaquín la hacía arrastrarse ansiosamente esperando su llamada. Sintió un rápido aumento en la temperatura de su cuerpo y los pensamientos se abarrotaron en su cabeza. Su corazón comenzó a latir con ira, y cuando alguien está sufriendo por un trauma, es común que quiera devolver el dolor, incluso si esos traumas no están asociados. Aquellos que están heridos, lastiman a otros, así que tomó el teléfono una vez más y marcó.

—Hola, –dijo con fuerza.

—Oye, ¿no esperaba tener noticias tuyas tan rápido? –Vince dijo con deleite.

—Sí, saldré contigo, –respondió Rebeca agresivamente. Vince no dijo nada excepto reír, que parecía ser una risa de alegría. –Entonces, ¿quiero saber qué es lo que molestó tanto a Joaquín? –Ella continuó todavía muy agresivamente.

—Solo le dije que quería bailar contigo también, dejar que alguien más bailara contigo. –El respondió. –Y se enojó como si le pertenecieras. –Añadió. A Rebeca le costó creer la acusación porque Joaquín nunca la trató como una propiedad.

—No suena a Joaquín, –respondió.

—Bueno, ¿Y qué tienen, de todos modos? –Él la cuestionó.

—Él es mi mejor amigo, –respondió rápidamente. –Aunque ahora mismo no nos hablamos, –admitió.

—Bueno, si hubiera intentado algo, mi amigo y yo le hubiéramos reventado la cara, –dijo condescendientemente. Rebeca no estaba de humor para escuchar su ego.

—Sí, dos contra uno, ¿en serio? ¿Es eso lo que habrías hecho? Dijo enojada. Ella ya estaba muy molesta y no necesitaba agregar más a su ya sensible estado mental y dio por terminada la noche.

El cómo Rebeca llegó a esa decisión importante y dolorosa, de salir con Vince, se perderá para siempre en el Triángulo de las

Bermudas. Desentrañar lo que Rebeca pensó, sintió y descubrió ese fin de semana la hizo perder el sentido del tiempo como si estuviera en un estado de fuga. Se fue a la cama y le costó conciliar el sueño.

Esta aflicción de resentimiento se había instalado en los corazones de Rebeca y Joaquín por diferentes razones. Cada uno de ellos creía tener buenas razones para ser descortés e inflexible. Cuando Joaquín finalmente llamó a la puerta de Rebeca, algún tiempo después, ella se mostró rencorosa. Rebeca le informó sin rodeos a Joaquín que estaba saliendo con Vince y no se sentía responsable de escuchar a Joaquín. Las cosas nunca volvieron a ser iguales entre ellos.

Rebeca empezó a tratar a Joaquín de forma abominable. Ella se negó a reunirse ó llamarlo después de la escuela como era habitual; ella lo estaba castigando intencionalmente. Entonces una mañana recibió una carta de Joaquín. A primera vista, Rebeca supo que esta carta era diferente de todas sus cartas anteriores. No hubo citas literarias, ni poemas, ni garabatos, ni toques personales que eran singular marca de Joaquín. La carta decía:

Querida Rebeca,
Primero que nada, ¿cómo estás? Ahora volvamos al propósito de esta carta:
Fue completamente inmaduro mi comportamiento en tu fiesta, nunca se me pasó por la cabeza empezar nada, pero me culpo por no ignorar lo de Vince y lo que su amigo hizo, pero no iba a permitir que un individuo desconocido quisiera pisotarme. Dejé pasar ese empujón que me dio Vince, pero el empujón de su amigo no iba a pasar desapercibido, después de todo el problema era con Vince y no con su amigo. No tengo que pedir perdón porque no es apropiado. Hay

una cosa que estoy orgulloso de decir es que no comencé nada, pero lamento haber roto tu confianza y, aunque no lo demuestras, estás realmente enojada conmigo.

Sobre el tema, de que no me vuelvas a molestar, nunca dije eso, solo quería un poco de tiempo para pensar las cosas y tú pusiste un mes como plazo. No te culpo si no quieres volver a hablar conmigo, pero déjame decirte que siempre estaré ahí, así que si en algún momento necesitas ayuda o alguien con quien hablar, estaré ahí.

La carta continuaba con Joaquín reafirmando todo lo que compartían, la amistad única entre ellos, y que quedaría en su corazón. Básicamente, fue una carta de despedida. Por primera vez, el orgullo y el ego de Joaquín dieron la cara.

El rencor de Rebeca provocado por su ira y apuro, había logrado destruir lo que había estado tratando desesperadamente de proteger todo el tiempo: su amistad. Fue el comienzo de desatar años de ira reprimida de manera egoísta hacia la persona que era el blanco más fácil, pero para nada culpable. Hasta la noche de su fiesta en casa, la ira de Rebeca había estado en su subconsciente y muchas víctimas de abuso sexual tienen grandes porciones de su infancia relegadas a la mente inconsciente. Esperando que el recuerdo se guarde, pero nunca se olvida. Había utilizado el escapismo como mecanismo de afrontamiento, una forma poco saludable de escapar de los problemas de la vida real utilizando un mundo imaginario, en el caso de Rebeca, un mundo de cuento de hadas. Soñó con su caballero de brillante armadura rescatándola del dolor, es decir, Joaquín siendo el caballero. Rebeca no tenía la capacidad de comprender todo lo que sentía, y todos esos sentimientos la llevaron a una acción atroz, pero se hizo y tuvo consecuencias.

Era el regreso a clases después de las vacaciones, y el día de Rebeca comenzó con chismes sobre la fiesta en su casa, que se habían extendido rápidamente. La gente sentía empatía hacia Joaquín por haber soportado un trato tan horrendo por parte de Rebeca, ella no fue tan afortunada. Los estudiantes se acercaban a ella y le preguntaban: –¿Quién golpeó primero?. –Otro estudiante dijo: –Entonces, dos tipos peleando por ti, ¿te hace sentir cool? –Rebeca ignoró a la mayoría de ellos. Quienes eran sus amigas, como Emily, Jennette y Mitzie, no parecían creer su historia. Emily ridiculizó su versión de los hechos.

–Despierta Rebeca, no se siente así por alguien que es solo tu amigo, ¡Joaquín es más! –Emily implicó. Esta no era la primera vez que Rebeca escuchaba este tipo de respuesta, estaba consternada.

–¿Por qué nadie puede entender nuestra amistad? –Ella exigió y se fue furiosa. Se sentía indignada con Joaquín, con sus amigos y con el mundo entero. Los breves sentimientos de paz y felicidad con Joaquín se estaban disipando. Durante el resto del día, Rebeca permaneció entre las sombras para evitar más burlas. Mientras corría hacia las puertas, vio a Vince. Se reconocieron con un movimiento de cabeza.

–Lo siento, ¿estás molesto porque vine sin preguntar? –Vince cuestionó.

–No, no, simplemente tuve un mal día y quiero irme a casa, – respondió Rebeca. Vince permaneció en silencio y siguió caminando junto a ella hasta la parada del autobús.

–¿Te gustaría hablar de ello? –Preguntó.

–¿Simplemente estoy molesto por cómo Joaquín está lidiando con esto? –Ella respondió. –Él es mi mejor amigo y no actúa como tal. –Ella expresó. Rebeca le dio a Vince un resumen sobre la pesadilla que fué su día, y él le dirigió una mirada borrosa. –¿Qué? ¡Dilo! –Dijo Rebeca molesta. Vince eligió sus palabras con cuidado.

–Está completamente enamorado de ti y no quiere ser tu amigo, –respondió exasperado. –Él no aceptará ser sólo tu amigo, –añadió. Obviamente, Rebeca sabía que Joaquín estaba enamorado de ella, pero no creía que nada pudiera interferir con su amistad.

–Esta es mi parada, –dijo Rebeca mientras ambos bajaban. El viento había despeinado algunos mechones de pelo. Vince se acercó y los apartó suavemente. Luego sus labios tocaron suavemente los de ella, no para besarla, sino simplemente para poder sentirlos y retroceder. Se acercó, sus ojos se encontraron y se inclinó muy lentamente, esta vez fue un beso suave. Un beso que no se parecía a ningún otro beso, y ahí estaba, su primer beso que no fuera repulsivo. No fue un beso largo, segundos talvez, luego dio un paso atrás.

–Te llamaré más tarde esta noche, –dijo cariñosamente. Rebeca asintió y comenzó a caminar en dirección a la escuela de sus hermanos. Ella se giró y ambos saludaron simultáneamente, fue un dulce encuentro. Estaba muy furiosa al salir de la escuela, pero ahora todo estaba olvidado. Quería conocer mejor a Vince.

La familia de Rebeca había terminado de cenar. Sonó el teléfono y Rebeca estaba lavando los platos, respondió Katrina.

–Espera, –dijo. –Rebeca, es para ti. –Katrina nunca preguntó quién era. Rebeca asumió que era Vince.

—Hola, —respondió ella.

—Oye, ¿escuché que me estás buscando? —Joaquín preguntó como si el mundo de ellos no estuviera en desorden.

—¡Hola, sí! —Ella respondió fríamente.

—Bueno, ¿por qué me buscabas? —Dijo en un tono que ella no había escuchado antes. Rebeca sintió que la sangre se le subía a la cabeza.

—No, nada, fue hace mucho tiempo, no tengo nada que decir, — dijo con la misma frialdad. —Me tengo que ir ahora; Estaba lavando los platos, —respondió Rebeca y colgaron.

Fue la llamada telefónica más corta, fría y peor que habían tenido jamás, y a Rebeca le dolió. Continuó lavando los platos. Las lágrimas comenzaron a rodar por sus mejillas y golpeó la encimera. —¡No, Rebeca, no, no llores! —Se dijo a sí misma.

Para la mayoría de la gente, la vida de Rebeca parecía tranquila, bien establecida y sin mucho de qué quejarse. La verdad era que, aunque compartía muchos pensamientos privados con Joaquín, no había compartido el abuso sexual, el miedo que sentía en su casa y los pensamientos suicidas. Tampoco compartió el estado emocional de traición y soledad de sus luchas internas. Amaba profundamente a su madre, pero Katrina tenía sus propios demonios con los que luchaba todos los días y no tenía las herramientas para ayudar a Rebeca. Katrina manejó cada situación lo mejor que pudo dentro de los recursos disponibles, pero Rebeca estaba sufriendo más de lo que Katrina podía manejar. Su padre nunca estuvo en casa, siempre trabajó y nunca formó ningún tipo de vínculo con Rebeca hasta la edad adulta. Era un proveedor y nunca dejó a su familia sin las necesidades y un poco más, pero él también tuvo traumas infantiles que lo perseguían. Y por eso las personas heridas siempre lastimarán a los demás.

Joaquín no sabía que se había convertido en el único hombre en quien ella confiaba. Rebeca se había aferrado a él en busca de apoyo, consejo, risa y comunicación. ella sabia de su amor incondicional y nunca lo dudó ni por un minuto, pero necesitaba un amigo en lugar de un novio. Vince era simplemente un error estúpido, impulsivo y rencoroso, uno que podía ignorar si se decepcionaba. Todos los demás podrían decepcionar a Rebeca, pero no Joaquín, y él se acercaba, así que ella huyó.

Cuando Rebeca salió de su trance, había terminado de lavar los platos y el agua corría continuamente. Rápidamente cerró el agua, se secó las manos y subió las escaleras. Cuando Rebeca se sentía triste, a menudo disfrutaba leer poesía. Rebeca se acurrucó en la cama, pero no podía dejar de pensar en Joaquín.

Pasaron un par de semanas y el silencio entre Joaquín y Rebeca poco a poco se fue normalizando. Vince estaba poco a poco haciéndose un lugar en la mente de Rebeca, pero no en su corazón. Él hizo todo lo posible por dirigir su afecto hacia él, pero Rebeca lo disuadió.

A medida que pasó el tiempo, Vince y Rebeca hablaron más seguido y sobre diferentes temas incluido Joaquín. No se había dado cuenta de la frecuencia con la que Joaquín era el tema de conversación y eso ponía celoso a Vince. Rebeca se jactaba de que sus conversaciones tenían una fluidez fácil. Era obvio que Rebeca extrañaba a Joaquín y lo expresó abiertamente. Hasta el momento, sin embargo, en una conversación de treinta minutos con Vince había tenido problemas para descubrir otros temas que discutir aparte de Joaquín. Había sido más fácil hablar con Vince antes de que se convirtieran en pareja.

Una noche, después de escabullirse de la casa, Rebeca y Vince asistieron a una boda y Joaquín también era un invitado. Los dos se comportaron como si fueran extraños, estaban en lados opuestos del salon. El tonto ego de Rebeca tenía tal fortaleza sobre ella que, aunque extrañaba muchísimo a Joaquín, no iba a ceder. Preferiría mantener las pretensiones de su relación con Vince que admitir que se equivocó al insistir en una disculpa de Joaquín. Rebeca se distanció de sus recuerdos con Joaquín sólo para que la noche fuera tolerable y Joaquín ni siquiera miró en su dirección en toda la noche. La ocasión terminó sin una sola palabra entre ellos.

Un miércoles por la noche, sumergida en *la Historia Mundial: momentos decisivos de logros y desafíos de la inmigración Canadiense*, sonó el teléfono.

–Hola, –respondió Rebeca sin expectativas.

–Hola, –dijo una voz suave. ¡No lo podía creer, era Joaquín!. Inmediatamente se sentó y *Los logros y desafíos de la inmigración Canadiense* desaparecieron.

–Hola, –dijo con un tono alegre, no podía ocultar la alegría y su ego magullado solo duró un tiempo.

—Lamento haber estado desaparecido, necesitaba tiempo para comprender el hecho de que tú y Vince están saliendo, —dijo. Rebeca no podía esperar e interrumpió.

—Fui a verte al día siguiente y te llamé, pero no querías hablar conmigo, —respondió con aflicción.

—No estaba en casa, mi mamá me dijo que viniste y mi hermano me dijo que llamaste, pero yo estaba fuera. Estuve fuera tanto como pude. Iba a la biblioteca durante el día y por la noche mis amigos me llevaban a varias fiestas, —Joaquín explicó. —Si te sirve, te he echado de menos, —añadió. No podía imaginar la vida sin él y estaba encantada de saber de él.

—Te he extrañado también. Mucho, —dijo jubilosa.

—Yo también, —respondió Joaquín.

—¿Quieres hablar sobre la carta que me enviaste? —Ella preguntó mientras seguía un silencio ensordecedor.

—Estoy enojado, tal vez enojado no es una buena palabra para usar, más bien con el corazón roto, —explicó Joaquín y no se contuvo.

—Esperaba que lucharías por nosotros, pero supongo que me equivoqué. Gracias por recordarme que sólo me querías como amigo y que tus sentimientos son lo primero. —Dijo suavemente, con un tono triste.

—En la boda quería hablar contigo pero ni siquiera podía mirarte. Me duele verte con otra persona. —Expresó y sus palabras estaban genuinamente llenas de tristeza. Por primera vez en mucho tiempo sintió bondad y ternura hacia Joaquín.

–No sé qué decir y lamento que estés herido, –respondió Rebeca. Realmente se quedó sin palabras porque las pretensiones se habían formulado en su realidad. Estaba saliendo con Vince y ese fue el final.

–Sé que he estado actuando como un idiota después de todas las promesas que hice y no cumplí. Francamente, me he ocupado de mis propios sentimientos, pero, sinceramente, no puedo dejar de pensar en ti. Quiero que seamos amigos. –Sugirió Joaquín. Rebeca estaba 1000% segura de que quería a Joaquín en su vida.

–Me encantaría que pudiéramos ser amigos, siempre seré tu amiga. No hay nada ni nadie que pueda alejarme de ti. Tienes una amistad perpetua conmigo. –Rebeca respondió. Esperando poder salvar su hermosa amistad. Una vez más acordaron ser amigos.

La amistad reavivada impulsó la redacción de la agenda, ya que se había detenido por completo. Comenzaron a escribir en la agenda de manera consistente, pero era diferente. Esta nueva agenda tenía una vibra diferente y era menos significativa. Joaquín había dejado perfectamente claro que no quería saber nada sobre su relación con Vince, pero ahora Rebeca tenía novio y su tiempo no era exclusivamente de Joaquín. Sin embargo, Joaquín aceptó su decisión.

Tener un novio estable no era una especialidad particular para Rebeca. Comparar sus relaciones pasadas tampoco serviría de nada. *¿Por qué esta relación sería diferente?* Ella se preguntó. *No puedo salir a menos que mienta o me escabulle afuera. Estoy segura de que la relación también será una calamidad,* concluyó. También estaba el hecho de que Vince tenía un círculo diferente de amigos y era de un vecindario diferente. Para colmo, todos se habían puesto del lado de Joaquín e Isa había rechazado a Rebeca por robarle a su novio.

A finales de enero las fiestas de Quinceañera continuaron con la fiesta de Valentina, una amiga en común. Rebeca asistió con su madre y sus invitados habituales, incluido Joaquín, atendieron a la fiesta. Las formalidades de la noche siguieron la secuencia habitual y Joaquín le pidió a Rebeca bailar en su primera oportunidad. Rebeca estaba encantada de estar de nuevo en sus brazos.

Las luces se atenuaron y la noche tenía una atmósfera de déjà vu. La habitación estaba en silencio, no había ruido de platos, ni jadeos de los compañeros bailarines, ni risas, ni conversaciones, todo estaba en silencio. Para ellos, sentían como si no hubiera nadie más allí. Sin amigos qué critiquén, sin padres qué interrumpan y nadie que les impida disfrutar el momento en brazos de una a otro.

Joaquín la balanceó hacia adelante y hacia atrás hasta entrar en un lento trance y eso llevó a ambos a un plano diferente. Rebeca, por el momento, ignoró la presencia de su madre y la existencia de su novio. Sonó una balada, *Burbujas de Amor* y Joaquín la abrazo fuerte. Lo suficientemente apretado como para asegurarse de que Rebeca entendiera que continuarían bailando. Rebeca se derritió en sus brazos como masilla. Ella no se inmutó, ni se apartó ni dudó en abrazarlo con fuerza. Por lo general, tenía frío, sin embargo, al lado de Joaquín podía sentir su cuerpo descongelarse mientras su temperatura se adaptaba al calor de él. Su aliento en su cuello le puso la piel de gallina, y estaba segura de que él podía sentir su aliento pesadamente cerca de su clavícula. El enterró su rostro en el cabello de Rebeca, segundos a la vez, y los latidos de sus corazones se sincronizaron, se convirtieron en uno en la pista de baile.

La canción duró unos minutos, pero para ellos era como si el tiempo se hubiera detenido, ya sea que la gente estuviera mirando o no, no les importaba. Era su momento y la mejilla de Rebeca lo rozó mientras cambiaba de lado. Ella notó que sus labios estaban en el borde de su boca, como sumergir los dedos de los pies en un estanque, no del todo en el agua pero disfrutando de la sensación. Estuvieron tan cerca de un beso; la tensión era palpable.

Joaquín permaneció congelado en su abrazo esperando que ella lo besara. Quería besarlo y la realidad la golpeó como una ducha fría, *Mamá, ¿dónde está?* Rebeca se preguntó sorprendida. Escaneó la sala, pero no pudo verla por ningún lado, regresó con Joaquín, pero el momento había pasado. Siguieron bailando toda la noche, cada canción, Salsa, Merengue, Reggae, no importaba, era la noche de Joaquín y Rebeca. Fue perfecto.

Pasó una semana, era el sábado habitual en la casa de Rebeca, esperaba recibir una llamada de Joaquín, pero en cambio, era Vince.

—Hola, —dijo Rebeca mientras se perdía en sus pensamientos juguetones sobre Joaquín. Vince había empezado a hablar.

—...Amistad con Joaquín. Nos está arruinando, ¿no lo ves? —Vince le instó. Rebeca sólo había captado el final de sus desvaríos, pero ya lo había oído antes.

—El único que lo arruina eres tú porque no soportas la idea de que soy amiga de él. Él fue mi amigo antes que tú y no hay nada que puedas decir para impedir que yo sea su amiga, –exigió. Vince no tenía lugar para convencerla de que pusiera fin a su amistad. De hecho, Vince nunca se atrevió a darle a Rebeca el ultimátum de escogerlo a él ó a Joaquín, porque sabía que perdería esa batalla. Rebeca estaba molesta con Vince y como era impulsiva, decidió en ese momento que iba a asistir a una fiesta, en casa de Joaquín.

–Tengo que salir, –afirmó con fiereza. Preferiá pasar su tiempo con Joaquín que con Vince.

–¿Adónde vas? –Preguntó.

–A la fiesta de un amigo, –respondió fríamente.

–De quién, –preguntó.

–¡No importa quién, adiós! –Ella le aseguró y colgó.

Eran alrededor de las 22:30 horas. y sus padres habían estado dormidos durante aproximadamente media hora, ella silenciosamente se escabulló de la casa y corrió a la casa de Joaquín. La fiesta fue tan ruidosa que se escuchó desde una cuadra de distancia. Cuando llegó, el frente de la casa tenía una multitud de personas mezclándose. No había ninguna exageración cuando la gente contaba historias famosas sobre sus fiestas en casa. Un invitado miró a Rebeca sorprendida y murmuró –¿Rebeca? –Y entró. Desconociendo su identidad, supuso que había entrado para avisar a Joaquín de su llegada y esperó pacientemente.

No pasó mucho tiempo antes de que, por el rabillo del ojo, viera a Vince caminando por el camino hacia la casa de Joaquín. Rebeca gimió, le exasperaba ver hasta qué extremos llegaba para sabotear su amistad con Joaquín. En un esfuerzo por evitar crear una escena, ella se retiro y comenzó a caminar hacia su casa, coincidentemente en la misma dirección que la ruta de Vince, él siguió.

–¿Como puedes hacerme esto? Venir sola a una fiesta en casa, especialmente a su casa. La gente sabe que tú y yo estamos saliendo. Mi amigo te vio afuera de la casa y me llamó, –él dijo burloso. Rebeca estaba molesta.

–No te pertenezco, puedo ir a cualquier fiesta que quiera, puedo salir con amigos que sean chicos o chicas si quiero. Si crees que así será nuestra relación, será mejor que lo pienses de nuevo. –Ella refutó.

–Entonces, ¿estás tratando de ponerme celoso? –Preguntó. Rebeca resopló ruidosamente.

–No estoy haciendo nada que no estuviera haciendo antes de que tú y yo empezáramos a salir. Así ha sido siempre mi amistad con Joaquín, hay que aceptarlo, –respondió.

Rebeca caminaba unos metros delante de él, enojada. No le preocupaba en lo más mínimo que Vince no aprobara a Joaquín. Terminando su amistad con Joaquín estaba fuera de discusión. Continuaron el camino de regreso a la casa de Rebeca en silencio. Rebeca demostro su immadurez y empezó a jugar en la acera como si fuera una barra de equilibrio. Cuando estuvieron a unos metros de la puerta de su casa, corrió hacia su casa sin decirle una palabra a Vince y Rebeca durmió profundamente.

El círculo de amigos al que Rebeca empezo a asociarce eran

tipo *ratón de biblioteca* y la atmósfera con ellos era diferente, mejor. De vez en cuando, Isabela le lanzaba miradas asesinas a Rebeca, que Rebeca ignoraba. Isabela estaba entrando a clase cuando se detuvo justo frente al escritorio de Rebeca.

–¿No crees que tienes a Vince por defecto, porque yo no le daría ni la hora del día? Tienes mis sobras, –dijo y siguió caminando. En la primera oportunidad que tuvo Rebeca, pasó junto al escritorio de Isabela y susurró.

–Él nunca fue tuyo, empezó a llamarme la semana que empezaste a salir con él y hemos estado hablando desde entonces, así que deja de molestar. –Rebeca se burló. Lo cual no era del todo cierto, pero Rebeca tenía mucha ira reprimida. Atacar era una forma en el que los adolescentes lidiaban con la ira reprimida.

Comenzó la clase y un trozo de papel arrugado fue arrojado sobre su escritorio mientras la profesora escribía en el pizarrón. La nota decía:

¿Cómo pudiste hacerle eso a tu mejor amiga?
Eres una traidora y las traidoras son castigadas.

Rebeca resopló. *¿Cómo puede estar tan molesta cuando engañó a Vince con James?*, pensó. Rebeca estaba convencida de que Isabela había usado a Vince para poner celoso a James, si funcionó o no, Rebeca no lo sabía. Un punto estaba claro: a Isabela no le importaba Vince. Rebeca guardó la nota. Al final de la semana, Rebeca había perdonado a Vince, había hablado con Joaquín todas las noches y había mantenido distancia con Isabela.

Rebeca estaba saliendo de la escuela y esperaba ver a Vince, pero tenía un visitante inesperado. Joaquín estaba esperando en la cima de la colina junto a su roca.

–Hola, ¿me estás esperando? –Preguntó con una sonrisa incómoda.

–Sí, pensé que podría acompañarte a casa como en los viejos tiempos, –dijo Joaquín. Vince se acercó a ella de la nada y comenzó a abrazarla. De una manera que no lo había hecho antes, como si marcara su territorio y le dijera al otro depredador masculino que él era el Alfa. Ella se zafó de su agarre por un segundo ante de que él tomara su mano con fuerza.

–Lo siento, si hubiera sabido que querías caminar juntos a casa, le habría pedido a Vince que no viniera a recogerme, –dijo Rebeca. Vince la llevó a un lado.

–Esto es lo que quiero decir, está tratando de interponerse entre nosotros, –le dijo Vince. Rebeca quedó desconcertada por su comentario.

–Ahh, ¿no quieres decir que te has interpuesto entre él y yo? Nosotros éramos amigos primero, –respondió ella. Rebeca se calmó.

–Mira, ya no tengo muchas oportunidades de hablar con él en persona y esta vez caminaré a casa con él y te llamaré cuando llegue a casa. –Rebeca señaló y se alejó antes de que él reaccionara.

–Está bien, tal vez en otro momento, –dijo Joaquín cuando Rebeca se le acerco.

–No, no, caminaré contigo, –respondió Rebeca. No miró a Vince porque sabía que estaba molesto, pero Rebeca estaba feliz y Joaquín satisfecho.

La semana siguiente, Joaquín volvió a aparecer sin avisar buscando a Rebeca, pero esta vez la buscó en la escuela. Ambos tenían libres el último período y Joaquín la encontró en la cafetería.

–Oye, necesito hablar contigo, –dijo Joaquín mientras se sentaba en su mesa.

–Oye, –dijo Rebeca mientras comía unas papas fritas. –Está bien, claro, ¿quieres unas patatas fritas? –Ella preguntó.

–¿Adivina quién me llamó ayer? –interrumpió Joaquín.

–¿Quien? –Ella preguntó riendo.

–¡Tu novio! Para decirme que deje de hablar contigo, –continuó y luego se echó a reír. –Realmente debe sentirse amenazado por mí, dice que me estoy interponiendo entre ustedes dos y que no respeto su relación. –Joaquín continuó. Rebeca no estaba en absoluto sorprendida pero sí enojada.

–¡Dijo qué! –Rebeca respondió irritada. –Le he dicho que no voy a dejar de hablar contigo. –Ella añadió. Joaquín empezó a asentir.

–Eso es exactamente lo que dije, no iba a dejar de hablar contigo a menos que me lo pidieras. –explicó Joaquín. Rebeca tenía la boca llena de patatas fritas, por lo que movió violentamente la cabeza hacia adelante y hacia atrás en señal de acuerdo.

Sonó el último timbre y salieron de la cafetería. Obviamente, Rebeca no logró convencer a Vince de que sus esfuerzos eran inútiles para intentar mantenerla alejada de Joaquín. Estaba consternada de que él actuara a sus espaldas y necesitaba dejarlo más claro. Rebeca se quedó después de la escuela para completar un examen de matemáticas que se había perdido. Vince había llegado antes de lo esperado y estaba afuera, y se confronto con Joaquín. Sin embargo, Joaquín nunca estuvo solo y Vince pidió hablar con Joaquín en privado.

–Lo que necesites decir, lo puedes decir aquí delante de todos, –afirmó. Vince estaba solo, pero aun así decidió enfrentar a Joaquín.

–Está bien, esta es tu última advertencia, estás arruinando mi relación con Rebeca y debes dar marcha atrás, –afirmó. Vince retrocedió unos pasos para tener a todos a la vista. –Sé que no solo quieres ser amigo de Rebeca, sino que ella me eligió a mí y debes respetar su decisión, –sonrió. El comentario hirió mucho a Joaquín, después de todo no se había equivocado y el resentimiento que ya se había estado gestando estaba llegando a un punto de ebullición. Joaquín se recompuso.

–Te lo dije antes, no iré a ningún lado a menos que ella me pida que me vaya, –afirmó y con un gesto de la mano le dijo que se fuera. Rebeca salió poco después de eso y se fue sin saber nunca lo que había pasado. Joaquín no le mencionó la confrontación a Rebeca; en cambio, estaba contemplando las acciones de Rebeca. Ella había dejado muy claro que su amistad estaba por encima de todo. Sin embargo, el hecho es que Vince seguía siendo su novio. Si Joaquín continuaba siendo simplemente el amigo actual en su vida, entonces podría lograr separarlos. 🐾

Capítulo 6
Una ultima oportunidad

Antes de encontrar un novio,
encuentra un amigo.

Sheila Wilches, 1991

Las edades entre los dieciséis y los veinticinco son intrincadas, es una época en la que se forman y se pierden amistades, se cometen errores y se aprenden lecciones, se fracasa miserablemente y se levanta. En momentos en el que hay desamores, te lleva a preguntarte: *¿alguna vez encontraré un alma gemela?* Rebeca se preguntó si esto existía o si era simplemente algún movimiento estratégico de los dioses ó de los cuentos de hadas para mantenerte esperanzada. El tiempo interminable en el que te sientes perdida, pero encuentras un estrecho discernimiento de esperanza que de alguna manera te hace más fuerte.

Si hubiera una manera de describir a un alma gemela, sería algo así como un mejor amigo, pero más aún, es la única persona en el mundo que te conoce mejor que nadie. Alguien que te haga una mejor persona, no porque te complete, sino porque te inspire. Alguien que llevas contigo para siempre. La atracción física es superficial, la lujuria desaparece tan rápido como apareció sin una verdadera química o conexión. Muchas personas nunca encuentran a sus almas gemelas en esta vida, y algunas las descubrirán pero no podrán preservarlas. Nosotros, los humanos, a veces no somos capaces de ver lo que tenemos delante y lo dejamos ir sin luchar. Es una pregunta desalentadora, pero la vida no se detiene, por lo que Rebeca siguió tomando decisiones con poca o ninguna comprensión del amor.

La relación de Rebeca con Vince iba tan bien como se podía esperar. Era una relación de paseos después de la escuela, una salida ocasional los sábados por la tarde y, en raras ocasiones, acompañar a Vince a una fiesta. Tuvieron la tan necesaria conversación sobre las continuas acusaciónes de Vince sobre Joaquín, Rebeca creía haber sido clara acerca de sus intenciones cons sus acciones. El nunca estaría de acuerdo sobre su amistad con Joaquín, pero Rebeca sólo necesitaba que Vince respetara su decisión. Ella fue honesta con Vince desde el principio. Ella no lo engañó ni le hizo promesas sobre terminar su amistad, por lo que no era negociable. Además, lo había dicho alto y claro, no había forma de reemplazar a Joaquín, por lo tanto, según la larga conversación del tema estaba cerrado. Rebeca calculó que con el tiempo, Vince confiaría de Joaquín y aceptaría su amistad.

Aunque la amistad con Joaquín era irreconocible para Rebeca, se veían de vez en cuando y las conversaciones telefónicas habían disminuido significativamente. La redacción de la agenda siguió siendo impersonal, las anotaciones de Joaquín ya no eran románticas, dulces, tiernas o amorosas. Sin embargo, Rebeca concluyó que, por respeto a su relación, limitó el romance. Vince también tuvo que contemplar su enfoque de la presencia de Joaquín porque los planes anteriores de exigir acciones por parte de Rebeca habían fracasado. Sólo le quedaba una opción: manchar la impecable reputación del adorable y confiable mejor amigo, Joaquín, con continuos comentarios calumniosos.

Era el comienzo de un hermoso día de primavera y últimamente el trabajo escolar había sido una prioridad para Rebeca. Sus esfuerzos diligentes estaban comenzando a dar frutos, recibió dos exámenes calificados, uno en matemáticas y el otro en español, y ambos le valieron una respetable calificación B.

La vida escolar era diferente a la de años anteriores, no mejor, todavía había colegialas acosándola dentro y fuera de la escuela. Isabela se había ausentado de la escuela a finales de septiembre para dar a luz a su bebé. Todo sucedió muy rápido, y como Isabela y Rebeca no se hablaban, ella conocía solo una parte de la situación del bebé. Rebeca sospechaba que era el bebé de James, pero no estaba segura. Vero todavía andaba con las personas equivocadas y faltaba a la escuela con más frecuencia.

A la salida, el patio delantero estaba lleno de gente y ella caminó rápidamente, para evadir a sus compañeros de escuela, apurada hacia su camino, cuando se topó con Vince corriendo hacia abajo. Ella no lo esperaba.

–Hola, –dijo, jadeando. –Yo- yo-, espera –mientras intentaba hablar y se inclinaba para recuperar el aliento. Rebeca lo tranquilizaba frotándole la espalda.

–Recupera el aliento, –preguntó con preocupación. Su respiración se reguló y se enderezó.

–Venía a sorprenderte, pero el autobús se retrasó y entonces comencé a correr, no quería perderte, –dijo. Sacó un sobre de su bolsillo y se lo entregó. El frente del sobre decía: *Para Rebeca con amor.*

–Quería regalarte esto, –añadió y sacó una cajita de otro bolsillo.

—Espero que te guste. —Dijo dulcemente. A Rebeca le molestó la carta porque hasta entonces nadie había escrito una carta de amor excepto Joaquín y era un gesto exclusivo entre ellos, o eso creía ella. Comenzó a abrir el regalo, pero en el paquete decía:

Ábrelo cuando leas la carta.

Ella sonrió y colocó con cuidado la carta y la pequeña caja en su mochila. Vince acompañó a Rebeca a casa. Se dio cuenta de que el hecho de que Vince la acompañara a casa aliviaba el estrés de ser perseguida por sus verdugos.

Como era de esperar, abrió el regalo tan pronto como entró en su habitación. La caja no estaba envuelta, la inclinó y un anillo de oro con pétalos de rosa cayó en su mano. Irónicamente, no era la primera vez que recibía un anillo de oro de un niño. Cuando Rebeca estuvo en Ecuador visitando a la familia de su padre durante el verano, hubo un *amor de verano*. Rebeca tenía trece años y él, dieciséis, y toda su familia eran diseñadores de joyas. Él le había regalado uno de sus anillos de diseño único como recuerdo de su tiempo juntos y esperaba que algún día se reunieran. Hasta el día de hoy Rebeca no ha regresado a Ecuador.

Rebeca leyó atentamente la carta de Vince. Él había declarado sus sentimientos y le había regalado un anillo de promesa. Una promesa de estar ahí para ella siempre, una promesa de amarla y ser su mejor amigo. La carta parecía sincera y Rebeca se sintió halagada, pero no cumplía con el estándar establecido por Joaquín. La carta leía con la sencillez de que fue escrita sin esfuerzo, sin ternura ó romance. Para Rebeca era evidente que Vince estaba tratando de competir con

Joaquín.

Antes de empezar a ser novios, Rebeca le había revelado tontamente a Vince sobre las cartas de Joaquín y cómo la hacían sentir especial. Luego, de nuevo irracionalmente, en conversaciones actuales, compartió parte de su contenido, pero de manera vaga. Vince intentó inculcar en su carta la misma literatura entrañable que pensaba que había en las cartas de Joaquín, pero no tuvo éxito.

En ese momento, Rebeca sentía atracción por Vince, pero no había ninguna conexión. Su dependencia de Vince no se comparaba con la profundidad de su necesidad por Joaquín, y su anhelo por Vince no coincidía con la intensidad de su anhelo por Joaquín. Katrina entró a su habitación con una canasta de ropa y vio la caja sobre su cama.

¿Qué es eso? –cuestionó Katrina. Rebeca quedó atónita por su pregunta, raras eran las veces cuando Katrina husmeaba.

–Oh, es sólo tarea, –respondió Rebeca. Katrina no aprobaría la verdad, después de todo, *¡sólo tenía dieciséis años!* Katrina no cuestionó la respuesta de Rebeca.

–Aquí tienes algo de ropa que doblé para ti, –continuó Katrina y la colocó en su cómoda. Katrina estaba saliendo de su habitación cuando de repente se detuvo.

–Oh, llamó Joaquín pero estaba hablando por teléfono con tu tía, le pedí que volviera a llamar más tarde, –añadio.

–Está bien, gracias mamá. –Rebeca respondió e inmediatamente tomó el teléfono para llamar a Joaquín.

–¡No hablés demasiado tarde, es noche de escuela! –comentó Katrina. El teléfono sonó y sonó, pero nadie contestó. Miró el reloj y eran las 20:10 horas Esa noche no recibió respuesta de Joaquín.

Pasó la semana y Rebeca se centró en el sábado por la mañana, cuando se dirigía a realizar el último intento en el programa Medallón de la Cruz de Bronce para convertirse en salvavidas. Si no aprobaba este intento, sería degradada y obligada a empezar de nuevo.

Rebeca se levantó temprano, desayunó bien y salió de su casa alrededor de las 10:00 horas. El centro comunitario estaba a unos quince minutos a pie de su casa. En el camino, estaba recitando los pasos de RCP (reanimación cardiopulmonar) y los nombres propios de cada parte del cuerpo para su examen. Aunque su mente oscilaba entre Vince y Joaquín, redirigió su cerebro para concentrarse en la RCP. Rebeca llegó mucho antes de la hora prevista, había doce candidatos ya cambiandose. Uno de ellos se acercó a Rebeca.

–Hola, no me recuerdas, ¿verdad? –Dijo dulcemente. Ella parecía desconcertada y se concentró mejor en él.

–¡No, lo siento! –respondió ella con curiosidad.

–Soy Michael, estábamos en las mismas clases de natación para Cruz Roja 3 y 4. –Mientras lo mencionaba, Rebeca lo recordó de repente, pero él había cambiado significativamente.

–¡Oh, sí, hola! –Ella contesto, añadiendo: –No te reconocí. –Michael se rió entre dientes.

–Sí, la natación ayuda a desarrollar algunos músculos. También tomé algunos cursos de gimnasia, específicamente de salto, pero decidí centrarme en convertirme en salvavidas. –Comentó. Rebeca recordaba que Michael era un niño tímido, flaco, dulce y algo torpe,

140

pero claro, en ese momento ella era baja, gordita, tímida e igual de torpe.

–¿Es esta la primera vez que haces la prueba de la Cruz de Bronce? –Ella preguntó.

–No, es mi segunda vez, pero he oído que es normal porque es una prueba muy dura, –respondió amablemente. Rebeca se sintió aliviada de no ser la única que repitió el examen.

Era de ascendencia Peruana, tenía piel oscura, cabello oscuro, ojos castaños excepcionalmente claros y era compasivo. También tenía un pequeño y lindo hoyuelo en el lado derecho de la mejilla que combinaba bien con sus cualidades. Michael no era musculoso como un fisico-culturista, pero se había llenado en todos los lugares correctos. Rebeca empezó a darse cuenta de que tenía una preferencia, una inclinación hacia los chicos latinos de buen corazón. El instructor salió al área de la piscina y gritó tres nombres.

–Si mencionaron su nombre, vayan a ver a la administración, el resto de ustedes saldré en unos minutos y comenzaremos, –instruyó.

–Tú también te ves genial, quiero decir diferente, –dijo Michael. –Te reconocí por tu dulce cara, no ha cambiado. –Él elogió. Rebeca se sonrojó.

–Gracias, –respondió ella. Hasta ese momento, se sentía segura y tranquila.

–¿Estás nervioso? –Ella preguntó.

–¡Sí! –Él rápidamente respondió con un suspiro.

–Tengo muchas ganas de aprobar este curso para poder trabajar durante el verano. Necesito empezar a ganar mi propio dinero, solo somos mi mamá y yo, no sé si lo recuerdas. –Preguntó. Rebeca recordó sus conversaciones y se dio cuenta de que habían hablado mucho más para dos personas introvertidas. Su historia de una infancia difícil y con muchas luchas no se olvida fácilmente. Michael miró a Rebeca y le sonrió.

–Me preguntaba si querrías... hum... –comenzó Michael. El instructor volvió a salir e interrumpió.

–Está bien, entonces cuando diga tu nombre únete a tu grupo, Michael Rojas, grupo uno. –El instructor guió y continuó gritando los nombres. Micahel se alejo triste porque no había completado lo que le queria decir.

–Rebeca Cortez, grupo tres, –continuó el instructor. Rebeca caminó hacia su grupo, Michael y Rebeca estaban en lados opuestos de la piscina.

La primera parte del examen fue una prueba de escritura de treinta minutos que se llevó a cabo en una pequeña sala lateral de la piscina. Un miembro del grupo de Rebeca y otro individuo del grupo cuatro se levantaron de sus asientos y salieron de la sala de examen apenas diez minutos después del comienzo. Luego, hubo un silencio sepulcral durante los siguientes veinte minutos. Rebeca lo completó a tiempo y estaba segura de haber aprobado esta parte del examen.

El siguiente segmento fue una evaluación de RCP con una evaluación paso a paso por parte de los instructores de cada grupo. Rebeca miró a Michael y él parecía estar tranquilo y sereno. Cuando pronunciaron su nombre, estaba un poco nerviosa, pero todo transcurrió sin problemas.

La parte final, que Rebeca más temía era la prueba de resistencia. La finalización obligatoria de veinticinco vueltas en veinte minutos que consistían en cinco brazadas frontales, cinco brazadas traseras, cinco brazadas de pecho, cinco brazadas laterales y cinco estilo libre era un mínimo. El grupo de Michael inició la prueba y él terminó primero en su grupo. Rebeca estaba muy feliz por él; ella lo animó durante todo el examen. Llegó la hora de su grupo y Rebeca saltó al agua, el instructor hizo la cuenta regresiva.

—¿Todos listos? ¡TRES DOS UNO! —Sonó la bocina y ella se empujó contra la pared de la piscina. Rebeca comenzó fuerte y seguía el ritmo de todos, pero catorce minutos después del largo y en la decimoquinta vuelta sintió sus piernas como espaguetis. No es de extrañar que no pudiera mantener la resistencia, no había practicado en absoluto. Comenzó a reducir la velocidad, con cada minuto que pasaba se quedaba más atrás y terminó última en su grupo. Su actuación en las dos primeras partes del examen no contaba si no pasaba la prueba de resistencia. Rebeca salió de la piscina y se sentó en un rincón con los ojos llorosos. Michael se acercó a ella y se arrodilló.

—Está bien, puedes volver a tomarlo, yo tuve que tomarlo dos veces, —la consoló. No sabía que este era el tercer y último intento de Rebeca. Mientras los instructores revisaban sus notas, uno de ellos se acercó a Rebeca.

—Lo siento, no pasaste, tendrás que registrarte nuevamente, —dijo con tono frío. —Te fue muy bien en el examen escrito y en la evaluación, pero necesitas trabajar en tus vueltas, practicar y aprender a controlar tu respiración, –continuó y se alejó. Rebeca estaba muy decepcionada y avergonzada. Salió corriendo, sin ducharse, se vistió, hizo las maletas y se fue lo más rápido posible.

Inundada de emociones comenzó a hablar en voz baja, los cursos anteriores, Medallón de Bronce, Salvavidas 1 y 2, eran difíciles de pasar. No puedo volver a hacerlos. En un instante decidió que la profesión de salvavidas no estaba en su futuro. La vergüenza de la terrible experiencia fue tan significativa que ni siquiera tuvo la cortesía de despedirse de Michael, y él había sido muy considerado. Ella se sumergió en un mar de su propia lástima y nunca volvió a verlo.

El camino de regreso a casa de Rebeca fue largo y agonizante, pero le dio tiempo para procesarlo. A dos cuadras de los escalones de su puerta, escuchó que gritaban su nombre. Se detuvo y miró a su alrededor; y vio a Diego. Se conocieron una vez en una fiesta pero nunca interactuaron. Diego estaba parado al frente de su casa.

–Oye, no sabía que vivías por aquí, –dijo. Ella estaba angustiada pero respondió lo más amablemente posible.

–Sí, justo aquí arriba, lo siento, tengo que irme, fue agradable encontrarme contigo, –comentó apresurada. Tenía la piel arrugada, el pelo rizado y sus piernas suplicaban por misericordia. Todo lo que ella quería era darse una ducha y llamar a Joaquín, pero, desafortunadamente, él no estaba en casa. Él realmente habría sido el único que sabría las palabras exactas para consolarla. En su lugar, tuvo que llamar a Vince y esperar que él le levantara el ánimo. Su hermana contestó.

—¡No está! —dijo, incluso antes de que Rebecca pudiera decir una palabra.

—Hola, quiero hablar con Vince, por favor —pidió Rebecca, sin esforzarse en ser cortés.

—Sí, no está —repitió la hermana.

—¿Cómo supiste que iba a preguntar por él? —preguntó Rebecca.

—La mayoría de las llamadas son para él, ¿o crees que eres la única? —respondió con exasperación. Rebecca se sintió incómoda.

—¿Qué quieres decir? ¡Soy su novia! —contestó Rebecca. La hermana soltó una risa malvada.

—¡Ok! —dijo y colgó el teléfono.

Rebecca no estaba de humor para descifrar la estupidez que la hermana de Vince estuviera tramando. Después del día que había tenido, se dejó caer en la cama y se quedó dormida.

El timbre sonó.

—Rebeca, es para ti, —gritó Katrina. Bajó las escaleras a trompicones y abrió la puerta, su expresión cambió.

—Hola, esto es una sorpresa, —dijo con una gran sonrisa.

—¿Quieres dar un paseo? —Preguntó Joaquín. Hacía mucho tiempo que no daban uno de sus paseos y la idea de ello mareaba a Rebeca de emoción.

—Claro, —dijo sin dudarlo. —Mamá, voy a dar un paseo. Volveré pronto, —gritó y no esperó la aprobación.

Su caminata habitual consistía en una ruta por su calle hasta un puente que daba a las vías del tren que cruzaba a otra calle completamente, y luego daba la vuelta. Dieron unos veinte pasos desde su jardín delantero y Rebeca se sintió abrumada.

—¿Por qué has cambiado conmigo? —Ella preguntó. Su voz interior seguía repitiendo: *No dejes que sea otra chica, no dejes que sea otra chica.* Joaquín hizo una pausa.

—Todo el mundo sigue diciéndome que te deje ir, que no eres buena para mí. No te importo de esa manera y debería seguir adelante, —dijo mientras suspiraba.

—Pensé que dijimos que seríamos amigos para siempre, que nada se interpondría entre nosotros, —respondió Rebeca.

—Puedo recordarte que tienes novio y ya has permitido que haya alguien entre nosotros, —dijo sin rodeos. Continuó caminando confundida sobre lo que Vince tenía que ver con su amistad, pero en lugar de discutir la confusión, lo ignoró.

Rebeca repitió los desafortunados intentos fallidos de ser salvavidas y Joaquín le transmitió el motivo de sus visitas regulares a la biblioteca, que ocupaban la mayor parte de su tiempo libre. Antes de que se dieran cuenta, estaban cruzando el puente y regresando a su casa.

Ambos se detuvieron simultáneamente justo en medio del puente que daba a las vías del tren. Había una tensión obvia que necesitaba ser atendida, y se abrazaron tiernamente, abrazándose durante varios minutos. Rebeca sintió los latidos del corazón de Joaquín al doble de su velocidad normal. El abrazo se sintió como antes: dulce, tierno y perfecto. Oyeron el tren acercarse a lo lejos, se soltaron un poco, pero no del todo, se miraron fijamente a los ojos y ninguno pudo articular palabra alguna. El universo los había colocado en este éxtasis instantáneo en el que se suponía que debían reconocer que sus dos almas pertenecían juntas. Sin una sola palabra, el momento fue interferido por la lógica y los dos compusieron sus corazones y continuaron su caminata.

Cualquier preocupación que Rebeca pudiera haber sentido sobre su amistad quedó remediada por la confirmación de la cercanía que aún compartían. Una vez más, Rebeca creyó que su mundo estaba bien otra vez.

La semana escolar comenzó con alegría y alivio, y de camino a casa, Rebeca vio un cartel en una farmacia que decía: *Se necesita ayuda los fines de semana, para mas información, solicítela dentro.* Ella entro con decisión y había un hombre de origen Asiático que parecía ser el farmacéutico.

—Hola, me preguntaba de qué se trata el trabajo. —Ella preguntó. El hombre miró en su dirección y se acercó al mostrador.

—Bueno, necesito a alguien que llene los estantes durante unas horas el fin de semana, preferiblemente los domingos, —dijo, un poco confundido. —¿Es usted mayor de edad para trabajar? —Él cuestionó.

—¿Cuál es la edad legal? —Preguntó desconcertada.

—Es necesario tener al menos dieciséis años, —confirmó. Rebeca esbozó una sonrisa.

—Soy. Dentro de unos meses cumpliré diecisiete años, —respondió. No era raro que confundieran a Rebeca con una edad más joven; Parecía joven debido a buenos genes familiares.

—Está bien, podríamos intentarlo, –dijo,

—pero debes asegurarte de que tus padres lo aprueben. –Instó. Se le había escapado la aprobación de sus padres, estaba tan orgullosa de sí misma por haber reunido el coraje que no se lo había pensado. Sin embargo, la postura de sus padres sobre los trabajos a tiempo parcial era que Rebeca no necesitaba trabajar porque le proporcionaban todo lo esencial.

Durante la cena, Rebeca tenía la intención de preguntarle sobre su trabajo, pero la conversación se había apoderado de sus padres, que no estaban de acuerdo sobre los gastos del hogar. Después de la cena, todos se dispersaron a sus rincones de la casa y Rebeca fue a hablar con Katrina.

—Mamá, quiero saber si está bien si consigo trabajo los domingos. Sólo serán un par de horas después de la iglesia, –le aseguró.

—Trabajo, ¿por qué? –Preguntó Katrina.

—¿Por qué no? Tengo casi diecisiete años y podría empezar a ganar mi propio dinero, –confirmó.

—Déjame hablar con tu papá, –afirmó.

—En cierto modo ya conseguí el trabajo en el estante de una farmacia, –dijo Rebeca con ojos de cachorrito. Su padre apenas estaba presente, por lo que los ojos de cachorro tuvieron que trabajar en su madre.

—¡En realidad! –Dijo emocionada.

—Pruébalo primero y si es lo que quieres, hablaré con tu papá, pero asegúrate de que sea después de las 3:00 p. m.. –Katrina dijo con

148

firmeza. Rebeca dio un pequeño salto de emoción.

Fue una velada de maratón telefónico con amigos que comenzó alrededor de las 19:15 horas. Rebeca estaba hablando por teléfono con Vince alrededor de las 21:45 horas cuando vio la pantalla de llamada en espera, era Joaquín.

—Te volveré a llamar, tengo a Joaquín en la otra línea y tengo que hablar con él, —dijo con seriedad y colgo.

—Hola, —contesto Rebeca rápidamente.

—Necesito hablar contigo, ¿podrías reunirte conmigo afuera de tu casa en unos veinte minutos? —Solicitó Joaquín. Ella se puso feliz.

—Sí, claro. —Ella respondió vertiginosamente. Sus piyamas no eran la vestimenta apropiada para su encuentro, así que se vistió y esperó pacientemente junto a la ventana de su dormitorio. Eran casi las 22:30 horas. y todos en su casa dormían. Joaquín caminaba a lo lejos hacia su casa, bajó de puntillas las escaleras y abrió la puerta silenciosamente. Rebeca estaba encantada de verlo.

—Hola, —dijo con un nudo en la garganta.

—Hola, —respondió y se abrazaron.

—Entonces, ¿de qué querías hablar? —Ella preguntó. La expresión de Joaquín parecía triste y perdida. Rebeca sintió que se le encogía el corazón, lo que Joaquín estaba a punto de decir no iba a ser agradable.

—No sé por dónde empezar, —dijo en voz baja, casi en un susurro.

—Empieza por cualquier lado, —dijó ella con impaciencia.

—Tengo una confesión que hacer. No he sido muy buen amigo. Después de que empezaste a salir con Vince, me sentí herido y no quería ser tu amigo, —expresó.

–¿Entonces, porque estas aqui? –Ella preguntó, sorprendida.

–Quería romper la relación de ustedes y pensé que si seguía siendo su amigo, eventualmente sucedería, –confesó. –Sin embargo, me he dado cuenta de que no puedo ser solo tu amigo y no quiero hacerte daño. Esto debe terminar, ya no puedo ser tu amigo.

–Afirmó Joaquín, sin verle a los ojos. Rebeca se quedó sin palabras, sintió como si le acabaran de dar un puñetazo en el estómago.

–Sabía que algo andaba mal, eras diferente, me mentiste, dijiste que estábamos bien, que todavía éramos amigos. ¿Qué hay de mí? ¿Qué pasa con mis sentimientos? –Ella balbuceó. Estaba agitada y asustada. Joaquín no pudo decir nada porque él también se estaba dando cuenta y se quedó paralizado.

El porche estaba oscuro, la noche estaba sobre ellos y ninguno de los dos tenía las palabras para hacer soportable este momento. Rebeca podía sentir el nudo en su garganta como una bola de pelo atascada y el estallido de lágrimas era inevitable. Joaquín sin previo aviso se inclinó y la besó antes de que comenzara el llanto sin sentido. Rebeca estaba en shock al sentir el contacto de sus labios contra los de ella e inconscientemente correspondió el beso.

Fue un beso suave, tierno y dulce, como si tocara una flor delicada. Ella sintió que su corazón latía más rápido, saliéndosele del pecho, que su estómago se revolvía y que su mente se quedaba en blanco. Joaquín rodeó su cintura con sus brazos; la sensación de ellos envolviéndola le erizó la piel y la acercó más a él. Sus manos descansaban sobre su pecho, conectando con su corazón. Podía sentirlo, bum, bum, como si su corazón le hablara directamente en

150

respuesta a su tacto, y era mágico.

El beso que quería hace meses ocurrió de la nada. Era el tipo de beso que había llenado sus ensoñaciones, un beso que le robara el aliento y la hiciera olvidar momentáneamente su entorno. Un beso que hizo que su corazón latiera con tanta fuerza que parecía que iba a atravesar su cavidad. Rebeca se apartó, dio un paso atrás y lo miró asombrada: era Joaquín quien la hacía sentir así.

Sin decir una palabra, entró corriendo, tropezando en el camino. Joaquín no emitió ningún sonido ni se movió de su lugar. Apoyándose contra la parte trasera de la puerta, Rebeca se quedó de pie tratando de descubrir qué acababa de suceder. Su corazón todavía latía aceleradamente, sus ojos se llenaron de lágrimas y quería besarlo de nuevo. *¿Debería volver a salir?* Ella se preguntó. *Es Joaquín, es perfecto.* Abrió la puerta y salió, pero él ya no estaba. Se inclinó sobre la barandilla del porche para ver si podía verlo a lo lejos, pero estaba oscuro y la vista estaba oscurecida. Rebeca volvió a entrar y permaneció parada detrás de la puerta, recomponiéndose antes de subir las escaleras.

Las siguientes horas las pasó repitiendo el beso. *¿Debería llamarlo? ¿Contestaría el teléfono a esta hora de la noche?* pensó para sí misma. Cada vez que recordaba el beso, sentía mariposas en el estómago. *¿Podría ser? ¿Lo amo de esa manera?* pensó. Por primera vez, su corazón y su mente estaban de acuerdo. Estuvo interpretando cada momento de la noche hasta quedarse dormida.

Capítulo 7
Las consecuencias

Oh, cuídate, mi señor, de los celos.
Es el monstruo de ojos verdes que se burla
De la carne de la que se alimenta.

Shakespeare, Othello, III

La noche de su primer beso rumia repetidamente en la mente de Rebeca hasta que quedo grabado y almacenado en su memoria a largo plazo. Fue el comienzo de una toma de conciencia de sentimientos intensos hacia Joaquín que se iban aclarando cada día que pasaba. Eran sólo adolescentes y, para bien o para mal, la intensidad y las exigencias de sus sentimientos individuales estaban justificadas por su propio razonamiento. Sin tener aún la madurez para comprender la intensidad y mucho menos las razones, no hubo discusiones, ni preguntas, ni compromisos, y tomaron direcciones diferentes en la vida.

Era el primer día que Rebeca se unía a la fuerza laboral y estaba muy nerviosa; fueron nervios felices. El domingo por la mañana estaba ayudando a su mamá a preparar el desayuno.

–¿Estás nerviosa? –Preguntó Katrina mientras volteaba huevos.

–¿Me veo nerviosa? –Preguntó, preguntándose si llevaba el corazón en la manga.

–¡Sí! –Katrina se rió entre dientes. –Es normal, haz lo mejor que puedas. –La hermana pequeña de Rebeca empezó a llorar en la otra habitación y Katrina fue a atender la situación. Rebeca se hizo cargo de los huevos. *¡Haz lo mejor que pueda!* Pensó. *¿Cuál es mi mejor?* Ella nunca antes había tenido un trabajo. Al fondo, su hermana y su hermano estaban haciendo berrinches. Su madre tenía las manos ocupadas y, aunque sabía que la quería mucho, el tiempo para Rebeca era limitado.

Durante el almuerzo, Rebeca le recordó a su mamá que ella empezó su nuevo trabajo, por precaución. Cuando regresaron a casa, ella se refrescó y salió. Rebeca llegó con diez minutos de sobra, respiró hondo, se dio una charla de ánimo y entró con seguridad en sí misma.

–Hola, pasa, –dijo el farmacéutico. Era tan joven para haber logrado su licenciatura en farmacologia y haber comprado su propio negocio. Rebeca lo siguió hasta la trastienda.

–Puedes poner tus pertenencias aquí en este armario y luego te mostraré tus tareas. –Él afirmó. Ella hizo exactamente lo que él le indicó. En sus manos sostenía un pequeño paquete de sábanas y había dos pilas de cajas grandes en el suelo. –Esta es una lista de inventario y estas son las cajas de envío que llegan semanalmente. Necesito que abras las cajas y te asegures de que todo lo que hay en ellas coincida con la lista. A medida que sigas haciendo coincidir los elementos, los tacharás de esta lista; una vez que hayas terminado, te haré saber qué sigue. ¿Alguna pregunta? –Él explicó.

–Creo que es bastante simple, –contesto Rebeca.

–Está bien, genial, –respondió. Su disposición indicaba confianza en su capacidad para completar la tarea. Una vez que se hubo alejado, no la acosó ni la revoloteó, le dio espacio para abordar el proyecto.

Al revisar la lista, no reconoció muchos términos y, peor aún, no pudo pronunciarlos. A primera vista, localizó cajas de Tylenol y luego buscó en la lista, unas trece líneas más abajo, decía:

Acetaminofén Oral (Tylenol) 4 cajas

Se completó la primera marca de verificación y continuó haciendo coincidir los paquetes que ella reconoció. El tiempo pasó rápidamente, pero ella había llegado a un punto sin saber que hacer. Vacilante, se acercó al farmacéutico.

–Hice la mayor parte de la lista, pero hay algunos elementos que no entiendo o no reconozco, –dijo en voz baja, esperando que él la escuchara. El farmacéutico miró la lista.

–Está bien, le llevará tiempo aprender todos los productos. –Dijo con total naturalidad. Rebeca sonrió porque su comentario era una confirmación indirecta de que había sido contratada. Él también tenía una sonrisa.

–¿Por qué no detenemos esto por ahora y le pediré que complete algunos formularios? Continuaré enseñándote la lista de inventario y será fácil con el tiempo, ¡vale! –Él afirmó. Rebeca estaba contenta y el primer día de su primer trabajo transcurrió muy bien.

Rebecca volvió a casa pensando en Joaquín. Decidió desviarse un poco y pasar por su casa. Si se hubiera armado de valor, tal vez habría tocado la puerta, pero la cobardía pudo más y siguió su camino a casa.

Katrina se alegró de saber del éxito del primer día de Rebeca y le aseguró que Abraham también estaba a bordo. Katrina intentó ser solidaria con las costumbres de un país progresista como Canadá, pero la verdad es que tenía miedo a lo desconocido. Rebeca llamó a Vince y él también estaba increíblemente feliz por ella por el éxito de su primer trabajo. La información más importante que debería haber ofrecido voluntariamente pero no lo hizo fue el beso inesperado con Joaquín y la terminación oficial de su amistad. Inconscientemente, Rebeca no creía que todo hubiera terminado con Joaquín y pudo haber sido el motivo del engaño. Se habían dado espacio antes y lograron encontrar el camino de regreso. Le resultaba demasiado doloroso pensar lo contrario.

Una tarde, Rebeca estaba sentada en el escalón de su porche dibujando en un cuaderno. Ella escuchó una voz.

—Oye, —dijo. No identificó la voz hasta que miró hacia arriba.

—Hola, —respondió Rebeca. Era Diego. Él se acercó a ella.

—Sólo pensé que tal vez podríamos ser amigos. —Preguntó. Rebeca le sonrió.

—Me gustaría eso, —dijo. Estaba de mejor humor que en su primer encuentro. Diego se sentó en el escalón de abajo y hablaron un rato sobre cosas casuales, como la escuela, la familia y los pasatiempos. Tenía un rostro amable, una linda sonrisa, cabello oscuro, ojos oscuros y el físico y la constitución de un gran oso. Luego, Katrina le pidió a Rebeca que comprara lechuga en la tienda de la esquina y Diego la acompañó. A su regreso, tomó una dirección diferente.

—Fue agradable conversar contigo. Bueno, esta es mi casa. ¿Si quieres, me puedes visitar de vez en cuando? —Preguntó. La distancia entre ellos era muy cercana.

—Claro, por qué no, —respondió ella y él entor a su casa. Se sentía sola en el tema de mejores amigas y estaba dispuesta a aceptar nuevas amistades. Vince ciertamente no era su mejor amigo, sus supuestos amigos en la secundaria eran decepcionantes y bueno,

Joaquín, era complicado.

Pasaron las semanas y Rebeca estaba desconsolada, sus pensamientos la abrumaban con suposiciones de que siempre había estado equivocada acerca de sus sentimientos por Joaquín. Decidió llamarlo y esperó que las palabras que él entendiera se infiltraran de alguna manera en sus cuerdas vocales, pero nadie respondió. Pasaron unos días más y ella reunió el coraje para volver a llamar, pero una vez más no pudo localizarlo.

La redacción de la agenda se había detenido instantáneamente, no más cartas, no más llamadas, no más visitas y no más Joaquín. A Rebeca no le quedaban más opciones que esperar. Espera una oportunidad, una señal, un momento, cualquier cosa, donde pueda expresar todos los pensamientos que nublaban su mente. Quizás entonces podrían hablar sobre esta relación obvia pero confusa que compartían. Aunque nadie podía reemplazar a Joaquín, encontró en Diego un amigo, alguien que escuchaba y era amable.

Comenzó una nueva amistad, pero diferente: no hubo necesidad de teléfono, ni intercambio de cartas, y mucho menos recogidas en la escuela. Vivía tan cerca que una caminata rápida hacia o desde su casa sería más rápido que marcar en un teléfono de disco. Hasta el momento, Diego la había visitado en el escalón del porche. En el poco tiempo que habían sido amigos, ella se sentía cómoda, pero faltaba algo. Fue horrible que comparara a todos con Joaquín. Rebeca empezó a visitarlo también, y pasaba cuando iba a la tienda de la esquina. Las visitas nunca duraron más de diez o quince minutos seguidos. Tocó la puerta y apareció Diego.

—¡Hola, esto es una sorpresa! —Dijo agradablemente.

—Adelante. —Añadió mientras se alejaba un poco de la puerta. Rebeca vaciló.

—¿Te parece bien si sales y podemos sentarnos en tu porche? —Ella preguntó tímidamente.

—Sí. —Él respondió, sin juzgar. Salió al porche y cerró la puerta detrás de él. Era muy dulce, educado y respetuoso con Rebeca, muy parecido a Joaquín, le recordaba a él.

Su terraza tenía asientos adecuados y más espacio que la de Rebeca. Su porche no era lo suficientemente grande como para acomodar sillas, por lo que generalmente terminaban sentados sobre escalones de concreto, si no de pie. Sus conversaciones generalmente comenzaban con una pequeña charla y terminaban con temas conmovedores. Diego estaba empezando a ganarse la confianza de Rebeca, parecía ser una confianza mutua.

Su amistad le dio a Rebeca la fuerza para tolerar la ausencia de Joaquín. A lo largo de muchas visitas, Diego le confió sus problemas con el manejo de la ira y cómo instigaba peleas por falta de control. Su padre tenía una manera de presionarlo y tuvieron varios altercados físicos. Temía que se acercara el día en que había ido demasiado lejos. Rebeca no podía imaginar cómo se sentía eso, pero podía ver el dolor en sus ojos y se compadecía. Continuó la conversación con un incidente ocurrido en una estación de metro. Era lo que él llamaba *un punk idiota,* que necesitaba llenar su ego desafiando a alguien más pequeño que él. En su historia, intervino para defender al niño y comenzó a golpearlo en lugar de razonar.

—No podía parar, era como si estuviera fuera de mi cuerpo, simplemente viéndose perder el control. Hasta que volví al momento de una mujer gritando y chillando, —explicó. Lo describió como salir de un hechizo y darse cuenta de que había herido gravemente al otro agresor. Su cabeza se inclinó con tristeza mientras volvía a contar la historia y las lágrimas llenaron sus ojos. —No sé si me acusarán, creo que hubo muchos testigos, —afirmó con pesar. Rebeca no supo que decir.

Ella se levantó de su asiento, se acercó y lo rodeó con sus brazos. Dejó escapar un suspiro de alivio. Él la rodeó con sus brazos y se hundieron en el abrazo. Rebeca se perdió en uno de sus grandes abrazos de oso. Mientras se soltaban, Rebeca le aseguró.

—Cuando necesites que alguien te ayude a calmarte, llámame, no sé si pueda decir algo, pero mis brazos están disponibles, —ofreció. Rebeca también le había confiado su carga más pesada: su amistad rota con Joaquín. Hasta entonces, ella había proporcionado extractos de la historia pero no había mencionado su nombre. Diego le aseguraría que todo estaría bien.

—Quién no querría ser amigo tuyo, es muy fácil, —comentó. Ella rompió a llorar y dejó escapar cuánto lo extrañaba con muchas palabras dolorosas. Diego se preocupaba por proteger a las personas y al ver a Rebeca sufrir tanto dolor, quería protegerla.

—¿Quién es él? ¿Vive por aquí? Preguntó Diego. Exasperado, como alguien podría ser tan cruel con Rebeca.

—No, no por aquí, pero no muy lejos, justo al otro lado del

puente más cerca de St. Clair, –respondió con voz ronca.

–¿Cómo se llama? –Preguntó con curiosidad pero aún con firmeza.

–Joaquín Méndez, –dijo mientras intentaba desesperadamente aclarar un nudo en la garganta. La expresión de Diego cambió de enfadado a sorprendido.

–¡Tú eres LA REBECA! ¿La que tuvo la pelea en su fiesta? Dijo divertido. Rebeca quedó atónita.

–¡Qué! ¿Como sabes eso? –Ella soltó frenéticamente.

–Soy amigo de Joaquín y… en serio, todo el mundo sabe de ti, –sonrió. Su respuesta no consoló a Rebeca, al contrario, la molestó aún más. Se sintió avergonzada y quiso esconderse en el agujero más cercano. Las lágrimas dejaron de fluir y su emoción cambió de tristeza a ansiedad.

–¿Cómo lo conoces? –Ella preguntó. Quería información específica sobre qué y cómo conocía a Joaquín. Le había contado a Diego tantos detalles íntimos sobre sus sentimientos, pensamientos, miedos y esperanzas sobre Joaquín, sin esperar que algún día regresaran a Joaquín. Estaba preocupada por la información que poseía Diego y nunca habría dado tanta información si hubiera conocido la conexión.

–Somos amigos desde hace un tiempo, lo conocí en una de sus fiestas en su casa. Son muy acogedores a la hora de sus fiestas, –respondió riéndose. Se sentía incómoda y perpleja, había pasado casi media hora desde que llegó.

–Tengo que irme ahora, –reveló.

—Estoy segura de que mi mamá se pregunta dónde estoy. —Rebeca le dio un abrazo torpe y se fue. Inspiración la invadió mientras caminaba a casa. De hecho, esta desgracia podría ser la oportunidad que deseaba. Podría obtener información sobre Joaquín a través de Diego, y tal vez podría enviar mensajes con la esperanza de que Joaquín la reconsiderara. Sin embargo, lo que más esperaba era que su confianza no estuviera fuera de lugar y que Diego mantuviera sus conversaciones confidenciales.

La vida de Rebeca no estuvo exenta de drama. Mientras que su relación con Vince era mediocre porque no le había prestado toda su atención ni esfuerzo. Estaba ocupada conspirando maneras de mantener su amistad con Joaquín. Al mismo tiempo, mientras estaba preocupada por aclarar sus sentimientos por Joaquín, no pudo ver las señales de alerta de Vince. O tal vez simplemente no le importaba lo suficiente como para darse cuenta del engaño. De una forma u otra, Vince no era su prioridad.

Un día en clase, Rebeca se dio cuenta de que una nota para Joaquín sería poética considerando su forma inicial de comunicación. Su mano empezó a escribir incluso antes de que ella reuniera sus pensamientos. La nota estaba dirigida a Joaquín y decía:

Por favor háblame. Quiero que seamos buenos amigos como lo fuimos una vez. Lamento haberme escapado esa noche. Me asusté y no sabía qué hacer. Te extraño y deseo hablarte de lo que estoy sintiendo.

Se detuvo una vez que su cerebro alcanzó su mano, la desmenuzó y la tiró. Las cartas y notas simplemente no iban a ser suficientes esta vez, era vital que tuvieran la conversación en persona. Durante la cena pensó en Diego, *¡Sí! Diego, él podría ayudarme.* Apenas terminó de cenar, les contó a sus padres una de sus tantas mentiras piadosas para poder ir a casa de Diego. Llamando a la puerta de Diego respondió su madre.

–Hola, ¿puedo hablar con Diego, por favor? –Ella preguntó. Su madre negó con la cabeza.

–No, él no está en casa, tendrás que volver. –La madre respondió: Rebeca se sintió desanimada. Más tarde esa noche sonó el teléfono y Rebeca contestó.

–¿Hola? –Ella respondio. Quienquiera que fuera, colgó tan pronto como contestó. Rebeca se preguntó si podría ser Joaquín. Aproximadamente media hora después, el teléfono volvió a sonar y Rebeca contestó.

–Hola, –respondió nuevamente, esta vez la persona se tomó unos segundos más, –¿Joaquín eres tú? –Preguntó con cariño y una vez más colgaron. Rebeca estaba convencida de que era Joaquín. Ya no podía torturarse más, así que marcó y Joaquín contestó inmediatamente.

–Hola, –dijo sin aliento.

–Hola, ¿te pillé en un mal momento? –Rebeca respondió.

–No, solo estaba ocupado con algo, ¿qué pasa? –Él respondió. Rebeca decidió no mencionar las llamadas raras, sino que abordó el tema más importante.

–Quería hablar contigo sobre lo que pasó, –solicitó.

—No hay nada de qué hablar, dejaste perfectamente claro que no quieres nada conmigo, tomaste tu decisión, –bramó.

La energía entre ellos era diferente, la conexión se había roto, había tensión donde antes hubo paz, había ira donde antes había felicidad y hubo resentimiento donde antes hubo amor.

—Lo siento, no quise salir corriendo, no sabía cómo reaccionar. No sé qué pasó, debería haber salido más rápido, –recalcó. Joaquín estaba en silencio.

—No saliste porque no querías volver a salir, Rebeca, y eso es todo, –pronunció con voz estancada.

—No es cierto, volví a salir, pero no salí lo suficientemente rápido, –corrigió. El tono de voz de Joaquín no era en absoluto el de amigo que Rebeca apreciaba y cuidaba profundamente. Se mostró reticente, distante y el corazón de Rebeca estaba destrozado. Joaquín hizo una pausa y su tono se suavizó.

—Mira, está bien. Ahora estás con Vince y bueno, tal vez algún día podamos ser amigos, pero no el tipo de amigos que solíamos ser, –afirmó. Había tanto silencio en el teléfono, era extraño, Rebeca no tuvo otra opción que aceptar su propuesta. Las decisiones de Rebeca eran incomprensibles para Joaquín y, francamente, tampoco tenían ningún sentido para Rebeca. Ella había saboteado al amor más grande de su vida, y sólo su subconciente gritaba para ser escuchada. Las lágrimas cayeron silenciosamente por sus mejillas pero trató de no revelarlas en su voz.

—Entiendo, –dijo con tristeza.

—Hablaremos pronto, tengo que irme ahora mismo, –dijo

cortésmente y colgó. El corazón de Rebeca sabía que había perdido a su mejor amigo. No había nada que ella pudiera hacer, Joaquín dejó claros sus sentimientos y Rebeca quedó con incertidumbre sobre sus propios sentimientos. ¿Qué iba a hacer con la prodigiosa cantidad de emociones que llevaba y con todo lo demás que intentaba manejar a los dieciséis años? Rebeca estaba estupefacta.

Pasaron algunas semanas y Rebeca se estaba adaptando muy bien a su nuevo trabajo. Agradecía la distracción, al menos los domingos. La relación con Vince estuvo intermitentemente debido a la continua infidelidad. Vince aprovechó la libertad limitada de Rebeca y fue un maestro del distorsionar la verdad.

Había algunos chicos interesados que habían entrado en la vida de Rebeca, pero ella tenía grandes expectativas respecto de las amistades y, bueno, la mayoría fracasó. La única persona que estuvo remotamente cerca del tipo de amistad que ella esperaba fue Diego. Rebeca estaba en casa un viernes por la noche viendo *Salvados por la campana* cuando sonó el teléfono. Ella contestó casualmente y no tuvo la oportunidad de saludar cuando escuchó su voz.

—Colocha, estoy muy enojado, tengo miedo de lo que le pueda hacer, —dijo maniáticamente. Era Diego. Rebeca se sorprendió por su tono, era una situación seria. Su amistad se había desarrollado tan bien que Rebeca recibió el apodo tierno de *Colocha* y la confianza suficiente para pedir ayuda.

—Estoy en camino, —respondió ella. Rebeca les gritó a sus padres que estaban en su habitación. —Sólo voy a la tienda de la esquina; Ya vuelvo. –Los padres de Rebeca toleraron cierto desafío adolescente.

Salió corriendo de la casa y corrió calle abajo. Cuando se acercó a la casa de Diego, escuchó el alboroto. Un par de vecinos habían salido a su porche por chismosos. Ella miró a Diego a través de una ventana frontal de un solo panel y él se veia enfurecidó. Estaba gritando a centímetros de la cara de su padre. Rebeca salió al porche y golpeó la ventana para llamar la atención de Diego. Se giró, la vio, dio un paso atrás e inmediatamente dejó de agitar las manos. Diego abrió la puerta principal y salió.

Parecía un gran oso de peluche al que podía abrazar cuando estaba tranquilo y en paz, pero cuando estaba enfurecido, por su estatura, daba miedo. Rebeca se acercó más y más, con cautela, a unos dos pies de distancia, se puso de puntillas y estiró el cuello. Ella lo miró para obligarlo a hacer contacto visual con ella y él aceptó. Estaba sonrojado, su rostro estaba rojo cereza, sus ojos estaban inyectados en sangre y llenos de ira.

–Cálmate, Diego. Necesitas calmarte. No vale la pena ir a la cárcel, –le instó. Ella se acercó, no estaba segura de si lograría calmarlo. –¿Qué puedo hacer para ayudarte? –Ella preguntó, preocupada. Los ojos de Diego se suavizaron.

–Un abrazo, necesito un abrazo, –dijo. Rebeca se acercó una vez más, lo rodeó con sus brazos lo mejor que pudo y le dio uno de sus grandes abrazos de oso. Él no la abrazó, simplemente dejó que Rebeca la abrazara por completo. Ella lo abrazó hasta que sintió que aflojaba la tensión de su cuerpo. A Rebeca se le estaba acabando el tiempo y necesitaba regresar a casa.

—¿Estás mejor? —Preguntó esperanzada.

—Sí, estoy mejor. —Él le aseguró.

—No creo que debas volver a entrar, —comentó.

—Me iré ahora mismo a casa de un amigo y dejaré que él también se calme, —respondió. —Gracias Colocha. —La forma en que había dicho su nombre la hizo sentir segura de irse. Ella lo abrazó por última vez y se fue. Mientras Rebeca estaba fuera, volvió a perder la llamada de Vince, pero estaba agotada y no devolvió la llamada.

A la mañana siguiente, Rebeca quedó con Vince en verse en el parque esa misma tarde. Vince tenía muchas preguntas sobre su paradero, sin embargo, según él, ella no merecía la misma cortesía cuando él desaparecía los fines de semana seguidos. Sus celos mostraban un tono diferente de feo. Él criticaría a Rebeca acusándola de desconfianza y menospreciando sus inferencias. Todos los rumores de su infidelidad con varias chicas en varios clubes nocturnos eran chismes del peor tipo y siempre estaban al alcance de Rebeca. No pudo demostrarlo y, como la mayoría de las situaciones de su vida, simplemente dejó que se sumergiera en el abismo.

Era un día cálido y soleado, pero cómodo y de camino al parque, pasó por la casa de Diego, pero para alivio de Rebeca, él no estaba en casa. Cuando ella llegó a las afueras del parque, vio a Vince sentado en uno de los columpios. Se acercó y la abrazó con un suave beso.

—Hola mami, —dijo. Rebeca no pudo corresponder el saludo

de Vince; simplemente no estaba en ella simularlo. Estaban acurrucados bajo un árbol del bosque. Por primera vez, entablaron una conversación más personal que no requirió que Rebeca fuera cautelosa. Vince detalló su viaje con su mamá y su hermana desde Nicaragua. Estaba atormentado mientras hablaba.

—Yo era joven cuando murió mi padre y nos quedamos en quiebra. Creo que debía tener unos diez u once años. Tuvimos que huir del país porque la quiebra significaba que nos quitarían todo y si no era suficiente para pagar las deudas, nos llevarían a mí o a mi hermana. Mi madre nunca iba a permitir eso, —recordó. Rebeca permaneció quieta en sus brazos, por primera vez sentía algo por él. —Mi padre tenía control sobre todas las finanzas, lo cual no era mucho, pero endeudó mucho a mi familia y mi mamá entró en pánico. Creo que tenía doce años cuando tuvimos que irnos, — añadió. Rebeca simpatizaba con Vince, sin embargo nunca pudo entender su miedo.

El sentimiento más cercano que le vino a la mente fue el miedo que sintió cuando la acosaron. Cómo se burlaban de ella en su casillero, en el baño de chicas, le lanzaban bolas de papel a la cabeza y la seguían hasta la parada del autobús, burlándose de ella, insultándola e inculcándole ansiedad. Rebeca comenzó a sentirse cerca de él y compartir detalles privados de su vida. Una clara señal de confianza, lo cual era importante para Rebeca. Sin embargo, ella se mostraba escéptica de que él se ganara la suya con sus infidelidades.

Pasaron unos momentos y se quedaron en silencio.

Desafortunadamente, Rebeca no estaba dispuesta a confiar en él. Con una rápida sacudida, Vince se sentó y descansó sobre sus rodillas, luego recostó suavemente a Rebeca sobre el césped. El contacto de sus dos labios no significaba nada, sus besos habían sido sentimientos vacíos. Encerrado en un beso, Vince esperaba poder crear un momento, antes de que terminara el beso Rebeca sintió su lengua en su boca. El beso no fue un beso infantil, sino un beso verdadero y adulto. Las manos de Vince estaban en el límite de la cintura y el muslo, entonces escuchó gritos. La voz era débil e irreconocible, pero su atención se centró en la voz a medida que se acercaba.

–¡REBECA! ¡REBECA! Dijo una voz masculina profunda y enojada. ¡Era su padre! Empujó a Vince y él tropezó y aterrizó de espaldas.

–¡Papá! –Ella murmuró. Estaba enojado, sonrojado y sudoroso.

–¡Qué carajo estás haciendo, le dije a tu madre que no estabas en ninguna clase de natación! ¿Así es como te CONDUCES EN PÚBLICO? –Gritó severamente.

Su mirada de ojos malvados se posó directamente en Vince. Su padre se alejó aproximadamente a un pie de él y se quedó cara a cara con Vince.

–Y tú, si alguna vez te vuelvo a ver cerca de mi hija, ¡no seré tan indulgente! –Amenazó y terminó con varias malas palabras.

Las amenazas de su padre no eran vanas y estaba segura de que las tomaría en serio. Era la primera vez que Abraham participaba en la vida social de Rebeca. Agarró a Rebeca por el brazo y la arrastró.

Vince quedó estupefacto, tal vez en shock, tal vez con miedo o tal vez decepcionado, pero finalmente se alejó.

Durante el viaje a casa, su padre permaneció en silencio, su expresión facial tenía el ceño fruncido, la mandíbula y los labios tensos, las fosas nasales dilatadas y apenas podía mantener un ritmo constante de respiración. Por primera vez, Rebeca se enfrentaría a importantes medidas disciplinarias por mentir, faltarle el respeto a sus padres, falta de integridad y exhibiciones grotescas en público. Además de un largo sermón sobre comportamientos adecuados, la castigaron y le quitaron el privilegio de utilizar el teléfono durante dos semanas. Rebeca aceptó las consecuencias. Sin embargo, sus padres todavía tenían un negocio que administrar, por lo que formaron un equipo para monitorear su paradero. Rebeca obedecería a sus padres lo mejor posible, pero siempre encontraría resquicios para evitar los castigos de sus padres.

Era una tarde, dia Martes tranquila, sin llamadas, sin padres y sin nada que hacer más que mirar televisión. El teléfono sonó y Rebeca miró la pantalla del identificador de llamadas, era Diego. Cogió el teléfono, pero sólo para pedirle que viniera, sus padres no le dijeron que no podía sentarse en el porche y hablar. Diego se apresuro en llegar.

–Hola Colocha, hace rato que no hablamos, –dijo.

–Lo sé, ¿cómo has estado? –Ella preguntó.

–Estoy bien. Estos días me he quedado más a menudo en casa de un amigo, así que no he estado en casa, –confesó.

–Eso explicaría por qué no te he encontrado, –comentó.

—¿Fuiste a buscarme? —Preguntó sorprendido.

—¿Tu madre no te lo dijo? —Ella también preguntó sorprendentemente. Él negó con la cabeza. Bajó la cabeza y parecía como si acabara de rendirse ante su enemigo, aceptando que no era bienvenido en su propia casa.

Rebeca se sintió desconsolada; a pesar de cualquier problema que pudiera tener con sus padres, no se sentía desamor de ellos. Sin estar segura de cómo mejorar la situación, optó por desviar la conversación a un tema diferente. Ella se aclaró la garganta.

—Entonces Joaquín ha dejado de hablarme... dijo que podíamos seguir siendo amigos, pero no me ha llamado en semanas. Intenté llamarlo pero no hay respuesta. Deben ver mi nombre en la pantalla y simplemente dejar que suene el teléfono. —Dijo, tratando de mantener la calma. Se sintió emocionada, pero no se trataba de ella en ese momento, quería ayudar a distraer a Diego. Al escuchar el comentario de Rebeca, la conducta de Diego cambió y habló con severidad.

—No ha hablado contigo porque ha seguido adelante. Él está saliendo con alguien. Creo que ya llevan un mes saliendo, —afirmó con confianza. Rebeca quedó anonadada. Ella no había escuchado esta noticia y, por lo general, los rumores se difundian rápidamente. Rebeca ya no sentía tristeza ni paciencia, sentía pánico y confusión. La curiosidad invadío a Rebeca como una ola.

—¿Quién es ella? ¿Cómo se llama? —Ella imploró. Diego la miró fijamente como si estuviera horrorizado por su sondeo.

—No lo sé, no la conozco y Joaquín y yo no somos tan cercanos,

–respondió. Su pánico y confusión fueron interrumpidos al darse cuenta de que Diego la estaba mirando de manera diferente. Ella estaba familiarizada con esa mirada y, si tenía razón, él tenía otros intereses además de ser solo amigos.

—Creo que es hora de volver a entrar, en realidad estoy castigada y no quiero que mi mamá me pille aquí, –expresó. Rebeca se sentía cómoda teniendo a Diego como su mejor amigo, pero salir con él ni siquiera era una posibilidad. Los acontecimientos del altercado de Diego con su padre la aterrorizaron y no iba a volver a cruzar ningún límite con su mejor amigo. Diego se levantó lentamente.

—Hablamos pronto, Colocha, –dijo.

—Te llamaré una vez que termine mi sentencia de prisión, –respondió riendo. Su discusión había cambiado completamente el estado de ánimo de Rebeca de rebelde a derrotada, por haber sido reemplazada en la vida de Joaquín.

A la mañana siguiente Rebeca esperaba sentirse rejuvenecida, especialmente después de una buena noche de descanso, pero la ansiedad de otra muchacha en los brazos de Joaquín la dejó sin aire.

Se dice que las mejores conversaciones son las que tienes contigo mismo y así fue. Rebeca estaba agotada, y hasta entonces sus sutiles intentos subconscientes de hacerle darse cuenta de que el lugar que le correspondía era con Joaquín, eran silenciosos pero molestos. Poco después, su subconsciente comenzó a trabajar horas extras, gritando, dando volteretas, soñando despierta, cualquier cosa para que Rebeca se diera cuenta antes de que fuera demasiado tarde.

Vince había estado fuera de escena por un tiempo y probablemente era lo mejor. Lo que ella estaba haciendo con él en primer lugar también era un misterio, ella no lo amaba, no tenía una conexión y estaba segura de que no había futuro. Sólo puede ser resumido en egoísmo. Sin embargo, no le molestaba tanto como le molestaba que Joaquín estuviera saliendo con alguien. *Si fuera una buena amiga, me alegraría por él. Quizás no soy una buena amiga. No somos amigos en absoluto. ¿Quizás no quiero que seamos amigos? Si esto me molesta tanto, entonces debe haber más. Extraño hablar con él. Extraño verlo. Quería seguir besándolo esa noche.* Los pensamientos de Rebeca eclipsaron cualquier lógica. Reflexionó sobre los comentarios, consejos y burlas que su corazón y su cabeza estaban combatiendo durante toda la semana.

Rebeca estuvo preocupada sin alivio hasta el sábado por la mañana, cuando el sol brillaba a través de la ventana de su dormitorio y se dio cuenta de su curso de acción. Decidida a poner fin a su miseria, de una manera u otra, ideó un plan con un propósito específico.

Después del desayuno se dirigió a la *biblioteca*, pero en realidad era la casa de Joaquín. En el camino iba ensayando su discurso, las palabras adecuadas eran fundamentales con Joaquín. Llegó a su casa alrededor de las 11:30 horas y rezó para que estuviera en casa. De lo contrario, es posible que no tenga el valor de regresar. Ella tocó la puerta. Rebeca estaba nerviosa y podía sentirlo en todo su cuerpo. Se oyeron pasos y apareció Joaquín. La expresión de su rostro era completamente diferente de lo que ella esperaba. Ella había previsto que él estaría encantado de verla después de su prolongado silencio, pero en cambio parecía visiblemente irritado.

–Oye, ¿podría hablar contigo un minuto? –Preguntó Rebeca. Joaquín dio un paso adelante y cerró la puerta detrás de él.

–¿Qué es? –Preguntó. La falta de amabilidad en sus ojos no alivió sus nervios y su falta de etiqueta al no invitarla a su casa fue más fuerte que cualquier palabra. En ese momento, ella se arrepentía de su decisión. Joaquín no era el típico chico y su inteligencia la hacía sentir insegura. Sin embargo, sólo necesitaba encontrar el coraje para decirlo. Se recordó a sí misma de la persona que conoció, con quien le encantaba hablar, con quien le encantaba pasar tiempo, y eso le dio una pequeña ventana de coraje.

–Sé que no he dicho ni hecho las cosas bien. Sé que te he lastimado; No sé qué hay entre nosotros, pero extraño hablar contigo, extraño pasar tiempo contigo, simplemente te extraño. Si te extraño tanto entonces debe haber algo más allí que solo amigos y tal vez, solo tal vez, podamos ser más que amigos, –espetó nerviosa.

Las palabras dichas no eran exactamente las que Rebeca había ensayado y Joaquín la miró fijamente.

–Quiero decir, ahí es donde empezamos, amigos y bueno, si me das otra oportunidad, ¿podemos ver hacia dónde vamos a partir de ahí, juntos? –Preguntó, tropezando con sus palabras en el camino.

La ansiedad se apoderó de Rebeca y, desde los errores en sus palabras hasta la falta de capacidad para permanecer quieta, le dejó claro a Joaquín que no estaba segura. Lamentablemente, no pudo transmitirlo más claro de lo que ya había intentado, ya que ella misma no podía comprenderlo.

Su atracción por Joaquín había sido intelectual, emocional, espiritual y tal vez incluso conmovedora, pero nunca física. Ella pensaba que el amor tenía que comenzar con la química física, pero no sabía que la atracción se presenta en tantas formas diferentes y que la química física no era tan importante como todas las demás conexiones que tenía con Joaquín. El mejor tipo de relaciones surge de esas conexiones, pero ella era demasiado joven para entenderlo. Joaquín lo pensó durante un minuto.

—Es demasiado tarde, estoy con alguien. Estoy saliendo con Vanessa, —dijo con firmeza. No había vacilación en su voz, no había tensión ni satisfacción, estaba claramente dicho. Rebeca tartamudeó al principio y luego se aclaró la garganta.

—¿Dijiste que me amabas y aún así estás con ella? Déjala y arriésgate conmigo. —Preguntó tan dulcemente como pudo. Joaquín no estaba convencido y juzgando por lo molesto que pareciera, nada iba a traspasar esa pared.

—No voy a dejar a Vanessa, alguien que se preocupa por mí, cuando ni siquiera estás segura de lo que sientes por mí, no me arriesgaré. Ella es una buena persona y no se merece eso, —afirmó. Rebeca buscaba desesperadamente palabras que derritieran su amargo exterior. Sintió que el desayuno subía por su garganta al recordar sus palabras. Él era exacto en su suposición, ella no podía afirmar con certeza que estaba enamorada de él, todo lo que sabía era que su corazón lo extrañaba terriblemente.

—Apenas la conoces, solo has estado saliendo por un tiempo,

¿pero no la dejarás para darnos una oportunidad? –Rebeca afirmó. El recuerdo de todas las palabras de las cartas de Joaquín cruzó por la mente de Rebeca. Joaquín quedó horrorizado por su pregunta y sin previo aviso afirmó.

–La amo, –dijo. No dudó, su postura era firme y confiada. El corazón de Rebeca se hizo añicos en mil pedazos mientras se miraban fijamente. Rebeca reconoció a Joaquín notando que sus ojos se llenaban de lágrimas, pero él no dijo nada. No tenía palabras y, aunque las tuviese, el nudo en la garganta le impedía hablar. Si abría la boca, sería un estallido de lágrimas incontrolables. Tragó un par de veces para quitarse el nudo y se alejó rápidamente. Después de unos diez pasos, miró hacia atrás y Joaquín ya no estaba. Había regresado al interior sin arrepentimiento, sin saludar con la mano, ni siquiera un simple adiós, y el corazón de Rebeca realmente estaba roto.

Por primera vez, no sentía ninguna esperanza de tener algún tipo de relación con Joaquín. Nunca había sentido este tipo de dolor, la aplastaba desde adentro hacia afuera. Lo que debería haber sido una respiración fácil y sistemática de inhalación y exhalación requirió que contara hacia atrás para estabilizar su flujo de aire. Lloró todo el camino a casa; Joaquín ya no la amaba.

Capítulo 8
Te Extraño

¿Vale la pena vivir la vida?
Todo depende del que la vive.

Anónimo (1985)

El tormento que Rebeca sintió por los sentimientos desconocidos hacia Joaquín se vio agravado por la angustia. El latido de un corazón roto palpita a un ritmo asincrónico, al principio, golpes de tambor que saltan del pecho y luego suaves latidos abrumados de renuncia. La noche fue inquieta y la mañana la pasó leyendo las más de doce cartas de amor de Joaquín, todas profesando su amor incondicional. Con cada carta que pasaba, su corazón fluctuaba a velocidades de resentimiento y arrepentimiento. No podía imaginar cómo alguien podía albergar un amor tan profundo por ella y luego detenerse abruptamente.

Al menos encontró consuelo en su decisión; nunca se sentiría atormentada por los persistentes –qué pasaría si –o el remordimiento de no intentar articular sus sentimientos, incluso si siguieran siendo confusos. A pesar de todo, era innegable que nunca podría borrar a Joaquín de su memoria. Había dejado una huella en su corazón, aunque no se pudiera decir lo mismo del corazón de Joaquín. Rebeca había sido reemplazada y sin duda ya era demasiado tarde. Cualquier emoción que estuviera experimentando, ya fuera amor o cualquier otra cosa, tenía que llegar hasta el centro de su corazón, pero sabía que sería una tarea desafiante. Había una caja de zapatos cerca y ella la agarró agresivamente, tiró todas las cartas, la agenda y cualquier cosa que le recordara su tiempo juntos y la selló con cinta adhesiva y lágrimas de enojo. Joaquín había sido la encarnación más cercana de su cuento de hadas, pero ahora ya no deseaba aferrarse a ninguna de las encantadoras palabras que alguna vez había apreciado tanto. Rebeca dejaría que el tiempo hiciera su trabajo y sanara su corazón.

Durante el verano, Rebeca estuvo ocupada con su nuevo trabajo, la escuela de verano, su novio intermitente y su familia. Ahora que Joaquín estaba fuera del panorama, Rebeca prestó más atención a Vince. Sin embargo, la atención nunca estuvo ni remotamente cerca del cuidado y el amor que le dio a Joaquín, simplemente no fue algo natural para Vince, pero ella se acomodó lo mejor que pudo.

Era el comienzo de un nuevo año escolar y Rebeca lo temía. La secundaria no había sido la mejor experiencia hasta el momento, pero ahora tenía la angustia añadida de ver a Joaquín todos los días. Rebeca se había enterado de que Joaquín se había cambiado de escuela durante el verano, y era el peor Karma. No se habían visto desde aquel terrible día y ahora tenía que soportar diariamente momentos repetitivos de tristeza. Tener a Joaquín en su escuela secundaria y aún no poder hablar con él era la peor forma de castigo. El destino había decidido ser cruel con Rebeca y hacer alarde de lo que podría haber sido, con el brazo extendido, pero nunca alcanzarlo. Rebeca preparó sus útiles escolares, uniforme y mochila, y estuvo lista para el día siguiente. Rebeca era una adolescente demasiado responsable, una chica de dieciséis años que se acercaba a los treinta, algunos la llamaban un −alma vieja. −Decidió descansar bien por la noche, iba a ser un día emotivo, pero dio vueltas y vueltas durante horas antes de finalmente quedarse dormida.

La mañana estaba lluvioza. Fue bastante miserable; fue un reflejo perfecto de la agitación emocional de Rebeca. Tuvo que ajustar un poco su vestimenta, reemplazar sus calcetines cortos con medias que llegaban hasta las rodillas, pero por lo demás iba por buen camino. El desayuno consistía en un vaso rápido de jugo de naranja y una tostada. Tomó su ruta habitual y se encontró con algunos amigos en el camino. Era el segundo periodo y todavía no había visto a Joaquín. Llegó y pasó el cuarto periodo y sin toparse con Joaquín. El tiempo pasó rápido y no se dio cuenta hasta el final del día que no había visto a Joaquín en absoluto. Se preguntó si él era el que la estaba evitando.

Aproximadamente después de ocho meses de salir con Vince, él se había convertido en su red de seguridad, alguien a quien mantenía cerca por si acaso. Sus ambiciones, expectativas y valores eran completamente diferentes y no había un futuro posible. Vince quería casarse con ella nada más terminar la escuela secundaria y dejarla embarazada. Lo ideal para el sería que Rebeca fuera un ama de casa obediente, pero él no reconocía que tenía a la chica equivocada. Rebeca no tenía muchos detalles de su futuro muy claros, pero sabía al cien por cien que ser ama de casa no era suficiente. Ella quería una carrera, ser una influencia positiva y marcar la diferencia de alguna manera.

Vince llamó por la noche para preguntar sobre su primer día de clases. El era mayor, y le llevaba dos años a Rebeca, y había terminado la escuela secundaria. Sin embargo, no tenía dirección en la vida. No tenía las calificaciones para postularse a un programa académico en la universidad o en alguna institucion postsecundaria, pero podía postularse a un programa de comercio calificado, aunque ella lo dudaba.

–Podrías trabajar durante algunos años y ahorrar dinero hasta que decidas qué programa te gustaría seguir. –Rebeca lo animó.

–Voy a empezar a trabajar con el novio de mi hermana. Me consiguió un trabajo como pintor, –respondió. Había algo en la hermana de Vince que molestaba a Rebeca, por lo que mantuvo la distancia.

–Esa es una gran noticia, ¿cuándo empiezas? –Ella preguntó.

–Este fin de semana, viernes creo, será en algún lugar del centro, –se rió. –No estoy seguro de ningún detalle; él me recogerá y yo haré lo que él me diga. –Él continuó. Con ese tipo de comentarios, Rebeca se sintió segura de que su relación no tendría perspectivas. Aunque era una adolescente y a veces actuaba como tal, tenía disciplina y habilidades que la ayudarían en el futuro.

Al día siguiente, Rebeca caminaba hacia la escuela sin tener en cuenta su entorno, cuando vio a Joaquín a unos seis metros de distancia. Ya era demasiado tarde para tomar una ruta diferente sin que se notara por completo que lo estaba evitando. Estaba acurrucado con amigos en el frente del edificio. Ninguno de los dos se había dado cuenta del otro hasta que fue demasiado tarde, pero parecía que él estaba haciendo un mejor trabajo al ignorarla. Ella continuó caminando y lo mantuvo a su vista periférica. Era evidente que algunos de sus amigos estaban comentando entre ellos a costa de ella. Su amistad siempre había sido objeto de chismes en boca de todos. Ella solo esperaba que las cosas empeoraran ahora que decidieron dejarlo todo. Entró al edificio hacia su casillero. No se había dado cuenta de que la estaban siguiendo.

–¡Finalmente despertó, eh! –Dijo uno de sus amigos con una sonrisa. La curiosidad entre los estudiantes era demasiado grande para evadirla y surgieron preguntas. El tratamiento silencioso ya no era suficiente, así que Rebeca comenzó a responder: *Tengo novio, no puedo hacer nada al respecto* ó *Él no quería seguir siendo amigos* y, a veces, *Le pregunté, él no quería intentarlo*. Tenía respuestas listas, pero eran sólo verdades a medias. Y con tanta presión, era todo lo que su cerebro podía asimilar. Con el paso del tiempo, la indiferencia de Joaquín aumentó, probablemente alimentada por las bromas de sus compañeros de estudios.

Una semana después, Diego la llamó y pidió que se reunieran, tenía algo que compartir. Rebeca le había dejado algunos mensajes durante el verano, pero él había desaparecido. Diego la estaba esperando en el porche de su casa. Tan pronto como la vio, saltó de alegría.

—Colocha, esto te lo voy a decir rápido porque sino no me va bien decir las cosas. Usted sabe lo que quiero decir. —Soltó rápidamente. Hizo una pausa y suspiró.

—Me gustas. Me gustas mucho. Sé que no sientes lo mismo. No es necesario que lo digas, pero aun así quiero que sepas que realmente me gustas. Me voy de casa y no sé si volveré a verte, así que tenía que decírtelo, —reveló. Rebeca tenía un corazón tierno y notó que detrás de esos grandes ojos de oso, él estaba asustado, preocupado y, en general, no se encontraba bien.

No era necesaria una respuesta a su declaración, él tenía razón, ella no sentía lo mismo, pero lo rodeó con sus brazos y uno de sus abrazos de oso fue todo lo que pudo producir.

—Cuídate, siempre seré tu amiga, si en algo te puedo ayudar aquí estoy, –le replicó. Él rodeó su cintura con sus brazos y la abrazó como si no hubiera abrazado a nadie en años, la estaba aplastando, pero ella permaneció en silencio. Mientras bajaba las escaleras del porche, escuchó gritar a Diego.

–Él todavía te ama, –confirmó. Los ojos de Rebeca hablaban por ella con gratitud, porque en lo profundo de su corazón, él si tenía interés en sus sentimientos. Y sabia de la profunda desesperación que ella estaba pasando. Ella sonrió agradecida y él gritó de nuevo.

–Escuché que dará una fiesta en casa en dos semanas, –añadió. Esta vez no esperó respuesta ni gestos y volvió a entrar.

El sábado por la tarde, Vince y Rebeca decidieron vitrinear en Dufferin Mall. Luego, Vince la invitó a su casa para almorzar con su mamá. Su casa era un lugar humilde, sin lujos, era una casa adosada de dos pisos que alquilaban. La casa estaba dirigida por el único varón de la familia, Vince, de diecinueve años. Su madre era una señora amable y muy acogedora las dos veces que Rebeca la visitó.

–Es un placer verte de nuevo, cariño. Siéntate, siéntate, yo hice Pupusas, –dijo mientras se apuraba á la cocina.

Las pupusas son un plato tradicional de tortilla rellena de chicharron y cubierta con un curtido y salsa roja. Un tipico platillo de El Salvador pero es famosa en todos los países Latinoamericanos. Rebeca nunca las había probado, pero nunca faltaría el respeto al hogar de alguien al rechazar cualquier oferta de comida. Vince se sentó a la cabeza de la mesa y su madre le sirvió de pies y manos. Ni siquiera se molestó en buscar una servilleta, sino que le pidió a su madre que lo hiciera.

Rebeca estaba muy molesta y lo questiono.

—¿Por qué no te levantas y buscas una servilleta? Tu mamá está haciendo tantas cosas. De hecho, ¿por qué no te levantas y me traes una servilleta a mí también? —Rebecca resopló con frustración. Vince tenía un bocado de comida y no respondió. Rebeca se estaba levantando para coger una servilleta pero sin siquiera mirar en su dirección le indicó su madre.

—No cariño, siéntate, tendrás mucho tiempo para ayudarme en el futuro, —pronunció y continuó cortando repollo. Rebeca volvió a la mesa. *¡Qué! ¿En el futuro?* Pensó. *Que quiso decir ella con eso?* Rebeca podía sentir la ansiedad crecer en su pecho, pero su mamá le sirvió una ración muy generosa de comida y la ansiedad se calmó con las delicias de las pupusas.

Vince y Rebeca se sentaron un rato en la sala a ver televisión. Vince la rodeó con el brazo con la intención de besarla, pero Rebeca sentía todas las demás emociones excepto las felices hormonas de oxitocina, dopamina o serotonina. Su falta de respeto hacia su madre, que estaba en la habitación de al lado y que tenía una vista clara de la sala, hizo que Rebeca se sintiera incomoda. Ella lo empujó hacia atrás.

—Creo que será mejor que nos vayamos ahora; Tengo que estar en casa antes de la hora de cenar, —instó.

—Sólo un poco más, —respondió él mientras continuaba pasando su mano arriba y abajo por su pierna. Rápidamente le indicó que se recostara en el sofá mientras cambiaba de posición y ahora estaba directamente encima de ella. Rebeca estaba avergonzada y no estaba lista para tener relaciones intimas, le dio un fuerte empujón.

—Vamos, tenemos que irnos YA, –gritó. Ella no conocía su propia fuerza, el empujón hizo que él perdiera el equilibrio y chocara contra el mueble del televisor. Vince estaba molesto y defraudado. Se arreglo y el camino a casa era como siempre, hablando y tomados de la mano, pero Rebeca estaba preocupada. No tenía respeto por su hogar ni por su madre. Rebeca comenzó a preguntarse si su disculpa por faltarle el respeto despues de la fiesta era sólo una actuación. Rebeca se dio cuenta de que él era exactamente lo que estaba tratando de eludir: un cerdo sexista y chovinista. Rebeca decidió romper con él pero no sabía cómo abordarlo.

El trabajo a medio tiempo en la farmacia le proporcionó un lugar para escapar. El farmacéutico confió en ella para administrar la tienda durante las pocas horas de su turno. Al cerrar, el regresaba a echar llave. Rebeca abrió su propia cuenta bancaria y empezó a notar algunos ahorros.

Los días escolares se mantuvieron sin cambios, el acoso y la evasión, pero solo había dos estudiantes que a Rebeca la aterrorizaban por completo: Vincenza y Ruth. Su estatura hacía difícil no tener miedo.

Vincenza, a los dieciséis años, medía alrededor de cinco pies y siete pulgadas, y era una marimacha, con la constitución de un gladiador americano. Tenía el cabello rubio sucio hasta los hombros, piel clara y ojos castaños claros. Se comportaba como una persona dura, resistente y tenía fama de matón. Molestaba a Rebeca con la mayor frecuencia posible, con agresiones, comentarios, gestos y amenazas. Todo comenzó en noveno grado cuando Rebeca estaba enamorada de su supuesto novio en ese momento, Rodrigo, quien le había prestado un poco de atención. Sin embargo, cuando Rebeca no permitió nada más que un beso a Rodrigo, el comenzó un rumor rencoroso. Un rumor que Vincenza tomó a pecho, se decía que Rodrigo había sido la primera experiencia sexual de Rebeca.

Ruth, por otro lado, tenía una constitución un poco más pequeña, pero características similares y el mismo exterior resistente. Seguía a Rebeca al baño de chicas y se burlaba de ella, mostrando su poder a cualquiera que estuviera dispuesta a ser entrenida. Rebeca no entendía por qué Ruth necesitaba sentirse superior a Rebeca, pero ambas trataron de desgarrar sus límites con la esperanza de quebrar el espiritu de Rebeca. A la salida de la escuela, Rebeca encontró maneras de desaparecer evitando a sus azotadoras y a Joaquín, esperaba que Vince estuviera allí esperándola para acompañarla a casa.

La situación con Joaquín tampoco fue mejor, él la ignoró y ella lo ignoró. Fue una situación incómoda. Sin embargo, cada día que pasaba, los chismes de Joaquín y Rebeca iban perdiendo novedad.

Una tarde, Rebeca tenía prisa por llegar a casa porque tenía una entrevista en Sheridan Mall. Como Rebeca estaba preocupada, salió casualmente por las puertas principales de la escuela. *Por supuesto, la tarde que decidí salir del frente, él tiene que estar aquí,* repitió en el fondo de su mente estupefacta. Joaquín no estaba solo, no, estaba allí con su novia y todos sus amigos.

Habían unas veinte personas reunidas, hablando, riendo y haciendo tonterías. Rebeca no tenía control sobre sus ojos, siempre encontraba a Joaquín entre la multitud casi instantáneamente. Parecía feliz y sostenía dulcemente la mano de su novia. La conversación del grupo se silenció cuando Rebeca pasó y surgieron varias carcajadas. Rebeca estaba segura de que ella era el tema de diversión y su novia miró en su dirección. Parecía que Joaquín también se estaba burlando de ella. Rebeca fingió no darse cuenta mientras mantenía la cabeza en alto.

Una vez que Rebeca subió la colina, dejó caer la cabeza y tenía un nudo en la garganta. Si Joaquín la vio o no, no estaba segura, pero sus pensamientos eran fuertes: *Debería haber sido yo con Joaquín. Debería ser yo quien tome su mano. Si me hubiera dado una oportunidad, estaríamos nosotros juntos allí. Habría dado mi todo con esfuerzo para reparar cualquier daño que hubiera causado, pero ya no importaba.* Después de ese día, Rebeca nunca volvió a salir por la puerta principal. Le ofrecieron el trabajo en una cafetería en Sheridan Mall y tenía turnos de cierre tres veces por semana. También permanecía en la farmacia los domingos, por lo que su tiempo libre se había reducido significativamente.

El fin de semana finalmente llegó, Rebeca no había olvidado la esquiva información que Diego le había proporcionado acerca de que Joaquín tenía una fiesta en casa. Pensó si debería asistir sin ser invitada y concluyó que le aterraba enfrentarse a Joaquín. Si él la trató con el mismo desprecio que en su último encuentro, su reacción puede ser diferente esta vez y no quería correr el riesgo.

Sin embargo, para deleite de Rebeca, Cassandra llegó para una noche de pijamas. Ella estaba cumpliendo quince años e iba a celebrar su quinceañera más tarde en el año. A Rebeca le resultó más fácil confiar en ella y relacionarse con ella ahora que era mayor. Cassandra y Rebeca estuvieron todo el día en su habitación. Más tarde esa noche, estaban riéndose y jugando un juego de mesa *Girl Talk*, cuando de la nada, Rebeca soltó.

–¿Quieres ir a una fiesta? –Ella preguntó. Los ojos de Cassandra se salieron de sus órbitas.

–Sí, –respondió ella con confianza.

–¿En realidad? –Preguntó Rebeca, sorprendida. Cassandra exageró su asentimiento y Rebeca se rió. Katrina todavía no había regresado del restaurante, pero su padre había llegado temprano y estaba durmiendo. Rebeca tenía un plan.

–Tendremos que escaparnos, ¿está bien? –Le ordenó a Cassandra. Rebeca no planeaba ir a la fiesta de Joaquín, pero ahora que tenía una cómplice, de repente, recibió una gran dosis de coraje.

Rápidamente se quitaron el pijama, bajaron de puntillas y salieron por la puerta. A una distancia segura de la casa, Rebeca le recordó a Cassandra.

–Está bien, tenemos que estar de regreso a las 23:15; a más tardar, porque es la hora en la que mi mamá regresará, –explicó. Cassandra se mostró dócil.

–Está bien, –respondió ella.

Eran alrededor de las 21:50. y se apresuraron a casa de Joaquín. En el camino, Rebeca consideró que ésta era una oportunidad para evaluar si Joaquín la amaba. Diego había hecho el comentario de que todavía la amaba, pero ella necesitaba demostrárselo a sí misma.

El sonido de la multitud se hizo cada vez más cercano hasta que vieron gente parada afuera de la casa, lo cual no fue ninguna sorpresa, y la puerta principal estaba abierta de par en par. La música sonaba a todo volumen y Cassandra siguió a Rebeca, pero estaba a punto de perderse en la confusión. Cassandra había perdido los nervios y no quería entrar más en la casa. Rebeca colocó a Cassandra contra la pared cerca de la entrada.

–Espera aquí, ya vuelvo, –dijo Rebeca. Cassandra estaba nerviosa y era joven.

La casa estaba a oscuras, la gente bailaba y se lo pasaba genial. Habían recorrido todo ese camino y Rebeca necesitaba saberlo. Intentó buscar a Joaquín cuando alguien la sujetó del brazo.

–Oye, ¿quieres bailar? –Preguntó. Estaba a punto de decir que no cuando pensó: *¡Qué mejor manera de hacerse notar!*

–Claro, –respondió ella. Mientras bailaba una gran melodía, ella buscaba a Joaquín y a la misma vez podia tener el ojo puesto en Cassandra, Rebeca estaba agitada. Entonces, Joaquín apareció ante sus ojos. Estaba en la cocina con una chica. Debe ser Vanessa, pensó.

Cuando Rebeca vio a Vanessa en su escuela, solo la había visto desde una vista periférica y a distancia. Ahora, era cercano y personal, Vanessa medía alrededor de cinco pies y tres pulgadas, tenía cabello negro y rizado, piel bronceada, ojos oscuros, una figura bonita y era atractiva. Parecía que estaba teniendo una conversación desagradable con Joaquín, inesperadamente miró directamente a Rebeca y luego Joaquín la vio. Las luces de neón brillaron en los ojos de Rebeca y rápidamente la perdió de vista.

En uno de los turnos de baile, Rebeca busco a Cassandra, un chico la estaba invitando a bailar y Cassandra hacía un gesto de no y sacudía la cabeza. Rebeca volvió su atención a Joaquín y él ya no estaba en la cocina. Ella rápidamente examinó la habitación, pero parecía que él se estaba asegurando de permanecer fuera de su vista. Unas vueltas más tarde y un par de bailes con otros chicos no fueron tiempo suficiente para que Joaquín resurgiera. Sin embargo, Joaquín la había visto pero no hizo nada, ni siquiera saludarla en su casa. Esta vez, sus disgustos le dolían menos y Rebeca se sentía idiota al no ser bienvenida en su casa. Una vez más, con el corazón roto, se fue con ninguna duda de que Joaquín ya no la quería.

Mientras Rebeca y Cassandra regresaban sigilosamente a su habitación, pudo oír que se abría la puerta trasera del piso de abajo. Era su madre. Literalmente habían llegado a casa con una diferencia de dos minutos antes que Katrina. Cassandra se durmió al instante, era una noche abrumadora. Rebeca yacía en su cama, sintiéndose tonta por haber intentado algo y preguntándose si se burlarían de ella. Sin embargo, Rebeca estaba segura de una cosa: el amor que siempre vio en los ojos de Joaquín hacia ella estaba ausente. En el breve momento en que se miraron, ella no vio ternura, amor o cariño. Es raro poder ver el alma de alguien a través de sus ojos y Rebeca ya no podía verse en los ojos de Joaquín, la habían eliminado. Era algo que Rebeca había especulado pero ahora estaba segura.

Por la mañana, Cassandra estaba feliz y despreocupada, y nadie se dio cuenta. Sonó el teléfono y la madre de Rebeca lo cogió e inmediatamente se lo entregó a Rebeca.

–Siempre es para ti, –afirmó Katrina. Rebeca miró a su madre confundida sobre quién llamaría tan temprano en la mañana y tomó el teléfono. Alguien la había reconocido en la fiesta y, bueno, Vince fue notificado una vez más.

–Hola, –dijo Rebeca y subió a su habitación para atender la llamada.

–Hola, –dijo de nuevo. El tono de Vince sonaba molesto.

–¿Te importaría decirme qué hacías en casa de Joaquín? –El demando. A Rebeca no le importaban sus interrogatorios.

–¿Te importaría decirme por qué estás en La Classique o Sabor con otra chica casi cada dos fines de semana seguidos? Sí, crees que no lo sé. La gente me lo dice. –Ella respondió a la defensiva.

La Classique y Sabor Latino eran discotecas latinas populares y Vince había pasado mucho tiempo allí con numerosas chicas sin prudencia. El verdadero carácter de Vince ya no podía ocultarse.

–No tengo que decirte adónde voy, soy el hombre. Eres mujer y no deberías salir sola a fiestas cuando tienes novio, te lo prohíbo, –dijo con firmeza. Rebeca se rió de él.

–Estás ladrando al árbol equivocado con esa mierda chovinista. Obviamente no me conoces. Puedes tener a cualquier otra chica a tu entera disposición, pero no a esta chica, –refutó y colgó. Rebeca estuvo furiosa todo el día, tuvo que romper con Vince. A ella, como a muchas, le gustaba bailar con él y él no la presionaba sobre el sexo. También necesitaba que él la recogiera en la escuela, pero había más desventajas que ventajas. La comunicación era pobre, la comprensión rara vez, el engaño frecuente y su corazón estaba vacío. Ella no lo amaba, ni siquiera como amigo.

La comprensión que tenía Rebeca de las características del amor no era digna de confianza, lo que la llevó a cuestionar cada decisión que tomaba. Se equivocó con Enrique, se equivocó con Angelo, se equivocó con Vince y, lo peor de todo, se equivocó con Joaquín, él podría haber sido el indicado. Pero le tomó demasiado tiempo darse cuenta de que el sentimiento de amor es tan fuerte como cuando se cumple con acción y esfuerzo por parte de la persona adecuada. Rebeca había aceptado que intentar romper con Vince por teléfono o en persona sería inútil. Esta vez iba a dejar que la relación se extinguiera. Ella no atendería sus llamadas, no saldría más temprano de la escuela, cambiaría su ruta a casa y esperaría que él recibiera el mensaje.

Rebeca comenzó su nuevo trabajo en la cafetería, sus responsabilidades eran la caja registradora, inventario, atención al cliente y tareas de cierre. Rebeca descubrió que las responsabilidades le surgían de forma natural y la gente no la veía como una chica de dieciséis años al menos ella no actuó como tal. En el turno del miércoles eran alrededor de las 18:30 horas; Siendo sólo su cuarto turno, la cafetería estaba en silencio. Estaba limpiando los estantes de la exhibición de cafés especiales de todo el mundo cuando su padre entró corriendo por las puertas de vidrio. Ella saltó fuera de su piel.

–Queaaa, ¿qué pasó? –Dijo sin pensar.

–Vamos, tu madre se desmayo en el restaurante y está en el hospital. –Le dijo a ella. El corazón de Rebeca se hundió y comenzó a jadear. *No, no, mamá no,* pensó. Dejó todo en el mostrador, tomó sus pertenencias, cerró la cafetería con llave y se fue con su papá. Cuando se sentaron en el auto, explicó más.

–Necesito que te quedes con tu hermano y tu hermana, –le ordenó. –Tengo que ir al hospital y no sé a qué hora volveré. –Añadió.

–¿Qué pasó, qué pasa? –Ella preguntó.

–No sabemos, tu tía me llamó para decirme que se desmayo y tuvieron que llamar a la ambulancia. No tengo más información todavía. Te llamaré cuando lo haga, –le aseguró.

Rebeca hizo lo que le dijeron y cuidó de sus hermanos. Siguió recordando a Joaquín toda la noche, sus extraordinarios abrazos la habrían mantenido tranquila, pero en lugar de eso, estaba llorando sola.

Rebeca nunca antes había tenido tanto miedo de perder a su madre, nunca nada rompió a Katrina, ella era una luchadora, pero incluso los luchadores caen. Abraham no llamó y llegó a casa alrededor de las 23:30 horas. Su cara parecía como si hubiera estado llorando toda la noche y Rebeca comenzó a hiperventilar porque temía la noticia. Abraham se recompuso.

–No, no, está bien, tu mamá está bien, –dijo rápidamente. Rebeca respiró hondo y dejó escapar lágrimas.

–Tuvimos mucha suerte, unos días más y hubiéramos perdido a tu madre, –suspiró.

–Ella tiene algo llamado Enfermedad de Graves. La enfermedad de Graves es un trastorno autoinmunitario que causa hipertiroidismo, haciendo que la glándula tiroides produzca hormonas en exceso. Sin tratamiento, su cuerpo ataca sus órganos y lentamente lo apaga. El médico dijo que por eso perdió tanto peso. –Él continuó.

Rebeca sabía que su madre había perdido unos veinticinco kilos, pero estaba tan feliz de estar delgada que pensó que era algo bueno. La expresión de Abraham era aterradora.

—El médico dijo que lo siguiente habría sido su corazón, colapsó porque los músculos de sus piernas… estaban débiles. —Apenas terminó y comenzó a llorar. Rebeca nunca había visto a su padre tan vulnerable; era nuevo y sorprendente. Estaba tan emocionado e inconsolable que ella trató de consolarlo, pero era extraño.

Su madre pasó unos días en el hospital y durante ese tiempo su padre vendió el restaurante. Les informó a todos que no iba a perder a su esposa por un negocio, aunque le iba bien. Volvieron a empezar desde cero una vez más y finalmente construyeron una exitosa empresa de transporte que opera hasta hoy. Katrina se estaba curando y Rebeca hizo lo que pudo en la casa. Ese martes terminó el día escolar y Rebeca corrío fuera de clase, a casa para ayudar a su mamá, excepto que Vince estaba allí esperando con rosas. Se había olvidado de tomar la nueva ruta desde las puertas traseras de la escuela.

—Lo siento. Si hubiera sido en otro lugar que no fuera la casa de Joaquín no me hubiera molestado tanto, pero sabes que él está completamente enamorado de ti, —dijo mientras le entregaba las rosas. Rebeca lo miró, rindiéndose al aceptar las rosas.

—No hay excusa, te prometo que no volveré a hablarte así, pero al menos podrías decirme si vuelves a ir a su casa, —preguntó sonriendo. Rebeca cedió rápidamente, le encantaban las dulces disculpas y tal vez la terrible experiencia con su madre la hizo necesitar a alguien.

—No tienes que preocuparte por Joaquín. No quiere tener nada que ver conmigo y ya no somos amigos, —añadió, intentando seriamente no reaccionar de forma exagerada. Vince, por otro lado, intentó dejar de sonreír, pero no pudo.

–Lamento que hayas perdido a tu amigo, –respondió y le dio un beso en la frente. Aunque no estaba encantada de volver con Vince, odiaba aún más tener que correr las 100 millas todos los días después de la escuela.

–Él ya no me ama, así que no tienes nada de qué preocuparte, –respondió ella.

Era el día de la fiesta de quinceañera de Cassandra y Rebeca era parte de su corte, similar a la de una fiesta nupcial, y para perjuicio de Rebeca, también lo era Joaquín.

El día era hermoso, el sol brillaba y no había una sola nube en el cielo, un perfecto día de verano. La misa fue a las 13:00 horas; y Cassandra parecía una novia, su vestido era exquisito, blanco, de encaje y con una cola larga y extravagante. Rebeca le pidió a Vince que fuera su acompañante y él sería presentado como su *buen amigo*, pero mantendría su contacto al mínimo. Joaquín tampoco estaba solo, había llegado con su madre y sus hermanos mayores. Rebeca había aceptado que Joaquín estaba saliendo con Vanessa y que ella ya no era la chica de su vida. Lo bueno es que ya no se hacían sentir incómodos el uno al otro. Eran sólo dos personas en una fiesta.

El salón se fue llenando rápidamente de familiares y amigos. El evento fue impecable. Rebeca estaba tomándose fotografías con la corte de Cassandra cuando vio a Joaquín saludar a una chica en la puerta de entrada. Era la misma chica de la fiesta en la casa y lo ignoró por considerarlo intrascendente. Durante las últimas horas, Rebeca y Cassandra estaba recordando la fiesta en casa.

–Lástima que no pudiéramos quedarnos más tiempo. Fue una fiesta divertida, –dijo Rebeca.

–Fue mi primera fiesta en casa, –respondió Cassandra con una risa entrecortada y Rebeca se unió a su alegría crepitante.

–Joaquín estaba demasiado ocupado con Vanessa para siquiera saludarnos esa noche y parece que lo mismo ocurre esta noche, –lo regañó Rebeca. La risa de Cassandra se apagó rápidamente y su atención se centró en la cita de Joaquín.

–¡Ella no es Vanessa, ella es Sophia! –Cassandra la corrigió. Rebeca estaba confundida.

–¿QUÉ? ¿Sophia? Dijo que estaba saliendo con una chica llamada Vanessa. –Rebeca insistió. Cassandra tomó un sorbo de su refresco y tragó rápidamente.

–Sí, pero son noticias viejas, no salieron por mucho tiempo, creo que un mes más o menos. No conozco muy bien a Sophia, pero ella va mucho a mi escuela. ¿Sabes que tiene mi edad? Cassandra comentó exasperada. Rebeca quedó atónita y herida. Acababa de descubrir que la cita o novia de Joaquín no era Vanessa, sino Sophia. Llevaban un tiempo saliendo y Vanessa duró poco. Rebeca estaba indignada y tenía tantas preguntas: *Si Vanessa no era lo suficientemente importante como para quedarse con ella, ¿por qué no podía darme una oportunidad? Eligió a Vanessa antes que a mí y luego rompe con ella. Podríamos haber durado más si él me hubiera elegido,* seguía pensando. La tregua que se formó mediante la evasión se estaba derrumbando rápidamente.

Sintió rabia y por una fracción de segundo perdió toda razón. Fue a la mesa de Joaquín donde su madre estaba sentada sola y le habló.

–Buenas noches, señora, –saludó Rebeca. A la madre de Joaquín no le agradaba y no tomó ninguna medida para ocultarlo.

–Buenas noches, –respondió ella por cortesía.

–Su hijo ya ni me saluda, y no quiere bailar conmigo, –le informó Rebeca, con la esperanza de usar su reprimenda maternal para lograr que Joaquín fuera cordial. La mama le miró a Rebeca como si fuera un dragón de dos cabezas y quedó horrorizada de que Rebeca tuviera el valor de hacerlo.

–Y para que lo va a hacer, si usted le rompió el corazón. Espero que haci se quede. –Ella respondió.

La espantosa respuesta devolvió a Rebeca a la realidad y se escabulló con el rabo entre las piernas. La conmoción de la noticia no sólo hizo que Rebeca hiciera un intento idiota de salvar una amistad inexistente, sino que también puso las cosas en perspectiva. Rebeca sintió que todo lo que Joaquín había dicho, escrito y prometido por ella era mentira. Una mentira camuflada por una dulce personalidad y un rostro adorable. No dudó en confirmar sin rodeos su amor por Vanessa. Tampoco consideró romper con ella y, sin embargo, la relación no valía la pena. Le arrojó el corazón en la cara por alguien que no valía la pena. Joaquín ya no era intocable; ella tenía una perspectiva diferente.

Capítulo 9
La Rendición

Para el mundo, puedes ser una persona,
pero para una persona, puedes ser el mundo.

Dr. Seuss

Algunas personas sugerirían que cualquier sentimiento remotamente asociado con el amor de un adolescente era sólo enamoramiento. También dirían que la experiencia de vida es la que allana el camino para comprender el amor. Esas mismas personas profesarían categóricamente que los adolescentes no tienen la menor idea de lo que implica el amor y ningún adolescente se atrevería a cuestionar a sus mayores. Se decía que eran sabios, que sabían más, y cuando Rebeca se equivocó, enforso esas creencias.

Exhibir sentimientos intensos por Joaquín a una edad tan temprana, comprender o descifrar dichos sentimientos sería poco realista. Algunos adultos no tienen la inteligencia emocional para poder captar las complejidades de esos sentimientos, entonces, ¿cómo podría Rebeca? Había tomado malas decisiones guiadas por una mezcla de emociones complicadas.

Para colmo, parecía atraer a los tipos equivocados como una polilla a la llama, sin intención. Ella no entendió dónde se equivocó. Nunca dormía con nadie, no salía con varios chicos a la vez y siempre trataba de ser honesta. Sin embargo, Rebeca no era un ángel, coqueteaba como lo hacen todos los adolescentes, pero su atención era selectiva. Ellos ganaban su atención con cuidado, amabilidad, comunicación, habilidades de baile y simple caballerosidad. Por lo tanto, por qué no tenía innumerables parejas de citas, no muchos querían llegar hasta el final. Si ellos no tenían tiempo para ella, ella no tenía tiempo para ellos, pero ahí tenía casi diecisiete años y se las arreglaba lo mejor posible.

Rebeca se había sentido enferma intermitentemente, era el cuarto día que estaba postrada en cama con fiebre y dolor corporal. Eran alrededor de las 19:30 horas cuando Vince llamó y ella estaba acostada en el sofá.

–Hola, ¿te sientes mejor? –Preguntó. Rebeca estaba muy débil. No comía mucho y vomitaba con frecuencia. Su fiebre se controló mal con medicamentos sin receta y, en voz baja, Rebeca intentó responder.

–Un poco mejor, pero todavía no… –La debilidad de Rebeca la interrumpió. A los pocos minutos de conversación, Rebeca estaba inconsciente por la fiebre. Vince, quien habia estado hablando la mayor parte del tiempo, no se dió cuenta de que ella no estaba involucrada en la conversación. En ese momento Katrina bajaba las escaleras y observó la cabeza de Rebeca colgando en una posición incómoda. Se acercó a Rebeca.

–¡Ja, ja, no es gracioso! –Ella se burló y levantó la cabeza. La cara de Rebeca estaba sonrojada y ardía de fiebre. –¡REBECA! ¡REBECAA! Katrina gritó. Inmediatamente llevó a sus otros dos hijos a los vecinos y cuando regresó, Rebeca estaba consciente, pero deliraba. Katrina le intentó abrir los ojos, pero no podía ver y empezó a gritar.

–¡Mamá mamá! –Ella dijo. Katrina metió a Rebeca en el auto y siguió repitiendo.

–Estoy aquí. Estoy aquí, mantente despierta, –gritó Katrina. No era enfermera, pero su instinto le decía que no dejara que Rebeca se durmiera.

Katrina sacó a Rebeca del auto con todas sus fuerzas. Era una mujer pequeña que medía cinco pies y pesaba alrededor de ciento veinte libras y llevaba a Rebeca, que medía alrededor de cinco pies y cinco y pesaba alrededor de ciento treinta libras. Cuando Rebeca entró tambaleándose en el hospital, estaba rodeada de enfermeras y enfermeros. La evaluación de sus síntomas se realizó rápidamente mientras la llevaban al departamento de emergencias. Había tres enfermeras, dos a un lado de Rebeca y una al otro. Una enfermera miró a Rebeca a los ojos, la otra enfermera le tomó la temperatura y la Supervisora de Enfermeria le tomó la presión arterial con el pulso.

–Tiene una fiebre de 103,8 grados, necesitamos bajarle la fiebre. Llame al Dr. Shapiro inmediatamente. –La Supervisora de Enfermeria afirmó con calma. Las enfermeras inmediatamente dispersas, la Supervisora de Enfermeria comenzó a quitarle la ropa a Rebeca, la otra insertó un goteo intravenoso y la última enfermera fue a buscar hielo. En medío del caos, se envió una llamada al Dr. Shapiro, y la enfermera que acababa de regresar para buscar hielo se detuvo para consolar a Katrina.

–Tal vez sería mejor que esperes afuera mientras ayudamos a tu hija, –sugirió. Katrina estaba asustada y nunca había visto a Rebeca tan enferma que se sentía impotente.

–No me voy a ningún lado, me quedo aquí mismo con mi hija,

–afirmó. Rebeca se desmayó de nuevo y las enfermeras la sacudían, la golpeaban y le hablaban en voz alta al oído. Todos tenían un trabajo que hacer y todo era urgente.

–Señora, entonces, ¿podrías decirme qué pasó? Una de las enfermeras le preguntó a Katrina. La misma enfermera notó que Katrina estaba preocupada y decidió sacarla de la habitación, para que no se concentrara en Rebeca. Katrina tenía lágrimas en los ojos pero estaba conteniéndose. La mamá de Rebeca era una mujer fuerte. La enfermera fue empática, pero necesitaba información.

–¿Podría decirme cuánto tiempo hace que su hija tiene fiebre? –Ella preguntó. La enfermera esperó pacientemente a que Katrina ordenara sus pensamientos.

–No estoy segura, empezó con un resfriado tal vez hace unos días, –respondió.

–¿Tomó algo, algún medicamento? –La enfermera continuó.

–Sólo lo habitual, Tylenol, medicina para la tos y té, –afirmó Katrina. Las preguntas continuaron y cuantas más preguntas hacía la enfermera, más agitada se ponía Katrina. –¿Ella va a estar bien? –suplicó Katrina.

–Haremos todo lo que podamos. Espera aquí. Mucha gente está ayudando a tu hija, danos unos minutos, –pidió la enfermera y regresó al interior. Katrina no podía ver el interior de la habitación, pero esperó y comenzó a implorar.

–Querido Señor, nunca he tenido miedo de perder a ninguno de mis hijos porque confío en ti, pero ahora tengo miedo, por favor no te lleves a mi hija. Hagas lo que hagas, por favor no te lleves a mi hija. Padre nuestro que estás en los cielos, santificado sea tu nombre… –oró Katrina. Las lágrimas de Katrina corrieron por sus mejillas mientras susurraba su oración.

Todo pasó tan rápido que Katrina no tuvo tiempo de pedir ayuda, estaba sola. Un médico corrió por el pasillo y entró pisando fuerte en la habitación de Rebeca, y Katrina lo siguió. Nadie se dio cuenta de que Katrina había vuelto a entrar en la habitación. El médico revisó todas las notas y Rebeca estaba consciente.

–¿Sabes dónde estás? –Preguntó el médico. Rebeca murmuró su respuesta.

–¿Sabes tu nombre? –Él continuó. El médico la obligó a abrir los ojos con los dedos y Rebeca gimió mientras sus ojos se llenaban de lágrimas. El médico no pudo evaluar su concentración y continuó con el examen físico. Escuchó su corazón, sus pulmones y estudió su pulso. Cogió el portapapeles y escribió en él como hacen todos los médicos, luego se lo entregó a la Supervisora de Enfermeria.

–Tiene el pulso rápido, fiebre alta y sensibilidad a la luz, hay que mandar a hacer la prueba de inmediato, –instruyó. La enfermera asintió.

El médico se acercó a la segunda enfermera.

–Necesitamos ponerla en aislamiento. Asegúrese de que todos los que han estado en contacto con ella se desinfecten completamente, luego déle 100 mg de paracetamol cada hora y manténgala en hielo hasta que baje la fiebre, –instruyó.

Finalmente, se acercó a Katrina.

–Señora Cortez, soy el Dr. Shapiro. He evaluado a su hija y creo que su hija puede tener meningitis, es una infección de la médula espinal que afecta el revestimiento del cerebro entre otras cosas, necesitamos que le hagan la prueba, –comunicó. Katrina miró al médico como si estuviera hablando en un idioma extranjero y las lágrimas rodaron por sus mejillas al procesar la información.

–En este momento lo más importante es bajar la fiebre, si la fiebre no baja podría causar otros daños, –dijo él lo más amablemente posible. Katrina permaneció en silencio durante unos segundos.

–¿Qué tipo de daño? –Preguntó con voz aguda.

–Es difícil decirlo, ya que cada persona se ve afectada de manera diferente, –respondió. Obviamente el médico no quería asustarla. Sin embargo, Katrina no iba a aceptar una respuesta tan vaga.

–¿Qué tipo de daño? –Preguntó de nuevo con voz firme.

–Las posibilidades podrían ser pérdida de audición, pérdida de vista, daño cerebral, coma, pero estamos haciendo todo lo posible para ayudarla. Los niveles peligrosos de fiebre comienzan alrededor de los 103 grados y su hija tiene una fiebre de 103.8 grados, así que quiero que sepa qué tan grave es esto, pero estamos haciendo todo lo posible para ayudar a su hija. –Respondió. Esperó unos minutos por si Katrina tenía preguntas, pero luego se fue. Katrina estaba junto a Rebeca procesando la información y susurrándole palabras reconfortantes al oído.

La enfermera estaba administrando una dosis de medicamento cada hora según las instrucciones. Rebeca entraba y salía del conocimiento y deliraba. No estaba consciente de su entorno y seguía llamando a su mamá, quien había estado allí en todo momento. El corazón de Katrina se rompía con cada llamada.

Durante las alucinaciones, Rebeca estaba hablando con alguien y la mayoría de las palabras eran apagadas, pero se entendía la conversación.

–Estás renunciando a mí, –murmuró Rebeca. Las lágrimas corrían constantemente por el costado de su rostro.

–Eres tú, siempre eres tú, –murmuró además. Su rostro se encogió y su cuerpo se puso tenso.

–Me dejaste. Fue una mentira, una mentira, un… –Rebeca estaba angustiada. Las lágrimas continuaron cayendo por el rabillo del ojo. Katrina estaba confundida, no sabía con quién estaba hablando Rebeca. Katrina intentó responder y darse a conocer, pero Rebeca no reconoció su presencia y todos los esfuerzos por consolarla fueron en vano. Al menos Rebeca estaba consciente, pero las alucinaciones continuaron durante varias horas antes de que la medicina rompió la fiebre. Rebeca ahora dormía profundamente. Las tías de Rebeca llegaron en para aportar apoyo, pero lo peor ya había pasado. Katrina llamó a la casa para comunicarse con Abraham con la mayor frecuencia posible. Se controlaba y tomaba la temperatura de Rebeca con frecuencia; todavía era alto pero manejable.

Las enfermeras prepararon a Rebeca para que la trasladaran a la sala de aislamiento. También le habían estado extrayendo sangre constantemente, haciéndole diferentes pruebas. Con la fiebre controlada llegó el momento de realizar la prueba de Meningitis. Katrina firmó un formulario de consentimiento reconociendo las graves consecuencias de permitir que los médicos le hicieran una punción lumbar. Rebeca fue instalada en la Sala de Aislamiento B en el tercer piso del Hospital Sick Kids y dos enfermeras entraron con una enorme aguja de unos veinte centímetros de largo. El rostro de Katrina se puso pálido al ver el instrumento.

—¿ESO ES LO QUE LE ESTÁS INYECTANDO A MI HIJA? —Ella jadeó.

—Para llegar al líquido de la columna debemos penetrar hasta el final del coxis. Es la única prueba segura y si tiene la infección lo sabremos en una hora o dos, —explicó la enfermera.

—No tiene que quedarse; puede salir y le llamaré para que vuelva a entrar cuando lo hayamos completado, —añadió la enfermera. Katrina dío señas con la cabeza de su decisión. Se nego a salir.

—No, no, me quedaré con ella, —confirmó Katrina. La enfermera no se opuso pero advirtió.

—Necesito que se quede allí mientras hacemos el procedimiento, ¿entendido? —Instruyó la enfermera. Katrina asintió con la cabeza. La Supervisora de Enfermeria intentó que Rebeca se sentara sola, pero todavia estaba semiconciente. En cambio, la Supervisora de Enfermeria instruyó a su colega.

—Necesito que la sientes y la giraré para que tenga las piernas colgando al costado de la cama. A la cuenta de tres, uno, dos, tres, —dijo la enfermera. Rebeca estaba extremadamente incómoda y dolorida, estuvo gimiendo durante todo el procedimiento. La asistente de enfermería estaba frente a Rebeca intentando consolarla.

—Intentaremos hacer esto rápidamente, pero debes quedarte lo

205

más quieta posible, –le preguntó la enfermera a Rebeca y levantó el pulgar. La Supervisora de Enfermeria empujó la cabeza de Rebeca hacia abajo para tocar sus rodillas y colocó un papel guiado en su espalda. El papel tenía un agujero preciso por donde se debía insertar la aguja.

–Está bien, aquí vamos, quédate quieta, –dijo la Supervisora de Enfermeria y comenzó a insertar la punta de la aguja en la espalda de Rebeca. La punta de la aguja le dio a Rebeca un shock que le recorrió la espalda y la recapacito al momento. Mientras la enfermera insertaba la aguja más profundamente en su columna, Rebeca sollozaba y su rostro estaba cubierto de lágrimas.

–Sé que duele, pero debemos hacer esto, es importante. Lo estás haciendo tan bien. Eres tan valiente. Ya casi ha terminado, –dijo la asistente de enfermería. Katrina tuvo que usar todas sus fuerzas para contener las lágrimas y permanecer en el lugar. La Supervisora de Enfermeria sacó la aguja lentamente, una vez más, Rebeca estaba sollozando, gimiendo y suspirando. La mirada de la Supervisora de Enfermeria no era reconfortante.

–¿Qué ocurre? –Preguntó Katrina. La Supervisora de Enfermeria se volvió hacia Katrina decepcionada.

–Tendré que intentarlo de nuevo en unos minutos, no pude llegar al final de su columna. Tiene una espalda muy curvada.

–Respondió la Supervisora de Enfermeria. Habló en privado con la asistente de enfermería mientras Rebeca descansaba. Katrina secó la cara de Rebeca y le dio besos. La Supervisora de Enfermeria se acercó de nuevo a la cama.

—Lamento que tengamos que hacer esto de nuevo, –instruyó la Supervisora de Enfermeria. Metió la mano debajo de la cabeza de Rebeca y la levantó una vez más. Katrina estaba preocupada, pero retrocedió unos pasos.

Esta vez el proceso fue más rápido y la enfermera inclinó la aguja un poco más que la vez anterior. Con cada empujón, Rebeca sollozaba y se quejaba. La aguja estaba completamente dentro y la Supervisora de Enfermeria miró la jeringa con incredulidad. Parecía preocupada y lentamente quitó la aguja. Ella jadeó una vez que le sacaron la aguja y se volvió para mirar a Katrina.

—No pude conseguirlo, lo siento, la punta de su espalda está muy curvada y necesito sacar el líquido que está al final de su columna. Tendré que llamar a otra enfermera para intentar el procedimiento, –imploró la Supervisora de Enfermeria. Katrina sacudió la cabeza horrorizada.

—No, no lo volverán a hacer. Lo ha intentado dos veces y es posible que eso ya haya causado daños. Debe haber otra manera, –respondió Katrina. La enfermera no discutió con Katrina, sino que recogió sus instrumentos y salió de la habitación con la asistente de enfermería. Rebeca se recostó para descansar una vez más. Aproximadamente media hora después, el médico entró en la habitación.

—Señora Cortez, entiendo que estamos teniendo problemas para completar la prueba. Sin embargo, se debe realizar un análisis para determinar si su hija requiere otro tipo de medicamento, –explicó con tranquilidad. Katrina observó el estado de Rebeca y ellá se veía mejor con la medicación recibida. Katrina escuchó sus instintos maternales.

—No permitiré otra prueba. Tendrán que encontrar otra manera. Debe haber otra manera, —instó. El médico dudó por un minuto.

—Sí, podríamos hacerle un análisis de orina, pero esos resultados podrían tardar hasta veinticuatro horas y es posible que su hija no tenga veinticuatro horas. La prueba en la médula espinal determina una infección en una hora y podría significar la diferencia entre la vida y la muerte en casos de meningitis. —Expresó el médico. Katrina estaba decidida a mantenerse firme porque estaba segura de que la punción lumbar causaría más daño que bien.

—Entiendo, hagán la prueba de orina, —se mantuvo firme. El doctor estuvo de acuerdo e informó a Katrina que firmara una autorización rechazando la prueba de punción lumbar. Unos minutos más tarde entró la Supervisora de Enfermeria y le realizó un análisis de orina. Aproximadamente dos horas después, Rebeca abrió los ojos. Estaba débil, pero Rebeca reconoció a su madre. Katrina llamó a la enfermera y le tomó la temperatura a Rebeca, esta vez había bajado a 98,3 grados. La fiebre desapareció y Rebeca volvió a quedarse dormida.

A la mañana siguiente continuaron las pruebas y se tomaron más muestras de sangre. Un golpe en la ventana de cristal de la habitación de Rebeca llamó la atención de Katrina. Ella salió.

—Buenos días señora, soy el amigo de Rebeca, Joaquín, —dijo amablemente.

—Sí, lo recuerdo, lamentablemente está muy débil y no puede

recibir visitas, además puede ser contagiosa también, —expresó preocupación. Joaquín se sintió apenado pero comprendió.

—¿Podría darle esto cuando despierte? —Dijo y le entregó a Katrina una carta. Katrina asintió.

—Sí, lo haré, —contesto. Joaquín se despidió cortésmente y se fue. Pasarían varios días antes de que Rebeca recuperara sus fuerzas y dejara de ser contagiosa.

Familiares y amigos visitaron, pero se les limitó a usar batas y guantes cubiertos de la cabeza a los pies. Las pruebas dieron positivo para meningitis bacteriana, que era una cepa subsidiaria y no una infección de meningitis viral. Aunque todavía era una infección terrible, Rebeca ya no corría peligro.

Aproximadamente una semana después, Rebeca empezó a comer con regularidad y a sentirse normal. Katrina permaneció con ella, atendiéndola, y uno de esos días mencionó casualmente a su visitante.

—Tu amigo Joaquín vino a visitarte los primeros días y te dejó esto, —dijo y le entregó la carta a Rebeca. Ella miró la carta confundida.

—¿Dijo algo más? ¿Volverá? Ella preguntó.

—No creo, la verdad, no sé si volverá, —comentó. Rebeca se sorprendió al escuchar la noticia de su visita. Casi tenía miedo de leer la carta. *¿Será que cambió de opinión y quiere darnos una oportunidad?* Pensó. Incluso después de todo lo que sabía sobre Sophia, todavía tenía esperanzas. *¡Oh, no, tal vez esté dando su* *último adiós y sus pensamientos en esta carta!* No la abrió de inmediato, prefirió estar sola y esperó a que su madre tomara un café en la cafetería. Eran casi las tres de la tarde. y Katrina agarró su bolso.

–Voy a almorzar; Y regreso. ¿Necesitas algo? –Ella comentó.

–No, –respondió Rebeca. Quería que su madre se fuera lo antes posible. Rebeca rápidamente rompió el sobre cerrado y sacó la carta. Era sencillo; a diferencia de cualquier otra carta que había recibido de Joaquín. La carta empezó fríamente y supo por la primera frase que no iba a ser el tipo de carta que esperaba. Decía:

Querida drogita,

¿Cómo es la vida en el segundo hogar? Vas al hospital con tanta frecuencia que en lugar de –Sick Kid's –debería llamarse –Sick Rebeca's. –Perdón por las bromas, pero es algo que se me vino a la cabeza. Espero que no estés enojada conmigo por no ir ayer, pero decidimos ir a ver criaturas más lindas (¡NO!). Fuimos al zoológico.

La carta continuaba con más bromas y algunos comentarios pasivo-agresivos en los que mostraba arrepentimiento por su reciente decisión sin ser directo. Lo que le llamó la atención fue el poema que venía con la carta, un poema de amor que no era jocoso ni pasivo-agresivo, era claro y doloroso:

Querido amor,
Aquí tienes un poema que escribí para ti. Por favor perdona las innumerables veces cometí un error, pero sé que entiendes que nadie es perfecto.
¿Cómo puedes decir que no te amo?
Cuando en realidad te amo más,
En los segundos no estoy contigo,
Parece ir más lento que nunca.

Tu sonrisa y tus labios,
Esa solía ser mi luz del día,
Ahora dan pena y dolor,
Porque ahora los extraño día y noche.
El dolor en mi corazón,
Ahora está tenso y amargo,
Ahora que tenemos que separarnos.
Pero,
Por favor no dejes que este dolor de corazón,
Séa interminable, abrázame largo y fuerte.
Amor,
Por favor no digas adiós,
Y quédate para siempre a mi lado.

Había terminado de leer cuando escuchó pasos a lo lejos, rápidamente dobló la carta y la metió debajo de las sábanas. Katrina entró en la habitación y Rebeca fingió estar ocupada viendo un programa de televisión. Rebeca no sabía qué pensar de la carta, *¿era una oferta de paz?* No parecía que fuera un adiós formal, y tampoco fue dulce ni cariñoso, pero el poema sí lo era, y daban mensajes contradictorios. Rebeca no creía que fuera necesaria una respuesta a la carta. No iba a descifrar esta acción más de lo que podía comprender sus sentimientos por Joaquín. El recuerdo de los primeros días de su hospitalización eran borrosos y deseó haber tenido la oportunidad de hablar con Joaquín, pero no tenía sentido insistir en ello.

La semana siguiente, Katrina salió todos los días durante unas horas para ver cómo estaban los hermanos de Rebeca. Un día de esos, Rebeca recibió un golpe en la ventana de su habitación, era

Joaquín. Una vez que Rebeca hizo contacto visual, caminó adentro. Se enderezó y trató de cepillarse el cabello con los dedos. Era casi imposible hacer algo con su largo cabello rizado y enredado.

—Hola, —dijo Joaquín con una sonrisa. Rebeca también le devolvío una gran sonrisa.

—¿Hola? – respondio ella, todavía incredula de su presencia. El se acercó al final de su cama para mirarla.

—¿Cómo te sientes? —Preguntó claramente sin emoción. Se sentía como si estuviera obligado a visitarla. Con el mismo tono, respondió Rebeca.

—Me siento mucho mejor gracias. Dijeron que tenía meningitis bacteriana, que es mejor que la meningitis viral, muuuy bien,

—explicó.

—Te ves mejor. Vine antes pero todavía estabas bastante enferma, —el indico. Hubo una pausa.

—Recibí tu carta. Gracias, —agrego Rebeca, rompiendo el silencio. Joaquín le otorgo un silencioso reconocimiento con sus ojos.

—Entonces, ¿cómo está Vince? —Él expresó. La tensión y la incomodidad entre ellos aumentaron.

—Él está bien. Gracias. ¿Cómo está Sophia? Ella bramó. Joaquín pareció sorprendido.

—¡Bien! —Respondió. Rebeca estaba mintiendo entre dientes. Vince ni siquiera la había visitado; siempre estaban rompiendo y volviendo a estar juntos por defecto. Con el resentimiento en la habitación, el momento había perdido sus posibilidades y nuevamente una pausa llenó el aire con cosas no dichas.

En ese momento, alguien irrumpió por la puerta haciendo una entrada. Era Cassandra con una gran sonrisa en su rostro y quedó atónita al ver a Joaquín. Ella se enderezó.

–¡Hola! –Dijo con una voz más madura. Su llegada no podría haber sido más precisa. Ella hizo que la situación actual dejar de ser incomoda y los tres hablaron de cosas insignificantes durante los siguientes diez minutos. Joaquín se rió de un chiste de Cassandra.

–Bueno, creo que es hora de que me vaya. Fue un placer verte de nuevo Cassandra. Deberíamos ponernos al día pronto, –dijo y se volvió para mirar a Rebeca.

–Espero que salgas pronto y te veamos de regreso en la escuela, –añadió. Rebeca estuvo de acuerdo, y se fue. Cassandra se fue poco después.

Rebeca volvió a leer la carta de Joaquín y relacionó el tono y el comportamiento de su visita. Se había sentido confundida porque estaba leyendo su carta con el sentimiento, el amor y los sentimientos que él alguna vez sintió por ella, pero si la leyó con el tono y la distancia que él mostró hoy, tenía absoluto sentido. Era una carta escrita probablemente durante el viaje en tren al hospital. Era simplemente una carta al azar dirigida a una persona al azar, y el poema probablemente fue escrito pensando en otra persona.

Pasó otra semana y Rebeca iba a ser dada en alto en un par de días. Estuvo aislada durante tres semanas y media. Vince logró hacer una visita furtiva justo antes de su partida.

–Te extrañé, –dijo y la rodeó con sus brazos. A Rebeca le

costaba creer todo lo que salía de su boca.

–¿Me extrañaste tanto que te tomó más de tres semanas venir a verme? –Ella respondio. Sacó una cajita de su bolsillo.

–Te traje un regalo para demostrarte cuánto te extrañé, –afirmó. Vince fue inteligente porque había descubierto la debilidad de Rebeca. Le gustaban los gestos de cariño, cosas que se ven en las películas. Le colocó un charm en forma de corazón con sus iniciales grabadas V&R y en una breve carta expresó lo mucho que la extrañaba. Ella lo leyó pero no le interesaban sus mentiras y estaba cansada de sus indiscreciones. Sólo le sirvió para visitarla la última semana de su hospitalización. La visita fue corta, y a falta de una palabra mejor, desagradable, Vince se marcho.

Rebeca volvió a la escuela; había estado ausente durante un mes. La escuela hizo arreglos para que Rebeca volviera a tomar exámenes y completar tareas con la esperanza de salvar el semestre. Mientras se reconectaba con su entorno escolar, se le informó que Joaquín era parte de la obra de teatro anual de la escuela. Joaquín se instaló bien en su escuela y había hecho muchos amigos. Mientras Rebeca seguía teniendo un año difícil; contrajo varicela de sus hermanos y faltó otras dos semanas a la escuela. Luego, de alguna manera se infectó con el virus de la parálisis facial de Bell y una vez más faltó a la escuela.

Rebeca reprobó matemáticas y apenas rescató sus otros cursos. No hace falta decir que se perdió muchas actividades sociales escolares y actividades extracurriculares y que sus amistades la habían abandonado por otras. Rebeca se sentía como una extraña, si antes la escuela era un desafío, ahora era insoportable. La única coherencia era Vince, pero incluso eso estaba bajo escrutinio.

El año escolar estaba llegando a su fin y la noche de estreno de West Side Story era ese fin de semana. Rebeca nunca había oído hablar de esta obra antes, pero compró una entrada para verla. Llegó temprano la noche del estreno para asegurarse de poder elegir su asiento. Entró silenciosamente al gimnasio y se sentó en la esquina derecha de la cuarta fila desde atrás. Un lugar donde Joaquín no la podía ver desde el escenario. El libro de programación incluía a Joaquín como uno de Los Tiburones y el telón se levantó a tiempo. Estaba inquieta hasta que apareció Joaquín. Ella observó atentamente. Él tuvo un papel más pequeño de lo que ella esperaba, asumió que habría tenido un personaje principal, pero aun así observó vívidamente.

Ella suspiró ocasionalmente durante la obra, deseaba mucho ser parte de su vida. La obra terminó con un fuerte aplauso y una gran ovación. Se realizaron las reverencias finales y Rebeca salió sigilosamente por la puerta trasera del gimnasio. De camino a casa se dio cuenta del dolor que se estaba causando. *Ya es hora,* pensó. *Es hora de dejarlo ir, él no te quiere en su vida y debes sacarlo de la tuya,* se exigió a sí misma. *No puedes seguir haciéndote esto,* se consoló. *Di adiós y sigue adelante.*

El año escolar había terminado y el verano estaba en pleno apogeo. Los padres de Rebeca se dieron cuenta de que era hora de darle a

Rebeca un poco de libertad. Por lo tanto, Rebeca y Vince asistieron a un baile en una parte diferente de la ciudad, esta vez con permiso. Era un baile social de fútbol. Al igual que las Quinceañeras de su juventud, las fiestas sociales de fútbol eran los únicos eventos sociales a los que podían asistir los menores de edad. Joaquín estaba allí con Sophia. La velada avanzó mientras Joaquín y Rebeca mantenían la distancia. Bailaron únicamente con sus respectivas parejas; Eran tan indiferentes el uno hacia el otro que parecía que no habían observado la asistencia del otro. Vince y Rebeca estaban tomando algo de beber y tomando un descanso cuando Vince se volvió hacia Rebeca.

–¡Mira quién viene! –Dijo molesto. Para sorpresa de Rebeca, Joaquín caminaba hacia ella.

–¿Te apetece un baile? –Preguntó mientras extendía su mano. Rebeca, sin dudarlo, dejó su bebida a un lado y le tomó la mano. Fue a la pista de baile con Joaquín sin tener en cuenta los sentimientos de Vince. La canción era de salsa y no era memorable, hacían los movimientos del baile como extraños, sin sentimientos ni tensión, solo un baile más. Luego, Joaquín le agradeció por el baile y la acompañó de regreso a su lugar. Si alguna vez hubo la necesidad de demostrar que sus sentimientos mutuos habían desaparecido, eso fue. Una discusión entre Vince y Rebeca era inevitable. La espina clavada en el costado de Vince todavía estaba presente con una hostilidad ardiente y tal vez había sido el objetivo de Joaquín, de ser así, lo logró.

El verano terminó y el año escolar comenzó sin novedades. La indiferencia de Joaquín continuó y por tanto no hubo ajustes en su relación. Su decimoséptimo cumpleaños llegó y pasó sin fiesta ni deseos de cumpleaños de Joaquín. Rebeca y Joaquín se conocieron hace poco más de un año y la amistad eterna que apreciaban había muerto, o eso creía ella. El 10 de octubre, ella recibió una carta de Joaquín y estaba guardada en su casillero. La carta decía:

Amor,
He estado pensando y no puedo llegar a la conclusión de por qué tenemos que separarnos. No te olvidaré y no te abandonaré. Sé que esto es difícil para los dos, pero no puedo vivir sin ti a mi lado. Los días que he pasado contigo tienen un espacio especial en mi corazón…
… Nunca pensé que separarse podría ser tan difícil, espero de todo corazón que no estés sintiendo esto, porque este dolor que acecha mi corazón es insoportable. Por favor no me niegues tu compañía y tu amistad. Debemos intentarlo una segunda vez porque estoy en un lío sin ti, ¿por qué no podemos estar juntos? ¿Por qué no puedo estar contigo? ¿Por qué? ¿Por qué?

Atentamente,
Con todo mi amor
Joaquín Méndez

En otra carta confusa, aludía a sus sentimientos acerca de no renunciar a su amistad. *¿Por qué juega con mis sentimientos?*, pensó Rebeca. Ya no confiaba en nada de lo que Joaquín profesaba, no sólo confeso amar a otra, sino que seguía siendo indiferente hacia ella en todo momento. Estaban en la misma escuela y él ni siquiera la trataba

217

como una conocida. ¿Le estaba mintiendo a Rebeca? ¿Se estaba mintiendo a sí mismo? Ella no lo entendía, si sus sentimientos eran tan verdaderos y fuertes, ¿por qué no enfrentarse a Rebeca, como lo había hecho ella? No era fácil ser vulnerable, especialmente a los dieciséis años. ¿Volvería a ponerse en esa situación? Probablemente no. Si quería hacerle creer que todavía estaba enamorado de ella, tendría que darle crédito a su carta.

Pasaron meses sin que ambos reconocieran que el universo los había elegido para estar unidos. Rebeca y Joaquín lucharón contra su destino en cada paso del camino. Una indicación clara de que estás entrando en la edad adulta es la programación de tu vida y esa transición es sutil. Rebeca había comenzado a hacerlo, con dos trabajos, escuela y novio, era su naturaleza. Se dirigía a trabajar cuando sonó el teléfono y dio media vuelta.

–Hola, –dijo casualmente.

–Oye, espero no haberte pillado en mal momento, –dijo Joaquín. Sorprendida al escucharlo a él.

–¿Hola? Iba a salir, pero tengo unos minutos, ¿qué pasa? Ella murmuró. Su tono no era condescendiente ni enojado, pero tampoco era dulce.

–Estaba curioso si nos podiamos ver, me gustaría hablar contigo, –preguntó.

–¿Ahora? –Ella respondió.

–Si puedes, claro, –el continuó.

–Podría verte más tarde en unas horas, ¿está bien? –Ella preguntó.

–Sí, estaré en casa todo el día, solo pasa por aquí, –respondió y colgaron. Se fue a trabajar según lo previsto y, de camino a casa, pasó por la casa de Joaquín. Rebeca no perdió el tiempo pensando en su petición, simplemente decidió afrontar la situación en el momento actual. Esperaba que finalmente fuera un intercambio de palabras de persona a persona sobre su última carta de unos meses antes. Rebeca llamó a su puerta con calma y colectivamente. Joaquín abrió.

–¡Ey! Espera, ya salgo, –anunció. Cerró levemente la puerta y Rebeca esperó afuera. Se dio cuenta de que nunca la habían invitado a entrar a pesar de que él estaba en su casa todo el tiempo. A su regreso, llevaba una pequeña caja en la mano. Salió y miró a Rebeca.

–Así que estoy planeando deshacerme de nuestra agenda, todas tus cartas y esas cosas. Pensé que tal vez los querrías, –afirmó. Rebeca vaciló y pudo sentir la ira aumentar en su cuerpo y su sangre comenzó a hervir.

–¡QUÉ! ¿Por qué? –Ella gritó. Ella pensó que las agendas y cartas entre ellos significaban tanto para él como para ella.

–Porque mi novia las vio y quiere que me deshaga de ellas, –contesto. Rebeca no podía creerlo.

–¿Desde cuándo dejas que la gente te diga qué hacer? –Ella gruñó. Joaquín también se estaba entusiasmando y el civismo entre ellos quedó descartado.

–Claro que lo hago, porque la amo, –gritó.

–La amas, la amas, pareces pasar de Vanessa a Sophia y ahora a esta, –gritó. Con el ceño fruncido, se burló.

–¿Qué te importa? ¿Aún no estás con Vince? –Respondió

enojado. Ya no podían tener una conversación decente. Estaban peleando entre sí y Rebeca tuvo suficiente, sin pensarlo gritó.

–¡SÍ! Todavía estoy con Vince y es genial. Yo también me he acostado con él, –mintió sólo para lastimarlo. Ella estaba desconsolada, triste y confundida. Él carecía del coraje para admitir que había cometido un error al rechazar su propuesta. Esta no era la primera vez que Rebeca actuaba por impulso, y verlo era espantoso.

–No me importa lo que hagas con la agenda o con mis cartas, tíralas, quémalas, no las quiero, –bramó y se alejó. Ella no miró hacia atrás ni disminuyó la velocidad, ni lágrimas, ni dolor, solo ira y lo que encontró fue un cierre. Si la premisa de enfrentarse a Rebeca era demasiado grandiosa para admitir que anhelaba estar con ella, entonces la conclusión sólo podía ser que se escondía detrás de los poemas y cartas que le había enviado de manera dudosa.

Poco después la virginidad de Rebeca dejó de existir, fue rápida e indolora. La decisión de su primera experiencia sexual con la única persona que esperó durante más de un año no fue lamentable. Aunque Vince le fue infiel continuamente, fue considerado durante el proceso, lo que hizo que su primera y única vez con él fuera memorable.

Posteriormente, Joaquín y Rebeca eran más que extraños, se repugnaban el uno al otro. Ignorarse unos a otros era la norma y ya no requería esfuerzo. A veces Rebeca tenía un error momentáneo de juicio y sentía la necesidad de acercarse a Joaquín; sin embargo, con sutileza. Rebeca ni siquiera conocía sus intenciones subconscientes.

Una tarde en la escuela, Rebeca se dirigía a clase de biología cuando vio a Joaquín venir por el pasillo hacia ella. Él no la había notado hasta que estuvo a unos cinco pies de distancia, se miraron y simultáneamente se dieron la vuelta. Fue, el peor momento de indiferencia que habían enfrentado, y a Rebeca le dolía el corazón. Mientras Rebeca estaba sentada en clase, pudo sentir el nudo en la garganta y comenzó a escribir. Decía:

SENTIMIENTOS

Mis sentimientos se quebraron
antes de comprender
que lo que sentía
nunca habría de ser.

Aquí va mi historia,
que me tiñó de tristeza y de azul,
cuando descubrí que lo nuestro
jamás fue verdad ni virtud.

Mis sentimientos eran únicos,
guardados solo en mí,
y todo lo que sentía
era solo para ti.

Cuando te mostré mi alma,
él la hicieste pedazos,
me confesaste que no me amas
y me negaste tus brazos.

Mis sentimientos fueron sepultados
muy dentro de mí,
aunque entendí en silencio
que siempre te amaré a ti.

Con una lágrima en los ojos,
y la certeza de soltar,
te dejó partir…

y entonces digo: Adiós.

Las palabras se derramaron sobre el papel como si fueran las lágrimas que Rebeca debería haber derramado, y su corazón se tranquilizó. Carlos, un compañero de clase que formaba parte de la gazeta escolar, vio su poema.

—Rebeca, esto es bueno. Deberías enviarlo para este número del periódico, —aconsejó. Rebeca no se dio cuenta de que alguien estaba mirando. Después de clases, Rebeca le entregó el poema a

Carlos, junto con el primer poema que había escrito para Joaquín. Era poético que ambos poemas, el principio y el final de su amistad, estuvieran en el periódico del colegio. Fue publicado en The Herald, Volumen Uno, Número Dos, por 0,10 dólares la pieza. Rebeca no se quedó con el poema; se había llevado consigo el dolor que Rebeca quería olvidar.

Para el último acercamiento involuntario de Rebeca, le dio un reconocimiento a Joaquín en su anuario del grado doce, junto a su foto de graduación decía: *Gracias a ER, CJ, BE y JM.* Joaquín había sido una gran parte de sus años de escuela secundaria y consideró apropiado darle las gracias.

Terminaron la escuela secundaria, la hermosa época de la adolescencia quedó atrás y Joaquín y Rebeca pasaron a otros capítulos de sus vidas individuales. Independientemente del tamaño de Toronto, todavía se encontraban en discotecas, conciertos, festivales de verano y rara vez en la calle. Las pocas veces que Rebeca se atrevió a saludar a Joaquín en una discoteca, él la había rechazado con arrogancia. Aunque estaba con su nuevo novio, Peter, siempre estaba realmente feliz de ver a Joaquín. Rebeca dejó de hacer esfuerzos, especialmente porque Joaquín parecía diferente ahora que tenía una nueva novia. Rebeca no la conocía y no le importaba saber quién era la nueva chica en su vida. Él no era el mismo mejor amigo adorable, dulce, amable que alguna vez conoció y esta persona en la que se había convertido era realmente un extraño. Una persona qué a Rebeca no le importaba conocer, la gente cambia, y él ciertamente lo habia hecho, y bueno, ya no tenían dieciséis años.

Capítulo 10
Dieciocho Años Después

Cada día te amo más,

hoy más que ayer

y menos que mañana.

Rosemonde Gerard

El ruido del papel sacudió la habitación mientras Rebeca buscaba frenéticamente un documento. Iba a ser un día agitado en la oficina.

–¡Melissa! –Rebeca expresó en voz alta. –¿Podrías venir aquí? –Melissa entró en su oficina.

–Sí, ¿pasa algo? —preguntó Melissa. Rebeca estaba angustiada.

–¿Ha visto el Factum de la Demandada para el caso Duplex Mountain? Lo tuve aquí ayer y ya no está. –preguntó Rebeca.

–No, no lo he hecho, pero sí recuerdo que Bruce lo leyó ayer. ¿Quieres que revise su oficina? –preguntó Melissa.

–¡Sí, por favor! Y si no está allí, ¿podría revisar la sala de juntas? No podría haber desaparecido simplemente en el aire. –Rebeca respondió.

La afición por la ley desde que tenía uso de razón llevó a Rebeca a convertirse en Paralegal y ahora era socia gerente de T.C. Servicios Legales. El fundador fue Bruce O'Neil, que era un caballero mayor y se jubilaría en un par de años. Estaba buscando un joven entusiasta y emprendedora para hacerse cargo de la práctica. Rebeca era la persona perfecta; Comenzó como empleada de la firma en 2008 y dos años después se convirtió en socia. Estaba en camino de lograr lo que siempre deseó: ser su propia jefa.

En el año 2000, Rebeca se graduó con dos diplomas, un diploma de Paralegal y un diploma de Paralegal. Cuando se graduó, inmediatamente comenzó a trabajar como Asistente Jurídica Junior y ascendió en la escala corporativa hasta convertirse en Asistente Jurídica Senior. Sus puestos de trabajo estaban en algunos de los abogados más prestigiosos firmas en la ciudad y estaba bien versado en la profesión jurídica. Había dominado las habilidades de redacción de documentos legales cruciales, pero nunca se sintió como una persona de nueve a cinco. Después de diez años trabajando por cuenta ajena, la oportunidad de ser su jefa se hizo realidad y ganarse la vida dignamente. Melissa regresó corriendo.

–Lo encontré, lo encontré, estaba en su escritorio; parece que hizo algunas revisiones, –dijo Melissa. Rebeca se sintió aliviada y al mismo tiempo molesta porque Bruce lo había tomado sin preguntar. La definición de sociedad comercial todavía era nueva para Rebeca, pero para ella significaba respetar la oficina de cada uno.

–Gracias, gracias, necesito trabajar en más respuestas al factum, –respondió Rebeca. La empresa contaba con una recepcionista, un empleado de datos y tres Paralegales. Melissa no solo era la recepcionista sino también la mano derecha de Rebeca y un activo para la empresa. Las ediciones finales del Factum del Demandado estaban completas y Rebeca dio por terminada la noche.

Su rutina estaba automatizada en ella habian, encontró momentos de agotamiento que devoraban y causaban un peso sobre su pecho, el cual necesitaba varios ejercicios de respiración para centrarse. El viaje a casa duró aproximadamente media hora y se obligó a permanecer despierta, poniendo la música a todo volumen y dejando las ventanas abiertas para que entrara aire fresco. Durante el último año, había trabajado muchas horas buscando inovaciones para el negocio. Bruce era de la vieja escuela y brillante en la recopilación de información para oportunidades comerciales, pero carecía de habilidades tecnológicas. La mayoría de las tareas comerciales diarias todavía se realizaban manualmente. Corría el año 2010 y las facturas de los clientes se creaban en documentos Word, los expedientes se escribían en cuadernos de bitácora y los anuncios se distribuían mediante pamfletos en los parabrisas o en las puertas. Rebeca tampoco era experta en tecnología, pero había estado más expuesta al mundo técnologico que Bruce. Cambios drásticos eran necesarios para garantizar el futuro y éxito de la empresa; de forma lenta pero segura, se dedicó a aprender mas sobre la tecnología moderna.

Eran alrededor de las 23:00 horas cuando llegó a casa. Rebeca se casó con Peter Sanchez en 2003. Se conocieron en el verano de 1993 en una de las fiestas del club internacional celebradas en la escuela secundaria de Rebeca. En ese momento, Rebeca estaba en el grado 12 y era asistente del vicepresidente del club. Cuando conoció a Peter, quedó prendada de él, su enfoque era único, era un buen bailarín y era dulce. Sólo le llevó cuatro meses conocerlo, empezar a salir con él y dedicarse por completo a él. Peter fue el primer joven que desvió su atención de Joaquín; donde otros lo habían intentado, Peter lo había logrado.

Después de un año de salir con Peter, Rebeca quería casarse con él, tener hijos y construir una vida. Él se convirtió en todo su mundo. Pasaron diez años antes de que se casaran y les llevó cinco años tener su primer hijo. Superaron muchas adversidades, pero en 2008 tuvieron a su hijo, Sebastián, y su hogar por fin tuvo la alegría de un niño. Rebeca trabajó en dos o tres trabajos para salir adelante en la vida y fue paciente con los resultados. Su camino parecía transparente dentro del mundo de su vida de cuento de hadas. Tenía 34 años, amaba a su esposo y a su hijo, era propietaria de una casa de 2800 pies cuadrados y operaba su propio negocio. La vida era dulce.

Cuando Rebeca entró a la casa ya estaba oscuro, Peter estaba en la sala viendo la televisión; normalmente la esperaba despierto.

—Oye, ¿tienes hambre? —Preguntó.

—No, gracias, estoy MUY cansada, solo quiero irme a la cama, —respondió. El agotamiento mental puede ser más fuerte que el agotamiento físico. Peter permaneció abajo, en la sala. No se dirigió a la cama hasta mucho después de que Rebeca se durmiera. Últimamente se dormía al nomas su cabeza tocara la almohada. Sus límites estaban siendo desbordados porque habían quitado el valor líquido de su casa para comprar la firma de Paralegal y el negocio tenía que tener éxito.

A la mañana siguiente, Rebeca empezo el día arreglando y jugando con Sebastián y luego lo llevó a la casa de su suegra. Se sintió aliviada de tener la suerte de que la abuela de Sebastián lo cuidara, en lugar de ir a una guardería. Rebeca lo dejaba por las mañanas alrededor de las 08:15 horas y Peter lo recogía alrededor de las 16:00 horas para ir a casa. Rebeca usaba sus domingos para preparar las cenas de la semana y le daba a Peter instrucciones sobre cómo administrar la casa. Era una vida modesta.

Rebeca llegó a la oficina alrededor de la 13:00 horas después de las comparecencias ante el tribunal que empezaron desde las 09:00 horas. Uno de los elementos en su lista de tareas pendientes para la actualización empresarial era el diseño del sitio web y el cambio de marca, lo que significaba crear un nuevo logotipo. Al investigar algunos tutoriales en línea sobre cómo hacerlo, Rebeca pensó que podría intentar crear un sitio web básico, pero esperaba encontrar un especialista en mercadeo que se ajustara a su presupuesto.

Mientras investigaba logotipos de sitios web, recibió una notificación de Facebook en la barra lateral de su pantalla. Era del perfil de Cassandra; Publicó una foto de un bufete de abogados grupal. Cassandra era Asistente Jurídica Senior en una firma del centro. Rebeca hizo clic en el botón *me gusta* y notó que la última persona a la que le gustó su publicación fue Joaquín Méndez, quedó atónita. Ella no sabía que Joaquín y Cassandra habían seguido siendo amigos todos esos años. Cassandra y Rebeca se habían vuelto cercanas a lo largo de los años, tan cercanas que Rebeca contó toda la historia sobre su pelea con Joaquín en 1992, pero Cassandra nunca mencionó que seguían siendo amigos.

Rebeca sabía poco sobre la vida de Joaquín, sin embargo, Cassandra la mantuvo actualizada a lo largo de los años. Rebeca concluyó que Cassandra obtuvo su información a través de chismes.

Hace un par de años, Cassandra le informó a Rebeca Joaquín que se había mudado a Sault Ste Marie, lo que molestó profundamente a Rebeca, lo que la llevó a pedirle a Cassandra que no compartiera más. Si Rebeca quería reconocer sus problemas no resueltos con Joaquín o no, era irrelevante, entonces, *¿por qué agitar la olla?*

Rebeca rápidamente hizo clic en su página para ver su perfil. El habia regresado a Toronto. Su esposa era la chica que le pidió que descartara todas sus cartas. Rebeca nunca la conoció, pero solo le desagradaba por la eliminación de sus recuerdos y no estaba de acuerdo con el comportamiento de Joaquín. También tuvieron un hijo juntos, pero a Rebeca le sorprendió que solo tuvieran un hijo; ella sabía que Joaquín quería una familia numerosa.

Continuó navegando por su página de Facebook y encontró su educación. Estudió diseño gráfico y mercadeo en Centennial College y trabajaba para una prestigiosa empresa. *¡Qué! ¿Cuáles son las posibilidades?* Pensó. Rebeca aprovechó la oportunidad: *¿Qué podría salir mal si le enviara un mensaje? Ahora somos maduros; Podríamos trabajar juntas profesionalmente,* murmuró para sí misma. Sin pensarlo dos veces, le envió un mensaje en Facebook:

Hola, ha pasado mucho tiempo.
Espero que todo esté bien, ¿tal vez podríamos charlar?

El mensaje fue enviado un martes. La curiosidad no se podía dejar de lado y Rebeca revisó el perfil de su esposa. Su nombre era Lola Navarro de Perú y no había tomado el apellido de Joaquín. Estudió Periodismo y trabajaba para GWI News, una de las principales cadenas de noticias por cable del pais. Entonces los ojos de Rebeca se salieron de sus órbitas.

–¡QUÉ! Su cumpleaños es el 9 de octubre, –dijo en voz alta. Era el mismo cumpleaños que el de Rebeca, aunque no pudo evaluar si tenían la misma edad porque no figuraba el año en su perfil. Rebeca quedó anonadada y pensó que Karma tenía un sentido del humor enfermizo. Había muchas fotos de Lola con su hermana y de Joaquín con su hermano. Al parecer los dos hermanos se casaron con las dos hermanas. *Es tan lindo que sus hijos son primos dobles,* pensó Rebeca. Nunca había conocido a nadie con esa dinámica familiar, era interesante. Sin siquiera darse cuenta, había pasado casi una hora y cerró la ventana de Facebook, *¡ya es suficiente!* Pensó. En general, estaba feliz por él.

Rebeca continuó trabajando en las perspectivas de progreso de su negocio. Organizar varias reuniones con grandes corporaciones para presentar su propuesta de servicios legales. Además de buscar vías para mejorar la eficiencia en el manejo del volumen de documentos que procesaba su firma. Aunque Rebeca deseaba que Joaquín respondiera, no tenía muchas esperanzas de que lo hiciera y no le quitaba el sueño. Había pasado mucho tiempo y tal vez era mejor dejar esa piedra sin remover.

La investigación de Rebeca continuó buscando otros diseñadores de sitios web. Llegó una recomendación de una colega confiable y ella dejó un mensaje de voz. Pasaron muchos días, pero una mañana, mientras revisaba sus correos electrónicos, notó un mensaje esperando en Facebook que decía:

> Oye, es tan agradable
> saber de ti. Seguro.
> ¿Cuándo te gustaría ponerte al día?

Rebeca respondió antes de trabajar en los archivos, de lo contrario pronto lo olvidaría:

> ¿Qué tal? Si tú
> llámame cuando tengas la
> oportunidad 416-555-3434?

Joaquín llamó unos días después.

—Hola, —respondió Rebeca.

—¡Hola, oye, al tiempo! —dijo Joaquín.

—Gracias por llamarme, no estaba segura si lo harías. Sé que ha pasado mucho tiempo. —Rebeca respondió. A pesar de su pelea, tenían una amistad maravillosa que ella nunca volvió a encontrar en nadie más y estaba feliz de saber de él.

—Claro, por qué no, ya somos adultos, ¿no?, —afirmó Joaquín. Hablaron durante media hora sobre sus logros y sus familias. Rebeca continuó con todas las visiones que tenía para mejorar su negocio. Joaquín transmitió varios proyectos que completó con orgullo y que confirmaron que Joaquín era el indicado persona para trabajar en su sitio web.

—Entonces, me preguntaba si estarías interesado en trabajar conmigo en mi sitio web y en un logotipo para mi empresa. —Ella preguntó.

—¿Crees que es una buena idea? —Él se rió entre dientes.

–Tú mismo lo dijiste; Ahora somos adultos y podemos manejarlo, –afirmó. Hubo una breve pausa.

–Claro. ¿Por qué no nos reunimos y podemos discutir qué estás buscando exactamente? –El sugirió. Había alegría en sus voces.

–Suena genial, ¿qué tal si nos reunimos para almorzar? –Ella preguntó.

–Hmmm… eso funcionaría. Estoy libre el próximo miércoles para almorzar, ¿hay un lugar italiano cerca de mi trabajo al que podamos ir? ¿Qué opinas? –El propuso.

–Sí, eso funciona. Me he estado demorando en el diseño del sitio web porque no sabía por dónde empezar, así que cuanto antes mejor, –respondió apresuradamente.

–¿Déjame saber la dirección del restaurante y nos encontraremos allí alrededor de la 13:00 horas? –Ella añadió.

–Hecho. Si algo cambia, este es mi número de celular, –asintió y se despidieron. Rebeca no tuvo tiempo de reflexionar sobre los *qué pasaría si* en su discusión. Había un gran calendario de pizarra en la parte trasera de su escritorio con todas las anotaciones y citas programadas, y se agregó a Joaquín.

La semana pasó rápidamente y el día de su reunión de negocios no fue diferente a cualquier otro día para Rebeca. Melissa había estado ayudando a Rebeca con la entrada de datos.

–No creo que pueda terminar este papeleo antes de irme, –anunció Rebeca. Melissa la miró con aprobación pero no respondió a su comentario.

—Melissa, ¿podrías continuar con esto en lugar de almorzar e irte temprano? Lo apreciaría. ¿O podrías comer en tu escritorio? —Rebeca solicitó.

—Por supuesto, Rebecca, me encargaré de ello —respondió Melissa. Con un suspiro de alivio, Rebecca se levantó de su escritorio y se estiró.

—¡Gracias! —contestó Rebecca. Con eso fuera del camino, comenzó a preparar una carpeta con todo el trabajo preliminar para la reunión de Joaquín: bocetos para el logotipo del bufete y notas con ideas para la página web. También tenía anotaciones sobre posibles programas de computadora que quería consultarle, y con todo listo, se dispuso a ir a su almuerzo de negocios.

Joaquín le había enviado la dirección más temprano ese día, así que no tuvo problemas para encontrar el restaurante. Era un pequeño y acogedor restaurante Italiano, encajado entre un taller de reparación de aspiradoras y una tienda de Fido Communications en Queensway. Rebecca llegó unos minutos antes y la acomodaron en una mesa para dos, pegada a la pared del lado derecho del restaurante.

La mesera le llevó un poco de pan y un vaso de agua.

—Gracias —dijo Rebecca a modo de reconocimiento.

—¿Está esperando a alguien o será para una sola persona? —preguntó la mesera mientras le entregaba el menú.

Rebecca echó un vistazo al menú.

—Estoy esperando un amigo, gracias, —respondió ella. A Rebeca le encantaba la cocina italiana y la decisión no podría haber sido más perfecta. Ella también tenía bastante hambre y ya había decidido qué pedir a simple vista. Empezó a untar la mantequilla sobre un trozo de pan y notó la hora. Eran las 13:10 horas. y Joaquín no había llegado. Rebeca esperaba conocer todavía a Joaquín lo suficientemente bien como para saber que no olvidaría su encuentro. *Probablemente llegue tarde,* pensó.

Aunque el restaurante era pequeño; estaba ocupado, el patio estaba lleno y solo una mesa en el interior permanecía vacía. Eran alrededor de las 13:17 horas. La puerta se abrió rápidamente con un fuerte tirón, entró Joaquín, buscando a Rebeca y rápidamente se acerco a la mesa.

–Lamento llegar tarde… cuando salía a almorzar, mi jefe necesitaba hablar conmigo, –dijo mientras jadeaba. Se sentó en su silla y la miró directamente a los ojos.

–¡Hola! –Dijo con una sonrisa. Rebeca le devolvió la sonrisa.

–¡Hola! Es un placer verte, –añadió. Joaquín respondio sin pensarlo.

–Sí, es un placer verte a ti también, –respondió. Ordenaron rápidamente y no perdieron el tiempo. Rebeca era una profesional e inició la conversación.

–He armado una carpeta con algunas de mis ideas y dibujos de lo que me gustaría hacer para mi firma. ¿Te gustaría echar un vistazo? Ella sugirió.

–¡Seguro! También necesitaríamos analizar a qué mercado se dirige y la demografía, –continuó. Mientras abría la carpeta, Rebeca lo estaba mirando. Un millón de recuerdos pasaron por la mente de

234

Rebeca y se abrió la bóveda que llevaba años cerrada.

—Han pasado dieciocho años desde la última vez que hablamos y todavía puedo recordar nuestra última conversación como si fuera ayer, —recordó. El ambiente era tenso entre ellos. Joaquín no levantó la vista, solo asintió con la cabeza. Rebeca volvió a concentrarse en el almuerzo de negocios según lo planeado y le brindó a Joaquín más información sobre su empresa. Sin embargo, por mucho que intentara concentrarse en el asunto en cuestión, sus pensamientos seguían retrocediendo en el tiempo y tenía preguntas.

—¿Te has mantenido en contacto con alguien de los viejos tiempos? —Ella preguntó.

—Hmm, sí, todavía hablo con mucha gente de la escuela secundaria, —respondió vacilante.

La camarera colocó su comida en la mesa y se alejó, hubo silencio por unos minutos.

—Es bueno que sigas siendo amigo de muchas personas de la escuela, lástima que no hayas podido seguir siendo amigo mío, —resopló. A Joaquín no le gustó el comentario.

—Sabes muy bien por qué no podía seguir siendo tu amigo, —sostuvo.

—No tengamos esa conversación, —instó Joaquín. Tratar de evadir la conversación a toda costa era el objetivo de Joaquín, pero Rebeca necesitaba respuestas.

—¿Por qué no? ¡Vamos! —Ella sondeó. Joaquín tenía una expresión facial de pavor anticipando lo que estaba por suceder. El restaurante ahora estaba vacío, la comida en sus platos estaba a medio comer y la tensión era insoportable. La ansiedad estaba consumiendo a Rebeca, pero no la detuvo.

–No pudiste darme una oportunidad porque te lastimé, lo entiendo, ¡pero ni siquiera podías ser mi amigo! ¡Seguiste siendo amigo de personas que ni siquiera eran tan cercanas a ti como yo! –Ella afirmó. Joaquín se puso nervioso.

–No sabías lo que querías; No iba a arriesgar algo bueno al azár. ¡Habías hecho muy clara tu decisión! –Él respondió con la misma afirmación. Los intentos de Rebeca y Joaquín de mantener la compostura se convirtieron en una tarea gigantesca. A su edad, eran profesionales, pero la ira aún irradiaba tan fuerte y verdadera como cuando eran adolescentes. Rebeca reaccionó nuevamente con irritación y su tono cambió a una voz más alta, de Paralegal.

–¿Algo bueno? ¡Apenas saliste con ella! ¡Elegiste a alguien que no significaba nada para ti! ¡Y eso fue una buena cosa! –Dijo condescendientemente. Rebeca no tuvo problemas para expresar sus sentimientos ahora y con gestos adicionales con las manos. Joaquín no quedó impresionado.

–Ni siquiera la conociste para sugerir lo que significó para mí. ¡Solo querías que me quedara y estubiera allí por ti, mientras averiguabas lo que sentías por mí! Deberías haber dicho que no querías estar conmigo desde el principio y no haberme dado tantas excusas. ¡Talvez entonces podríamos haber seguido siendo amigos! –Respondió con arrogancia. Rebeca tuvo que tomar un trago de agua para aliviar el nudo que tenía en la garganta y ordenar sus pensamientos antes de soltar algo de lo que se arrepentiría.

236

—Eso no es justo, yo era muy joven. Te expliqué mis sentimientos lo mejor que pude. No querías intentar resolverlo conmigo. ¡Ya no querías correr el riesgo de salir conmigo! Todas tus notas en nuestra agenda y tus cartas te contradicen, si se tiene en cuenta que simplemente no querías correr el riesgo. —Ella refutó.

—Había intentado tres veces que fueras mi novia. ¿Te di tres oportunidades y querías una cuarta? Lo intenté durante casi un año. Yo también era joven y para sanar tuve que dejarte ir y deshacerme de todo lo que me recordaba a ti. —Joaquín se estresó e hizo un gesto intenso con la mano apretando el puño.

—Hiciste un buen trabajo, ¿no? ¡Te deshiciste de nuestra agenda, te deshiciste de mis cartas, te deshiciste de tus sentimientos! —Ella regañó. Rebeca iba a continuar cuando la camarera se acercó de la nada.

—¿Deséan algo más? —Ella preguntó.

—No, gracias, —respondieron ambos simultáneamente y se miraron con juicio. El sentimiento de felicidad que sintieron hace unos treinta minutos ya no estaba en su mesa. La camarera fue paciente y debió sentir la tensión. Quizás incluso escuchó parte de la conversación.

—¿Puedo retirar los platos? —Ella añadió.

—Sí, por favor, —respondió Rebeca, y Joaquín hizo un gesto de respuesta levantando su plato hacia ella, facilitándole la tarea. Rebeca respiró hondo y tuvo que recordar que era una mujer madura de 34 años. —Nunca estaremos de acuerdo en esto, ¿verdad? —Preguntó Rebeca.

–¡No! –Respondió Joaquín. Sus ojos estaban llenos de ira, la indiferencia que mostraba no era nada nuevo para Rebeca. Ella había estado lidiando con su indiferencia durante toda la escuela secundaria y sabía exactamente cómo manejarla. –Teníamos perspectivas diferentes entonces y tenemos perspectivas diferentes ahora. –Joaquín continuó. Estaba claro que ninguno de los dos iba a aceptar la posibilidad de que el otro tuviera razón.

Desde la perspectiva de Rebeca, Joaquín le había roto el corazón y, para Joaquín, Rebeca le rompió el corazón. Su evidente dolor se debía a razones completamente ajenas.

La única distinción fue que Rebeca reconoció su participación directa en romperle el corazón. Joaquín no pudo o no quiso reconocer que le rompió el corazón de alguna manera. Rebeca hizo un gesto a la camarera para pedirle la cuenta. Ella había organizado la reunión de negocios y por eso tenía la intención de cubrir el costo. Hubo un silencio, un silencio familiar, estaban pensando en lo que había dicho el otro. Entonces Joaquín habló.

–Gracias por el almuerzo. Debo regresar, –dijo. Estaban saliendo y se dieron cuenta de que eran los únicos dos en el restaurante. Habían sido ajenos a su entorno. Cuando estuvieron afuera, cada uno tomó una profunda bocanada de aire fresco.

–Bueno, debo volver al trabajo. Gracias de nuevo por el almuerzo. Cuídate, –dijo Joaquín. Estaba tan molesto y al ígual Rebeca. Tenían unos cinco pies de distancia entre ellos.

–Tú también. Gracias por tu tiempo, –respondió ella y caminaron en direcciones opuestas. El almuerzo de negocios fue desastroso. El propósito de la reunión no se cumplió. El propósito de la discusión no quedó resuelto. Rebeca no tenía un plan de propuesta para su sitio web y no tenía un cierre para lo que ahora sólo podía creer que era un trauma infantil. La situación con Joaquín había sido una espina clavada en su costado durante mucho tiempo, pero a veces, es mejor dejar ciertos traumas intactos, al menos por el momento. Rebeca estaba furiosa, pero ya había terminado. El desacuerdo que surgió no fue muy diferente de los desacuerdos que tuvieron lugar casi dieciocho años antes. Parecía que cualquier cosa que pudiera haber sucedido o no en 1992 permanecería para siempre en un recuerdo lejano. Estaba claro que eran un detonante emociónal el uno para el otro y ella prefería no volver a revivirlo nunca más.

Capítulo 11
La consulta

El amor inmaduro dice:
Te amo porque te necesito.
El amor maduro dice:
Te necesito porque te amo.

Erich Fromm

El tiempo pasa con la edad y todos los esfuerzos por romper la monotonía de la existencia diaria resultan inútiles. La vida debe ser abrazada como una carrera, teniendo la fe de que cuando llegue el momento de participar, tu dedicación y esfuerzo darán resultados triunfantes. Sin embargo, cada carrera presentará una buena cantidad de obstáculos. Rebeca encontró muchos fracasos, lágrimas y sacrificios en el camino, su carrera fue una maratón aunque la corrió a la velocidad de un sprint.

Rebeca trabajó catorce horas al día durante más de cuatro años y desarrolló su negocio desde los seis clientes corporativos originales en 2009 hasta más de cuarenta y dos empresas. En 2012, Rebeca compró las acciones de su socio y se convirtió en la única propietaria de la empresa. Su práctica estaba floreciendo con una plantilla de cinco Paralegales, una recepcionista y dos empleados de datos. Las empresas corporativas buscarían sus servicios y ya no estaba obligada a buscar clientela. Todos sus clientes potenciales procedían de referencias y de voz en voz, su negocio era exigente.

Su familia también se había expandido recientemente, una hija, Isabella, que llegó a completar el corazón de Rebeca ahora tenía tres años. Peter era un padre y amó de casa que apoyaba su carrera y la ayudaba en el negocio con el poco conocimiento que poseía sobre su práctica. Su casa era cómoda y su hijo era un niño feliz de siete años. Era el año 2016 y Joaquín era un recuerdo lejano y remoto, uno que guardaba con cariño en su corazón. Era parte de su infancia, una en la que, si le concedían un deseo, propondría renovar la amistad de Joaquín. Como en una escena de película, la protagonista se va a dormir como una mujer de 40 años y se despierta como una chica de quince años el día antes de conocer a Joaquín.

Pero esta era la vida real, por lo que esperaba que Joaquín fuera feliz y le fuera bien dondequiera que la vida lo llevara. Peter era su presente y la vida con su marido era desafiante. Como dice el dicho –los opuestos se atraen –ella era soñadora, él era realista, ella era cariñosa, él era desapasionado, ella era ambiciosa y bueno, él era conformista, y la lista podría continuar. Rebeca sabía de sus diferencias desde el principio, pero eso era lo que los equilibraba, ó de eso se convenció a sí misma. El poco amor, en todos los sentidos de la palabra, recibido de Peter, ella lo aceptó, y su lenguaje de amor era su obligación de mantener el hogar unido.

La necesidad de trabajar en su matrimonio era una tarea cotidiana, especialmente con dos hijos, pero ella no se quejó. Su pequeña familia era su razón de existir y el amor que sentía por Peter era tan verdadero como azul del cielo. A Rebeca no le molestaba que la mayoría de las operaciones del hogar fueran su responsabilidad, organizar y mantener la rutina del mayor y todas las finanzas. Estaba segura de que Peter eventualmente colaboraría una vez que su hija también estuviera estudiando a tiempo completo. Sólo necesitaba tener paciencia. Como soñadora, a menudo imaginaba su futuro con Peter sentado en el porche de su casa, viejo y gris, esperando a sus nietos.

Era el comienzo de otro año escolar para Sebastián y estaba

listo para el segundo grado. Rebeca había pasado casi todos los días del verano preparándolo para el nuevo año escolar con ejercicios de matemáticas y lectura. Isabella estaba emocionada de despedir a su hermano mayor y quería usar un atuendo único para la ocasión. Se vivieron momentos especiales juntos como familia y los cuatro caminaron por la calle hacia la escuela.

—Que tengas un gran día mi bebé, —dijo Rebeca con una gran sonrisa y le dio un gran abrazo a su hijo.

—Está bien, mami, ¿puedes irte ahora? —Preguntó Sebastián. Estaba muy emocionado por su primer día y se sentía cómodo estando solo. Nunca lloró, ni siquiera en el jardín de infantes. Rebeca estaba especialmente orgullosa. Peter lo abrazó y se despidieron.

Cuando Rebeca compró la parte de su socio en 2012, trasladó la oficina más cerca de casa para equilibrar su vida familiar y empresarial de manera más eficiente y, por lo tanto, su oficina estaba a unos minutos de distancia.

—Buenos días, Melissa, ¿algún mensaje? —Preguntó Rebeca. Melissa tenía una taza de café en una mano y con la otra le entregó a Rebeca algunos mensajes.

—¿Te gustaría una taza de café? —Preguntó Melisa. Rebeca apreciaba a Melissa, habían estado juntas por un tiempo y ella era amable, eficiente y profesional. Aunque Rebeca sabía que era sólo cuestión de tiempo antes de que la dejara para dedicarse a otros proyectos. La empresa de Rebeca no tenía posibilidades de avanzar a menos que ella obtuviera una licencia de Paralegal. Entonces, cuando llegara el momento, Rebeca no iba a impedir su progreso profesional.

–Sí, por favor, –respondió Rebeca mientras hojeaba rápidamente los mensajes. Su empresa era muy conocida en la industria, hasta el punto de exigir ser selectiva a la hora de elegir qué empresas corporativas aceptar como clientes. A Rebeca no le gustaban todas las políticas de oficina que implicaban tener una sociedad, por lo tanto, mantuvo modesta su lista de clientes. Años atras intento asociarse, pero la socia fue un error gigantesco, probablemente la peor decisión profesional tomada hasta la fecha.

–Melissa, estoy esperando una llamada de Doug Lantine de Pallet Brothers Inc. Necesito hablar con él, así que si tengo otra llamada, por favor comuníquelo de todos modos. –pidio Rebeca.

–Por supuesto, –confirmó Melissa.

El espacio de oficina era acogedor, no excepcionalmente grande, pero sí más grande que su oficina anterior y adecuado para el tipo de negocio. Tenía lo esencial: una oficina, una sala de juntas, un área de recepción, una pequeña cocina y un baño.

Rebeca se acomodó en su silla y comenzó a revisar los mensajes en orden de prioridad. Había un par de clientes potenciales que preguntaban sobre los servicios y un par de vendedores solicitaban tiempo para ayudar a hacer crecer su negocio. *Apenas puedo manejar lo que tengo ahora, no necesito que mi negocio crezca más,* pensó Rebeca mientras jadeaba. Una por una devolvió las llamadas de empresas potenciales. Sin embargo, el último mensaje no tenía un número de contacto, sino que solicitaba que se le enviara un mensaje en LinkedIn. Este tipo de solicitudes no eran extrañas en la tecnología actual, era una forma aceptable de comunicación. LinkedIn era ahora la comunicación profesional más común disponible; sin embargo, Rebeca rara vez estaba en línea. Odiaba admitirlo, pero prefería las comunicaciones de la vieja escuela, como en persona o por teléfono, pero se adaptaba según fuera necesario. Mientras completaba su mensaje de seguimiento con el cliente potencial, notó un mensaje en su bandeja de entrada. Ella no pensó mucho en ello y la abrió. El mensaje decía:

> Hola Rebeca, ha pasado un tiempo.
> ¿Cómo van las cosas? tengo un asunto legal
> de lo que me gustaría hablarte
> si tienes unos minutos.
> Gracias,
> Joaquín.

El mensaje había sido enviado dos semanas antes. Rebeca se sorprendió, después de su almuerzo en 2010, esperaba no volver a saber de él nunca más. *¿Realmente quiero volver a abrir la caja de Pandora?* Pensó. El encuentro de 2010 fue doloroso, pero retrasar lo inevitable era un desperdicio, ella nunca le diría que no, especialmente si necesitaba su ayuda. Después de varios borradores cuidadosamente pensados, Rebeca respondió:

> Hola Joaquín,
> Lamento que esta respuesta llegue tan tarde.
> Normalmente no estoy en LinkedIn y no vi tu mensaje
> hasta hoy. Estaré encantada de ayudarte si puedo.
> Puedes llamarme y hablamos. El número de mi oficina
> es 647-347-3400.

Fue breve y directo al grano. *Mantengamos esto profesional,* pensó Rebeca y por eso solo le proporcionó a Joaquín el número de su oficina. Las expectativas sobre su petición eran mínimas, pero al mismo tiempo no quería que se acumulara más amargura por ninguna de las partes, por lo que el primer consejo que se dio fue obvio. *No mencionaré nuestro pasado y espero que él tampoco lo haga. Éramos tan jóvenes y tontos. No es necesaria una repetición de 2010.* Rebeca no pensó si Joaquín la llamaría o no, en primer lugar, no estaba interesada en tener la reunión. Entonces, si optaba por no programar una cita, podría estar salvándola de cierta incomodidad y dolor.

Pasaron unas semanas y Rebeca se había olvidado por completo de Joaquín, se había convertido en una experta en esconderlo en algún lugar obscuro de su mente. Melissa habló por el intercomunicador.

–Rebeca, hay un caballero llamado Joaquín, ¿dijo que estás esperando su llamada? –Melissa cuestionó antes de transferir la llamada. Rebeca se quedó helada por un momento.

–Sí, pásalo, –respondió Rebeca. Respiró hondo y cogió el teléfono.

–Hola, habla Rebeca, –respondió, ya que respondería a todas sus llamadas de negocios.

–¿Hola, qué tal? Es Joaquín, –dijo.

–Hola estoy bien. ¿Cómo estás? –Ella respondió.

–Podría estar mejor, pero es por eso que te llamé, esperando que pudieras ayudarme, –dijo vagamente. Rebeca estaba preocupada porque su tono le informó que no se trataba simplemente de una multa por exceso de velocidad.

–Intentaré. ¿Qué es? –Ella preguntó. Joaquín se quedó callado por un momento.

–En realidad, ¿crees que podría reunirme contigo y explicarte en qué necesito ayuda? –Solicitó.

–Por supuesto, ¿qué día te convendría? –Rebeca respondió de inmediato.

–En cualquier momento después de las 18:00 horas ¿Quizás en algún momento de la próxima semana? Añadió.

–Normalmente trabajo hasta tarde los miércoles y jueves, así que la semana que viene cualquiera de los días funcionaría, –confirmó Rebeca.

–Perfecto, el jueves a las 19:30 horas, –reservó Joaquín. Rebeca le proporcionó la dirección y se despidieron. Joaquín no proporcionó una descripción general de la naturaleza del problema; por lo tanto, su encuentro sería una consulta inicial y ella la trataría con el mismo cuidado y profesionalismo que cualquier otro cliente.

La semana de Rebeca transcurrió como de costumbre y tuvo poco tiempo para pensar en su próxima reunión con Joaquín. Sus hijos también la mantenían ocupada con la escuela, clases de natación, clases de música, clases de kárate y tareas. Dependía de Peter para que la ayudara a mantener todo fluyendo siguiendo la rutina que le había indicado. Rebeca se había convertido en una máquina bien engrasada que se despertaba a las 7:00 horas y se acostaba a medianoche para que su negocio, su hogar y su familia siguieran adelante. Rebeca hizo arreglos para que sus hijos la acompañaran en la oficina dos o tres veces por semana para pasar más tiempo juntos. El jueves siguiente, alrededor de las 16:15 horas. escuchó que se abría la puerta de la oficina principal y sus hijos entraron como torbellinos.

—Mamáaaaaaaaa, —le dijeron y le dieron un fuerte abrazo. No había nada mejor que los besos y abrazos de sus hijos, era el combustible de su poder.

—Hola mis amores ¿cómo estuvo su día? —Ella preguntó. Isabella se subió a su pierna y se puso cómoda, jugó con el teclado. Sebastián era mayor y le resultaba más fácil expresarse.

—La escuela estuvo bien, me gustan las matemáticas, la maestra dijo que me va bien en matemáticas, —afirmó.

—Mamá, ¿Puedo comerme una Nutella? —preguntó su hijo.

—Sí, ¿podrías darle una a tu hermana también, por favor? —Respondió Rebeca mientras ayudaba a su hija a levantarse. Era un hermano mayor excepcional, siempre cuidaba de ella, y su hermana lo adoraba, sin olvidar que tenían rivalidad entre hermanos.

—Ven, ¿Quieres una Nutella? —Le preguntó a su hermana mientras le rodeaba el hombro con el brazo y la guiaba. El corazón de Rebeca dio un vuelco al presenciar el amor entre sus hijos. Rebeca estaba encantada y orgullosa, luego se acordó de sus gemelos. Peter y Rebeca habían perdido gemelos cuando Rebeca tenía solo veintiún años. Ella solo llego a los cinco mese de embarazo. En la ecografía final parecía que Rebeca estaba embarazada de un niño y una niña, y ahora sintió que sus gemelos habían regresado, así cerrando ese doloroso circulo, y en ese momento sintió gratitud.

Sin embargo, el momento fue interrumpido, porque todo siempre era *mamá*, aunque Peter estuviera sentado junto a ella, lo pasaban por alto para llamar su atención. A veces era abrumador, pero la mayoría de las veces Rebeca necesitaba a sus hijos más que ellos a ella.

Después de unas horas, llegó el momento de regresar a casa. Aunque Rebeca logró completar una parte de su trabajo, necesitaba completar el resto antes de que terminara el día. También tuvo una reunión con Joaquín a las 19:30 horas. Después de varios abrazos y besos, Rebeca estaba sola una vez más.

Trabajando en la computadora, de repente sonó el timbre y miró el reloj, eran las 19:20 horas; y ella se sobresaltó. Rápidamente ordenó su escritorio y le dio a Joaquín acceso para entrar al edificio. Rebeca se acercó rápidamente a las escaleras, mientras él asomaba la cabeza por la esquina.

–¡Hola! –dijeron simultáneamente. Se rieron y se dieron un breve abrazo incómodo, pero sincero. No se habían visto en seis años. Rebeca dio un paso atrás.

–Entra, –invitó. Joaquín la siguió al interior de la oficina, se recordó. *No hables del pasado, no quieres que este encuentro acabe igual que el anterior.* –Por favor, toma asiento, –sugirió.

–Gracias, –respondió Joaquín.

–¡Es un placer verte! –Saludó Rebeca.

–¡Sí, es un placer verte también! –Respondió. Había algo

diferente en Joaquín que en 2010, pero a Rebeca le costó identificarlo con precisión. Sin embargo, trató de minimizar la pequeña charla.

—Entonces, ¿en qué puedo ayudarte? —Preguntó Rebeca. Joaquín se recostó en su asiento preparándose para hablar.

—Bueno, estoy buscando ayuda para preparar mi solicitud de divorcio y pensé que tal vez podrías ayudarme. —Respondió. Cuando su sonrisa se convirtió en un pequeño ceño fruncido, su tono se suavizó.

—¡Siento escuchar eso! —Ella expresó. Rebeca no podía imaginar la tensión emocional que surgía de su situación.

—Gracias, pero todo está bien. No estaba funcionando y no había otra alternativa que tomar caminos separados, —explicó. Rebeca no hizo ningún comentario, no era su lugar, y mucho menos cuando se trataba de hablar de la mujer que le hizo tirar sus cartas.

—En primer lugar, me encantaría ayudarte si se tratara de circunstancias diferentes. Sin embargo, esta no es mi área de práctica y ciertamente no es mi área de especialización. Ni siquiera creo que esté dentro de mi alcance como Paralegal. Especialmente si hay problemas de custodia, manutención de los hijos o una división de bienes involucra… —Joaquín interrumpió suavemente.

—No nada de eso. Es un divorcio muy simple. —Él le aseguró.

—¿Entonces es indiscutible? —Ella concluyó. Joaquín asintió.

—Sí, así es, sin oposición, —confirmó.

—Todavía no creo que sea una buena idea, hay demasiada historia entre nosotros y ella podría ponerte las cosas más difíciles si sabe que te estoy representando, —insistió Rebeca.

—Entiendo, –dijo Joaquín.

—Lo siento, –respondió rápidamente. Joaquín no estaba molesto.

—No lo estés, lo entiendo. Encontraré a alguien más, –dijo Joaquín con tono gentil y en ese momento sus miradas se cruzaron. Ambos parecían haber evitando mirarse directamente hasta entonces. Rebeca se levantó inmediatamente.

—¿Quieres una taza de café o agua? ¿También tengo refrescos? –Ella preguntó.

—Me encantaría una taza de café, –respondió cortésmente. Rebeca fue a la cocina y empezó a prepararle el café, entonces se dio cuenta. *Eso es lo que es diferente, sus ojos, hay algo ahí. ¡No puede ser amor! ¿Quizás extraña nuestra amistad tanto como yo?* Pensó.

—¡Joaquín! ¿Cómo tomas tu café? –Dijo en voz alta desde la cocina. Joaquín la escuchó y se acercó.

—Quiero dos leches por favor, –dijo. Ahora, él estaba parado directamente detrás de ella, demasiado cerca para su comodidad. Se dio la vuelta bruscamente y, con torpeza, le entregó la taza de café, sintiendo la limitación de la pequeña cocineta. Se aseguró de no hacer contacto visual al irse. Cuando estuvo a salvo en su escritorio, cautelosamente buscó su mirada.

—¿Está bien el café? –Ella preguntó. Joaquín estaba tomando unos sorbos.

—Sí, es genial, necesitaba un café, gracias. –Respondió.

A medida que avanzaba la velada, hablaron de todo menos del pasado. Rebeca estaba arrojando luz sobre las ventajas y desventajas de ser propietaria de su empresa, pero fue más difícil de lo que esperaba. También expresó la satisfacción que tenia ahora con su vida y dos hermosos hijos. Joaquín conversó sobre varios proyectos inspiradores y exigentes que lo habían llevado a diferentes ciudades del país. Al adquirir tan valiosa experiencia a lo largo de los años, reveló la posibilidad de abrir su propio negocio.

Fue una conversación maravillosa y para ellos, conversar, les venia natural. La atmósfera de una reunión informal de oficina contrastaba con el excéntrico almuerzo de negocios de 2010, mostrando un claro sentido de madurez en la forma en que interactuaban entre sí. Pasaron unas horas y llegó el momento de decir adiós. Dado que la conversación había ido bien sin jugar al juego de las culpas, Rebeca pensó en la posibilidad de una amistad nuevamente.

—Bueno, creo que me voy, —aconsejó Joaquín mientras se estiraba en la silla. Llevaban horas hablando y las sillas se estaban volviendo incómodas.

—Fue un placer volver a hablar contigo, —dijo Rebeca con una gran sonrisa. Una de las piezas que faltaba en su matrimonio era la capacidad de tener una gran conversación con su marido, no porque no fuera inteligente, sino porque carecía esa capacidad. Amaba a su marido y se dio cuenta de que extrañaba hablar con él. Pasaría muchos años intentando tener un vínculo comunicativo, sin mucho éxito. Rebeca acompañó a Joaquín.

—Manténte en contacto y espero que todo salga como esperas. —Ella se comunicó. Ya no era incómodo entre ellos; Fue orgánico una vez más.

–Sí, lo haré. Yo tambien lo espero. Cuídate, –se inclinó, le dio un rápido abrazo y se dispersó. Continuó trabajando en la oficina hasta las 23:00 horas.

Aunque la práctica de Rebeca era exigente, pensamientos sobre Joaquín intercedian ocasionalmente en sus cabeza. No podía imaginar una vida sin su marido y sentía empatía por el dolor insoportable que debe causar una separación. Durante su encuentro, Joaquín se reservó divulgar toda la historia de la ruptura de su matrimonio por precaución, pero también sabía que él estaba sufriendo. Unas semanas más tarde, envió un rápido mensaje de texto:

> Hola,
> Sólo quería ver cómo estás.
> Llámame un día de estos y hablamos.

Después de que pasaron algunas semanas más, Rebeca se encontró ordenando su escritorio cuando, de la nada, los pensamientos sobre Joaquín resurgieron una vez más. *No me ha enviado mensajes ni me ha llamado, espero que esté bien.* Se dijo a sí misma. Revisó sus mensajes hasta encontrar su número y le envió un mensaje de texto nuevamente:

> Hola,
> No he sabido nada de ti, ¿estás bien?
> ¿Quieres hablar?

Esperaba que al menos él le enviara un mensaje de dos palabras: *Estoy bien.* Rebeca revisó su teléfono continuamente durante los siguientes días y sus mensajes quedaron sin respuesta. Rebeca se agitaba fácilmente cuando se trataba de Joaquín. Ella envió un último mensaje:

> Ey,
> si ya no quieres hablar conmigo está bien,
> pero lo mínimo que puedes hacer es decirlo.
> En lugar de venir a mi vida y luego
> simplemente desapareciendo así otra vez.

Se había alejado por segunda vez, y el recuerdo del sentimiento cuando salió de su vida a los dieciséis años surgió de un lugar oscuro donde había sido condenado.

—Ok, mantén la calma Rebeca, —se dijo a sí misma mientras respiraba profundamente unas cuantas veces. Aunque estaba segura de que él necesitaba apoyo, no pudo imponerse en su vida y una vez más lo dejó ir.

A principios del otoño, a pesar de los intentos de ignorar el bienestar de Joaquín, la mente de Rebeca comenzó a correr con terribles posibilidades que podrían haber ocurrido con él, como un accidente automovilístico o un estado de depresión. Él no era alguien tan descortés y por eso necesitaba intentarlo de nuevo. Un día, cuando Rebeca conducía de regreso a la oficina después de una comparecencia ante el tribunal, marcó su número de móvil. La voz del operador dijo: *El número que marcó ya no está en servicio, intente llamar nuevamente, esto es una grabación.* El día de Rebeca empeoró.

—¡DESCONECTÓ SU TELÉFONO! —Ella gritó.

—¡Decide aparecer ESPONTÁNEAMENTE en mi vida y luego desconecta su teléfono! —Rebeca continuó, estaba lívida.

–¡Decide irse, OTRA VEZ! No bastaba con dejarme una vez, nooooooo, tenía que hacerlo de nuevo. –Ella se enfureció y las lágrimas comenzaron a correr por el rostro de Rebeca.

La ira ciertamente se debía a un dolor familiar, o tal vez a sentirse estúpido al esperar que alguna vez pudiera existir una amistad entre ellos. Ella lloró un poco, se secó las lágrimas de la cara, borró su número de celular y juró no volver a hablar con él nunca más. El cariño que alguna vez le tuvó era más fácil de ignorar y sus desacuerdos fueron implacables. No quería volver a oír nunca más el nombre de Joaquín.

Un nuevo año comenzó, en 2017, con un nuevo comienzo, sueños por cumplir y metas por alcanzar. Disminuyó sus temores sobre Joaquín convenciéndose a sí misma de que las noticias terribles viajan rápidamente. Por lo tanto, ella sólo podía deducir de su ausencia que él lamentaba su elección de buscarla en primer lugar. Rebeca había intentado una reunión en 2010 y Joaquín había intentado una reunión en 2016, pero ninguno de los dos salió bien. Rebeca ahora estaba segura de que era una amistad que no estaba destinada a ser, ni entonces ni ahora. Decir adiós a alguien ya es bastante difícil una vez, pero repetirlo es como tratar de reparar la misma herida, la curación tarda un poco más la segunda vez.

Joaquín le envió sus deseos de cumpleaños en LinkedIn ese año, pero decidió que por su salud mental era mejor no responder. Rebeca no tenía intenciones ni deseos de revivir más la amistad. En cambio, se centró en su futuro y no iba a insistir en su pasado. En sus planes futuros, imaginaba comprar una residencia más cerca de la escuela de sus hijos en un vecindario más atractivo. Así como planes de expandir su práctica en Derecho de Inmigración y siempre invertir esfuerzos en su matrimonio.

En el verano de 2017, durante un recorrido aleatorio por las redes sociales, Rebeca vio una imagen. Era una foto de un pequeño grupo de cinco personas y una de esas personas era Joaquín. Tenía sus brazos alrededor de una mujer, parecía feliz. Rebeca estaba familiarizada con esa mirada; él estaba enamorado y la mujer era su novia. Rebeca ahora estaba segura de su bienestar.

Capítulo 12
2019: Un Antes y Un Después

Te amé ayer, todavía te amo,
Siempre te he amado, siempre lo haré.

Elaine Davis

Rebeca estaba parada afuera de su casa, mirándola y dejando escapar largos suspiros. Estaba contemplando los últimos años de su vida. La reubicación de Brampton a Vaughan a finales de 2017 fue el peor error hasta el momento. Desde que se mudó, toda su vida comenzó a desmoronarse poco a poco y a enfrentarse a una gran angustia a su alrededor. Rebeca estaba cansada, agotada, sola y tenía problemas económicos. ¿Qué debo hacer ahora que perdí a mi cliente más importante? ¡Este es el tercer cliente que pierdo en seis meses! se dijo a sí misma, …y con el nuevo programa que la ciudad lanzará en septiembre también reducirá significativamente mis ingresos, los clientes simplemente se ocuparán de sus asuntos. *¡Maldita ciudad!* Ella siguió pensando. Una vez que los servicios en línea estén operativos, las cuentas por cobrar solo durarán quizás hasta el próximo marzo y luego no habrá más ingresos. ¿Qué diablos voy a hacer?

Su pecho empezó a latir con fuerza y sentía como si una tonelada de ladrillos la apretujaran. La necesidad de encontrar una solución era perjudicial, sin embargo, la tarea de tomar decisiones siempre recaía sobre sus hombros en su hogar. En ocasiones, no habían pruebas de que había otro adulto en la residencia porque había normalizado la responsabilidad. Aunque había anticipado la disminución de ingresos debido al lanzamiento del nuevo programa de la ciudad, no consideró la pérdida de clientes debido a su falta de motivación. Estaba agotada.

Los peatones observaban a Rebeca, la juzgaban y cuestionaban lo que hacía parada a ocho metros de la casa. Aquellos que no la conocían, como los vecinos, supondrían que estaban acechando la casa o realizando prácticas maliciosas. Rebeca no tenía conciencia de lo que la rodeaba y continuó sondeando sus abrumadores pensamientos. *¿De qué me sirvió que volviera a la escuela para ampliar mi práctica,* pensó enojada. Había recibido oficialmente el titulo de Consejera de Inmigración, con la esperanza de complementar la pérdida de clientes corporativos con clientes de inmigración. Sin embargo, su entusiasmo por su negocio era inexistente y, ante la falta de apoyo de Peter, perdió clientes corporativos multimillonarios.

Rebeca no se dio cuenta de que sus ojos decidieron derramar lágrimas y esos peatones estaban mostrando empatía. Rebeca lloró y sus pensamientos continuaron consumiéndola. *¡Acabo de conseguir una buena asistente y ahora tengo que dejarla ir!* Estaba angustiada. Melissa se había ido hace aproximadamente un año, como Rebeca anticipó, y posteriormente pasó por algunos asistentes antes de descubrir a alguién adecuada; Annie era su última incorporación. Rebeca inhaló profundamente y se secó las lágrimas. Se aventuró dentro con la intención de conferenciar con Peter, buscando su ayuda para aliviar sus cargas o, al menos, guiarla hacia el curso de acción óptima.

La casa se sentía fría y poco acogedora, Rebeca ya no se sentía jovial en su propia casa. No había calidez ni seguridad y, sobre todo, no había amor. En enero de ese año, Rebeca experimentó una crisis familiar y, aunque los detalles son irrelevantes para esta historia, buscó el apoyo de Peter. Era costumbre que Rebeca se calmara a sí misma y creía que el apoyo surgiría cuando fuera necesario. Llegó el momento de la verdad para que Peter le brindara el hombro amoroso que cualquier esposa espera de su cónyuge, pero fue un juicio erróneo de su parte. Rebeca había quedado emocionalmente destrozada por la inesperada noticia que destrozó a toda su familia.

Durante ese tiempo, durante una semana completa, Rebeca regresaba a casa en un caos emocional debido a varias confrontaciones con su familia y necesitaba desesperadamente la atención de Peter. Anhelando su reconfortante abrazo para asegurarle que todo estaría bien, recurrió de mala gana a consolarse, sumida en la decepción. En lugar de que Peter reconociera el dolor, la furia y las necesidades de Rebeca, fingió estar preocupado para no tener que involucrarse. Si fuera posible, la última noche que Rebeca regresó a casa en ruinas, su corazón pasó de estar hecho añicos de cien pedazos a mil pedazos. La atroz comprensión de que el apoyo de Peter, junto con su amor, era ficticio hizo que Rebeca se sumergiera en un torbellino de emociones. Era un cobarde de principio a fin y tenia un don para evitar el conflicto. Esta revelación no sólo devastó a Rebeca, sino que cambió su corazón y las revelaciones se sucedieron una tras otra.

Rebeca se ocupaba meticulosamente de todo en sus vidas, protegiendo a Peter de sus fracasos y no haciéndolo responsable de las decisiones o las finanzas del hogar. Creando un mundo de fantasía para ella misma para poder hacer frente a la falta de amor, comunicación y apoyo de su pareja durante veintisiete años. Creer ser dichosa de esta manera, pero cuando una parte de tu mundo de fantasía es desafiadao, es sólo cuestión de tiempo antes de que el resto de tu mundo se desmorone.

Rebeca estaba en la cocina cortando verduras para la cena y poniendo música de fondo. Sin embargo, estos días la música se adaptaba a su estado de ánimo, que era melancólico, en lugar de sonreír, se sentía perdida y no su persona tipica; alegre y optimista. Peter entró a la casa y Rebeca no se dio cuenta.

—Rebeca, ¿estás bien? —Preguntó desde lejos cuando notó a Rebeca sollozando. Se acercó un poco más.

—¿Rebeca? —Dijo más fuerte. Cuando Rebeca salió de su trance, vio a Peter mirándola.

—¡Oh hola! —Dijo mientras se secaba las lágrimas, sin mirarlo directamente. —Sí, estoy bien, —respondió ella. Aunque su respuesta careció de veracidad, el peso de intentos fallidos anteriores de expresar sus emociones a Peter allanó el camino para este acto de engaño. Peter aceptó su respuesta como genuina, creyendo que no había motivo de preocupación. Ya sea que se estuviera engañando a sí mismo o no, la conclusión es que Peter no se estaba tomando en serio el estado emocional de Rebeca.

Un mes antes, en mayo, fue el último intento significativo que Rebeca hizo para explicarle su infelicidad a Peter. Rebeca le suplicó que le diera más amor y comunicación. Lo más importante es que se le pidió que modificara su actitud fría e irrespetuosa hacia ella y sus hijos. Peter había hecho muchas promesas a lo largo de los años, pero no dieron fruto. Un intento serio de modificar sus hábitos poco saludables duró como máximo tres semanas antes de volver a la misma idea. Sus acciones nunca coordinaron con sus palabras, por lo que, mientras continuaba haciendo las necesidades básicas del hogar, creía que era excepcional. Rebeca cogió un pañuelo y se sonó la nariz.

–Peter, estaba pensando en nuestra situación y haciendo algunos cálculos. Una vez que este nuevo sistema con la ciudad salga a la luz en septiembre, veremos una pérdida de ingresos y estoy preocupada. –Ella explicó. Era difícil descifrar las expresiones de Peter, pero sus respuestas parecían directas sin darles tiempo para procesarlas.

–¿Cuándo crees que dejará de llegar el dinero? –Preguntó.

–Creo que alrededor de marzo o abril del próximo año como máximo. –Rebeca continuó.

–Tendremos que minimizar nuestros gastos de alguna manera para alargarlo un poco más. –Estaban mirándose, esperando que el otro hablara.

–Estaba pensando que tal vez podríamos trasladar la oficina aquí, ¿tal vez construir una oficina en el garaje? De esa manera podemos reducir los gastos generales mensuales de oficina y estar en casa para los niños. ¿O tal vez podríamos reducir el tamaño de la oficina? Creo que también debemos despedir a nuestro personal y trabajar más nosotros mismos. ¿Qué opinas? –Ella preguntó. Rebeca necesitaba desesperadamente la opinión de Peter para ayudarla a resolver este problema porque de ello dependía su sustento. Peter tardó unos segundos.

—Cualquiera de los dos es bueno, sabes que te apoyo y estoy seguro de que lo resolverás. Siempre lo haces. —Respondió. Una sonrisa aparentemente sincera de Peter fue su creencia de que la respuesta fue de apoyo y cumplido. Rebeca podía sentir la ira envolver su centro mientras volvía a cortar las verduras.

—Voy a ir a recoger a los niños a la escuela ahora, ya volveré, —dijo Peter rápidamente y salió corriendo por la puerta.

Las noches en casa eran deprimentes, ya no podía sonreír. Ella estaba miserable. Rebeca era un robot programado que realizaba los movimientos sin vida. La rutina era despertarse, preparar el desayuno, preparar el almuerzo, ir a trabajar, volver a casa, preparar la cena, mirar televisión e irse a la cama. Esta noche no fue diferente, todo transcurrió como un reloj. Arropó a sus hijos en la cama y les dio varios besos. Eran el único combustible que mantenía a Rebeca en marcha.

—¿Podrías cantarme mi canción?, —preguntó Isabella. Miró a su hija a los ojos y su corazón empezó a latir por primera vez ese día.

—Por supuesto, —Rebeca se acurrucó junto a ella en la cama y comenzó a cantar:

Bebé mío, no llores, bebé mío, sécate los ojos,
apoya tu cabeza cerca de mi corazón, nunca te
separes, bebé mío.

Rebeca le había estado cantando *Baby Mine* desde el día en que nació, era una canción de la película favorita de Rebeca,

Beaches. Sebastián también tenía una canción de cuna y era *You Are My Sunshine*, de la misma película. Cuando Rebeca salió de la habitación de Isabella, se detuvo y una oleada de fuerza la invadió. *Necesito resolver esto por ellos. No puedo rendirme, por mucho que lo deseé*, pensó. Perdida en las profundidades de su depresión, había descuidado la existencia de los dos individuos que daban significado a todo lo que soportaba. Sus hijos eran personas felices y saludables y ella quería que siguieran creciendo en un hogar biparental estable y amoroso.

–Necesito seguir intentando comunicarme con Peter, –se dijo a si misma.

La mayoría de las noches, después de que sus hijos se iban a dormir, Rebeca controlaba su ansiedad con ejercicios de natación de longitud, pero últimamente este mecanismo de afrontamiento no era eficaz. Fue nadadora toda su vida y, en el pasado, nadaba por placer, para aliviar el estrés o para controlar el peso, pero ahora lo necesitaba para dormir y despejar su mente. Por lo general, nadar durante 30 a 40 minutos le proporcionaba una gran cantidad de endorfinas, pero en estos días, ninguna cantidad era suficiente para contrarrestar la terrible sensación de hundimiento en su corazón. La pesada miseria que la sumergía era más de lo que podía soportar.

Eran alrededor de las 22:15 horas cuando Rebeca regresó a casa después de nadar y Peter estaba viendo sus deportes habituales en la televisión.

–Me voy a la cama ahora, –dijo en tono miserable, caminando lentamente hacia las escaleras. Peter apenas la reconoció.

—De acuerdo. —Él dijo. Peter no se acostaba hasta aproximadamente la 1:00 de la mañana, antes se quedaba dormido en el sofá y luego subía a la cama.

Su espacio en el dormitorio, que se suponía era su refugio, se había reducido a un agujero de cuatro paredes de desdén turbio, incómodo y silencioso. Cuando Rebecca entró en su habitación, estalló en lágrimas y su cuerpo se desplomó contra la parte trasera de la puerta. *¿Por qué no me habla? Le he dado todo en esta vida y aun así le resulta tan difícil amarme, hablarme, consolarme... ¡No lo entiendo!*, pensó y gritó con angustia. Rebecca no se regodeaba en el melodrama ni esperaba que la religión la salvara, pero sí tenía fe en un poder superior. Rezar era su único refugio en ese momento, se deslizó al suelo, encogió las piernas contra el pecho y se recostó.

Su mente le recalco sobre su vida con Peter, reconociendo que sin duda había sido un compañero desafiante. A lo largo de los años, Rebeca lidió con su alcoholismo, repudió su embarazo, abandonó la universidad, no tenía ambiciones y fue muy cruel con sus palabras, pero Rebeca lo amaba. Ella sintió un lado gentil, tierno y afectuoso dentro de él que ocultaba. Por alguna razón, no permitiría que su lado vulnerable superara su terrible naturaleza. Un lado de él que era desconsiderado y egoísta pero también inseguro, herido y, como la mayoría, traumatizado. Rebeca quería su amor, su amor incondicional, y aquí estaba veintisiete años después y todavía buscando el amor de Peter.

La habitación estaba tan silenciosa que los sollozos de Rebeca irradiaban un eco desde el dormitorio principal hasta el baño. Enterró la cabeza en su regazo mientras jadeaba en busca de aire y usaba las mangas para limpiarse la nariz. Rebeca no pudo controlar su llanto y sus sollozos se hicieron más fuertes, tan fuertes que escuchó a Peter subir el volumen del televisor de abajo. Ella sólo pudo concluir que él la había oído sollozar, pero decidió ignorarlo.

Rebeca revivió su vida como si fuera una película que se proyectaba en bucle continuo en su mente. Su película mental comenzó en 1996, fue un año desafiante para ambos. Comenzaron a salir unos años antes y tuvieron una buena cantidad de altibajos, pero perder un embarazo gemelar a los cinco meses fue, con diferencia, lo peor. La fisioterapia facial de Peter por la parálisis de Bell y la recuperación de un accidente automovilístico que casi lo mata ocuparían un cercano segundo lugar. Fue un año que ambos querían olvidar pero que tuvo un gran impacto en sus vidas individuales.

Ese mismo año, Peter inició su negocio de bisutería con el apoyo de Rebeca y durante unos ocho años tuvo éxito. Floreció tan rápidamente que fue la causa de la decisión de Peter de abandonar la universidad y nunca completar su programa de contabilidad. Rebeca estaba decepcionada porque tenía mucho talento con los números y habría sido un excelente contador.

Durante los primeros años de su noviazgo, era un negocio próspero y Peter derrochaba en Rebeca todo lo que podía, pero el impacto del 11 de septiembre en la economía de América del Norte afectó duramente a su negocio. A pesar de pasar numerosos años intentando recuperarse, nunca recuperó su antigua gloria. Tuvieron que cerrar el negocio cuando Rebeca compró su asociación en la

266

firma Paralegal en 2010. No era factible mantener dos negocios, especialmente un negocio que nunca cubrió sus gastos desde su casamiento.

Rebeca le prometió a Peter que, cuando la empresa fuera un éxito, restablecería una ubicación para su negocio. El negocio de la joyería era una parte esencial de Peter y ella estaba dispuesta a hacer cualquier cosa, especialmente para verlo completamente feliz. Entonces, en 2015, cumplió su promesa e invirtió aproximadamente 50.000 dólares en escaparates, un sitio web y más productos para su negocio. Transformó la sala de juntas de su oficina en una sala de exposición para un posible espacio comercial. Contrató a una persona de TI para enseñarle a Peter las operaciones de su sitio web y administrar las ventas en línea. Rebeca creía que esto completaría una parte vacía de Peter que había faltado todos esos años y que él convertiría el negocio en un éxito.

Rebeca se sintió afortunada de tener dos negocios exitosos, era un sueño hecho realidad. Lo tenían todo, dos hermosos hijos, un hogar y dos negocios, era irrefutable que la pieza final de su cuento de hadas sería el amor de Peter. Rebeca creía que era inevitable, Peter tenía que amarla después de todo el cuidado y esfuerzo que ella le brindó a lo largo de los años.

Habían pasado veintisiete años desde el día en que empezaron a salir y el Peter que ella esperaba, anhelaba y oraba nunca iba a revelarse. No hizo mucho esfuerzo en el negocio ni en la cantidad de dinero invertida en *Sweet-All Jewellery*. El sitio web quedó obsoleto y la sala de exposición acumuló polvo. Se suponía que todo se arreglaría en este punto, pensó, no se desmoronaría. Cuando su corazón comenzó a calmarse, ya sea por el cansancio o por la conclusión de su película flashback, habló en voz alta.

–Por favor ayúdame, ayúdame, necesito a alguien que me hable, que me abrace, que no tenga miedo de amarme... –suplicó Rebeca y hubo una breve pausa.

–Me siento tan sola que, yo lo intenté con Peter y ya no puedo hacerlo. No soy lo suficientemente fuerte para continuar, no soy lo suficientemente fuerte, –se le quebró la voz.

–Dame dirección, dame alguien que pueda entender que quiero amor, alguien que pueda amar como yo amo, alguien que me ayude a construir, que me abráze... –Ella estaba teniendo una conversación plena con Dios.

Últimamente ésta era una conversación familiar y repetida, pero hoy parecía diferente. A diferencia de conversaciones anteriores, ésta percibió que la estaban escuchando y se sintió segura de que estaba a punto de obtener respuestas. Eran las 02:00 horas y Rebeca estaba completamente dedicada a pedir orientación. Nunca se había sentido tan asustada, fuera de control, y ni siquiera los pensamientos de sus dos hermosos hijos la consolaban, estaba en un lugar oscuro. Rebeca se rindió en su cama, con las lágrimas manchando sus mejillas, y sin quitarse la ropa diaria ni cepillarse los dientes, lloró hasta quedarse dormida.

A la mañana siguiente, no había ninguna actitud de *mañana saldrá el sol* porque lloraba a diario. La mayoría de las mañanas, Rebeca se obligaba a levantarse de la cama y pretendía que su mundo estaba bien. Mientras trabajaba en archivos en su oficina, recibió una llamada.

—¿Hola? —Ella respondió.

—Oye, voy al supermercado a comprar algo para cenar, así que no te preocupes, —dijo Peter. Estaba agotada y ni siquiera había pensado en los preparativos de la cena. De vez en cuando, su bien pensado plan previo de comidas semanales no se ejecutaba o Rebeca no ganaba lo suficiente para una semana completa.

—Está bien, gracias, —respondió ella con gratitud. No era frecuente que Peter tomara la iniciativa, pero cuando lo hacía, se sentía aliviada.

Pasaron las horas y Rebeca comenzó a hacer una lista de lo que debían lograrse para sobrevivir.

—Primero, tendré que despedir al personal, comenzando con Nancy, luego Joe y Justin, y por último tendrá que ser Annie. Tendré que quedarme cón Justin para que me ayude con las comparecencias ante el tribunal, no podré mantenerme al día por mi cuenta.
—Lo discutió consigo misma. Y por ultímo agregó:

—Luego puedo trasladar mi oficina a la casa, puedo hablar con papá y ver cuál sería la forma más económica.

La lista se hizo más larga a medida que pensaba en el proceso. Su última tarea del día era a las 15:00 horas compareció ante el tribunal por un asunto de multa por exceso de velocidad en el otro lado de la ciudad y salió.

Rebeca tenía una inclinación natural por la velocidad y conducía a unos 125 km/h por la autopista cuando sus pensamientos la transportaron a un lugar más oscuro. *¿Qué pasa si conduzco este auto directamente hacia la pared del puente? ¿Me mataría?* Pensó. A medida que pasaba por cada puente, los pensamientos se hacían más fuertes: *Éste parece más denso, éste seguramente me matará al instante.* Aceleró un poco más de 135 km. *Tal vez debería buscar un camión, sería algo seguro.* Se dijo a sí misma.

El siguiente puente estaba a medio kilómetro y con un fuerte pisotón del pedal, impulsó el auto hacia adelante como la rápida salida de un avión. Los segundos de bocinazos de otros vehículos sorprendieron a Rebeca y giró el volante a centímetros de la pared. Su automóvil se desvió y se inclinó de lado a lado a través de dos carriles, casi esquivando a otros dos vehículos y aterrizando sobre el pago ondulado. Estaba temblando, sudando y en shock, no sabía lo que pasó en los últimos minutos. Sus ojos se enfocaron y el mundo parecía normal, los autos pasaban a toda velocidad en camino a los lugares y el sol brillaba sin evidencia de perturbación. Afortunadamente, no causó ningún accidente, sin embargo, se perdió su comparecencia ante el tribunal mientras estaba sentada al costado de la carretera recomponiéndose y se fue a casa.

Rebeca estaba lavando los platos y todavía lloraba del shock, pero esta vez fue un llanto silencioso. Las lágrimas llenarían sus ojos y correrían por sus mejillas y desapareciendo dentro de su suéter.

Peter se acercó a ella.

—¿Qué ocurre? No has sido tú misma ultimamente, tal vez deberías ir al médico. Estoy muy preocupado. Tal vez algo esté mal con tus hormonas o tal vez sea tu tiroides actuando mal nuevamente, —sugirió. Parecía genuinamente preocupado, pero su expresión facial cambió de tristeza a enojo.

—¿Por qué asumirías que algo está mal químicamente en mí, en lugar de reconocer que no estoy contenta contigo? No me escuchas, no me hablas y no puedo dejar de llorar, pero crees que es médico, —dijo lo más tranquilamente posible para que sus hijos no se preocuparan. Con el ceño fruncido intensamente, continuó:

—Ni siquiera puedo recibir un abrazo tuyo cuando más lo necesito. —Peter estaba agitado.

—Ya te dije perdón por eso, no sabía qué decir, no sé qué más quieres, lo intento, te ayudo en lo que puedo, trato de hacerte feliz, pero nada de lo que hago es suficiente para ti, —respondió. Peter era un hombre de pocas palabras y se quedó allí un minuto esperando una reacción de Rebeca, pero no dijo nada. Las conversaciones unilaterales entre ellos durante veintisiete años finalmente habían pasado factura a Rebeca.

La noche ya estaba sobre ellos y de repente escuchó a Peter y Sebastián teniendo un desacuerdo.

—Yo soy el adulto y tú eres el niño, haz lo que te digo, —dijo Peter con tono autoritario. Sebastián era un niño de 11 años, revoltoso y enérgico y, como cualquier niño, requería una enorme paciencia, una cualidad que su padre no poseía. Rebeca rápidamente se acercó e intervino como árbitro, lo que también era una situación típica.

–¿Qué está sucediendo? Peter, no le hables así, –dijo con una voz que apenas se podía oír. Ella se aclaró la garganta.

–Se merece el mismo respeto que esperas de él, –afirmó con firmeza y emoción. Peter dio unos pasos hacia Rebeca.

–Le dije que recogiera todos estos juguetes que están tirados por todas partes y él me está dando esa actitud, –dijo. Rebeca se volvió hacia Sebastián y le pidió cortésmente que ordenara sus juguetes, y rápidamente, Rebeca comenzó la tarea. Al poco tiempo, Sebastián se unió con entusiasmo a su esfuerzo.

El problema subyacente de la situación era que Peter trataba a Isabella de manera diferente que a Sebastián debido al doble rasero sin sentido. Peter mostraba afecto y paciencia con Isabella, pero no era comparable a Sebastián. Su razonamiento era de la vieja escuela y se suponía que los padres no debían ser afectuosos con sus hijos, por lo que maduraban fuertes y sin emociones. Los argumentos de Rebeca sobre el doble rasero eran una batalla continua, pero Rebeca se senti perdida en el fuego cruzado.

Hubierón algunos recuerdos maravillosos y entrañables de su matrimonio, pero los momentos tristes, solitarios y agotadores reemplazaron a los buenos. Peter se había vuelto complaciente y no consideraba necesario hacer más como marido; seguramente daba por sentado a Rebeca. En su opinión, hacía lo suficiente como hombre, no era violento, no la engañabe, no hacía nada ilegal y ayudaba en las tareas del hogar, pero ¿dónde estaba el amor? Peter no comprendía que cumplir con las tareas del hogar, cuidar a los

272

niños o ser ingresante de datos en su negocio no era parte del marido de Rebeca, sino parte de la familia.

La sociedad no les ha hecho ningún favor ni a hombres ni a mujeres; por un lado, los hombres creen que lo mínimo es digno de elogio, pero hombres como Peter creen que un poco más de esfuerzo los hace excepcionales. Con el razonamiento de Peter, asumió que Rebeca nunca se iría en ninguna circunstancia. Sin embargo, así como el amor se puede dar, también se puede quitar, y ella estaba al borde de una crisis.

Al día siguiente, Rebeca estaba *bien* y era domingo, día de iglesia y salón. Le explicó a Peter el plan que se le había ocurrido para la oficina.

–¿Qué opinas? De esta manera tendríamos posibilidades de sobrevivir hasta que pueda poner en marcha la parte de inmigración del negocio, –explicó. Peter estaba acostado en el sofá.

–Sí, suena como un buen plan. Sabía que lo resolverías, eres muy inteligente, –confirmó. Peter alentó la confianza de Rebeca al elogiar sus logros, aunque Rebeca se preguntó si realmente era para su beneficio o el de él. Cuanto más animara a Rebeca, más seguiría ella tomando decisiones por su cuenta y sin su ayuda. Su estado emocional era frágil y rompió a llorar.

–Peter, ¡NECESITO QUE HABLES CONMIGO! –Ella gritó. Se molestó, se sentó y apagó la televisión.

–Está bien, te escucho, –dijo irritado. Esa irritación provino de las numerosas veces que Rebeca intentó conversar, pero últimamente, los intentos llegaron con un montón de lágrimas.

–Peter, no me estás escuchando. Siento en mi corazón que estoy cambiando, mis sentimientos están cambiando, no me hablas, no me consuelas, no sé cómo afrontar nada de lo que pasa en esta casa, y tú no ayudas. –suplicó Rebeca.

–Me siento enojada y cansada todo el tiempo. No estoy feliz, –añadió sollozando.

–¿Has considerado ver a un médico? He leído que cuando las mujeres entran en la menopausia, se vuelven emocionales y tienen pensamientos batallosos, –preguntó, su tono cambió a uno suave y reconfortante. Rebeca también suavizó su tono.

–¿Por qué crees que estoy loca? ¿Porque quiero que mi marido me amé? –Ella respondió.

–Bueno, algo está pasando, esto no es normal, –añadió. Este concepto deseado de que Rebeca deseaba amor, comunicación y consuelo de su marido era aburrido para Peter porque había vivido sin ello durante mucho tiempo. Entonces para Peter la pregunta era: ¿por qué ahora?

–¡Sí, algo anda mal! Estoy cansada de tener que lidiar con todo yo sola. ¡Me siento sola y odio esta casa, odio nuestra relación, odio todo! –Empezó a alzar la voz de nuevo. Rebeca pensó en apuñalarse con un bolígrafo cercano sólo para conseguir su sincera compasión y tal vez incluso un abrazo.

–Sé que piensas que no lo estoy intentando, pero lo estoy haciendo. ¿No sé qué más hacer para hacerte feliz? –El confesó.

–Dime que quieres. –Rebeca sacudió la cabeza con incredulidad.

–¿Debo decirte? ¡Un hombre que dice que me ama y con quien he estado durante veintisiete años necesita que se lo diga! –Ella argumentó. Se levantó y olió la mucosidad de su nariz.

–Está bien, necesito que estés conmigo, háblame, abrázame. Ya nunca más vienes a la cama ó duermes a mi lado, –dijo llorando.

–Cuidar a los niños, limpiar la casa y hacer recados es fantástico, pero no forma parte de una relación entre marido y mujer. Nuestro tiempo está en nuestra cama, después de que los niños se van a dormir y, sin embargo, hemos pasado años durmiendo separados. Necesito que ME AMÉS… –dijo con cansancio y toda la mucosidad estaba por toda su cara. Peter se entristeció al escuchar lo que había estado atormentando a Rebeca.

–Intentaré cambiar, no más deportes por la noche, pero tienes que ir al médico, ¿vale? –Él afirmó. *¿Podría ser posible que estuvieran llegando a un acuerdo?* Ella se preguntó y volvió a sentarse, era un respiro muy necesario.

–Está bien, lo haré, –suspiró y se acostó junto a él. Peter la abrazó y Rebeca se calmó para pasar la noche.

A partir de entonces, comenzaron a ir juntos a su dormitorio, sin embargo, esto duró poco y su rutina nocturna de deportes se reanudó en unas semanas. Rebeca cumplió su promesa y se sometió a un examen físico completo con su médico de cabecera. Su nivel de estrógeno era bajo para su edad y le dio una receta, pero en general gozaba de buena salud. Empezó a perder peso y empezó a tomar pastillas para dormir para descansar bien por la noche, pero Peter no se había dado cuenta. Fue otro intento fallido de salvar su corazón de la previsible desaparición de su matrimonio.

La solución a sus problemas económicos estaba en marcha a finales de año y Rebeca tuvo que tomar las riendas como estaba acostumbrada. Su padre, su primo y Peter ayudaron a construir la oficina en su garaje. Una oficina adecuada con puertas francesas, tragaluz, dos ventanas, calefacción, focos y zona de recepción. Fue perfecto. Rebeca preparó los documentos necesarios para despedir a su personal, proporcionó paquetes de indemnización y cartas de referencia. El traspaso trascendental del edificio de oficinas a la residencia transcurrió sin problemas.

Finalmente llegó el verano. La cuñada de Rebeca había sugerido un viaje de fin de semana de última hora a Las Vegas, solo en parejas. Peter tenía dos hermanos menores y, con sus respectivas familias, todos eran una parte importante de la vida de Rebeca y Peter. Los seis adultos colaboraban en viajes, antros y conciertos, tenían un vínculo estrecho. Aunque financieramente el viaje no fue ideal, Rebeca estuvo disponible a la sugerencia porque tal vez pasar un tiempo a solas con Peter podría ser beneficioso. Sin embargo, hacer un viaje espontáneo tampoco fue fácil con dos niños pequeños, especialmente en el último minuto, pero Rebeca lo hizo funcionar.

Dos semanas despúes, llegó el día del viaje y Katrina estuvo cuidando a sus hijos durante los primeros dos días y su suegra se hizo cargo de los dos últimos días. Rebeca y Peter se despidieron de los niños y se dirigieron al aeropuerto.

—Necesitábamos este viaje, —dijo Peter en el auto mientras se acercaba para tomar su mano y luego la soltó rápidamente. Rebeca asintió con la cabeza y continuó conduciendo. Cuando llegaron al aeropuerto, Rebeca pudo ver a lo lejos a su cuñada acercándose.

—Heyyyyy, ¿estamos listos para la fiesta? Nadaaa de ir a dormir temprano como abuelas, –dijo Rosie con una sonrisa. Rebeca sonrió.

—No, no, lo que pase en Las Vegas, se queda en Las Vegas, –afirmó. El vuelo fue tranquilo, pero Rebeca y Peter apenas se dijeron dos palabras. Durante cuatro horas y media, cada uno de ellos vio películas gratuitas durante el vuelo.

El viaje hasta su hotel tuvo una sensación de letargo; el resplandor de la ciudad ya no tranquilizaba a Rebeca. Esta era su cuarta vez en Las Vegas y Rebeca tenía su rutina almacenada en su memoria. Su primera noche en Las Vegas solía ser un fracaso porque tomaban el vuelo nocturno y Las Vegas estaba retrasado tres horas, por lo que llegaban sólo para dormir. Peter apoyó la cabeza en la almohada y se quedó dormido en cuestión de minutos. El viaje hasta el momento había sido como el de dos extraños a quienes no les importaba estar juntos en la misma habitación. Era desagradable, mecánico y la intimidad era inexistente. No tenía libido ni siquiera para intentar empezar intimo.

Era de mañana y el sol brillaba, un día perfecto para una pareja amorosa, pero para Rebeca y Peter, era solo otro día más que necesitaban para evitar la causa de su silencio. Se reunieron con el hermano y la esposa de Peter para desayunar.

—Buenos días, ¿durmieron bien? –Rebeca preguntó con una sonrisa. Todas sus sonrisas eran falsas; Debió ser una actriz adecuada porque nadie pareció darse cuenta de que sus sonrisas no eran genuinas.

—No nos fuimos a dormir como ustedes los viejos, fuimos a caminar por el strip y tomamos unas copas por un lugar Mexicano. Fue agradable; Deberíamos ir allí esta noche. —Rosie respondió riendo.

—Claro, —asintió Rebeca y fue al buffet de desayuno a prepararse un plato.

Era tarde y Rebeca estaba perdida en sus pensamientos mientras caminaba por el Strip de Las Vegas. Inesperadamente sintió la mano de Peter tomar la suya con ternura y caminaron de la mano. Rara vez hacía ese gesto y Rebeca estaba desconcertada, no por su gesto, sino porque su toque no le calentaba el corazón. Fue la primera vez uno de sus gestos no hizo que su corazón se derritiera.

En el pasado, sus gestos eran tan intermedios que cuando ocurría un momento tierno, el corazón de Rebeca saltaba de alegría. Esta vez, ella no sintió nada. Peter dio un paso hacia ella para besarla, pero esta vez fue Rebeca quien se lo prohibió. Ella lo interrumpió con interés simulado en una tienda cercana. Externamente, estaba mirando escaparates y hablando de un traje de pantalón de dos piezas con cuello de seda y botones de pedrería brillantes, pero por dentro, se gritaba a sí misma. *¿QUÉ ESTÁ PASANDO? ¿Por qué no siento nada?* Ella estaba asustada. Peter asintió y estuvo de acuerdo con todos sus comentarios. Ciertamente, él se dio cuenta de su indiferencia y simplemente no supo qué concluir. Para ser justos, ella tampoco.

El día continuó con un entretenido baño en la piscina de su hotel. Fue muy animado con turistas, buena música y bebidas frías. Más tarde esa noche, después de cenar, los cuatro asistieron al restaurante/bar mexicano que Rosie había sugerido. Las canciones tradicionales eran el género mayoritariamente Mexicano y, aunque no era la música ideal, aun así bailaban y se divertían. Peter regresó con bebidas para todos.

—Gracias, —dijo Rebeca. Peter sonrió.

—Intentemos pasarlo bien, —recomendó. Rebeca asintió, pero con escepticismo. Pasar un buen rato requeriría que él conociera su umbral de consumo para que ella no sufriera el síndrome de la niñera. Sin embargo, era optimista, tal vez esta noche podría ser diferente, la noche en que él la sorprendería.

Rebeca y Rosie bailaron y disfrutaron de la compañía de la otra, siendo a veces también un poco tontas. Rebeca la amaba muchísimo y tenían una relación increíble. Habían estado en la vida de cada una desde que eran adolescentes, como hermanas, confiaban la una en la otra. Rebeca también bailó con Peter algunas canciones, y todo estuvo magnífico, hasta aproximadamente la 01:30 horas, cuando Peter ya no era el mismo. Puede parecer que ya ha anochecido a la 01:30 de la madrugada, pero en Las Vegas eso es solo el comienzo. Rebeca no era consciente de la cantidad de tragos que había tomado porque desaparecía de vez en cuando en el bar.

Como esperaba Rebeca, ella debía ser la responsable y dejar de beber para garantizar su seguridad. Ella se irritó y durante el resto de la noche se mantuvo alejada de Peter. Su frustración fue tan profunda que se hizo amiga de otras chicas en un intento de unirse a su grupo. Peter estaba a salvo con su hermano y si ella se perdía accidentalmente, lo llevarían de regreso a su habitación de hotel. Pasando la noche bailando con sus nuevas amigas, se sintió libre y tranquila sin Peter. Eran casi las 04:00 de la mañana y Rosie se acercó a Rebeca.

–Deberíamos irnos ahora, Peter no esta bién, deberías venir a verlo, –le dijo Rosie. *Maldita sea.* Pensó Rebeca. *Que más hay de nuevo, tengo que ir a cuidar al bebé.* Una mirada a Peter y su sangre hirvió.

–Vamos, Peter, –le dijo Rebeca. Peter no era un borracho violento, pero aun así arruinó la noche con su falta de coordinación y sus gestos irrespetuosos.

Con un suspiro de inferioridad, Rebeca caminó cautelosamente junto a él para garantizar su seguridad. A pesar de lo enfurecida que él la había puesto, ella lo protegió por el bien de sus hijos. Nunca la perdonarían si se quedaba quieta mientras su padre estaba herido, así que lo sostuvo del brazo en la habitación del hotel, lo desnudó y lo metió en la cama. Así como una madre dejaría a su hijo pequeño a dormir, ese era su papel. No quiere decir que un cónyuge no pueda hacer este gesto, simplemente no debería ser la norma. Rebeca nunca había pasado una noche bailando y bebiendo en la que Peter la protegiera y llevara a la cama desinteresadamente.

Ella se sentó en el sofá individual justo al otro lado de la cama, mirándolo avergonzada. No sentía nada más que ira, resentimiento y vergüenza. *Si me fuera ahora mismo, él ni siquiera sabría que me he ido,* pensó. *Oh... tal vez pueda volver al bar, ciertamente me estaba divirtiendo sin él. Ojalá hubiera venido a Las Vegas por mi cuenta.* Se dijo a sí misma. Entonces, la habitación se volvió fría, y Rebeca comenzó a temblar, las lágrimas se acumularon en sus ojos y la dura revelación cayó sobre ella: *ya no amaba a Peter.* Esa chica de dieciocho años que movería montañas por el hombre que amaba, que esperaría ansiosamente para verlo todas las noches, que anhelaba sus caricias, había muerto.

Capítulo 13
Conciencia de sí mismo

Es durante nuestros momentos más oscuros
que debemos enfocarnos en ver la luz.

Aristóteles

Ya era otoño, el aire cálido durante los días y la brisa fresca durante las noches, es lo que Rebeca más apreciaba de la estación. Sin embargo, la batalla en curso contra la depresión, reducida a tomar pastillas para dormir y llorar la mayoría de los días, era ineludible. La revelación que descubrió en Las Vegas fracturó las pocas posibilidades de que Rebeca encontrara la paz interior. No podía aceptar que su afecto hubiera muerto después de veintisiete años de estar completamente enamorada de Peter.

Se le había ocurrido que esta nueva revelación podría haber sido su señal, pero era incierta. Creía en el destino y su vida estaba llena de señales, algunas a las que prestaba atención y otras que ignoraba. Aunque con cada decisión el curso de su vida cambiaba y deseaba una aclaración. Examinó los signos y decisiones de su pasado que la llevaron a esta coyuntura, y sólo en retrospectiva se ven las consecuencias de decisiones incorrectas. Decisiones que se habían tomado en contra de su voluntad espiritual, en contra de su intuición y, lo peor de todo, en contra de toda razón. Había una energía espiritual que la guiaba a lo largo de su vida y necesitaba desesperadamente una señal inequívoca. La carga aumentada de tomar otra decisión incorrecta no era una opción, ella tenía que hacerlo bien.

Rebeca estaba ocupada con comparecencias consecutivas ante el tribunal. Si se concentraba en un caso a la vez, su mente consciente la mantenía alejada de sus finanzas, su oficina, sus fracasos y de Peter. Una vez que descubrió este enfoque, redobló sus esfuerzos. Eran alrededor de las cuatro de la tarde. y estaba completando un asunto de tráfico en el Palacio de Justicia de Richmond Hill cuando escuchó una voz.

–Hola Rebeca, ¿cómo te fue? –Preguntó Carlos.

–¡Convicto! Pero al menos pude conseguirle una sentencia suspendida. –Rebeca respondió mientras resoplaba. Carlos era un compañero Paralegal y su interacción fue normal, como la de dos colegas cualesquiera. Se ayudaban mutuamente con los casos y él era amable, pero con un poco de ego. Carlos no retrocedió ante la respuesta de Rebeca.

–Eso no es una sorpresa, estuvo el juez Fleming, él condena a todo, –comentó y esperó que esas palabras fueran reconfortantes. Incluso un gesto insignificante de un conocido que Rebeca anhelaba.

–Gracias. –Dijo, aliviada. Al recoger sus pertenencias, Carlos se acercó y susurró.

–Me enteré de que perdiste a Pallett Brothers, ¿cómo lo estás manejando? –Él cuestionó. Rebeca se sorprendió, no sabía que chismorrear se había convertido en decoro de la corte, mantuvo la cabeza gacha y respondió decepcionada.

–Es parte de tener tu propio negocio, ¿sabes?, –respondió vacilante. Se puso de pie y continuó con su tono habitual.

–Me preguntaba si tienes unos minutos para charlar, ¿quería contarte algo? –Preguntó. Rebeca asintió.

–Claro, tengo unos minutos. –Ella estuvo de acuerdo,

suponiendo que se trataba de una investigación relacionada con un caso judicial. Se trasladaron a un pasillo desierto para tener privacidad, no era ético conversar abiertamente sobre problemas de los clientes. En el pasillo había una pequeña mesa y dos sillas donde Rebeca colocó su maletín. –Entonces, ¿de qué quieres hablar? ¿Un caso? –Preguntó Rebeca. Carlos también dejó su maletín.

–Mire, sé que con la pérdida de Pallett Brothers, su negocio debe haber recibido un gran golpe y me gustaría ofrecerle una asociación. Fusionemos negocios, estoy seguro de que sabes que me ocupo principalmente de casos penales, pero también me ocupo de algún que otro asunto provincial. Mi pensamiento sería que usted se encargue de todos los casos provinciales y yo me ocuparé de todos los asuntos penales. –El propuso. El corazón de Rebeca saltó de alegría al creer que esta era la respuesta a su problema financiero.

–Hmm, –comenzó Rebeca. Carlos interrumpió rápidamente antes de que se convirtiera en una respuesta negativa.

–Piénsalo, haríamos un buen equipo. –Él animó. Él se acercó y ella pudo oler el aliento de su cigarrillo. –Además de ser inteligente, creo que eres muy hermosa y tal vez también podríamos organizar otra clase de asociación. –Insinuó con ojos seductores. Rebeca quedó desconcertada, típicamente capaz de detectar tales indiscreciones, pero ésta la tomó completamente por sorpresa. Había pasado una cantidad considerable de tiempo desde que había avanzado de manera inapropiada, especialmente a su edad, y necesitaba un minuto para ordenar sus pensamientos.

Carlos era un hombre atractivo, Puertorriqueño, de piel color chocolate y ojos castaño claro, de aproximadamente cinco pies y seis pulgadas, y de constitución regular. Llevaba unos cinco años en el negocio jurídico, menos años que Rebeca, pero le había ido bien. Rebeca podía oler su colonia con aroma a almizcle combinada con un poco de sudor que despertaba su libido. Ella permaneció quieta como si sus músculos hubieran olvidado sus habilidades motoras y se hubieran quedado mudos.

Carlos se había inclinado hacia Rebeca y no le quitaba los ojos de encima mientras la miraba. Su confianza arrogante combinada con un ego del tamaño de Nueva York haría que cualquiera se sintiera cohibida. Tampoco alivió la situación: era unos diez años menor que Rebeca y se sentía alentado por todo los estereotipos de *fiera,* dados a las mujeres maduras.

En ese momento, tenía la intención de besarla allí mismo, sin vergüenza ni consentimiento. Rebeca reaccionó y dio un paso atrás considerable. Recogió sus pertenencias por segunda vez y sin ningún rencor ni enojo comenzó a alejarse.

–Aprecio la oferta comercial, pero mi negocio va bien. Tengo otros planes. –Ella explicó. Si sus avances hubieran sido seis meses antes, la reacción de Rebeca habría sido indignada. Se le había ocurrido que la consideración de aceptar la inapropiada propuesta de Carlos ciertamente se atribuía a que algo faltaba en su matrimonio. Ella permaneció fiel a Peter a pesar de innumerables tentaciones en el pasado, y el error en su juicio ahora era no relacionado con Carlos sino más bien surgido de la necesidad de sentirse amorosamente deseado. Mientras ella se alejaba, Carlos la tomó de la mano y suavemente la jaló hacia atrás.

—¿Quizás podríamos ir a tomar un café entonces? —Dijo con una sonrisa y un guiño. Había confundido su momentánea intriga juvenil y tonta con un acuerdo de sumisión. Ahora, Rebeca estaba enojada porque él suponía que ella era una mujer del tipo que tiene una aventura de una noche. Rebeca le arrebató el brazo y replicó en tono autoritario.

—No sé cómo llegaste a la conclusión de que yo soy ese tipo de mujer, pero te lo diré sólo una vez, mantente lejos de mí ó presentaré una queja de acoso, —afirmó Rebeca claramente. Ella se alejó tranquilamente y se fue a casa.

El viaje a casa le dio tiempo para reflexionar sobre lo ocurrido. Aceptar los avances de otro hombre fue algo innovador, algo inaudito para Rebeca y la conclusión era inminente. Fue una confirmación de la revelación de Las Vegas, la verdad estaba sobre ella y el amor por Peter había desaparecido. Si todavía lo amaba, nunca habría considerado la propuesta de Carlos. Al interpretar paso a paso lo ocurrido, pudo comprender su reacción. Fue un proceso lento y doloroso, pero inevitable.

En el transcurso de los últimos meses desde Las Vegas, Rebeca repitió en su memoria cada situación con Peter y las consideró de manera diferente. Anteriormente, ella justificaba, buscaba lagunas o pasaba por alto sus crueldades bajo la apariencia de amor. Como dice el refrán —El amor es ciego —y fue una amarga realidad en el despertar de Rebeca. Reconocer todos los errores y sacrificios que soportó en una relación con un hombre que realmente carecía de amor por ella. Investigó varias formas de amor, pero nunca descubrió ninguna que se alineara con las acciones de Peter. La investigación en profundidad que Rebeca llevó a cabo sobre los ocho tipos de amor fue simplemente un intento de refutar su teoría de que Peter no la amaba e intentaba para calmar su dolor. Para asegurarse de que su investigación fuera inequívocamente concluyente, enumeró los tipos de amor y los comparó uno por uno con las acciones de Peter a lo largo de veintisiete años.

El primero—Amor Afectuoso, qué se basa en la verdadera amistad. Rebeca nunca sintió que Peter fúera su mejor amigo; sin la facilidad de conversación, era difícil.

Número dos—Amor Duradero, qué es un amor que se desarrolla con el tiempo. Rebeca dedicó tiempo a cuestionar esta forma de amor. Era la forma obvia que Rebeca había logrado con el cuidado y la atención brindados a Peter, pero no, ella no sentía su amor.

Número tres—Amor Familiar, qué fluye entre padres e hijos. Aunque a veces Rebeca se sentía más como la madre de Peter que como su esposa, no era el tipo de amor que buscaba.

Número cuatro—Amor Romántico, qué es el placer físico. Peter y Rebeca tenían intimidad pero carecían de ternura, cercanía y caricias previas. La exhibición de dos personas en los placeres carnales está formada por los diversos gustos y aversiones de cada uno de ellos. Complacerse mutuamente durante caricias previas a un acto intimo, es parte de un lenguaje de amor que rara vez se demostraba en su matrimonio, solo se trataba del resultado final.

288

El quinto–Amor Lúdico, qué es la parte del coqueteo del amor íntimo. Peter ya no sabía cómo coquetear con Rebeca, al principio le escribía cartas y le regalaba pequeños detalles entrañables de cariño, o le daba caricias tiernas en privado, pero con el tiempo no supo valorla. A Rebeca le tomó más tiempo perder la motivación de coquetear. Hasta hace unos años, ella todavía se vestía para su placer, para llamar su atención y despertar su interés. Sin embargo, cuando la responsabilidad de mantener ese lenguaje de amor en el matrimonio, caé en solo un miembro de la pareja, se convierte en una carga pesada en lugar de un deseo.

El sexto–Amor Obsesivo, qué es la locura por la pareja. La interpretación de esta forma amorosa puede ser objeto de debate. Rebeca no reflexionó en esta forma demasiado ya que ella la relacionó con los celos o el amor posesivo, lo cual Peter no era ninguna de las dos cosas.

El séptimo–Amor Propio, qué es sencillo. Peter no se amaba a sí mismo, se juzgaba duramente y tampoco era amable consigo mismo.

Por último, el octavo–Amor Desinteresado, es una actitud empática hacia tu pareja y hacia todos. Rebeca luchó con esta forma de amor porque a pesar de las firmes afirmaciones de altruismo de Peter hacia Rebeca, sus acciones, o más bien su falta de amor, hablaban mucho más fuerte. Si él realmente fuera desinteresado, su estado mental y emocional habría sido su prioridad para ayudarla de cualquier manera posible.

Los investigadores dicen que una combinación de estas

ocho formas de amor constituye la combinación perfecta para las relaciones, incluso las amistades. Después de su investigación, no pudo afirmar de manera concluyente que ni siquiera una de esas formas de amor fuera consistente en su relación. La magnitud de esta revelación era más de lo que Rebeca podía soportar. Al darse cuenta de que se acomodó en la vida y concluyó que después de todo el dolor que él le causó a lo largo de los años, con escasos momentos de felicidad, no era amor, era sólo de costumbre. Rebeca le había proporcionado una vida cómoda, sin obligación de traer ingresos a casa, sin necesidad de hacerse cargo de las tareas financieras del día a día ni de administrar completamente el hogar. Era una estructura ideal para Peter, pero no para Rebeca, especialmente sin amor.

Rebeca no era perfecta; Tenía una tendencia a menospreciar a Peter a veces, especialmente cúando la llevaban al límite. Sin embargo, ella era una esposa tipica, que le brindaba un hogar, una familia, un negocio, lealtad, apoyo y amor. Después de veintisiete años, Peter no pudo encontrar la capacidad de corresponder y, en cambio, utilizó la evitación como método de resolución. Estaba absolutamente segura de que era hora de poner fin a su matrimonio sin lugar a duda. Había pasado los mejores años de su vida intentando sacar –sangre de una roca. –Eso nunca iba a suceder, y era culpa suya por creer en ridículos cuentos de hadas de que el amor lo vence todo.

Por primera vez veía el mundo de forma realista: el amor no era suficiente, especialmente cuando era unilateral. Su matrimonio se mantuvo unido principalmente gracias a su amor durante dieciocho años y sus esfuerzos quedaron completamente agotados. Al ver su reflejo en el espejo, vio a alguien que no reconocía ni podía soportar ver sin burlarse. Aunque la paciencia era pertinente, no tomar decisiones impulsivas también era un mandato, pero, en definitiva, su matrimonio había llegado a su fin.

Esa noche, Peter yacía dormido junto a Rebeca, una rara ocasión, y la ira se apoderó de ella mientras observaba su sueño. Durmió sin ninguna preocupación en el mundo, sin ninguna idea de la devastación que sufrían o las cargas de sus vidas. No tenía que preocuparse por asegurarse de pagar las facturas mensuales, no se sobrecargaba con el colegio de los niños, las actividades extraescolares, los menús de desayunos, almuerzos o cenas. Lo peor de todo es que no se preocupaba por amar a Rebeca. Era tan arrogante como para suponer que ella nunca lo dejaría. Cualquier esfuerzo de su parte era innecesario. Eso la puso furiosa; Saltó de la cama, bajó las escaleras y se sirvió un vaso de agua con una pastilla para dormir.

Por la mañana, el sol brillaba a través de una pequeña abertura entre las cortinas.

—¡Rebeca, cariño! Rebeca, despierta. —Peter dijo suavemente mientras la sacudía suavemente. Rebeca se dio vuelta y miró a Peter.

—Oh, estaba teniendo una pesadilla, —jadeó.

—Sí, estuviste inquieta toda la noche y gemías, —dijo.

—En un momento tuve que encender las luces porque pensé que estabas bromeando conmigo, pero no, estabas completamente dormida, —agregó.

–¿Con quién estabas soñando? –Preguntó con curiosidad.

–¡No lo recuerdo! –Ella respondió. Rebeca mintió y se sintió avergonzada. Ella nunca había soñado con otro hombre, aunque sospechaba que Carlos podría haber desencadenado el sueño. El rostro del hombre estaba borroso, pero era apasionado, intenso, pero tierno y su cuerpo reaccionó físicamente al sueño.

La fantasía estaba viva en su memoria, tuvo lugar en una tierra de cultivo aislada y vacía. La noche era oscura con sólo las luces de las estrellas y la luna para verse. El mundo entero no existía excepto ellos dos y Rebeca fue devorada con deseo. Su cuerpo fue utilizado como lienzo y pintó con su boca un camino que talló la silueta de su figura. Él se tomó su tiempo y ella estaba en puro éxtasis. Cada momento que su boca tocaba su carne, su cuerpo temblaba de anticipación y él la saboreaba con cada movimiento. Él prodigó besos por cada parte de su cuerpo hasta llegar a su rostro y se abrazaron tiernamente mientras él la penetraba y se convirtieron en uno.

Entonces, su sueño fue interrumpido por la presencia de Peter. En conclusión, había una falta de pasión con Peter, pero la actividad sexual entre ellos nunca fue problemática, al menos Rebeca no podía quejarse. Aunque no tenía comparación porque había estado con Peter toda su vida, si hubiera un problema, sería el enfoque de Peter. Se requería que su gesto fuera más sensual que degradante. Rebeca nunca apreció la palmada en el trasero con un *¡Oye, quiero un poco!* sin caricias previas ó el *Date prisa, te espero arriba*.

Dicho esto, no se podía negar una cosa: el sueño erógeno fue el primero. En sus sueños eróticos anteriores, Peter era el protagonista y no se desarrolló muy diferente a la realidad. Solía encontrarlo encantador, convencida de que su subconsciente sentía una atracción más fuerte hacia Peter que hacia cualquier otra persona. Sin embargo, la percepción había cambiado ahora y fue a darse una ducha fría.

A lo largo del día, el sueño, ó tal vez debería llamarse pesadilla, había estado perturbando la concentración de Rebeca. Ella había confiado en algunas amigas de su círculo íntimo y sus respuestas fueron todas iguales: *¡Necesitas hablar con Peter!* Eso parecía bastante simple, pero no tenían la menor comprensión de lo difícil que era hablar con Peter. Siguió los movimientos de la rutina nocturna y se mantuvo firme por el bien de sus hijos, pero una vez que estuvieron en la cama, necesitaba estallar. En lugar de dirigirse a la piscina, tomó una botella grande de Smirnoff, una botella grande de vino blanco y se dirigió a la sala de recreación.

El sótano se adaptaba a las necesidades de cada miembro de la familia, un área de juegos para los niños, un salón para ver deportes y parlantes de sonido envolvente Sony para fiestas. Rebeca puso música en Spotify y empezó a beber. La situación era tan preocupante para Rebeca que la necesidad de un vaso era inútil, directamente de la botella cumpliría su misión. Si Peter la escuchó o no, no tenía importancia, todo lo que ella anhelaba era escapar de su realidad.

Cuando Rebeca sintió que su vida estaba a punto de sufrir un cambio significativo, se sumergió en el alcohol, sin querer tolerar más a Peter en ausencia de amor. Si su matrimonio fue difícil con su amor absoluto, ¿qué tan desafiante será sin el amor que alguna vez sintió? Con cada paso hacia el fondo de la botella de Smirnoff, sus pensamientos internos se hacían cada vez más vocales.

—Te lo di todo y todavía no pude lograr que me amaras, —tartamudeó y lloró. Al principio se había acomodado cómodamente en el sofá, pero estar ebria la ponía nerviosa. Bajo el influjo de la música, moviéndose rítmicamente hacia adelante y hacia atrás, descendió gradualmente a un estado de deterioro. Sus lágrimas se mezclaron con el alcohol y poco después empezó a arrastrar las palabras. Sólo Rebeca pudo entender el diálogo.

—Sabes, no mmmm…. IIIII shhhhhh tiiiiidr, —murmuró. Pusó una vieja canción y con profunda emoción comenzó a cantar, su voz tenía una intensidad penetrante, aunque con menos coherencia que su discurso. Con un profundo sin aliento, cantó la última frase de la canción y se desplomó en el sofá.

Cogió la botella de Smirnoff y se decepcionó al ver una botella vacía. Se acercó al mini-refrigerador donde había colocado la botella de vino blanco, lo abrió como una profesional y bebió un cuarto de la botella. Regresó al sofá, chocando torpemente con todo lo que encontraba en su camino cuando Peter se coló en un pico.

—¿Estás bien? —Preguntó. Su tono no era dulce sino genuinamente preocupado porque Rebeca era una madre responsable, bebedora y serena. Esto no era habitual en ella, especialmente porque sus hijos dormían dos pisos más arriba. Peter se acercó y se arrodilló frente a ella como un dulce gesto.

—Cariño, ¿estás bien? Me estás asustando, esto no es propio

de ti, –susurró suavemente. Rebeca lo miró con los ojos hinchados, rojos y vidriosos y reconoció a Peter.

–Esssstooy bbbieeeen. –Ella respondio. Sus lágrimas eran gotas llenas que esculpían un camino desde sus ojos hasta su boca mientras las lágrimas se extendían a horcajadas sobre sus labios. Ella habló, pero todas las lágrimas que permanecían en sus labios comenzaron a salir y eso la distrajo de las palabras. –No me amas, nunca me has amado, –dijo en voz más baja y más clara. Peter giró la cabeza para acercar la oreja a su boca.

–¿Qué? –Preguntó. Rebeca intentó de nuevo, pero sólo la enfureció aún más por la incredulidad de que Peter no tenía la más mínima idea de la gravedad de la situación.

–Te lo di todo y no pudieste amarme. –Soltó en voz alta con gestos agresivos con las manos que accidentalmente rozaron la cara de Peter. Se levantó corriendo del sofá, tener a Peter tan cerca la ponía ansiosa y necesitaba espacio. Las emociones que Rebeca sentía emanaban de su boca, ojos, corazón, manos y alma. Tragó más vino mientras tropezaba de un lado a otro por la habitación. Peter estaba confundido y frustrado.

–No puedo entenderte. Necesitas intentar calmarte. Siéntate, por favor, siéntate. –le pidió. Ella se sentó, centrándose; no hubo contención mientras soltaba todo: Las Vegas, Carlos, sus sentimientos y su matrimonio fallido. A Peter le tomó un momento conectar la información, pero una vez que lo hizo, estaba herido, estupefacto y sin palabras. Consideró hablar, pero en cambio, salió furioso de la habitación y desapareció.

Retrospectivamente, el principal error fue darle a Peter un ultimátum para que se casara con ella cuando en numerosas ocasiones tenía muy claro que no quería formar parte de su vida. Rebeca cometió más errores, perdonó su crueldad de palabras, su negligencia por su bienestar, y el más imperdonable fue el engaño de que su amor era real.

Rebeca continuó bebiendo hasta que la botella de vino estuvo vacía e instintivamente se levantó para coger otra botella. La habitación empezó a dar vueltas y se sintió mal, las náuseas finalmente alcanzaron su estómago vacío y estaba al borde de una intoxicación por alcohol. Se tapó la boca y se tambaleó hasta el baño, echó un vistazo al inodoro y proyectó una enorme cantidad de vómito. Fueron unos buenos cinco o diez minutos en los que el alcohol se alivió de su estómago, fue como si el ácido le subiera a la garganta. No había comida para elevar la quemadura y había mucha presión en su abdomen. Su cabeza estaba apoyada en el asiento del inodoro cuando Peter regresó.

–Mira, esto es lo que sucede cuando bebes así, –dijo Peter. No mostró ninguna compasión, pero ayudó a Rebeca a sentarse en el sofá y luego agarró un taburete cercano para sentarse frente a ella.

–Necesito saber, ¿estás teniendo una aventura? –Preguntó. Rebeca estaba molesta.

–¡NO! –Ella gimió. Rebeca se sintió mejor después de vomitar y no arrastraba las palabras.

–Después de todo lo que te dije, ¿esa es la parte en la que estás obsesionado? No pasó nada, solo era necesario que te lo dijera porque así me di cuenta con seguridad de que ya no te amo. Hemos terminado, Peter, y quiero el divorcio. –Dijo con claridad, decisión y sin dudarlo. Peter tomó suavemente sus manos y las entrelazó con las suyas.

–Entiendo que estés molesta porque no te he apoyado. Simplemente pensé que era mejor darte espacio. No sé cómo afrontar situaciones como tú. No sabía qué decir, pero siempre te he amado, a mi manera, te amo. Puedo mostrarte cuánto te amo de verdad, podemos empezar desde este momento a ser mejores y trabajar por una nueva relación. –Expresó. Para Rebeca, todas sus palabras eran promesas vacías, palabras que no tenían ningún valor. Había estado en un matrimonio sin amor durante bastante tiempo y ya era hora de dejarlo ir.

–No me importan tus promesas Peter, no tengo fuerzas para continuar. No tengo paciencia para continuar. –Ella respondio.

–Piensa en tus hijos. –Él dijo.

–Si no lo intentas por nosotros, entonces inténtalo por ellos. Vayamos a terapia matrimonial. Podemos conseguir ayuda, –animó.

–No desperdicies veintisiete años sin luchar. –Añadió. Su comentario volvió a enojar a Rebeca.

–¡He estado luchando por nosotros durante veintisiete años, Peter! ¡He estado luchando para que me ames, me cuides y me apoyes durante veintisiete años! YA NO TENGO MÁS PELEA EN MÍ. –Ella gritó.

–Está bien, está bien, entonces déjame pelear esta vez. Yo

lucharé por los dos, pero no hagas nada drástico. Déjame intentarlo suplicó y le besó las manos. Eran alrededor de las 03:30 horas y el cansancio había llegado.

–Vamos a la cama, –dijo Peter. Rebeca no respondió a su súplica, pero asintió con la cabeza para retirarse a la cama.

Peter ayudó a Rebeca a subir las escaleras, contoneándose y balanceándose de un lado a otro hasta su dormitorio. Rebeca estaba jadeando.

–Ven a sentarte, –dijo mientras la guiaba hacia la cama. Rebeca se estaba quedando dormida sentada mientras Peter la desvestía, se ponía el camisón y retiraba las sábanas. Luego la acostó en la cama y apagó las luces. Rebeca se quedó dormida inmediatamente.

Los siguientes meses fueron una montaña rusa de discusiones, acusaciones, redenciones e intentos fallidos de reconciliación. El final de abril de 2020 se acercaba rápidamente; estaban a unos días de su decimoséptimo aniversario de bodas y era incómodo. Ciertamente, nada que celebrar para Rebeca, su matrimonio había sido inútil por un tiempo y planeaba ignorarlo por completo. Las palabras de Peter fueron vacías como esperaba y durante meses había estado insistiendo en que Peter necesitaba mudarse para mantener la cordura de ambos.

Sin embargo, a mediados de marzo de 2020 comenzó la pandemia y se produjo un confinamiento en todo el país. Con las incertidumbres de la pandemia y la falta de cooperación de Peter, estaban atrapados en la misma casa. Las discusiones continuaron y se había vuelto insoportable.

—No podemos seguir así, Peter. No quiero nada de ti. Sólo quiero que esto termine. —Ella insistió.

—Por supuesto que sí, no te importa esta familia. Lo único que te importa es lo que quieres. —Peter refutó.

—Necesitamos espacio, del uno a otro. No puedo soportarlo más, —gritó Rebeca y empezó a llorar. Peter se sentó al pie de las escaleras.

—Está bien, ¿qué tal si me mudo abajo, quiero decir por ahora? Luego, cuando pueda encontrar la manera de conseguir el dinero, convertiremos el sótano en un apartamento para mí y todavía podré estar aquí para cuidar a los niños. —El sugirió. Rebeca se sorprendió, parecía que Peter había procesado la situación y se había encontrado con una solución. Ella se reunió con él al pie de las escaleras.

—Pienso que es una buena idea. Si no hacemos esto, me temo que esto terminará mal, tan mal que no habrá vuelta atrás. —Ella confesó.

—Sé que ambos estamos haciendo lo mejor que podemos y no sé qué va a pasar, pero debemos dar pequeños pasos. —Ella añadió.

Hablaron por primera vez en meses, con calma, respeto y razón. Reconocierón que su matrimonio tenía mucho trabajo importante por delante ó terminarían separandose. Sin tiempo que perder, Peter comenzó a trasladar sus pertenencias al sótano. Las emociones de Rebeca estaban por todos lados, con alivio, culpa y vergüenza, pero en lugar de eso usó la energía para concentrarse en crear un ambiente cómodo en el sótano para Peter. Usó sábanas viejas para dividir un área para mayor privacidad, colocó una pequeña mesa emergente como mesita de noche, colocó una silla y sacó un estante del almacenamiento para colgar su ropa. Por último, completó el conjunto de su habitación instalando el sofá cama. Mientras tanto, Peter estaba recogiendo su ropa, zapatos y artículos de tocador. Rebeca se dirigió al dormitorio.

–¿Puedo ayudarte con algo? –Ella preguntó. Peter recopiló montones de ropa sobre la cama en categorías. Era más fashionista que Rebeca.

–No, gracias, –dijo cortésmente. Rebeca sabía que su respuesta fue por despecho, así que agarró un montón de ropa, la colocó cuidadosamente en el sofá cama del sótano y regresó hasta que toda su ropa estuvo ordenada en el estante. Les llevó unos cuarenta y cinco minutos en organizarlo.

Rebeca y Peter de alguna manera encontraron la fuerza para hablar con sus hijos sobre las nuevas disposiciones para dormir. Sin embargo, los niños que eran muy chicos, no entendían la gravedad de la situación y como papá todavía estaba en casa, no veían motivo de preocupación. Rebeca y los niños cenaron solos y Peter decidió permanecer en su nueva habitación el resto de la noche.

Las primeras noches fueron de alivio para Rebeca sin la presencia de Peter en el dormitorio. La distancia de unas pocas habitaciones marcó una gran diferencia a la hora de aliviar la ansiedad de Rebeca. En un corto período, las conversaciones entre ellos mejoraron y se volvieron más productivos para salvar su matrimonio. A medida que la pandemia continuaba en el mundo, también lo hacía la lucha bajo su techo, pero Rebeca comenzó a sentirse optimista. Ella no quería separar a su familia; ella no quería divorciarse, pero tampoco podía seguir viviendo en la mentira de su mundo de fantasía. De una forma u otra, esto fue un paso adelante y el resultado aún no se había revelado.

Todavía hubierón días de discusión, días en que ella le recordó a Peter que su actitud negativa era ineficaz, pero se estaban comunicando. Peter admitió su parte de errores en la destrucción de su matrimonio y fue un gran avance. Reconocer que podría haber tomado mejores decisiones como esposo fue un paso hacia el desarrollo, fueron pasos correctivos. Rebeca esperaba que la comprensión de sus traumas individuales pudiera sanarse juntos, ya que se necesitan dos para romper un matrimonio, también se necesitan dos para sanar uno.

Rebeca también confesó sus errores; ella lo mantuvo demasiado cerca para no desviarse y nunca le proporcionó el espacio para desarrollarse en su persona. Le tomó veintisiete años darse cuenta de que aunque sus acciones provenían del amor, creó una persona con muy poca confianza en sí misma y autoestima. Para terminar, y si existía tal cosa, su culpa era que lo amaba demasiado.

Sin herramientas críticas para poder abordar profesionalmente las discusiones terapéuticas que estaban llevando a cabo Rebeca y Peter, al menos eran intentos legítimos de entenderse mutuamente. Sin embargo, no pudo ayudar a Peter con un aspecto de su autoconciencia: ante todo, él no se amaba a sí mismo. Los intentos anteriores de Rebeca de encontrar la pieza que faltaba en el amor propio de Peter fueron inútiles, y Peter tendría que cavar profundamente para sanar a su niño interior. Era una tarea que superaba la capacidad intelectual y emocional de Rebeca.

La pandemia era historia en ciernes, pero para Rebeca y Peter era un tema secundario. A mediados de Julio, la ciudad se encontraba en su tercera fase de reapertura. Sin embargo, la Organización Mundial de la Salud seguía recomendando que aquellos que pudieran, que trabajaran desde casa. Los niños estaban aprendiendo de forma remota y estos cambios de estilo de vida fueron otro ajuste en su hogar.

Un día, Rebeca y Peter estaban viendo la serie Ozark. Era una serie original de Netflix sobre un asesor financiero que se involucró con un cartel Mexicano y tenia el deber de mantener a su familia a salvo. Quedaron enganchados al final del episodio piloto, y cada episodio duró una hora. Estaban disfrutando de su tiempo juntos, hablando de la serie, pero ya era tarde y comenzaron los bostezos. Rebeca subió las escaleras y Peter bajó las escaleras.

–Buenas noches, Peter, espero que duermas bien, –dijo Rebeca. Peter le dio una dulce mirada.

–Tú también. Sabes, si alguna vez te sientes sola allí arriba y necesitas un poco de calor, puedes llamarme, –dijo, haciéndolo pasar como una broma.

–Lo sé, pero no creo que sea una buena idea, –respondió con una sonrisa. Estaba ansiosa por un alivio sexual, pero su situación había generado una vibra positiva. No podía permitir que sus necesidades biológicas fueran utilizadas como mecanismo para eludir el curso natural del proceso. –Buenas noches, Peter, –dijo Rebeca claramente. Se escucharon reír mientras cada uno continuaba hacia sus habitaciones.

Luego llegaron días mejores, Rebeca descansaba profundamente, comía con regularidad y sentía cierto control sobre sus emociones. Rebeca y Peter cenaban en familia la mayoría de las noches y era prometedor. Una noche, mientras Rebeca estaba acostada en la cama, recibió un mensaje de texto. Era Peter enviándole un mensaje de texto desde abajo:

Hola, ¿estás despierta?

Sí.

Ha sido agradable no pelear y
la cena fue increíble. Gracias.

De nada.

Estoy feliz de como
van las cosas también.

Mientras Peter escribía, ella anhelaba la calidez de su abrazo y saltó de la cama. Agarró una bata y bajó las escaleras. Los niños dormían y la casa estaba en silencio. Peter debe haber enviado su mensaje de texto mientras Rebeca estaba bajando las escaleras y probablemente estaba esperando su respuesta.

–¿Puedo pasar? –Ella preguntó. Peter rápidamente se sentó en su cama.

–Sí, –respondió. Rebeca retiró las sábanas y entró.

–¿Esta todo bien? –Preguntó confundido. Rebeca hizo un gesto con la mano indicando que no pasaba nada.

–Simplemente pensé que podríamos hablar en persona en lugar de enviar mensajes de texto. –Ella explicó y se rió. Peter le hizo un gesto a Rebeca para que se pusiera cómoda en su cama y hablaron durante un par de horas.

Principalmente, la conversación versó sobre su relación y cómo cada uno contribuyó a la ruptura. Luego, hablaron sobre las herramientas y recursos disponibles, aunque limitados, que podrían utilizarse para ayudar a su matrimonio. Era una dinámica de conversación que nunca antes había tenido lugar con Peter y Rebeca sintió una atracción. Sin embargo, ninguno de los dos intentó ningún avance sexual, simplemente se abrazaron y encontraron tranquilidad.

Posteriormente, la discusión entre ellos fue corta pero continua. Habían pasado un par de meses desde que Peter se mudó al sótano y Rebeca creía que había llegado el momento de darle otra oportunidad a su relación. Habían experimentado algunos encuentros sexuales reprimidos, pero con cada uno, Rebeca sentía abismal que no fuera por amor. Ella le explicó a Peter su consternación y él comprendió la situación. Si Peter continuaba con la franqueza de la conversación, que conducía a la unidad de los corazones, podrían tener la oportunidad de reparar su matrimonio.

Una tarde, el corazón de Rebeca se llenó de felicidad al pensar que esta vez encontrarían su –felices para siempre. –Se acercó a

304

Peter, lo abrazó por detrás y él se dio vuelta.

–Hola, ¿para qué fue eso? –Preguntó.

–Estaba pensando que tal vez podamos darnos otra oportunidad. Si podemos continuar por este camino, entonces deberías volver a nuestro dormitorio. ¿Qué opinas? –Ella sugirió.

–Pienso eso sería una buena idea. –Dijo con una sonrisa que no había visto en mucho tiempo. Él agarró ambas manos. –Esta vez lo lograremos. –Dijo convincentemente.

Al día siguiente, como los niños estaban fuera durante el verano, ayudaron a devolver todas las pertenencias de Peter al dormitorio. El ambiente era diferente, había música entretenida y toda la familia bromeaba, fue un día perfecto. Por la noche, mientras miraba televisión, Rebeca bostezó y se puso de pie.

–Me voy a la cama, estoy cansada. –Dijo, mientras se dirigía hacia las escaleras. Peter rápidamente saltó de su lugar.

–Espera, yo también voy. –Respondió. Apagó la televisión y la siguió escaleras arriba como si fuera su acompañante.

Después de la rutina de acostarse, Rebeca le deseó buenas noches a Peter y cerró los ojos. Peter se acercó a ella, apoyó la cabeza en la almohada y comenzó a pasar la mano por su cuerpo. Sabía exactamente hacia dónde se dirigía eso.

–Peter, no creo que debamos hacerlo. –Ella instó.

–¿Por qué no? ¿No me deseas? –Preguntó.

–No quiero hacerlo por necesidades, quiero que sea con amor y no sólo con sexo. –Ella respondió. Peter levantó un poco la cabeza y tenía una expresión facial ansiosa.

—Está bien, úsame para tus necesidades. Estoy bien con eso, —respondió con entusiasmo. Al descubrir que no quería que su intimidad se tratara de amor y solo lujuria, su respuesta hirió a Rebeca. Sin embargo, Peter siguió insistiendo y su persuasión hizo que Rebeca cediera. Cuando todo terminó, ambos se quedaron dormidos.

Eran alrededor de las 02:30 de le mañana, cuando Rebeca se despertó con un ataque de pánico, o al menos así lo parecía. No podía respirar y le palpitaba el pecho. Ella había tenido una pesadilla pero no podía recordar. Caminó hacia el lavabo del baño y bebió un vaso de agua. Cuando volvió a la cama y vio a Peter, se dio cuenta del origen de su ansiedad. Dormía como un bebé y eso no le molestaba en absoluto, lo habían reconocido por primera vez como sexo sin sentido.

Es un animal completamente diferente cuando la intimidad ya no es un espacio seguro. Por supuesto, *él estába de acuerdo porque necesitaba satisfacer su necesidad*, pensó y estaba molesta consigo misma por ser tan apresurada. Otra decisión impulsiva, impulsada por el latido de su corazón. Su situación necesitaba más tiempo, estaba funcionando bien mientras vivían separados bajo el mismo techo, pero ella quería cercanía rápidamente. No tenía a nadie más a quien culpar excepto a ella misma y lamentaba su decisión.

A lo largo del día, Rebeca decidió no permitir que el sexo los alejara de sus productivas discusiones. Sin embargo, Peter no tardó mucho en hacer añicos esa esperanza. La supuesta indiscreción con Carlos no era algo que Peter pudiera dejar de lado y finalmente salió a la luz. Una vez más la casa era insoportable. Las noches en el sofá, la falta de comunicación, las peleas, todo empezó de nuevo y la segunda vez, el proceso de pasar de cero a cien se hizo a la velocidad de un rayo.

La perspectiva que Peter tenía sobre Rebeca cambió, sintió que ella le debía una disculpa y se sintió justificado. Rebeca nunca confió en el amor de Peter y él no confió en que todo era inocente con Carlos. No importaba que durante veintisiete años Rebeca hubiera demostrado su amor. Ella era fiel, leal y digna de confianza, pero él todavía no confiaba en ella lo suficiente como para amarla durante todos esos años. Rebeca había llegado al momento de la claridad; en el momento en que finalmente lo comprendió, nunca más se permitiría amarlo de nuevo. Era demasiado doloroso estar enamorada de Peter y ahora que había reclamado su corazón, no estaba dispuesta a entregárselo de nuevo. No hubo forma de reconciliar su matrimonio. Peter permaneció en su dormitorio, pero nuevamente hacía frío y estaba solo. Rebeca se mantuvo reservada y oró, había tantas preguntas que necesitaba respuestas. Peter había dejado de intentarlo y pasaba sus días ignorando a Rebeca.

Una tranquila mañana, Rebeca estaba revisando sus publicaciones de Instagram. Estaban viendo un programa de televisión al azar que no era de su interés. Rebeca y Peter estaban recostados en sofás frente a la sala. Fue desgarrador estar juntos en casa, pero con la pandemia no tenían muchas opciones. Dejó de desplazarse cuando vio una publicación de Joaquín, se había olvidado de que eran amigos de Instagram. Después del fiasco de 2016, ella creía haber eliminado todos sus contactos de Instagram, LinkedIn y Facebook, pero ahí estaba él, resucitando de entre los muertos. Rebeca era una antagonista de las redes sociales, prefería el contacto humano, por lo que nunca dominó ninguna plataforma de redes sociales. En el mejor de los casos, fue un mediocre salto al carro del usuario. La historia decía lo siguiente:

> Ramon Timothy Lopez tenía 28 años. Era un hijo amoroso y padre de dos hijos. Sufría de "ansiedad intensa." La policía lo mató en Phoenix el 24 de agosto.
>
> "Estaban encima de él con todo su peso sobre el asfalto caliente," [su hermano dijo a azcentral]. "¿Quién no estaría peleando? Él estaba luchando por su vida, y perdió."
>
> -JULISSA NATZELY ARCE RAYA

Rebeca leyó todos los artículos que Joaquín vinculó sobre otros ciudadanos estadounidenses que fueron asesinados por la policía y se sintió indignada por los hechos. Ella comentó en su publicación:

> Esta brutalidad tiene que parar.

Cualquier posibilidad de amistad con Joaquín era alucinante y por eso siguió desplazándose. Sus acciones en 2016 dejaron claro que no quería mantenerse en contacto, por lo que su comentario fue solo eso, un comentario y continuó con su día. Alrededor de las 21:30 horas. Mientras se preparaba para ir a dormir y se ahogaba en sus pensamientos, vio un mensaje en Instagram. Diez segundos después de cepillarse los dientes, hizo clic en el mensaje y se atragantó con su saliva. Se aclaró los ojos, era Joaquín, su mensaje decía:

Es una locura cómo matan a la gente allí.

Ella se dio cuenta de que él estaba respondiendo a su comentario: *¡Oh, no! ¡Se lo envié directamente!* Pensó. *¿Cómo hice eso?* Ella se preguntó. Esto fue sorprendente y por un momento estuvo pensando en algo más que en sus problemas matrimoniales.

Rebeca se tomó un tiempo para recordar el dolor que sintió en 1992, 2010 y 2016 cuando intentaron algún tipo de comunicación. Sus encuentros nunca fueron tranquilos, sin importar cómo lo abordaran. *Estás siendo estúpida Rebeca; Estás dando mucha importancia a la nada,* se dijo. *No dejes que v̶a̶a̶ a meterse en tu cabeza,* cerró la aplicación y se fue a la cama.

Capítulo 14
Arriesgarse

Amar no es nada. Ser amado es algo.
Pero amar y ser amado, eso lo es todo.

T. Tolis

Rebeca generalmente se levantaba al amanecer después de sus noches inquietas, y esta mañana su atención inmediata fúe responder al mensaje de Joaquín. A Rebeca le resultó difícil ignorar a Joaquín y no pretendió entender por qué, simplemente aceptó su instinto de enviarle un mensaje. Sin embargo, fue casual con su respuesta:

Estoy de acuerdo. La realidad de esto es
demasiado para descifrar o absorber,
especialmente durante una pandemia.
Espero que estés disfrutando de tu
vacaciones con tu familia.

Era el 26 de agosto de 2020. Había visto algunas fotos en la cuenta de Instagram de Joaquín en las que parecía que estaba fuera de la ciudad y esperaba que estuviera lidiando con la pandemia mejor que la mayoría. Había dedicado demasiadas reflexiones a lo que Joaquín estaba pensando o haciendo, y estaba cansada de la habitual tarea desalentadora. Reorientó sus pensamientos y decidió leer su libro, era demasiado temprano para levantarse de la cama.

El libro tenía unas 512 páginas y era la precuela de la trilogía de *Los Juegos Del Hambre*, llamada *Balada De Pájaros Cantores y Serpientes*. Un libro que llevaba bastante tiempo leyendo porque le costaba concentrarse. Su cerebro vagaba por el pasado, el presente y los *qué-seran* de su vida, y tendría que retroceder algunos párrafos para continuar con la comprensión de la historia.

Todas sus tareas del día se volvían complicadas al intentar de encontrar como comenzarlas. Lo positivo es que su oficina en casa simplificó considerablemente la gestión de las responsabilidades domésticas y laborales. La pandemia y, por tanto, el confinamiento provocaron que la escuela y el trabajo se pilotaran de forma remota, sin necesidad de salir de la casa. Los asuntos laborales fueron avanzando progresivamente hacia reuniones virtuales, audiencias virtuales e incluso reuniones de cumpleaños se realizaron a través de videoconferencia Zoom. Había días que Rebeca ni siquiera se quitaba el pijama en todo el día.

Ultimamente, una carpeta de archivos en su escritorio la miraba con intensidad, cavando un agujero en el medio de su frente, exigiendo atención. El nombre de la carpeta era *Separación*. Rebeca pensó que crear un Acuerdo de Separación simple sería una tarea fácil, pero solo había completado cuatro páginas del documento precedente de treinta y cinco páginas. La información requerida para el Acuerdo de Separación era extensa, sin embargo, lo que había frenado su progreso fue la incapacidad para manejar la situación, emocional o mentalmente. *¿Cómo empieza uno a dividir su vida? Una vida que se construyó a lo largo de veinte años y es la única vida que conoces desde que era joven.*

Para continuar con la redacción, Rebeca tuvo que adoptar un enfoque lógico y ético, en conciencia tenía que ser justa, todo parejo, en todo momento. La casa, el contenido de la casa, el tiempo de los niños, todo debía ser 50/50, pero a Rebeca le estaba tomando tiempo aceptar esto. Sus profundos esfuerzos para estabilizarse

312

financieramente a lo largo de los años fueron mayores que los de Peter, pero él se estaba beneficiando igualmente. Sin embargo, Rebeca también tuvo que admitir que fue su decisión permitir que la situación continuara por más tiempo. El único consuelo que podía encontrar era reconocer sus fracasos y aprender de ellos para el futuro.

En ese momento, después de un par de años muy malos, su negocio se había deteriorado hasta el punto de requerir reconstrucción. A Rebeca se le ocurrió que primero era necesario perderlo todo para poder empezar de nuevo. Hubo un momento en sus vidas en el que Rebeca y Peter valían unos tres millones de dólares en activos. La firma de Paralegales había tenido tanto éxito que pudo comprar propiedades de inversión. Sin embargo, en el transcurso de los últimos dos años, tuvieron que vender las propiedades de inversión para sobrevivir. Si todavía compartieran esos bienes, sin duda, Rebeca y Peter habrían luchado por la división de los bienes conyugales en los tribunales. Una inmensa gratitud hacia su ángel de la guarda la invadió al saber que ninguna cantidad de bienes valía la pena.

Después de calcular todos los débitos y créditos, era posible que cada uno terminara con un pago de seis cifras por la venta de la casa conyugal. En general, esta fue una cifra positiva, al menos cada uno comenzaría con una base financiera, ya que la mayoría de los divorcios te dejan con los bolsillos vacíos o en déficit. Mientras redactaba algunas páginas más del acuerdo de separación, en su mayoría enumerando el contenido de la casa, sonó el teléfono celular de Rebeca.

—Hola, —respondió ella.

—Hola, ¿es Rebeca? —Respondió una mujer.

—Si hablando. ¿Como puedo ayudarte? —Rebeca continuó.

—Mi nombre es Heather y te llamo desde los Servicio Familiares Catolicos de York. Recibimos su mensaje sobre la búsqueda de sesiones de terapia para sus hijos y deseo discutirlo con usted. ¿Es este un buen momento? —Ella preguntó. Rebeca llevaba meses llamando buscando un terapeuta infantil, la pandemia aumentó la demanda de psicólogos infantiles y era difícil determinarlo. Por otro lado, Rebeca había conseguido un terapeuta y se reuniría con ella virtualmente durante unos meses; le estaba yendo bien. Sin embargo, su terapeuta no atendía a los niños. Rebeca estaba dispuesta a pagar incluso 300 dólares la hora por sesiones privadas, pero incluso esas costosas consultas tenían una lista de espera de seis meses.

—¡Oh sí! Claro. —Rebeca respondió y dejó de escribir en su computadora. Se recostó en su silla para escuchar.

—¿Qué edad tienen sus hijos? —Preguntó Heather.

—Mi niño tiene once años, es el mayor y mi hija tiene siete, — respondió Rebeca.

—Bien, cuéntame un poco más sobre por qué estás buscando un terapeuta para ellos. —cuestionó Heather. Rebeca explicó brevemente lo que había sucedido a lo largo de un año y rompió a llorar muchas veces. Hablaron durante unos quince minutos.

—Entiendo. Hay una lista de espera de aproximadamente tres meses para terapia familiar y haré todo lo posible para intentar ver qué más puedo hacer para avanzar. Me mantendré en contacto cada dos semanas solo para informarle el estado de su expediente. –Heather se compadeció.

–Bien, muchas gracias. Aprecio todo lo que pueda hacer. –Rebeca respondió y fue el final de la llamada. Estaba flotando en aguas desconocidas.

Rebeca reconoció que sus hijos necesitarían terapia una vez que ella concluyera el proceso solicitando el divorcio. Por supuesto, Rebeca esperaba que en un futuro lejano Rebeca y Peter comenzaran una nueva relación. Se podría decir una especie de reinicio, descubrirse mutuamente como las personas que son hoy, aprender a comunicarse, generar confianza y tener un nuevo tipo de amor. Rebeca era una soñadora y esta idea no se descartó, solo qué se mantuvo en forma de sueño porque Peter vivía engañado por su propia mente.

Al mirar la hora, eran casi las tres y Rebeca se prometió a sí misma que se obligaría a comer. Al entrar a la cocina mientras navegaba en su teléfono, tomó un plátano y comenzó a pelarlo cuando notó un mensaje de Joaquín. De repente sonó el timbre, ella se acercó y Peter había dejado bolsas de compras.

–Voy a recoger a los niños de casa de tu mamá y llevaré esas compras adentro, –gritó Peter mientras caminaba de regreso a su auto y se marchaba.

El mundo era un lugar diferente y los alimentos se compraban según era necesario, se usaban guantes de plástico, máscaras, se realizaban pruebas rápidas y gente muriendo a diario. Todos intentaban hacer lo mejor que podían y respetar la pandemia, pero era una situación sin precedentes y el bloqueo tenía a todos en la casa volviéndose locos. Rebeca llevó los víveres adentro y comenzó a guardarlos, se olvidó del mensaje de Joaquín y no se comió su plátano.

Por la noche, Rebeca estaba mirando la televisión sin saber que ver, cuando recordó que había un mensaje esperando de Joaquín, que decía:

Acabo de regresar de unas vacaciones. en
Sauble Beach, pero quedarse en casa ha sido
gratificante.

Ella estaba asombrada de que él estuviera conversando con ella. *¿No me quería fuera de su vida y ahora me está hablando?* Ella cuestionó en voz baja. La pequeña charla continuó durante toda la noche sobre las actividades realizadas durante el verano y su manejo de la pandemia. Rebeca estaba mentalmente en una situación terrible, pero tener una agradable conversación con Joaquín fue reconfortante. Sus mensajes de Instagram de ida y vuelta continuaron hasta las 22:00 horas; Rebeca estaba bostezando y escribió:

Que tengas una noche maravillosa.
Fue agradable hablar contigo de nuevo.
Mantente en contacto por favor

Definitivamente me mantendre
en contacto. Buenas noches.

Rebeca se mostró escéptica de que Joaquín cumpliera, ya que se había ido dos veces antes. Entonces, esta vez ella se preparó mentalmente para su desaparición, si él no se iba entonces

316

serían grandes amigos. En el transcurso de los días siguientes, las conversaciones pasaron de una línea a varios párrafos. Las conversaciones eran naturales, algo que Joaquín y Rebeca eran famosos por lograr. Joaquín escribió:

¿Cómo va la vida y todo lo demás?

Bueno, ¿quieres la verdad?
¿O la respuesta de cortesia, reducida?
Respuesta de cortesia: todo esta bíen,
considerando la situación.

Nunca una respuesta de cortesia. Jajaja.
Soy yo. Espero que eso todavía signifique algo.

Sí, es así, por eso pregunté.
Sinceramente pasando por algunos
tiempos difíciles aparte de la pandemia
y es un proceso de trabajo ardúo.
Han sido pequeños pasos.
¿Y tú?
¿Cómo estás?

La pandemia fue un soplo de aire
fresco para mi. Me gusta todo el trabajo desde
casa. Dinámico y eso de ir y venir al trabajo,
nunca ha sido lo mio. Sin embargo, descubrí
que tampoco es sano estar en el mismo
hogar con adultos que no comparten tu
sentido de urgencia para mantenerse a salvo.
Entonces, mi novia y yo rompimos a finales de
Abril. Me mudé y ahora vivo en Etobicoke.
Esa es la versión condensada, no cortez.
Sinceramente, estoy mejor.
Ha tardado un poco, pero estoy contento.

Tu respuesta no cortez fue
más elaborada que la mía
así que lo intentaré de nuevo.

En abril (supongo que fue un mal mes
para los dos) Le pedí el divorcio a Peter
por segunda vez, después de mucho
tiempo,casi un año, intentando de arreglar
las cosas pero sin hacer ningún cambio
real. Debido a COVID, no pudo mudarse
en ese momento, así que se mudó al
sótano y cada uno tomamos nuestro
camino. Ambos buscamos terapeutas y
a finales de Julio decidimos intentar de
nuevo, esta vez para implementar los
cambios. Necesitábamos que nuestro
matrimonio funcionara.
Así que aquí estamos, pequeños pasos.

Hacer eso requiere una increíble
cantidad de coraje. Deseo y espero
que consigas los resultados que estas
buscando. Me alegro que estás aceptando
pequeños pasos. Mucha gente lo no aceptan.
Sé qué harás lo que sea lo mejor para ti.
Si la memoria no me engaña,
se que eres una mujer increíblemente
capaz de todo.

Gracias. Deseo que mi matrimonio
funcione, pero algo tiene que cambiar
dentro de mí y es difícil explicarlo, pero
todavía estoy trabajando en eso.

¿Te puedo dar un consejo?

Por supuesto.

Por mucho que pienso que estas
haciendo lo correcto para ti y
tus hijos (esto viene de
un hombre divorciado) Yo también creo que
escuchando esa voz ó cambio
dentro de ti es importante.

Una gran parte de mí me dice que
Ya no amo a Peter, de hecho,
después de unos meses de terapia
di cuenta de que yo debería haberlo
dejado ir hace mucho tiempo.
Sin embargo, esa explicación requiere
más tiempo y un poco de café.
Entonces, estoy tratando de descubrir
que es lo que quiero y cómo hacerlo.
Y si todavia puedo ser feliz en este
matrimonio.

Cuando comencé la terapia, me di cuenta
que mi matrimonio había terminado. Un año
después nos separamos. Al abrir
esa bóveda salen verdades, y te das cuenta
de que te estabas mintiendo a ti mismo.
Ahora es cuestión de estar plenamente
consciente de lo que hay detrás de esa puerta
y entender que pase lo que pase, tú eres la
conductora de el coche, y ya no solo una
pasajera.

Dejé la terapia alrededor de las dos
hace semanas. Me asusté de todo
lo que estaba descubriendo.
Sé que puede ser decepcionante
pero una parte de mí sólo quiere
volver a ser ajena a
la verdad y solo vivir en mi
mundo de fantasía como lo hice una vez.
Es donde yo era feliz fingiendo
y creyendo que Peter me ama,
pero me temo que ya no es
posible porque ahora soy la que tiene que
tomar el asiento de conductor.
¿Cómo puedo quedarme con alguien
si ya no le amo? Es mi mayor

pregunta y esa es en la que estoy
trabajando. Peter dice que me volvera a
conquistar, y me enamorare de él.
Quiero intentarlo, así que aquí estamos
haciendo esfuerzos en ambos extremos,
pero tengo miedo de que me estoy
esforzando por razones equivocadas.
Lo siento, he dicho demasiado... ¡verdad!
Pido disculpas si te he hecho sentir
incómodo.

¿Dijiste demasiado? No.
Creo que necesitábamos hablar
por mucho tiempo. Simplemente nos
estamos poniendo al día.
Estoy dispuesto a tomar ese café y
terapia gratuita siempre que estés
también dispuesta a ser mi terapeuta.

Me gustaría ponerme al día, la terapia y
hablar. Déjame saber cuándo estas libre y
podemos programar algo.
Hablamos pronto.

Cuatro días después de su primera conversación en Instagram, Rebeca le envió un mensaje a Joaquín con su número de teléfono celular y le sugirió llamadas telefónicas en lugar de mensajes. Joaquín estuvo de acuerdo y la llamó alrededor de las 20:00 horas; pero ella estaba justo en en medio de su rutina nocturna, por lo que le devolvió la llamada alrededor de las 21:45 horas

—Lo siento, mi niña se acuesta a las 20:00 horas y espero hasta las 21:00 horas para acostar a mi hijo, —dijo Rebeca.

—No te disculpes, lo entiendo, —agrego Joaquín. Hablaron de muchos asuntos con más detalle, temas como su separación, su divorcio, su carrera, su hijo y su depresión. Joaquín compartío detalles de su parte en la ruptura de su matrimonio de veinte años. Rebeca sabía sobre el divorcio desde su consulta de 2016, pero no conocía ningún detalle. Había sido vago con sus respuestas durante su reunión, pero ahora se estaba desahogando

—Ojalá hubiera hecho algunas cosas de manera diferente, como al final del matrimonio, tal vez darle más tiempo ó espacio antes de terminar, —admitió Joaquín.

—Si crees que existe la posibilidad de que Peter y tú puedan resolverlo, entonces deberías tratar, Rebeca. —Expresó con sinceridad. Un profundo suspiro la invadió.

—Lo he intentado, durante veintisiete años, no sé si me queda algo para dar. Además, creo que el problema ahora es si quiero intentarlo. Ya no lo amo. Soy una persona que se guía por el amor y no siento nada. Lo miro y estoy muerta por dentro. ¿Qué hago con eso? —Ella le dijo. Las lágrimas corrieron por sus mejillas y su voz cambió. Joaquín suspiró con empatía.

—Creo que te conozco lo suficiente como para saber que habrías dado todo lo que tienes por tu matrimonio, pero ese llanto suena como si no estuvieras segura de que todo haya terminado todavía. —Joaquín cuestionó con empatía. Rebeca resopló y se aclaró la garganta.

—Las lágrimas no son de tristeza, son de frustración, sé lo que debo hacer. Debo romper mi familia. Debo decirles a mis hijos que ya no amo a su padre. Debo empezar de nuevo prácticamente sin nada cuando he trabajado tan duro toda mi vida, pero de todo eso lo que más me molesta es que pasé veintisiete años con un hombre que nunca me amó. Nunca lo demostró, puedo contar con una mano las cosas que ha hecho por mí desinteresadamente. Yo era solo su boleto para una vida cómoda, y yo era conveniente para él. Siempre lo supe pero nunca quise admitirlo, –despotricaba y seguía sollozando.

No dudó en mostrarse vulnerable con Joaquín, era un sentimiento increíble poder decir lo que uno siente sin miedo a ser juzgada. Joaquín permaneció en silencio.

–Lamento que estés pasando por esto, pero estoy aquí cuando necesites desahogarte, gritar, llorar o hacer lo que necesites. –Añadió. Rebeca sintió una sensación de alivio; necesitaba desesperadamente comunicarse con alguien que la entendiera y él se lo puso muy fácil.

–Gracias, no tienes idea de cuánto lo aprecio, –respondió ella.

–Por supuesto, ¿le has dicho que ya no lo amas? –Preguntó.

–Sí, varias veces. Le pedí el divorcio dos veces, pero él no quiere darme el divorcio, por eso estoy en esta situación. ¡No sé qué hacer! –Dijo irritada.

–Simplemente espero, todos los días esperando una señal de lo que debo hacer a continuación. Sé que Peter y yo hemos terminado. Se necesitaría un milagro. No siento lo mismo y nunca volveré a confiarle mi corazón, para darle a nuestra relación una oportunidad justa. –Ella comentó. Joaquín escuchó intensamente y permitió que Rebeca se desahogara. Rebeca continuó durante una hora explicando todos los intentos que hizo para salvar su matrimonio.

De repente se dio cuenta. –He estado hablando toda la noche de mí, lo siento, hablemos de ti. Entonces trabajas para Google. ¿Estas feliz allí? –Dijo mientras respiraba profundamente y él se reía entre dientes.

–No me importa que hables de eso, lo necesitas. Aunque sí, está bien, comencé a trabajar para Google en 2019 y por ahora es suficiente. –Respondió. Rebeca no iba a seguir monopolizando la conversación, así que planteó más preguntas.

–Dijiste que acabas de mudarte con tu hermano, ¿cómo surgió eso? –Preguntó Rebeca. A ella le parecía que a Joaquín también le pasaban muchas cosas.

–No tienes que decirme nada que no quieras, –le aseguró.

–Lo sé. Bueno, acabo de salir de una relación. Llevábamos juntos casi cuatro años y me mudé de su casa en Mayo. Ha sido difícil, intentamos que todo volviera a funcionar pero finalmente rompimos hace un par de semanas. Sé que ya hemos terminado y no creo que quiera volver a intentarlo, pero la parte difícil es sanar. Fue una relación en la que me perdí a mí mismo, perdí quién era. Me tomó un tiempo darme cuenta, pero una vez que lo hice, llamé a mis hermanos y me mudé en un día. Ahora estoy trabajando para encontrar un camino mejor para mí. –Él confió.

–Yo también estoy tomando un día a la vez pero sintiéndome seguro de mi decisión. –Añadió. Rebeca se entristeció al saber que él también estaba luchando con una situación dolorosa.

–Lamento mucho escuchar eso. Un corazón roto no es un proceso de curación fácil. –Ella respondió con cautela, evadiendo el tema de puntillas porque Joaquín era una persona reservada.

–Siento que tal vez debería darte el mismo consejo que tú me diste a mí. ¿Estás seguro de que no quieres trabajar en ello? Cuatro años es todavía mucho tiempo para alejarse, –implicó Rebeca. No había ningún ruido de fondo proveniente del lado del teléfono de Joaquín y el silencio era ensordecedor.

–Oh no, ese barco ha zarpado. Lo intentamos y no funcionó. Todo se vino abajo muy rápidamente y no voy a llamarla. –El confirmó. Rebeca intentaba ser tan comprensiva como Joaquín.

–Bueno, tal vez ella te llame y… –Antes de que pudiera terminar la frase, Joaquín la interrumpió.

–Oh no, ella no llamará. La conozco y no me llamara. –Afirmó. Rebeca se encogió de hombros como si Joaquín pudiera ver a través del teléfono.

–Está bien, tú conoces mejor tu relación, pero yo también estoy aquí si necesitas desahogarte, gritar o llorar. –Ella le repitió.

–Gracias, estoy trabajando en ello a mi manera. Así como el amor se puede dar, también se puede quitar. –Él afirmó. Esas palabras resonaron en la cabeza de Rebeca y recordó que era exactamente lo que le había dicho a Peter la noche de su revelación inducida por el alcohol.

–¿Si eso no es verdad, no se que lo es? –Dijo mientras pensaba en su relación. Durante toda la conversación, ella no recordó la presencia de Peter en la casa. Su amistad parecía haber continuado exactamente donde terminó, al menos la mayor parte de su amistad. Rebeca podía confiar en él sin pensar y se dio cuenta de que todavía confiaba completamente en él.

Cuando eran niños, él era la única persona que realmente la

conocía tan bien como ella se conocía a sí misma, y esa confianza nunca se rompió. Colgaron alrededor de la medianoche y Rebeca se durmió de inmediato, sin pastillas para dormir, sin pensamientos intimidantes, solo descansó. Desahogarse y comunicarse con alguien que pudiera brindarle una perspectiva externa fue satisfactorio. Especialmente viniendo de Joaquín porque ella lo tenía en muy alta estima.

Al día siguiente, Rebeca, entre muchos otros detalles que tenía en mente, ahora incluía a Joaquín. No tenía energía y se quedó en la cama, durmiendo casi todo el tiempo, tal vez por agotamiento, depresión o ansiedad. Ella no lo sabía, pero no podía afrontar el día. Sus hijos entraron.

–¿Estás bien mamá, duermes mucho? –Preguntaron al unísono.

–No me siento bien bebé, solo estoy descansando. –Rebeca respondía con su excusa habitual sin apenas comprender su estado de ánimo. Ella sonrió por fuera lo mejor que pudo, pero se ahogaba en dolor y tristeza por dentro. Pasaron un par de días y Rebeca entraba y salía del estancamiento, con un contacto mínimo con sus hijos o con Peter. De vez en cuando se levantaba para preparar la cena para sus hijos y deambulaba siniestramente por la casa.

Era domingo y tenía un trabajo a tiempo parcial además de su carrera de Paralegal como asociada de ventas en un tienda de Walt Disney desde 2018. Se refería a él como su *trabajo divertido* y disfrutaba de las ventajas que conllevaba el puesto. La tienda estuvo cerrada debido a la pandemia durante meses y era su primer turno desde el cierre. Era una fanática colosal de Disney, una de las pocas alegrías que Peter le brindaba desinteresadamente. En el año 2000, mientras eran novios, sorprendió a Rebeca con un viaje a Disney World por primera vez y se enamoró del lugar desde entonces. En ese entonces, Rebeca tenía veinticinco años. Aunque Disney estaba en el centro del capitalismo, proporciona mucha alegría a muchas personas, jóvenes y mayores. Había algo en hacer sonreír a la gente con la magia de Disney que obsesionaba a Rebeca.

Desafortunadamente, aquellos que no podían permitirse el lujo de ir a Disney tuvieron que contentarse con ingresar a una tienda de Disney. Ahí es donde Rebeca brilló, le encantaba hacer sonreír a la gente y a los niños. Este trabajo fue su escape de la realidad de su vida personal, la burocracia de los tribunales, y entró en un mundo de fantasía y magia. Su casa estaba llena de objetos coleccionables de Disney, juguetes para sus hijos, juegos familiares y decoraciónes del hogar. Con sus ventajas, llevó a su familia a Disney World y a un crucero de Disney. Jugaba, reía y disfrutaba cada momento con sus hijos, pero ya no era la misma persona. De alguna manera, Rebeca se obligó a levantarse de la cama y se puso a trabajar.

La fuga del trabajo a tiempo parcial fue un éxito hasta que algunos de sus compañeros empezaron a notar un cambio en Rebeca, la depresión se estaba volviendo reveladora. En un turno, Rebeca estaba en la caja registradora ayudando a un cliente cuando su teléfono vibró. Era un mensaje de Joaquín:

Oye, ¿qué estás haciendo?
¿Libre para charlar un poco?

Su mensaje le hizo sonreír, pero responder tendría que esperar, su turno era solo unas pocas horas. La disponibilidad se distribuyó lo mejor posible entre el personal a tiempo parcial y el horario del centro comercial también se redujo, por lo que los turnos fueron mínimos debido a la pandemia. Rebeca tenía el turno de cierre y trabajaría hasta las 21:00 horas. Cuando salió de la tienda, llamó a Joaquín una vez que estuvo cómoda en su auto.

–Hola, ¿ocupado? –Preguntó.

–Oye, sí, un poco. Estoy cenando en casa de un amigo. ¿Podríamos hablar más tarde? –Preguntó Joaquín.

–Si Seguro. –Ella respondió y colgaron. Más tarde esa noche, Rebeca se fue a la cama temprano y Joaquín no llamó.

Al día siguiente, Rebecca estaba en la cocina preparando la cena y no escuchó sonar el teléfono: era Joaquín. Se habían perdido de nuevo. Al caer la noche, ella se recostó en la cama a leer su libro. La pandemia había afectado la relación de Peter y Rebeca porque nadie estaba informado de lo mala que se había vuelto la situación de su hogar. No había necesidad de que nadie los visitara, ni reuniones, ni cenas familiares entrometidas, ni fiestas de cumpleaños. Rebeca se escondió en su casa con la excusa del COVID pero eso estaba lejos de la verdad. Cuando se volvía abrumador, Rebeca conducía por el vecindario. En varias ocasiones, estacionó su auto en un estacionamiento vacío y simplemente lloró, lloró hasta estar tan exhausta que llegaba a casa y caía rendida en la cama.

Mientras Rebeca seguía leyendo su libro, su teléfono vibró.

–¿Hola? –Ella respondió. Joaquín era una incorporación tan reciente a su vida que a menudo olvidaba que él estaba cerca.

–Oye, lo siento, ¿estabas durmiendo? –Preguntó Joaquín.

–No, no, estaba leyendo mi libro, –respondió ella.

–Oh, ¿qué estás leyendo? –Preguntó.

–El último libro de *Los Juegos del Hambre*, –añadió.

–Oh, entonces te gustan *Los Juegos del Hambre*. El capitalismo en su forma más cruel, –continuó.

–De todos modos, estaba llamando para disculparme, salí de la casa de mi amigo bastante tarde y no pude devolverte la llamada. –Él explicó.

–No, no te preocupes por eso. Lo entiendo. Yo tampoco podía hablar porque estaba trabajando y no tuve descanso. Trabajo para una tienda de Disney a tiempo parcial, –le dijo y él se rió.

–¡En realidad! Entonces, ¿tienes tu propio negocio y también trabajas para Disney? –El confirmó.

–Cuando una empleada vio que estaba entreteniendo a una larga fila de personas esperando el lanzamiento de un peluche exclusivo de Mickey en Disney Store, me dijo que debía solicitar un trabajo. Disfruto haciendo sonreír a la gente. Entonces presenté mi solicitud y prácticamente me dieron el trabajo en el acto. –Rebeca explicó. En general, ella era una niña de corazón.

–Eso es genial, –dijo Joaquín con entusiasmo.

–Hoy en día es un poco más difícil sonreír, pero estoy haciendo lo mejor que puedo. No quiero dejar el trabajo, pero creo que la gente en Disney está empezando a darse cuenta. –Ella compartió.

328

Rebeca nunca oculto nada a Joaquín.

—Entonces, estoy trabajando en Disney Store este domingo de 15:00 a las 20:00 horas y estaba pensando que podríamos ir a tomar un café rápido o una terapia como me ofreciste, si quieres. —Ella preguntó.

—El domingo parece que es posible. Quizás no café tan tarde, —dijo riendo.

—Bueno, siempre hay descafeinado. —Ella le dijo, riendo también. Peter entró en la habitación mientras se despedían y Rebeca colgó. Peter se acercó a su lado de la cama.

—¿Quién era ese? —Preguntó Peter. Rebeca no quiso responder porque no se habían dicho dos palabras en días.

—Un amigo, —respondió ella.

—¿Un amigo? —Repitió con curiosidad. —¿Es alguien que conozco? —Añadió.

—No, no lo conoces. Es alguien de mi pasado. —Ella respondió de mala gana. Peter gruñó y habló en voz baja mientras se alejaba. No estaba contento, pero en lugar de acercarse para discutir sus problemas matrimoniales, se centró en con quien Rebeca estaba conversando tan tarde en la noche. Ella había dejado de hacer todo lo posible por él y de mostrarle el amor que alguna vez sintió y se preguntaba si él sentía el vacío de su amor.

Las conversaciones nocturnas continuaron entre Rebeca y Joaquín, al principio espaciadas, pero luego fueron diarias. Cada noche la conversación se hacía más larga, hablando de sus relaciones, de lo bueno, de lo malo y de lo feo. Rebeca a veces decía cosas horribles sobre Peter por ira y desesperación, pero estaba fuera de lugar. Estaba más enojada consigo misma por no dejarlo ir antes y no prestar atención a todas las señales que dejaban muy claro que Peter no era su único amor verdadero. Si hubiera escuchado su intuición, ambos ya habrían encontrado su verdadero destino.

Sin embargo, la niña destrozada que había dentro de Rebeca tenía problemas de apego y un trauma por miedo a ser abandonada, y requería curación. Joaquín intentó consolarla revelándole algunas malas decisiones de vida que tomó y que lo dejaron en el limbo. Para empezar, había iniciado su propio negocio, pero le resultaba difícil mantenerlo sin apoyo moral y financiero. Concentró gran parte de su tiempo en su pasión por el bien colectivo del mundo a través de la política, lo que le dejaba muy poco tiempo para otras cosas. Fue esa conexión con la política lo que lo atrajo a su ex novia de cuatro años, entendían la pasión del uno al otro.

Mientras conversaban profundamente, Rebeca escuchó a su hija gritar inquietamente, Rebeca se sorprendió.

–Esperar. –Le dijo a Joaquín. Entró a la habitación de Isabella y notó que estaba teniendo una pesadilla. La giró suavemente y la rodeó con sus brazos. Rebeca se acostó con ella hasta que volvió a quedarse dormida, le tomó unos diez minutos. Volvió al teléfono.

–Lo siento, mi hija estaba teniendo pesadillas, –dijo en tono de disculpa. Joaquín había estado esperando pacientemente.

–Hagamos un trato ahora. No disculpas. Escribiremos y hablaremos cuando podamos. Sin expectativas. ¿Esta bién? Entiendo que tienes obligaciones, sin presión. –Él la tranquilizó. Rebeca estuvo de acuerdo, ella necesitaba esta amistad, sin saberlo.

—Acordado. Yo también tengo una petición: si empezamos a hablar, escribir y reunirnos, no puedes volver a desaparecer. ¿De acuerdo? —Preguntó Rebeca.

—Te prometo que si hay algun problema, no desaparecere. —Respondió Joaquín. Eso es todo lo que Rebeca necesitaba oír.

—Bueno, ten en cuenta que, si las cosas van mal, tal vez pueda ayudarte. Una vez fuimos una amistad fuerte y creo que podemos volver a serlo si lo permites. —añadió Rebeca. De fondo se oía el susurro de las tazas y el silbido de una tetera.

—Lo sé, gracias, pero ahora estoy en un lugar diferente, pero sí, si necesito ayuda, la pediré, —le aseguró Joaquín. Cuando Rebeca estaba dando las buenas noches, escuchó algo en el pasillo, levantó la cabeza de la almohada para escuchar. Eran pasos escaleras abajo. Fue entonces cuando se dio cuenta de que Peter estaba escuchando su conversación. A Rebeca no le molestó lo más mínimo; no le estaba contando a Joaquín nada que no le hubiera contado directamente a Peter. Volvió a centrarse en Joaquín.

—Buenas noches. Gracias por compartir, —Rebeca dijo, amablemente.

—Buenas noches, amiga, —respondió Joaquín. Estaba asombrada, era un fenómeno raro hablar con alguien después de treinta años y todavía sentir la misma conexión que sentías a los dieciséis. Se quedó dormida en una nube y flotó hacia el reino del sueño. 🐾

Capítulo 15
Realidad Alterna

El amor es extrañar a alguien cuando están separados,

pero de alguna manera sentirse cálido por dentro

porque están cerca en el corazón.

Kay Knudsen

Los turnos de trabajo de la tienda de Disney no eran como los horarios previos a la pandemia, la cantidad de compradores era caprichosa. Algunos días parecieron Navidad con los compradores al máximo de su capacidad de COVID y otros días los miembros del personal excedieron a los clientes. No hubo coherencia y los cambios fueron impredecibles. Durante estos tiempos poco convencionales, los miembros del personal se involucraron personalmente en la vida de los demás. Tuvieron tiempo para ser curiosos, sin embargo, Rebeca era reservada y la única persona en quien confiaba un poco era su *esposo de trabajo*, Massimo. Se corregían constantemente, y debatiendo sobre mercancías parecían un matrimonio viejo, feliz y se convirtió en su chiste privado.

Irónicamente, Rebeca descubrió recientemente que Massimo compartía el mismo cumpleaños que Joaquín y, en consecuencia, entendió su rara pero orgánica compatibilidad. La tienda estaba tranquila y su turno actual era lento, pero Rebeca estaba emocionada de ver a Joaquín esa noche, despues de su turno. Habían acordado reunirse en Tim Horton's en el centro comercial alrededor de las 20:15 horas. Sin embargo, cuando Rebeca salió del trabajo, vio un texto de Joaquín:

Ey. Lo siento por la notificación tardía.
estoy cuidando a los hijos de mi hermano
y él todavía no llega.
Tendremos que aplazar.

Gracias por hacérmelo saber.
Estaba saliendo de la tienda.
No te preocupes, lo entiendo.
Qué tengas buenas noches.
Cuando estes libre dame
una llamada y podemos reprogramar.

Gracias. Te lo haré saber.

Rebeca llegó a casa, normalmente más agotada de lo normal. Aunque Peter tenía la cena esperando, a esa hora de la noche su hambre estaba sofocada y si forzaba la comida, sería nauseabunda. Últimamente, Peter estaba actuando fuera de lugar, prestándole más atención y mostrándose más interesado en sus esfuerzos como marido. Vio la comida en la estufa y la ignoro, se sentía indiferente ante sus nuevos intentos, el tiempo de tratar de ganar su interes había pasado. Ya no estaba pensando en el hombre al que le dio mil oportunidades, sino en el hombre al que no le dio ninguna. Todavia así, la cancelación de Joaquín fue una sorpresa, pero se preguntó si este era el comienzo de su acto de desaparición. Juzgando únicamente por el comportamiento pasado, era difícil no cuestionarlo. Más tarde, llegó otro texto de Joaquín:

Mi hermano acaba de llegar a casa.
Quería mucho que nos vieramos.
Lástima que tendremos que esperar un poco.
Más tiempo para ponernos al día.

Bueno, creo que te debe mucho,
por tener que abandonar a tu amiga.
Una amiga que estaba muy emocionada de
reunirse después de tanto tiempo.

Puedo apostar que yo
Estaba más emocionado. JAJAJA.

Bueno, ya que ambos éstabamos
emocionados de encontrarnos
entonces no deberíamos esperar
demasiado para
reprogramar.

Estoy de acuerdo. cuando estas
libre esta semana después de las 17:00 horas?

Si lo piensas, ya dejamos pasar
demasiado tiempo para ponernos al
día. Hace unos años me buscaste,
pero luego volviste a desaparecer...
¿por qué?
¿Qué tal el miércoles?
¿Te funcionaría?

Sí, eso funciona. No estaba
en la mejor disposición para estar
de amigo. Necesitaba gente
alrededor para no sentirme solo,
pero no fui un buen amigo.
Puedo contarte más cuando nos veamos.
Me voy a dormir ahora. Buenas noches.

Ok, el Miércoles suena bien.
Yo también estoy cansada, que
tengas buenas noches.

La respuesta de Joaquín dio luz sobre su acto de desaparición de 2016; sin embargo, la conversación más incómoda aún estaba por llegar, los terribles acontecimientos del fin de su amistad. Rebeca; ahora una mujer de 45 años con experiencia en la vida, y ella entendía que, si deseaban tener una amistad sólida, tendrían que lidiar con el pasado. La conversación podria curar todas las heridas de su corta pero impactante amistad o separarlos para siempre.

Los días fueron pasando y Joaquín y Rebeca seguían hablando, lamentablemente esta amistad reavivada trajo nuevas tensiones a su hogar. Peter estaba enojado por las constantes conversaciones nocturnas de Rebeca con Joaquín y sus hijos estaban creando una idea equivocada sobre ellos, seguramente con la ayuda de Peter.

La noche siguiente, Rebeca interrumpió su conversación con Joaquín debido a las miradas homicidas de Peter mientras miraban televisión. Sin embargo, Rebeca estaba en un lugar diferente al de Peter, su matrimonio había terminado, pero Peter seguía negándolo. Rebeca llamó a Joaquín a la hora de dormir.

–Oye, lo siento, no quería pelear con Peter, así que pensé en llamarte antes de irme a dormir. –Ella explicó.

–Oye, sí, hmm, te llamaré de nuevo, estoy con unos amigos, –dijo, susurrando de manera extraña.

–Oh, sí, claro, –respondió ella, pero Joaquín había colgado antes de que ella dijera su última palabra. Entonces supo que él no estaba con amigos, sino que talvez estaba en una cita o con una novia. Rebeca podía sentir su disposición incluso a través del teléfono y era diferente, no era el trato al que Rebeca estaba acostumbrada. Sin embargo, ella no era nadie para cuestionar o exigir información. Lo mejor era que recordara su lugar en su vida: una amiga, o mejor aún, una conocida.

Era viernes por la noche y comenzó su habitual conversación telefónica. Sin embargo, esta noche, Joaquín era el curioso con muchas preguntas.

—Entonces, ¿por qué ahora? ¿Por qué comunicarte ahora? Llevas más de un año pasando por esta terrible experiencia. ¿Porqué ahora? —Preguntó. Rebeca se rió a carcajadas y se sintió avergonzada por el estallido.

—No fue a proposito. Me emocionó tu post, así que agregue mi opiníon pensando que estaba en los comentarios generales. Después de que desapareciste en 2016, pensé que no querías tener nada que ver conmigo, así que no me preocupé por eso. Luego, cuando respondiste y me preguntaste cómo estaba, me sorprendió, pero pensé que no me habrías preguntado si no quisieras saber... así que aquí estamos. —Ella respondió honestamente.

—Los jóvenes se refieren a eso como *deslizarse en mis mensajes directos*. Es algo que la gente hace ahora para iniciar amistades con desconocidos en las redes sociales. Entonces, entraste en mis mensajes directos, ¿eh? —Él se rió entre dientes. Ella resopló ante su comentario.

—No sabía que comentar en tu historia sería un mensaje directo, no sabía que había una diferencia entre publicación é historia, lo juro, pregúntale a cualquiera, no soy de alta tecnología, pero fue algo bueno. ¿No? —Ella respondio. Joaquín suspiró.

—Sí... Debes prometerme que no me dejarás fuera, no importa lo mal que te pongas. —Suplicó Joaquín, su tono ya no era cómico. Rebeca estaba muy agradecida.

—Gracias, sólo pensar en todos los cambios que se avecinan me asusta. —Ella admitió.

—No da tanto miedo, si no estás sola. —Joaquín inmediatamente le señaló.

—Me siento sola. —Ella comentó. Había una atmósfera serena cuando hablaron.

—Bueno, ya no lo estas. Aunque no soy imparcial. No importa lo justo que sea, tenemos mucha historia. —afirmó Joaquín.

—No necesito que seas imparcial, sólo necesito que me apoyes. —Ella dijo firmemente.

—No hay duda al respecto. Tienes mi apoyo incondicional. —Él le aseguró y ambos suspiraron simultáneamente.

—Y también cuenta con todo mi apoyo, tal vez tarde pero ya está aquí. Ojalá me hubieras dejado ayudarte hace cuatro años. —Rebeca respondió con voz suave.

—Hace cuatro años, no estaba preparado para ser ningún tipo de amigo. Si me hubiera quedado, me habrías odiado después, —dijo vagamente una vez más. Rebeca sintió que él no deseaba hablar sobre 2016 y decidió escuchar en lugar de desahogarse como siempre. Hubo una breve pausa y Joaquín continuó.

—No puedo negar que tuviste un gran impacto en mi vida cuando eramos jovenes, y tenerte en mi vida como amiga nuevamente se siente surrealista. De alguna manera, siempre supe que nos encontraríamos más adelante en la vida. Estoy contento de que volvamos a ser parte de la vida del otro. —Joaquín compartió. El corazón de Rebeca se llenó de gratitud.

—Gracias. En realidad. Ojalá pudiera cambiar tantas cosas. Todavía hay mucho que decir…, —comenzó. Joaquín interrumpió.

—No, no vayamos allí. Eso fue el pasado, y sé con certeza que alguna vez sentiste amor y fuiste amada, es lo único que importa. Aférrate a la esperanza y lo volverás a sentir. –Él la animó. Una canción sonaba de fondo.

–¿Qué es eso? –Preguntó Rebeca.

–Oh, accidentalmente hice clic en un enlace que me envió mi hermano. Es una canción, él sabe que me gusta la salsa. –Respondió. Afortunadamente, el tema cambió a la música, porque Rebeca aún no estaba preparada para tener esa conversación. Luego, se dio cuenta de que era la hora de la rutina de su hija é hijo para dormir.

–Joaquín, ¿podrías darme unos 15 minutos? ¿Tengo que poner a dormir a mis hijos o puedo devolverte la llamada? Joaquín accedió.

–Por supuesto, tómate tu tiempo, llámame de nuevo, –respondió y colgaron. Eran alrededor de las 22:20 horas, cuando ella devolvió la llamada.

–Gracias. Me dio tiempo también y ordené un poco, –dijo Rebeca, cuando Joaquín contestaba el teléfono.

–Por supuesto. –Él agrego. Ahora estaba recostada en el sofá de la sala porque Peter decidió irse a la cama temprano. La conversación rápidamente continuó donde se quedó.

–Es increíble lo poderosa que puede ser una canción. Peter y yo tenemos una canción, que es un poco estúpida, *Te Compro Tu Novia,* –dijo Rebeca, perturbada.

–Incluso nuestra canción de boda no fue excepcional, ni siquiera recuerdo el nombre, –continuó compartiendo Rebeca.

–Todavía escucho *Amigos y Amantes* y pienso en ti cuando la escucho, –comentó Joaquín.

–¿Amigos y amantes? ¿Esa es una canción? Espera, –dijo Rebeca confundida. Buscó la canción y la reprodujo en Spotify de fondo.

–¿Por qué esa canción? Y pensé que nuestra canción era completamente diferente, –añadió. A Joaquín no le sorprendió el comentario de Rebeca.

–Nuestra canción era *Historia de Amor*, pero habían muchas canciones que me recordaban a ti, –afirmó. Rebeca sin siquiera procesar lo que había soltado.

–No, estas equivocado, –atestiguó. Ahora Joaquín estaba confundido.

–¿Qué? ¿Cómo que estoy equivocado? Preguntó desconcertado. Rebeca se rió como una pequeña colegiala.

–Había una canción en particular, entre muchas, que bailamos en la fiesta de quinceañera de Valentina, cada vez que escuchaba esa canción, tu venías a mi mente, sin falta. –Admitió una omisión que era exclusiva de la memoria de su corazón. Se escuchó un suspiro mutuo por teléfono.

–¿Que canción es esa? –Preguntó Joaquín.

–*Burbujas de Amor* –Dijo con seguridad. Joaquín no parecía estar de acuerdo con su recuerdo.

–¿*Burbujas de Amor*? Supongo que nunca tuvimos la conversación de ¿cuál es nuestra canción?, –dijo Joaquín riéndose.

–Sin embargo, tendría sentido que parezca conocer la letra de la mayoría de las canciones de Juan Luis Guerra. Debimos haberlos bailado en la Quinceañera, era bastante popular en ese momento.

—Joaquín continuó sin descanso.

—Honestamente, durante años pensé que nuestra canción era *Historia de Amor*. Ten en cuenta que solo éramos amigos y nos conectamos con canciones en diferentes momentos de nuestra amistad. —Él concluyó. Rebeca quedó fascinada con el nuevo tema.

—Bien, ¿por qué Historia de Amor? —Preguntó intrigantemente. Joaquín empezó a cantar:

> *Qué difícil es*
> *Secar la fuente inagotable del amor*
> *Contar la historia*
> *De un momento de placer*
>
> *Reír alegre*
> *Cuando sienta el corazón*
> *Un gran dolor...*

—¿Continuó? —Preguntó. Rebeca sintío una sensación extraña en el estómago.

—¿La letra te recordó a mí? —Dijo mientras exhalaba ruidosamente con asombro.

—Claro, —afirmó Joaquín. Rebeca permaneció estupefacta.

—Una vez más, es increíble lo poderosa que puede ser una canción. Bueno, tendremos que llegar a un consenso sobre nuestra canción ahora si queremos seguir siendo amigos. —Ella comentó. Joaquín la hacía sentir otra vez como una chica de dieciséis años, pero tenía que recordarse constantemente que ahora tenía cuarenta y cinco.

—Aparentemente tenemos una banda sonora. —Dijo riendo. Rebeca se unió a su risa.

—Lo apruebo. —Ella votó. Siguieron riéndose y Rebeca estaba recuperando el aliento cuando de repente dejó de reír.

—Bueno, parece que es ese momento para dar por terminada la noche. ¡DIOS MÍO! Son casi las 03:00 de la mañana. —Ella dijo. Mientras tenían una conversación tan maravillosa, el tiempo pasó volando y Joaquín estaba igual de sorprendido en ese momento.

—¿Qué? Las 03:00 de la mañana? Es 1991 otra vez. —dijo Joaquín. Rebeca estaba pensando lo mismo.

—Bueno, espero que duermas bien, fue una conversación tan agradable. Hablaremos pronto. —añadió Joaquín.

—Por supuesto, espero que duermas bien por la noche. —Ella transmitió. Rebeca tuvo un estallido de energía que surgió de una gratitud abrumadora por tener a Joaquín de regreso en su vida. Hay siete mil millones de personas en el mundo, pero él fue el único que alguna vez la entendió bien. Dejando a un lado cualquier magnetismo que pudieran haber sentido ó que aún puedan sentir, Joaquín tuvo una visión distintiva de Rebeca. Una perspicacia que nunca descubrió con nadie más en su vida, incluido Peter. Apagó las luces y se fue a la cama.

Rebeca entró silenciosamente al dormitorio, pero Peter la sorprendió.

—¿Hay algo que necesites decirme? —Peter preguntó en un tono tenso. Rebeca ajustó su postura.

—No. No lo hay. —Ella respondio. No iba a discutir con Peter, pero su respuesta fue demasiado vaga para su satisfacción.

—¿Qué mujer respetuosa está hablando por teléfono hasta las

03:00 de la mañana? –Peter ahogó su enojo. Su comentario exasperó a Rebeca.

–Disculpa, si estuviera hablando con Lily hasta las 03:00 de la mañana esto no sería un problema, pero como mi amigo es un hombre, no es aceptable. Piensa lo que quieras, si hubieras sido el esposo comunicativó y me dieras el lugar que merezco en tu corazón, hoy no estaríamos aquí. –Dijo con firmeza mientras hacía alarde de sus brazos. Peter no continuó con la conversación y Rebeca fue al baño.

Lágrimas de ira corrieron por sus mejillas, Peter todavía no comprendía que era el final del camino. El deterioro en su matrimonio era tan sustancial que ninguna intervención humana sería suficiente. No es que Rebeca no creyera en los milagros, sino que ahora era una cínica al respecto de este amor. Si tenían alguna esperanza de reconciliación, Peter tendría que mover montañas, una tarea monumental y Rebeca estaba segura de que él no estaba preparado para el desafío. Requeriría que Peter la amara por encima de todos los pensamientos degradantes y el resentimiento que sentía por ella, que provienen del amor puro, y él nunca la amó de esa manera.

Rebeca, por otro lado, había perdonado las crueldades de la humillación, incluidas las actividades indecentes en su despedida de soltero con todos los miembros masculinos de su familia presentes. Ella perdonó cada palabra degradante, cada acción hiriente y cada negligencia porque realmente lo amaba, pero ahora, todo lo contrario. El desafío era lograr que Peter entendiera el espectro de la reconciliación, si es que alguna vez la hubiera.

Por el otro lado, Rebeca le dio a Joaquín un segundo intento de reunirse en Yorkdale, a las 18:00 horas cerca del Starbucks Indigo el Miércoles siguiente. Intentar fue todo lo que pudieron hacer, el 2020 estuvo lleno de días de imprevisibilidad, trabajos remotos y aprendizaje remoto, el estrés era abrumador.

El turno del Miércoles de Rebeca terminó unas dos horas antes debido a que la tienda estaba vacía, pero no regresó a casa, se sentó en su auto escuchando música. Se quedó dormida durante unos 30 minutos, tuvo un sueño profundo y relajado y se despertó rejuvenecida. Miró la hora y se dirigió al centro comercial Yorkdale. Las carreteras estaban tranquilas, pero los pocos conductores que estaban fuera tenían una expresión de frustración por una pandemia en curso que estaba al borde de la locura. Eran las 17:55 horas y muchas plazas de aparcamiento para elegir. Cuando Rebeca entró al centro comercial, notó que un asociado de ventas de la tienda Nike recogía un cartel y lo colocaba dentro. Decía:

¡Oferta, hasta un 40% de descuento en toda la tienda!

Estaba confundida y se acercó al personal de Indigo que acababa de salir.

—Disculpe, ¿a qué hora cierra el centro comercial? —Ella preguntó. Se giró para mirarla mientras él también levantaba el letrero del frente.

—En cinco minutos señora, —respondió. Se le había olvidado que los centros comerciales tenían horarios de funcionamiento más

344

cortos. Si su tienda Disney estaba abierta de las 11:00 a 20:00 horas diariamente, entonces todos los demás centros comerciales habían establecido horarios similares.

–Gracias. –Ella dijo y se alejó. Eran las 18:10 horas y Rebeca seguía revisando su teléfono, eran las 18:20 horas; y todavía no habían señales de Joaquín. Rebeca empezó a sentirse un poco tonta, era el segundo intento y no iba bien. *Quizás no aparezca*, pensó. *No puedo hacer esto, ¿qué estás haciendo Rebeca? Vete a casa,* se dijo a si misma. Estaba casi convencida de irse cuando sonó su teléfono.

–¿Hola? –Ella respondió. El sonido fue apenas audible, pero logró reconocer a Joaquín.

–Lamento mucho… Hay un retraso en el metro, y estoy… a seis… de distancia… –Dijo con una conexión terrible.

–No podemos quedarnos aquí porque el centro comercial está cerrando, pero ¿podríamos ir al Pickle Barrel? –Rebeca respondió con calma. A lo lejos, podía oírlo hablar lo más rápido posible.

–¡De acuerdo! Claro, por qué no consigues una mesa y nos vemos… –Y la llamada se cortó. Rebeca se dirigió al Pickle Barrel.

El restaurante estaba sorprendentemente tranquilo, con solo unas seis personas en todo el restaurante. Mientras esperaba, no pudo evitar preguntarse si estaba tomando una decisión acertada. Su corazón ya estaba roto en pequeños pedazos y que Joaquín lo rompiera aún más con su acto de desaparición sería insoportable. Él ahora llegaba una hora tarde y su tiempo disponible se estaba agotando, necesitaba estar en casa a las 21:00 horas para la rutina de sus hijos a la hora de dormir.

Mientras Rebeca tomaba una taza de té, vío a Joaquín a unos ocho metros de distancia caminando hacia ella entre las mesas. Su corazón dio un pequeño latido; estaba tan feliz de verlo que cualquier duda que tenía se disipó en un instante.

–Lamento mucho llegar tarde; las cosas no salieron según lo planeado. –Dijo, jadeando como si hubiera salido corriendo de la estación de metro. Se acercó a su lado de la mesa y Rebeca se levantó; se abrazaron. Rebeca había estado emocionalmente inestable durante bastante tiempo. La más mínima seña de cariño la haría reaccionar, pero lo controló diciendo algo inteligente.

–Tendrás que darme horas extras de terapia ahora porque me voy pronto, tengo que llegar a casa a las 21:00 horas, –Rebeca respondió.

–Te daré todas las horas que quieras, ¡qué tal 100 horas extra, no, no, 1000 horas extra! –El sugirió.

–¡Aceptado! –Dijo ella, sonriendo. Joaquín también tenía una sonrisa mientras se quitaba la chaqueta.

–¿Esta hora cuenta para las 1000 horas? –Preguntó.

–Sí, claro. –Ella dijo y asintió. Joaquín se puso cómodo frente a ella en la mesa.

–¿Cómo estuvo su día? –Preguntó Joaquín.

–Es lo mismo, sin embargo, hoy me dejaron salir temprano del trabajo y ni siquiera quería ir a casa. ¿Qué tan triste es eso? Una vez amé mi casa y ahora la evito. –Ella respondió. La camarera apareció para tomar la ordén.

–¿Listos para ordenar? –Preguntó la camarera. Rebeca estaba

346

sorprendentemente hambrienta.

–Quiero unas alitas de pollo, por favor, –respondió Rebeca. Joaquín se volvió hacia Rebeca: –Oh, suena bien, también quiero una porción de alitas de pollo. Gracias, –añadió.

La corta hora y media que les quedaba pasó rápidamente con una discusión más profunda sobre cada una de sus vidas. Era la primera vez en treinta años que se hablaban como verdaderos amigos. No se trataba del otro ni de los errores cometidos durante sus peleas, era una sinopsis de los esfuerzos, fracasos y triunfos de sus vidas. Poder analizar sus vidas con alguien en quien confiaban fue una experiencia distintia y les resultaba familiar. Hablaron de sus hijos, de su estado mental, de sus traumas y de sus perspectivas. Joaquín tomó unos tragos de agua. Rebeca quería saber sobre su hijo y se preguntaba si se parecía en algo a Joaquín.

–¿Cuéntame más sobre tu hijo? –Preguntó Rebeca. Joaquín hizo contacto visual.

–Hmm, bueno, está a punto de cumplir dieciocho años en Septiembre, así que ya no es un niño. Está comenzando la universidad en George Brown. Aquí hay una foto. –El empezó. Luego, procedió a darle a Rebeca una visión detallada de la personalidad de su hijo, lo que le gustaba, lo que no le gustaba y las actividades que disfrutaba. A Rebeca le aseguró lo que ya sospechaba; Joaquín era un padre maravilloso. Sin embargo, Rebeca se entero de que Joaquín había logrado un acuerdo mutuo y cooperativo con su ex-esposa y tenía muchas preguntas. Joaquín respondió de manera convencional y estaba claro que se sentía incómodo, así que cambió de tema.

—Mi niño, Sebastián, es un alma gentil. Tiene once años, es revoltoso y muy problemático. Tiene la energía de cinco niños y me mantiene alerta. Mi niña, Isabella, tiene un exterior más duro, pero es muy cariñosa. Ella tiene siete años, es atenta y me plantea desafíos en otros sentidos. Son mis milagros. —Rebeca dijo modestamente. En ese momento, el pedido de comida llego y empezaron a comer.

—¿Qué quieres decir con tus milagros? —Preguntó Joaquín. Rebeca suspiró.

—Bueno, me dijeron que no podía tener hijos por una condición llamada hiper-ovulación y después de cinco años tuve a mi hijo y luego después de cuatro años, tuve a mi hija. Fueron necesarios muchos abortos espontáneos para lograr embarazos naturales. Aunque asistí a una de las mejores clínicas de fertilidad del país, fue necesario un milagro para quedar embarazada de forma natural y llegar a término. —Ella explicó.

Rebeca entró en más detalles sobre los procedimientos de fertilidad por los que pasó sin éxito y todos los abortos espontáneos. Cómo finalmente tuvo que pedirle un favor al 'Dios de los Milagros' y ser bendecida con dos bebés hermosos y sanos.

—Tienen una madre maravillosa, —afirmó Joaquín. Rebeca se sonrojó; El objetivo de su vida era ser la mejor madre posible. Si su lápida dijera: *Amorosa y Mejor Madre*, moriría contenta.

—Gracias. Te lo agradezco. —Ella le dijo. Terminaron sus alitas de pollo y pidieron la cuenta:

—No puedo creer que ya tenga que irme. —Rebeca se enfurruñó.

—Lo sé, tendremos que volver a encontrarnos pronto y prometo no llegar tarde la próxima vez, –confirmó.

Joaquín acompañó a Rebeca hasta su auto y ella observó que había ganado algo de peso. Sin embargo, el peso le sentaba bien, por lo que recordaba, en aquel entonces era demasiado delgado. También tenía una barba que a Rebeca nunca le pareció atractiva en otras personas, pero que le sentaba bien a él. Cuando llegaron a su coche, se miraron el uno al otro.

–Gracias, –dijeron simultáneamente y se rieron. Joaquín interrumpió sus risas.

–Gracias y lo siento nuevamente por llegar tan tarde. –Se disculpó. Se inclinaron el uno hacia el otro para darse un abrazo de despedida.

Para sorpresa de Rebeca, el abrazo se convirtió en abrazo mas profundo. Era una emoción familiar, un sentimiento de paz, un sentimiento de seguridad y podía sentir las lágrimas creándose en los conductos de sus ojos. Fue transportada a un reino caprichoso, un lugar en el que no se dio cuenta de que Joaquín había aprovechado la oportunidad para oler su cabello. Rebecca apoyó la cabeza en su hombro, mirando hacia los autos, y se acurrucó naturalmente en sus brazos. Él era unas pulgadas más alto que ella, y sus brazos y torso envolvieron a Rebecca. Se sintió como en un cálido y cómodo capullo. *Déjalo ir, Rebeca, déjalo ir antes de que piense que estás loca,* pensó. Ella se separó y rápidamente abrió la puerta del auto mientras se despedía con la mano sin mirar en su dirección. No quería que él viera que estaba a punto de llorar. Salió del lugar de estacionamiento y Joaquín todavía estaba esperando, mirándola alejarse. Esperó hasta que ella estuviera a unos 100 metros de distancia y luego regresó al centro comercial.

La casa estaba en silencio. Rebeca entró y dejó sus cosas, Peter la saludó en la puerta y sus hijos vinieron corriendo a darle un gran abrazo.

–Mamá, mamá, –gritaban sus hijos. Su corazón se hinchaba cada vez con sus hijos. Con cada abrazo, le recordaban quiénes eran las personas más importantes en su vida y la razón por la que necesitaba despertarse por la mañana.

–Hola, –saludo Rebeca a Peter.

–¿Te gustaría una taza de té? –Preguntó Peter. A veces, hacía esfuerzos evidentes por ser la persona que Rebeca necesitaba y ella lo reconocía. Ella ya no pudia alterar la situación actual a pesar de sus intentos esporádicos. Sus gestos intermitentes ya no tenían significado para ella; la oportunidad para él de demostrar su amor se había escapado. Ahora ya no hacía ninguna diferencia porque él ya no vivía en su corazón.

Fue desgarrador, se casó con él creyendo que viviría el resto de su vida amándolo. Nunca pensó que pasaría a formar parte de las estadísticas, un amor que vivía tan vívidamente dentro de ella encontró su fin.

–No gracias. Voy a acostar a los niños. –Ella respondio. Más tarde, mientras estaba acostada en la cama y mirando al techo, habló con su versión joven. *¿Por qué me aferré tan fuerte? Podría haberlo abrazado para siempre, ¿qué significa eso?*, se preguntó.

350

Lo extrañaste; Extrañaste su amistad. No lo has visto en treinta años, es natural que te resulte familiar, respondió ella. Su teléfono vibró. El texto de Joaquín decía:

¿Cuándo te veré de nuevo?

Lo antes posible,
espero.

¿Es terrible? Sólo quiero
Abrazarte y no dejarte ir

Si es así entonces ambos tenemos
el mismo problema. Debé
ser nostálgia o tal vez sólo
quiero que me sostengas
y me digas que todo
va a estar bien. No sé.

¿Nostálgia? Por lo que sé
las cosas no nos fueron bien
cuando eramos jovenes, nunca encontré un
amistad como la tuya otra vez.
Te he extrañado.

Yo también.
Buenas noches, amigo.
Buscaremos es fecha para
volver a encontrarnos pronto.

Buenas noches, así lo espero
que descanses un poco.

Rebeca cerró los ojos y se sumergió en el silencio de la noche; no tuvo problemas para conciliar el sueño.

Cada día el mundo se adaptaba, reparaba, sanaba, y eso aparecía en todas las noticias. El mundo volvía a verse diferente, con nuevas restricciones, máscaras obligatorias, bombas de desinfectante en cada entrada de tiendas, hogares y carteras, era anarquía. Los horarios de compra se redujeron al mínimo debido a la escasez de proveedores y al agotamiento de recursos. Los niños no tenían interacción social, mental.

Las crisis sanitarias iban en aumento en todas las edades, los confinamientos, las multas y la depresión estaban en su punto máximo. Las teorías de conspiración detrás de la pandemia de COVID estaban aumentando y, aun que no quisiera saberlas, eran inevitable.

En casa de Rebeca, ella enfrentaba todos estos desafíos con el problema de la separación. Cada mañana luchando con decisiones y silenciando la voz desesperada en su cabeza. Caóticamente tratando de mantener unida la pequeña parte de ella que todavía reconocía. Sus mejores amigas Lily y Myra la visitaban periódicamente, pero ellas también enfrentaban problemas mundiales y se las arreglaban lo mejor que podían. La madre de Rebeca y su prima, Cassandra, fueron las que fueron constantes, y ahora tenía a Joaquín de su lado. J.K. Rowling dijo una vez: –La felicidad se puede encontrar, incluso en los momentos más oscuros, si uno sólo recuerda encender la luz. –El apoyo inequívoco de Joaquín iba a cambiarlo todo, Rebeca había encendido la luz.

Era un dia Sabado, y hacia una hermosa mañana. Rebeca decidió llevar a los niños a dar un paseo en bicicleta, en contra de la orden de quedarse en casa. Rebeca sabía que era necesario, los niños necesitaban aire fresco. Peter no se unió a ellos y había pasado más de un año desde que a ella le importara a donde íba o por su bienestar. Se detuvieron en el parque.

–Chicos, me sentaré en este banco y ustedes pueden jugar por aquí, asegúrese de quedarse donde pueda verlos, –instruyó Rebeca.

–Mamá, ¿puedo ir a la pista y correr? –preguntó Sebastián.

–Claro, solo ten cuidado, por favor, –respondió Rebeca. Por supuesto, Isabella seguía a su hermano mayor a dondequiera que fuera. Las opciones en el parque eran mínimas porque la ciudad había bloqueado todos los columpios, toboganes y barras como medida de precaución. Rebeca observó lo felices que eran sus hijos, lo despreocupados que se sentían y se preguntó cómo podía destruir sus vidas, su estómago empezó a revolverse, como si algo dentro quisier salir a gritos. Tal vez pueda permanecer en este matrimonio hasta que sean un poco mayores, cuando puedan entender por qué dejo a su padre, se dijo a sí misma. La idea de permanecer en un matrimonio sin amor hizo que su dolor de estómago fuera más fuerte y permaneció con ella durante todo el día.

En la noche, mientras miraba la televisión, Peter se acercó a Rebeca y se sentó con cautela a su lado. Se sentaron en silencio. Ella sintió que él tenía pensamientos corriendo por su mente, pensamientos que quería vocalizar, y con un suspiro, pronunció.

–Rebeca, te estás enamorando de él. ¡No lo ves! ¿No ves que arruinará a nuestra familia? –Dijo mientras recuperaba el aliento. Luego, se levantó y se fue a acostar en el otro sofá. Rebeca no respondió, perpleja, comparó sus enfoques. Ella lo había amado durante veintisiete años con paciencia, comprensión, cuidado y amor, pero él no se atrevía a tener una conversación sincera. Su capacidad de conversación fue un grito sin diálogo entre ellos, comó un cobarde.

Al caer la noche, Rebeca estaba sola en la cama y Peter observaba sus deportes. Rebeca no pensó mucho en el comentario de Peter, nadie nunca entendió su amistad con Joaquín, no cuando eran niños, y con certeza no ahora, especialmente Peter. Su fe siempre le había enseñado a ser paciente y las respuestas se revelarían solas, pero la espera era insoportable. Comenzó a hablar con Dios y el pecho de Rebeca latía con fuerza, sabía que estaba al borde de un ataque de ansiedad. Se sentó y trató de controlar su respiración, pero su teléfono sobresaltó y trató de levantarlo.

–Hola, –dijo, respirando profundamente y en silencio.

–¿Oye, estás bien? –Preguntó Joaquín. *¡Se dio cuenta de que algo andaba mal conmigo con una sola palabra!* penso Rebeca.

–Sólo dame un minuto. –Ella solicitó. Rebeca fue a comodarse, bebió agua del grifo, se echó agua en la cara e inhaló algunas sales aromáticas. Secándose las lágrimas de la cara, se dio un minuto para volver a concentrarse.

–Si, estoy bien. Gracias. Algunas noches son peores que otras y ahora Peter cree que me estoy enamorando de ti, no entenderá nuestra amistad, –explicó Rebeca.

–No esperaba hablar contigo esta noche. –Ella añadió. Joaquín acababa de salvarla de sufrir un ataque de ansiedad en toda regla.

–Entiendo. Toma tiempo. ¿Qué puedo hacer para ayudar? –Preguntó Joaquín.

—Bueno, podrías distraerme de las cosas, ¿dime algo? Algo que no sé sobre ti. —Ella expresó.

—Bien déjame pensar. Bueno, creé un sitio web para fanáticos de la salsa. Se trata de la historia de la música salsa, sus compositores, significado lírico y orígenes. Fue bastante exitoso y espero reiniciarlo algún día. —Él dijo. Rebeca siempre se sintió intimidada por su vasto conocimiento de tantos temas.

—Entonces, ¿eres un conocedor de la salsa? —Ella respondió y sintió una sensación de calma.

—He leído muchos libros, he investigado diversos recursos y he hablado con muchas personas en diferentes países, así que supongo que se podría decir eso. —El confirmó. Rebeca no estaba de humor para hablar de su vida desmantelada.

—¿Qué más, ¿qué más podrías decirme? Algo divertido. —Ella insistió.

—Bien déjame pensar. ¿Te dije alguna vez que fui a ver a un psíquico? Ella me dijo que Lola y yo estuvimos juntos en varias vidas pasadas pero que nunca pudimos tener hijos, y en cada vida seguimos buscándonos hasta que en esta vida logramos tener un hijo y por eso no nos encontraremos en la próxima vida. —Él describió. Rebeca quedó desconcertada por la naturaleza de la historia.

—¿Crees en esas cosas? No sé si lo haría. Cassandra intentó que acudiera a su psíquico, pero yo era tan escéptica que decía que sería inútil. Debes creer para que el universo lo escuche y lo manifieste, o eso me dicen. —Ella expresó. Joaquín no dudó en responder.

—Creo que hay algo más allá de nosotros y no sería absurdo que en uno de esos universos, tú y yo terminamos juntos cuando éramos jovenes. –El sugirió. Rebeca quedó cautivada.

–¿Te refieres a una realidad alternativa? –Ella preguntó.

–Sí, –exclamó Joaquín. Fue un tema que despertó su curiosidad.

–Entonces, ¿qué crees que pasó en esta realidad alternativa? No cometemos errores. ¿Nunca conocí a Vince? –Ella cuestionó.

–No, así no es cómo funciona una realidad alternativa, sería paralela a este mundo. –Aclaró. Rebeca no entendió.

–¿Como qué? –Ella preguntó.

–Está bien, como si nos conociéramos a los quince años en una fiesta en este mundo, pero en el universo alternativo nos encontramos a los trece en un campamento de verano, por ejemplo. –El empezó. Rebeca quería saber más.

–¿OK entonces que? –Ella animó la historia. Joaquín no estaba preparado para dar una versión de un universo alternativo.

–No lo sé, nos conocimos a los trece años en un campamento de verano, pero no seguimos siendo amigos hasta que nos vemos en una fiesta cuando tenemos dieciocho. Empezamos a hablar y nos damos cuenta de que ambos fuimos el primer beso del otro. El que nos dimos en el campamento de verano. –Él continuó. Para alguien que no estaba preparada para contar historias, Rebeca pensó que la trama inmediata era bastante buena. Quería jugar al juego de la realidad alternativa.

–Entonces, en la fiesta, pasamos la mayor parte de la noche juntos y al final de la noche ¿me invitas a salir? –Ella añadió. Comenzaron a escribir el guion de su vida alternativa.

—Nos encontramos en Lakeshore y pasamos la tarde y la noche juntos, pero no nos besamos. Después de nuestra primera cita, no nos volvimos a separar. —Joaquín se sobresaltó.

—¿Empezamos a salir a los dieciocho años? —Preguntó Rebeca, su interés alcanzó su punto máximo.

—Sí y casarnos a los 23, —respondió Joaquín.

—Casarme a los 23 puede que no haya funcionado porque hubiera querido estabilizar mis ingresos antes de casarme, pero me lo propones tan pronto como salgo de la escuela a los 24 y nos casamos a los 25. ¿Cómo me propones matrimonio? Preguntó Rebeca. Ella estaba realmente interesada en eso ahora.

—Tendrás que darme tiempo para hablar con mi alternativo para saber qué dijo en su propuesta. ¿Cuál es tu carrera? Yo soy escritor. —Joaquín continuó. Estaba dejando que las palabras fluyeran sin esfuerzo.

—Eso es fácil, mi otro amor: Artista. ¡Probablemente sería un artista de portadas de libros para una editorial conocida y crearía las portadas de sus libros! ¿Vivimos en Canadá? —Rebeca preguntó nerviosamente. Necesitaba un escape y Joaquín se lo estaba proporcionando de la manera más creativa.

—Sí. ¿Cuántos hijos tenemos? —Preguntó Joaquín. También estaba dejando que su creatividad y curiosidad se apoderaran de él.

—Hubiera querido más de dos, así que tres. ¿Habrías querido una niña? —Rebeca continuó. Podía sentir que su ansiedad se disipaba.

—Estoy de acuerdo, tres niños. Hubiera querido al menos una niña. Entonces, en nuestro mundo alternativo, habrías tenido un embarazo de trillizos. –Joaquín se estableció como si pudiera verlo. Su confianza en esta realidad alternativa era una prueba de que veía demasiadas películas de ciencia ficción.

–WOW, está bien, aunque trillizos a los 28, porque viajamos por el mundo durante los primeros tres años de nuestro matrimonio, –explicó Rebeca. La conversación sobre la realidad alternativa se prolongó más de lo debido y se volvió abrumadora para Joaquín.

–Paremos ahora. Creo que voy a dar por terminada la noche, –dijo agitado. El corazón de Rebeca se sintió aliviado por la distracción o por la dulzura de la realidad alternativa.

–¿Cuándo podemos vernos otra vez? –Preguntó Rebeca. Joaquín hizo una pausa; ella no entendió el motivo de la pausa y su tono cambió a un susurro tranquilo.

–Rebeca, creo que deberías pensar en lo que sientes por mí. No creo que me lo estoy imaginando. Una de las razones por las que me alejé de ti cuando éramos niños fue porque pensé que estaba imaginando tu amor, pero si tu marido lo ve entonces sé que tengo razón. –El confesó. La angustia de Rebecca estalló de nuevo, y si no hubiera estado ya acostada en la cama, se habría caído del susto. Abrió la boca para hablar y su voz crujió; al aclarar la garganta, lo intentó de nuevo.

–Sé que tengo sentimientos por ti, pero no creo que sea romántico, es nostalgia de una amistad que tuvimos una vez. Un sentimiento familiar. –Ella también confesó. Joaquín no estaba convencido.

–Me das tiempo y atención que ni siquiera algunas de mis

358

parejas romanticas me han brindado y eso no es solo amistad. Sólo piénsalo, –Joaquín afirmó.

–Está bien lo hare. Buenas noches, Joaquín. –Dijo dulcemente.

–Buenas noches. –Respondió Joaquín.

Capítulo 16
9 de Octubre

Las dificultades a menudo preparan a las personas comunes para un destino extraordinario.

C. S. Lewis

Era un día como cualquier otro para Rebeca, terrible, lúgubre y mortificante tener que levantarse de la cama, pero para el mundo era su cuadragésimo quinto cumpleaños. No estaba de humor para celebrar este año y confiaba en que su cumpleaños pasaría desapercibido. Quería esconderse en el clóset durante todo el día hasta que terminara, para no tener que afrontar lo que conllevan las normas de cortesia de un cumpleaños. La apariencia de ser feliz era agotadora. Los constantes deseos de cumpleaños y su falta de voluntad para interactuar, pero la necesidad del protocolo social dictado lo hacían más deprimente. Sus músculos faciales habían olvidado cómo sonreír, sus ojos no habían visto un momento de sequedad y parecía haber envejecido una década de la noche a la mañana.

Eran las 08:00 horas y Rebeca llevaba más de una hora enfurruñada en la cama. La puerta del dormitorio se abrió de golpe y sus hijos entraron corriendo.

–Feliz cumpleaños, –dijeron los niños al unísono. Saltaron a la cama y Peter entró en la habitación detrás de ellos con una bandeja con una taza de café, tostadas y huevos revueltos. Rebeca se sentó.

–Gracias. –Dijo mientras abrazaba a sus hijos, uno en cada brazo. Sebastián le entregó un regalo mientras apenas podía controlar su emoción. Su total inocencia ante cualquier consternación que Rebeca sintiera fue su única indulgencia. Isabella, al ser más joven, tenía aún menos paciencia.

—Ábrelo, mamá, ábrelo. —Gritó Isabella. Rebeca hizo todo lo posible por sonreír.

—¡Bien bien! —Rebeca respondió. Era obvio que el regalo era de Peter. Lentamente sacó el pañuelo, metió la mano y sacó un gran bolso azul de Tommy Hilfiger con doble correa. Normalmente, le hubiera encantado, un bolso azul de Tommy Hilfiger, pero este no era su estilo. Estaba acostumbrada a llevar bolsos más pequeños con muchos bolsillos desde que tenía uso de razón, pero Peter nunca se dio cuenta de los pequeños detalles.

—¡Gracias, me encanta! —Dijo y abrazó a sus hijos. Peter se acercó para dejar la bandeja junto a ella en la cama.

—Te hicimos el desayuno, —dijo con cariño.

—Yo hice la tostada, —dijo Sebastián mientras galopaba.

—Le serví la leche, —añadió tiernamente Isabella. Sus rostros brillaron de alegría y el corazón de Rebeca se hizo añicos al pensar en lo que estaba por venir.

—Gracias, mis bebés, se ve delicioso. —Ella elogió. Peter le dio una palmada en el hombro a Sebastián.

—Está bien chicos, dejen que su madre desayune, —dijo y señaló la puerta. La escuela había vuelto a ser en persona una semana antes y Peter los fue a dejar. Rebeca desayunó no porque tuviera hambre, sino porque no quería decepcionar a sus hijos. Mientras mordisqueaba los últimos trozos de huevos revueltos, recordó que Cassandra la había invitado a desayunar y ella había aceptado. Había llegado el momento de poner su rostro feliz.

El clima era un día de otoño brillante, soleado y fresco y las calles no estaban tan concurridas como antes de la pandemia. Rebeca entró al restaurante y Cassandra saludó desde lejos sentada en una mesa.

—Oye, no está ocupado, —dijo Rebeca observando. Cassandra se levantó y le dio un gran abrazo.

—Feliz cumpleaños, amiga, —declaró.

—Muchas gracias, —respondió Rebeca. Cassandra era plenamente consciente de los dilemas de Rebeca y no esperaba una reacción abrumadora.

—¿Cómo te sientes? —Preguntó Cassandra.

—¿Estaría bien si no habláramos de eso? —Rebeca respondió con una media sonrisa. Cassandra asintió vacilante pero dócilmente, y habló de cosas al azar, se tomó el pedido y rápidamente les sirvieron tazas de café.

—Entonces, ¿Joaquín ya te ha deseado un feliz cumpleaños? —Cassandra dijo burlonamente. Siempre disfrutó molestando a Joaquín.

—¡No fíjate! No lo ha hecho —respondió algo molesta, sin percatarse hasta entonces de sus deseos ausentes. El cumpleaños de Joaquín fue un par de semanas antes de que comenzaran a hablar en Instagram y, aunque ya había pasado, ella nunca olvidó la fecha, el 4 de agosto. El sarcasmo de Cassandra estaba en su máxima expresión.

—Bueno, desde que decidió eliminarme como amiga de

Facebook, él también quedó cortado, –dijo Cassandra con un chasquido de su dedo. Ambas se rieron. Rebeca sabía que Cassandra estaba feliz de verlo de nuevo en la vida de Rebeca a pesar de que se burlaba de él.

–¿Nunca adivinarás lo que me dijo? –Rebeca lo recordó.

–¿De quién estamos hablando, de Peter o de Joaquín? –Cassandra dijo mientras se reía entre dientes. Rebeca soltó un gemido.

–Joaquín, –respondió Rebeca, consciente de sí misma. A Rebeca se le ocurrió que su vida se había convertido en una especie de telenovela. Llegó su comida y Rebeca comenzó a comer la fruta lentamente.

–Entonces, ¿qué te dijo? –Preguntó Cassandra.

–Dijo que debería investigar lo que siento por él porque cree que quiero algo más que amistad, –respondió Rebeca con indiferencia.

–¿Y qué dijiste tu? –Cassandra preguntó en tono crítico. Rebeca se encogió de hombros.

–Le dije que es nostalgia y que creo que es el recuerdo de esos sentimientos de amistad. –Rebeca reiteró. Cassandra comenzó a negar con la cabeza y tragó la comida a la fuerza, irritada.

–Sabes que lo amabas cuando éramos jovenes, ¿verdad? –afirmó Cassandra. Rebeca iba a sonreír cuando miró a Cassandra y se dio cuenta de que no estaba bromeando.

–¿Qué? –Dijo Rebeca. Cassandra no se inmutó ante su respuesta, sino que se molestó.

–¿Cómo que 'que'? Eres la única persona que no se dio cuenta de que lo amabas. ¡Todos lo sabían! –gritó Cassandra. Rebeca se quedó estupefacta, era la primera vez que Cassandra hacía tal declaración. Se estaban formando lágrimas y Cassandra suavizó su tono.

–No sé por qué no lo admitiste entonces y todavía no entiendo por qué no lo admites ahora. No creo que tus sentimientos hayan cambiado, cuando hablas de él sonríes como nunca, tus ojos brillan de alegría y hablas de él con ternura. –Ella concluyó. Comieron en silencio durante unos minutos y Rebeca estaba molesta.

–¿Por qué nunca me lo dijiste? –preguntó Rebeca. Este no era el tipo de conversación que pensaba que tendría en su cumpleaños y para colmo, Joaquín no la había llamado para desearle un feliz cumpleaños. Mientras Cassandra terminaba de masticar su comida y tomaba un sorbo de café.

–No lo sé, pensé que ustedes dos salían porque era muy obvio que ambos tenían sentimientos, –respondió Cassandra. Rebeca estaba fuera de sí.

–No, nunca salimos, –afirmó.

–Bueno, todos pensaban que ustedes salían, ¡eso puedo decirte! –añadió Cassandra. Rebeca repitió las palabras en su cabeza: ¿Todos lo sabían? Quería cambiar de tema, si el tema avanzaba iba a reaccionar impulsivamente.

–¿Qué tienes planeado para hoy? –Preguntó Cassandra.

–No espero nada, no tengo ganas de nada. Tal vez solo cenar con los niños y Peter. –Dijo presuntuosa. La insignificante charla continuó y sonó el móvil de Rebeca.

–¡Feliz cumpleaños! –Dijo Joaquín. Una gran sonrisa apareció en ella.

–Gracias, pensé que quizás lo habías olvidado, –comentó Rebeca.

–No, nunca podría olvidar esta fecha, es que hace mucho que no le deseo un feliz cumpleaños a nadie hoy, –confesó.

–¿Entonces, ¿qué estás haciendo? –Añadió. Rebeca miró a Cassandra.

–Estoy desayunando con Cassandra, ¿quieres saludar? –Ella preguntó. Cassandra y Joaquín habían sido amigos mucho después de que Joaquín y Rebeca se separaran.

–¡Seguro! –respondió él. Cassandra y Joaquín intercambiaron algunas palabras salpicadas de risas. La conversación fue lo suficientemente fuerte como para que Rebecca también pudiera oír, y se rió junto a ellos. Aparentemente, habían pasado unos 20 años desde la última vez que se comunicaron. Su complicidad fue el final perfecto para su desayuno de cumpleaños.

Era primera hora de la tarde y el día había estado tranquilo en su mayor parte. Rebeca estaba recostada en el sofá respondiendo mensajes de texto y deseos de cumpleaños. En un pergamino, apareció una publicación de Instagram en su feed que la golpeó fuerte y las lágrimas fueron inevitables:

> Hay dos tipos de cansancio,
> uno tiene una necesidad imperiosa de dormir,
> y el otro es la extrema necesidad de paz.

En ese momento, Peter llegó buscándola, ella rápidamente se

secó las lágrimas.

—Hola, estaba pensando en recoger a los niños y podríamos ir a jugar boliche o algo así, ¿y luego cenar? —El sugirió. Rebeca estaba cansada, no esperaba nada especial de Peter en su cumpleaños. Nunca había planeado nada antes, ni una escapada, ni un día de spa, ni siquiera una fiesta de cumpleaños. Hubo una excepción en una fiesta, hace muchos años, donde resultó ser el invitado de honor y Rebeca terminó poniéndolo a dormir después de que él había celebrado su cumpleaños. Oh, hubo una vez que planeó una noche de cena y una obra de teatro del show *I Love Lucy*, que fue memorable.

—No, sólo quiero quedarme en casa. —Ella respondió.

—Vamos, al menos vayamos a cenar por los niños. —Peter dijo. Era un maestro en el uso del chantaje emocional. Sabía que al solo mencionar a sus hijos la haría sentir culpable y la obligaría a hacer prácticamente cualquier cosa.

—Está bien, solo cena. —Ella estuvo de acuerdo. Peter estuvo en la casa durante el resto de la tarde, pero se mantuvo fuera de su camino. Rebeca durmió un poco en el sofá cuando despertó, tenía un mensaje de voz.

—Oye, espero que estés teniendo un buen día. Quería ver si podía pasar cinco minutos por tu casa, sólo para darte un regalo de cumpleaños. Me avisas. Hablamos luego. —Era Joaquín, había perdido su llamada mientras dormía. Rebeca le devolvió la llamada.

—Oye, ¿ocupado? —Ella preguntó.

—Más o menos, pero quería responder a tu llamada. —Instó.

–Recibí tu mensaje, voy a cenar, pero si quieres venir después de las 20:00 horas, aproximadamente y tal vez podamos salir a caminar. Necesito salir de aquí. –Ella suplicó.

–Claro. –El acepto.

–Te enviaré un mensaje de texto cuando esté de camino a casa. –Añadió y colgaron. Hasta el momento, el día no había sido tan terrible como imaginaba.

Alrededor de las 17:00 horas; Peter se acercó a Rebeca.

–Entonces, ¿adónde te gustaría ir? –Preguntó Peter. Rebeca se recompuso lo mejor posible para la cena familiar, los niños estaban emocionados.

–Donde sea, en algún lugar por aquí. –Ella sugirió.

–¿Quieres ir a tu lugar italiano favorito? –Preguntó.

–No, no, tal vez Swiss Chalet, o tal vez podríamos ir al lugar Mexicano de aquí. –Ella insistió.

Peter obedeció y fueron a un restaurante Mexicano cercano, a poca distancia de su casa. Peter y Rebeca se sentaron en lados opuestos de la mesa. No se hablaban y centraban su atención en los niños; sin embargo, los niños estaban en sus iPads, por lo que fue extraño. Comieron en silencio excepto cuando los niños interactuaban, estaban enérgicos y alegres, lo que hizo que la velada fuera tolerable. Eran alrededor de las 20:10 horas cuando Joaquín le informó vía mensaje de texto que estaba en camino. El camarero se acercó y colocó un solo trozo de pastel con una vela frente a Rebeca, luego le colocó un sombrero mexicano en la cabeza, mientras encendía la vela, comenzaron a cantar.

—Feliz cumpleaños a ti, feliz cumpleaños a ti... —Incluso algunos de los otros clientes del restaurante se unieron al canto. Rebeca le pidió a Peter que le tomara una foto a ella y a sus hijos con el sombrero y forzó una sonrisa. Una vez que terminó, se volvió hacia Peter.

—Podríamos irnos ahora, Joaquín viene con un regalo y estoy muy cansada. —Ella exclamó. La conducta de Peter cambió inmediatamente, pero se reservó sus comentarios.

Rebeca y Peter caminaron a casa en silencio, como si se dirigieran a su propio ahorcamiento, mientras los niños saltaban y jugaban entre ellos. Al entrar por las puertas, los niños se dispersaron para jugar sus habituales videojuegos de los viernes por la noche. Peter miró a Rebeca con hostilidad y confusión.

—¿Él viene aquí? —Él cuestionó. Rebeca estaba agotada y sus palabras carecían de vida.

—Sí, asi es. —Ella comentó. El ego de Peter exigía seguir con el tema.

—¿Crees que es correcto? —Instó.

—¿Qué quieres decir con eso? ¿No crees que es apropiado que lo conozcas? ¿Especialmente si Joaquín y yo planeamos seguir siendo amigos? —Ella afirmó. Peter estaba ordenando sus pensamientos para responder cuando sonó el timbre. Rebeca salió de la habitación para abrirla.

—Hola, —dijo Joaquín con una gran sonrisa.

—Hola, ¿te gustaría entrar? —Ella preguntó. Joaquín vaciló y su expresión facial cambió instantáneamente.

–¿Está segura? –El respondió. Rebeca no vio ningún daño en ello, él era un buen amigo y era su sistema de apoyo. Algo que no pudo encontrar en Peter.

–Sí, por supuesto, entra. –Dijo ella frunciendo el ceño mientras respondía confundida por su desgana. Atravesó la puerta como si estuviera entrando en la Dimensión Desconocida, se quitó los zapatos y siguió a Rebeca a la sala. Sus hijos subieron corriendo desde el sótano para echar un vistazo. Rebeca no vaciló e hizo un gesto.

–Este es Joaquín, Joaquín, este es Peter. –Ella los presentó y saludaron cordialmente con un apretón de manos y un asentimiento. Rebeca continuó con las presentaciones.

–Estos son mis hijos, Sebastián y Isabella. Niños, este es un viejo amigo de la secundaria, Joaquín. –Ella expresó. Los niños saludaron desde lejos dentro del perímetro de Peter.

–¿No quieres sentarte? –Le preguntó a Joaquín. Peter fue hospitalario y le ofreció una bebida a Joaquín. Hubo una pequeña charla entre ellos y luego Rebeca se levantó.

–Me voy a caminar con Joaquín y volveré pronto. –Ella informó. Joaquín comenzó a caminar hacia la entrada mientras se despedía desde la distancia.

–¿Tú vas a salir? –Preguntó Peter desconcertado. Los niños habían desaparecido.

–Sólo por un rato, sólo un paseo alrededor de la manzana. –Ella respondio.

–Los niños y yo tenemos un pastel y querían cantarte Feliz Cumpleaños. –El avisó.

–Volveré y podremos hacerlo entonces, –aseguró Rebeca mientras caminaba hacia la puerta. Se puso los zapatos y una chaqueta de otoño. Entonces, se encontró con Joaquín en la acera. La expresión de Joaquín era tan desconcertada como la de Peter y parecía que estaba recuperando el aliento.

–Bueno, eso fue incómodo, desearía que me hubieras avisado con anticipación de que iba a conocer a tu familia. –Se dirigió. Empezaron a caminar.

–¿Por qué es tan raro? ¿No eres mi amigo? No lo planeé, pero si te hubiera dicho antes que quería que conocieras a mi familia, ¿habrías dicho que sí? –Ella cuestionó.

–Probablemente no. –Dijo riendo. Rebeca resopló.

–Ves que las cosas suceden por una razón, de esta manera Peter sabe quién eres y tal vez no desconfíe tanto. No sé hacia dónde va nuestra relación o incluso si nuestro matrimonio tiene posibilidades, pero tampoco quiero que él piense cosas estúpidas. –Ella atestiguó. Rebeca estaba agitada. Joaquín señaló en una dirección particular.

–Sí, por allí esta bien. –Ella estuvo de acuerdo.

–Podemos atravesar el parque y rodear la carretera principal que nos llevará de regreso a la casa. –Ella explicó.

Joaquín asintió siguiendo su ritmo.

–No entiendo, un hombre que lleva veintisiete años conmigo no ve lo nerviosa que he estado. No puede ver lo que más necesitaba, especialmente hoy, era tiempo a solas para que me mimen con un masaje, algunos aceites perfumados o al menos tiempo a solas con él. –Ella gimió y contuvo las lágrimas.

–Si te parece bien, simplemente te escucharé porque no sé qué decir. –Preguntó en voz baja.

–Está bien, lo entiendo. Lamento no ser una mejor compañía. –Ella se compadeció y continuó. Llegaron al parque y había una hermosa y cálida brisa que brindaba consuelo a Rebeca. Se detuvo, cerró los ojos y sintió el viento en la cara. El viento también se abría camino a través de su cabello negro y rizado y de alguna manera dándole un suave masaje, suspiró. Por un momento, fue una dicha, y Joaquín permaneció como una estatua. Había un banco cercano que vio Joaquín.

–¿Te gustaría sentarte? –Ofreció cautelosamente. Ella fue devuelta a la realidad.

–No, gracias, sigamos caminando. –Ella respondió y continuaron su caminata.

La caminata de Rebeca y Joaquín se convirtió en un momento para contar cuentos. Ella compartió sobre las luchas de su matrimonio desde el principio y todas las incidencias durante su noviazgo. De hecho, Rebeca se sintio comoda y compartio mas de la cuenta. Al expresar la situación en voz alta, hace que uno la cuestione más y con ello viene la comprensión.

–Todo esto es culpa mía, hice que se casara conmigo, ¿sabes? –Ella comenzó otra historia. Joaquín estaba desconcertado, pero esperó pacientemente hasta que ella reuniera el coraje para continuar.

–Habían pasado diez años desde que empezamos a salir, estaba lista para casarme con él y comenzar nuestra vida juntos. Estaba segura de que él era el indicado para mí que le di un ultimátum: o se casaba conmigo o me dejaba ir. Ningún matrimonio puede sobrevivir ese tipo de comienzo. –Ella condenó.

Rebeca ya no pudo mantener intactas sus emociones y estalló en lágrimas.

–Hacían DIEZ AÑOS y todavía no me había preguntado ¡Por qué! Ahora sólo puedo concluir que él nunca quiso casarse conmigo en primer lugar. Aunque estuve allí para él en todo momento. –Ella formuló. Sus lágrimas silenciosas se convirtieron en sollozos.

–Debería haberlo dejado ir y dejar que encontrara el camino de regreso a mí, entonces tal vez no estaríamos aquí hoy. –Añadió y respiró hondo un par de veces.

–¿A quién engaño? Si lo hubiera dejado irse en ese entonces, nunca lo habría vuelto a ver. Él no me necesitaba como yo lo necesitaba a él. –Ella sostuvo.

Por una fracción de segundo, se desorientó, miró a su alrededor y estableció contacto visual con Joaquín. Su expresión facial coincidía con las emociones de Rebeca.

–Lamento que estés sufriendo tanto y en tu cumpleaños. –Él expresó. Su inseguridad y luchas sobre el amor de Peter se remontaban hasta donde podía recordar, pero de alguna manera logró convencerse de que existía el amor durante veintisiete años. Rebeca estaba sollozando y buscó en sus bolsillos un pañuelo, Joaquín rápidamente sacó una servilleta.

–Que… –No pudo completar la palabra, pero se sonó la nariz y dobló la servilleta en su mano. Ella sonrió sin saberlo.

–¿Qué? –Preguntó Joaquín. Ella estaba pensando en la primera vez que la conocío a Peter, no se le había ocurrido hasta ese momento.

–En realidad, es irónico, el día que conocí a Peter fue el día en que estaba tratando desesperadamente de evitarte. –Ella reveló.

–¿Cuándo fue esto? –Preguntó con curiosidad.

–¿Recuerdas que el Club Internacional tuvo un evento en la cafetería de la escuela, creo que fue en mayo o junio del '93? –Ella le preguntó.

–Sí, lo recuerdo, estaba bailando con Vero en diferentes lugares del colegio. Era parte del entretenimiento cultural. –Él afirmó.

–Así es, y tu último baile fue en la cafetería. –Ella añadió. Joaquín asintió. –Bueno, estabas en el escenario bailando y yo estaba tratando desesperadamente de no hacer contacto visual contigo. Estaba preocupada por poner la mesa, los horarios o cualquier cosa que pudiera encontrar, no me di cuenta de que Peter intentaba llamar mi atención. Entonces tenía que hablar con Violeta. ¿Recuerdas a Violeta? Ella preguntó.

–Sí, la he visto varias veces, todavía tenemos algunos amigos en común. –Comentó.

–¿En realidad? Eso es bueno. –Ella confirmó.

–Bueno, de todos modos, Violeta se acercó, me llevó a la pista de baile, llevó a Peter a la pista de baile y nos dio órdenes de bailar. –Ella concluyó.

–Después de eso, fue Peter, Peter, Peter. De hecho, fue la última vez que me puse en una posición incómoda contigo. Después de ese evento, renuncié al Club Internacional y me mantuve alejado de la escuela tanto como fuera posible. –Ella admitió. Joaquín escuchaba atentamente.

–No te recuerdo allí, pero claro, estaba ocupado. También me molestó porque no me gustaba estar bailando con Vero, ella siempre quiso liderar. –Él afirmó.

–Además, en ese momento ya te había olvidado y estaba muy ocupado. –Él incluyó.

–Bueno, ese día Peter me esperó después de la escuela, porque estaba ayudando a Tonia a limpiar. Fue muy dulce al esperar mucho tiempo hasta que saliera de la escuela.

Su forma de llamar la atención también fue única. Sabes que me encantan los detalles únicos. –Bromeó para animar el ambiente. Joaquín se rió.

–Sí, lo sé, –respondió riendo condescendientemente. Rebeca continuó recordando su tiempo con Peter.

–No esperaba que nadie me estuviera esperando, así que pasé junto a él sin verlo, cuando escuché una voz que decía: *Tienes bonitas piernas*. No me preguntó mi nombre, no me pidió mi número de teléfono. La línea me llamó la atención y me di la vuelta, luego me preguntó si podía acompañarme a casa y el resto es historia. Ahora que lo pienso, debe haberle hecho todas las preguntas que necesitaba a Violeta. –Rebeca se rió entre dientes.

–Era la primera vez que un chico me quitaba la atención de ti, lo cual, sinceramente, fue un alivio porque no quería extrañarte más. –Dijo Rebeca, sin darse cuenta de que acababa de revelar un detalle privado de sus sentimientos. Joaquín no hizo comentarios, era demasiada información a la vez para procesarla.

Rebeca se detuvo y se volvió hacia Joaquín.

–Sabes que no podemos seguir evitando al elefante en la habitación, ¿verdad? Debemos hablar de lo que pasó. –Dijo de un humor un poco mejor. Joaquín sacudió la cabeza implacablemente.

–No, no lo necesitamos. El pasado es pasado y es mejor dejarlo. Especialmente no hoy. –Argumentó.

–Si queremos que esta amistad funcione, debemos ocuparnos de ello. –Ella refutó.

–¿Recuerdas lo que pasó en 2010 cuando intentamos hablar del pasado? –Él le recordó. Rebeca no iba a presionar más, *lo intentaré de nuevo en el futuro,* pensó.

El final de su caminata se acercaba rápidamente y podían ver la casa mas cerca.

–Gracias por el paseo. Me siento mejor. –Ella le dijo.

–Me alegro. Era lo mínimo que podía hacer. –Susurró mientras se acercaban a la pasarela. Él se inclinó y besó su mejilla.

–Tengo que irme ahora, pero hablaremos mañana. –Afirmó y se despidió con la mano tras dejarla en la puerta de su casa. La caminata fue un poco más larga de lo que esperaba y eran alrededor de las 21:30 horas Peter estaba listo con el pastel.

–¿Tuviste un buen paseo? –Preguntó. Rebeca no sabía si era un comentario sarcástico o una pregunta sincera.

–Si, gracias. –Ella respondio. Peter sostuvo el pastel y

comenzaron a cantar, Sebastián tenía su brazo alrededor de su cuello y Isabella estaba sentada en sus rodillas. Mientras cantaban, Rebeca notó que el pastel era de su panadería favorita *¡Qué dulce!* Pensó.

Ése era el tipo de gestos que ella quería, unos que requerían esfuerzo, tiempo y planificación. Rebeca estaba apreciando su pastel con el dulce sabor del ron y fue el primer momento del día que sintió alegría. Después de todo, su cumpleaños iba a terminar razonablemente. El momento cambió como un tornado que se forma de la nada.

—¡Como pudiste! —pronunció Peter. Rebeca levantó la vista con un bocado de pastel, su breve y delicioso momento fue interrumpido y quedó confundida.

—¿Perdon? —Ella preguntó. Él estaba parado a unos tres metros de ella en una postura militar.

—¡Cómo pudiste traerlo a mi casa y luego dejarnos en tu cumpleaños para ir con él, en lugar de estar con tu familia! —Él la interrogó con tono frío. El momento exultante de su cumpleaños había terminado y la calma se convirtió en rabia y aumentó más rápido que la velocidad de la luz.

—¿Estás bromeando, Peter? ¿Tienes idea de lo difícil que ha sido mantenerme calmada hoy? ¿Ni siquiera te das cuenta de lo angustiada que he estado y lo único que hago es llorar y crees que quiero ir a jugar boliche? —Ella gritó.

—¿Por qué no conoces a tu esposa? ¿Por qué no ves que lo que necesito es paz? Me hubiera venido bien un día tranquilo en el Spa o tal vez solo tú y yo en algún lugar. —Exigió.

–Lo intenté, pero tu madre no estaba disponible y no tuve tiempo suficiente para encontrar a nadie más. –Él le informó.

–Ese es el problema, no tuviste tiempo porque lo dejaste para último momento, claro, no ibas a encontrar niñera. Nunca fui lo suficientemente importante como para esforzarte y todo lo que pudiste lograr en el último minuto es lo que obtuve. –Ella estipuló. Rebeca estaba llorando otra vez, pero esta vez incontrolablemente.

–Estaba completamente feliz disfrutando de mi pastel, pero tenías que arruinarlo, ¿no? Siempre encuentras una manera de hacerme sentir miserable en mi cumpleaños, si no fue tu horrible HUMOR, fue tu ALCOHOLISMO o tu falta de planificación. –Dijo, entró a la cocina y colocó su pastel a medio comer en la isla. Ella respiraba con dificultad. Peter no respondió y subió las escaleras.

Rebeca se acostó en el sofá y se quedó dormida, cuando despertó eran las 02:35 horas ¡Estaba asustada, sus hijos! La casa estaba en silencio y a oscuras, subió silenciosamente las escaleras y entró en la habitación de Sebastián. Estaba profundamente dormido, envuelto en las mantas como una tortilla. Ella le besó la mejilla y le acarició la cabeza. Parecía tan tranquilo y se sintió tan mal que ella no le dijo buenas noches. Lo peor aún estaba por llegar para su hijo, pero ya no tenía más lágrimas que llorar.

Luego entró en la habitación de Isabella. Estaba acurrucada formando una bolita con su conejito. Rebeca la cubrió con las mantas y la arropó suavemente, le dio un beso en la frente y se limitó a observarla durante unos minutos sabiendo que le causaría angustia en el futuro.

Rebeca se arrastró hasta la cama y se dejó caer sobre las sábanas con la ropa del día y los dientes sin cepillar una vez más. Se acomodó y se estaba quedando dormida cuando se dio cuenta de que Peter no estaba durmiendo. Se aclaró la garganta y acomodó los brazos debajo de la almohada. Ella lo ignoró y suspiró: *Se acabó, gracias a Dios, se acabó el día. ¡Feliz cumpleaños, Rebeca!* Pensó. Tuvo una noche inquieta durmiendo y se desperto agotada, pero al menos era solo un día más en el que podían volver a ignorarse el uno al otro.

Durante los días siguientes, las llamadas con Joaquín fueron breves y Peter había molestado mucho a Rebeca con sus acusaciones de su infidelidad. Se encerraba en su oficina la mayoría de los días e intentaba concentrarse en sus archivos, pero no encontraba motivación. Necesitaba hablar con alguien. Dejó un mensaje de voz a su ex terapeuta:

Lamento llamarte tan inesperadamente, pero necesito hablar con alguien y dijiste que si alguna vez necesitaba hablar podía llamarte. Por favor llámame tan pronto como puedas. Gracias.

Rebeca se sentó en su escritorio y apoyó la cabeza; ella se durmió. Cuando despertó, sintió náuseas y sintió que la acidez subía por su esófago. Corrió al baño y proyectó una enorme cantidad de líquido ácido. La proyección fue tan intensa que salió de su boca y nariz provocando sensaciones de ardor con irritación agravante.

Intentó beber un poco de agua del grifo, pero incluso pequeñas cantidades de agua le provocaron náuseas y dejó de hacerlo. Su teléfono celular estaba sonando en su oficina y ella corrió, tropezó con sus propios pies, se golpeó el hombro con la esquina de la pared y logró levantar el teléfono celular.

–Hola, hola, –dijo incómoda, esperando que fuera el terapeuta.

–¿¡Hola, Rebeca!? –Ella preguntó.

–Sí, soy yo, –respondió Rebeca sin aliento.

–Soy Karen, ¿querías hablar conmigo? –Ella preguntó.

–Sí. Gracias por llamarme, Karen. No sabía con quién más hablar. –Ella imploró.

–Te ayudaré lo mejor que pueda, dímelo. –comenzó Karen.

–Me siento estancada, siento que me ahogo y cada día lucho por no caer en pedazos. No quiero estar con él, me miento pensando que podemos lograrlo, sus palabras son vacías, no las creo, no confío en ellas, pero tampoco quiero lastimar a mis hijos. –Dijo sollozando.

–¿Cómo salgo de esto? –Ella preguntó. Karen fue extremadamente comprensiva.

–No puedo decirte qué hacer, pero tampoco puedes quedarte en una situación en la que no encuentras sensación de control sobre ti misma. Recuerda que tienes dos hijos pequeños que te aman. Lo que creo que estás experimentando es tu vida conciente, como si salieras de tu cuerpo y miraras hacia adentro. Es un proceso y estás en el período de duelo. Por lo que recuerdo, también tienes algunas represiones pasadas que no querías discutir en nuestra sesión y sentí que se necesitaba algo de curación allí. Comienza un diario y escribé tus pensamientos; eso ayuda a algunas personas a transferir su dolor de la mente y el cuerpo al papel. –Ella aconsejó. Habían estado hablando durante más de una hora y Rebeca sintió cierta sensación de alivio.

–Gracias, lo aprecio mucho. ¿Cuánto le debo? –Ella preguntó.

–Puede realizar una transferencia electrónica con la misma tarifa que antes, por favor. –Ella afirmó.

–Está bien, lo haré pronto. –Rebeca estuvo de acuerdo.

En 2006, cuando Peter y Rebeca se separaron por primera vez durante unos tres meses, ella tuvo que lidiar con muchas de esas heridas de la infancia que abordó Karen. Rebeca asistió a sesiones de terapia mucho después de que Peter y Rebeca se reconciliaran. Estaba segura de haber sanado a su niña interior de sus abusadores sexuales, recordandole que ya no le causaba dolor y podía vivir con los recuerdos.

A Rebeca le dolía el estómago, tenía el brazo magullado y tenía la garganta seca, pero fue intrascendente porque encontró cierta sensación de control en su miserable abismo.

–Afligida, estoy afligida. Eso tiene mucho sentido. Cuando alguien muere, te afliges, cuando muere el amor, te afliges. –Ella concluyó. La consoló descubrir que el vacío que estaba experimentando era parte del proceso. Sus emociones habian sido incontrolables durante un período prolongado, sentía como si esta montaña rusa no tuviera un final a la vista. La espiral descendente de un día y los pequeños estímulos al siguiente la estaban consumiendo; había sido un año largo.

En los últimos veintisiete años, habían surgido nuevas heridas después de estar casada con Peter. Los traumas provocados por su supuesto amor, su pérdida de identidad y la forma indignada de reproche que mostró hacia Peter fueron su forma de afrontar la situación. El sentimiento de abandono, aislamiento, insignificancia y no ser digna de amor, son sólo algunos de los sentimientos que Rebeca tuvo que afrontar; El abuso emocional por negligencia no es algo de lo que la gente habla a menudo.

Las cicatrices del abandono emocional son profundas, pero no visibles. A menudo se dice que en realidad no es abuso porque no es físico ni perceptible. El abusador dirá: *No te hago nada.* Ser constantemente negligente con los sentimientos de su pareja o la falta de apoyo, ignorarla y hacerla sentir sola, o dejar de lado los problemas específicamente para dejar que su pareja los resuelva son todas formas de abuso emocional.

El ciclo del abuso emocional pasa por cuatro etapas principales: tensión, incidente, reconciliación y calma. Por el contrario, una relación sana tendría incidentes, discusiones, evolución, compromisos y más discusiones. El abuso emocional puede ser tan destructivo como el abuso físico y, a veces, también se le llama *el asesino silencioso*, al igual que el estrés. No es hasta que uno se vuelve consciente de sí mismo que comprende que el abuso emocional es parte de la violencia doméstica.

Capítulo 17
Destino y Señales

Los dos guerreros más poderosos
son la paciencia y el tiempo.

Leo Tolstoy, Guerra y Paz

Google Home tenía música de fondo mientras Rebeca preparaba la cena. Recientemente, las comidas consistían en cualquier cosa que Rebeca encontrara en el refrigerador. Eran tiempos difíciles y las comidas requerían improvisación. Estaba cortando verduras cuando llegó un mensaje de texto de Joaquín:

> ¿Hola, qué tal?
> No hemos hablado mucho en
> los últimos días y
> Quería ver cómo estás.

> Hola, lo sé. Lo lamento.
> Las cosas han estado un poco
> delicadas. Aquí con Peter y yo.
> Me deja sin energía y en el
> momento en que cae la noche,
> caigo agotada.

> No te disculpes, recuerda.

> Bueno, gracias.
> Estoy cocinando ahora mismo
> ¿podemos hablar más tarde?

> Por supuesto.
> Hablaré contigo más tarde.

Rebeca siguió cocinando, pero ahora Joaquín estaba en su mente. Habían pasado más de dos meses desde que reavivaron su amistad y no se habían enfrentado a la terrible charla. Era imperativo que discutieran, gritaran, debatieran o incluso lloraran sobre su pasado, necesitaba un cierre. Rebeca se estaba involucrando en la amistad y si iba a ir mal, debería ser temprano que más tarde. Joaquín había evitado la conversación a toda costa y se molestaba con la sugerencia del tema. Ella estaba sumida en sus pensamientos mientras salteaba las cebollas, *debo elegir mis palabras con cuidado, no quiero que se repita lo que pasó en 2010. No puedo perderlo de nuevo. Él es verdaderamente mi mejor amigo.* Rebeca de repente olió algo quemado, parecía que estaba en su sartén y todas sus cebollas estaban hechas un desastre negro y crujiente. No hace falta decir que la cena llegó un poco tarde esa noche, pero con las restricciones de la pandemia, siempre habia mucho tiempo.

Eran las 22:00 horas. y Peter había salido a hacer un recado de negocios. Le resultaba reconfortante estar sola en casa, no es lo mismo a sentirse sola, son dos sentimientos muy distintos. Estar sola era una decisión y ella estaba completamente feliz con si misma porque era un estado físico, en cambio la soledad era un estado emocional que provenia de la negligencia.

Rebeca y Peter habían estado discutiendo sobre la situación actual con Joaquín casi todas las noches desde su cumpleaños. Sin embargo, los desacuerdos fueron breves e intrascendentes para Rebeca; ya no se preocupaba por los sentimientos de Peter. Rebeca finalmente entendió que su cordura reemplazaba sus inseguridades y descontento. Peter necesitaba aceptar el estado de las circunstancias; de lo contrario, se enfrentaría a una espiral descendente, pero esta vez ella no estaría allí para recoger los pedazos.

Cómoda en el sofá viendo la televisión sola era un territorio de armonía desconocido y su primer pensamiento fue en Joaquín. Ella marcó, pero saltó directamente el buzón de voz y no continuó. Pasó la siguiente hora absorbiendo la calma total que la rodeaba, que no había sentido en mucho tiempo. Peter entró.

–Oye, ¿los niños preguntaron por mí? –Preguntó.

–Lo hicieron, pero les dije que entrarías a su habitación cuando llegaras a casa. –Ella respondió. Peter entró uno por uno en la habitación de sus hijos, luego entró en el dormitorio principal y cerró la puerta detrás de él. Ya era tarde, pero para evitar otra discusión con Peter, Rebeca durmió en la sala.

Mientras miraba una escena culminante, sonó su teléfono celular, era tan fuerte que saltó de su asiento y estaba segura de que Peter lo escuchó.

–¡Hola hola! –Ella respondió.

–Oye, lamento haber perdido tu llamada, estaba hablando con mi papá, –dijo Joaquín.

–Está bien, no estaba durmiendo. –Ella admitió.

–Entonces, le estaba contando a mi papá cómo empezamos a hablar de nuevo y lo primero que dijo fue: *Ustedes salieron, ¿verdad?* –Compartió mientras se reía. Rebeca también sonrió.

–Parece que todos pensaron que salíamos. –Ella afirmó.

–Sí, la gente lo asumió. –Añadió. Era la ventana que Rebeca necesitaba.

–Hablando del pasado, creo que deberíamos hablar de lo que pasó. –Rebeca dijo con calma.

–¿Por qué insistes en esto? ¿Por qué no puedes simplemente

dejarlo pasar? Joaquín suplicó.

—Simple, porque quiero que volvamos a ser los mejores amigos, y no podremos serlo si no abordamos los problemas que nos han causado un gran dolor. —Ella argumentó profundamente. El tono de Joaquín cambió, fue exigente y condescendiente.

—¿Realmente quieres hacer esto? No será bonito y puede que no sean cosas que quieras escuchar. —El insistió. El tono de Rebeca también cambió a vigoroso y decidido.

—Sí, hagamos esto. —Ella persistió.

—Está bien, ¿de qué quieres hablar? —Él empezó. Rebeca intervino con las preguntas más apremiantes para ella desde la fatídica noche.

—Al día siguiente de mi fiesta en casa fui a buscarte a tu casa y me dijeron que no estabas, ¿era cierto? —Ella preguntó.

—No estaba en casa si lo hubiera estado, habría hablado contigo. —replicó Joaquín. La noche estuvo llena de preguntas y respuestas, y fue de ida y vuelta.

—¿Por qué no pudiste perdonarme? Fue mi primer error y todo el mundo tiene derecho a una segunda oportunidad. —Rebeca continuó. Joaquín respondió audiblemente molesto y afirmó que lo estaban obligando a tener la discusión.

—Te había dado múltiples oportunidades antes, ese no fue el primer error. Tus primeros dos errores fueron decirme que te invitara a salir y luego decir que no. Vince fue tu tercero, en primer lugar, no deberías haberlo invitado a la fiesta de tu casa. Además, ¿por qué pensó que tenía derecho a decir que era tu novio? Porque debiste haber hecho algo para que él creyera eso. –Joaquín parecía muy seguro de sus comentarios.

–¿Qué? ¿Por qué diría eso? ¿Cuándo dijo que era mi novio? –Rebeca preguntó desconcertada.

–La noche de la fiesta. ¿Recuerdas a su amigo que intentó pelear conmigo? Joaquín dijo retóricamente.

–Bueno, el amigo de Vince me agarró del cuello y me dijo que estaba bailando demasiado con la novia de su amigo, a Vince le faltó el coraje para confrontarme él mismo, así que me tendió una trampa, –agregó exasperado Joaquín.

–No tenía idea de lo que pasó esa noche, la música estaba tan alta que no podía escuchar nada de lo que ustedes dos decían. Vince dijo algo así como que te dijo que quería bailar conmigo, pero te enojaste como si yo fuera de tu propiedad. –Rebeca recordó, tratando de mantener la voz baja.

–Solo tuve su versión de los hechos porque cuando estuve lista para hablar, tú ya no estabas disponible, y ya sabes cómo resultó eso. –Ella continuó. Joaquín suspiró al otro lado del teléfono sin reservas, indicando su frustración.

–¿Por qué no me preguntaste? ¿Por qué le creíste a él y no a mí? –Preguntó en voz baja con resignación.

–No le creí, estaba enojada contigo por humillarme. Buscándote, llamándote y no quisiste hablar conmigo. Cuando TÚ estuviste listo para hablar conmigo, ya no me importaba saber tu versión de los hechos. –Dijo con igual resignación.

–¿Crees que lo hice para humillarte? Estaba alejado atendiendo a mi corazón roto. No se trataba de ti, se trataba de mí. Necesitaba alejarme de ti porque tenía el corazón roto. —Joaquín respondió sombríamente.

—Me di por vencido. Estaba cansado y no tenía más para darte, por eso me fui. No quería darnos otra oportunidad. En mi opinión, habias cometido demasiados errores. —Sus palabras salieron implacablemente con total abandono. Joaquín estaba descargando un dolor que tenía enterrado en lo más profundo de su corazón.

—¿Cómo pueden considerarse errores esos otros cuando nunca me informaste que estaban siendo marcados como errores? Nunca me lo comunicaste. —Rebeca respondió agitada.

—No era mi responsabilidad seguir recordándote tus errores. —Joaquín confesó. Rebeca estaba muy confundida.

—Recordármelo implicaría que habrías dejado claro tus errores anteriores, y nunca lo dijiste. Para mí, mi primer error fue elegir a Vince y no a ti el día de mi fiesta en casa. —Rebeca aclaró. Estaba ganando fuerza en sus preguntas.

—Me llamaste después de varios días y fuimos amigos por un tiempo más, lo que parecía que me habías perdonado. ¿Por qué? —Rebeca continuó insistiendo.

—Honestamente, solo seguí siendo tu amigo porque sabía que eso enojaría a tu novio, ya no me importaba estar cerca de ti porque estaba herido. La gente herida lastimó a otros, yo no tenía la madurez para saber lo que estaba haciendo eso. —Joaquín siguió respondiendo, perturbado pero tranquilo. Rebeca quedó desconcertada.

—Entonces, ¿no te importaba estar cerca de mí, pero te quedaste para enojar a mi novio o lastimarme? —Ella expresó. Rebeca se estaba poniendo nerviosa por el cambio en su tono.

—Pasé la mayor parte de la noche contigo en la fiesta de mi casa, estaba feliz bailando contigo, admito que sí coqueteé con Vince, pero eso fue todo. No tenía ninguna intención de estar con él. Se encargó de reclamar territorio. Le dije que sí, por despecho, después de intentar hablar contigo porque estaba enojada. Me doy cuenta ahora que tenia la tendencia de reaccionar terriblemente ante las acciones de aquellos que son más importantes en mi vida. —Ella anunció. Joaquín suspiró.

—Lástima que no sabía nada de esto hasta ahora. Siempre pensé, que me querías cerca por la atención que te brindaba como tu amigo, y querías la atención de Vince como tu novio. Querías tu pastel y comértelo también. —Insinuó. Las palabras ahora salían crudas y fluidas, pero la conversación estaba logrando lo que Rebeca se había propuesto: encontrar respuestas. El comentario de Joaquín le sacudió la memoria.

—No estoy segura de lo que quería en ese entonces, como cualquier chica de dieciséis años, pero sabía que te quería a ti, pero no era de la manera que esperabas. No entendí hasta ahora cuando te pedí que fueras exclusivo conmigo y no salieras con nadie, era una forma de compromiso. Cuando no te devolví lo mismo, lo viste como una traición. Me tomó mucho tiempo darme cuenta de esto y solo lo confirmé en esta conversación. —Ella declaró.

El intercambio continuó, tanto Joaquín como Rebeca aprovecharon esta oportunidad para decir sus verdades. Era una conversación que había estado en suspenso durante casi treinta años, pero cada uno tenía un vívido recuerdo de su dolor y los detalles de las consecuencias.

—Te dije que no, pero no fue para jugar contigo. En ese momento, tenía una desconfianza ominosa hacia todos los hombres y muchachos porque estaba lidiando con abuso sexual. Las relaciones románticas que tuve hasta que te conocí tampoco fueron alentadoras. Estoy segura de que lo recuerdas. —Rebeca ahora hablaba con dolor en sus palabras, pero aún con calma. Joaquín asimiló sus palabras.

—Sabía que tenías problemas de confianza, pero lo que estás diciendo ahora, es que yo estaba pagando por los errores de otras personas. Nunca te di ningún motivo para que desconfiaras de mí, sin embargo, lo hiciste. Me mentiste sobre Vince. Me dijiste que solo querías que fueramos amigos y yo estaba dispuesto a ser solo amigos porque te amaba en ese entonces. —Él comentó. Su conversación fue en un estado de ánimo diferente. Ahora todo estaba sereno y la verdad de su falta de comunicación cuando eran niños ayudaba a cada uno a comprender.

—Los temas de desconfianza se estaban revirtiendo contigo; No desconfiaba de ti, lo contrario, y por eso no quería que cambiara. Mi problema era tratar de lidiar emocionalmente con hombres que me lastimaban y luego tener un chico que me trataba como a una princesa al mismo tiempo. ¿Tienes idea de lo arruinada que estaba? No estoy tratando de justificar mis acciones contigo, solo estoy tratando de darte una idea de lo que estaba sucediendo en mi vida en ese momento. Sé que en aquel entonces quería la validación de los chicos, pero no estoy segura de por qué. Recibí mucha atención, pero no fue el tipo de atención que pensé que sería. Por eso nunca actué como lo hacía contigo con ninguno de ellos. —Rebeca balbuceó y parecía triste al darse cuenta. Rebeca tuvo que continuar.

—Me encantó lo que teníamos; Tenía mucho miedo de perder nuestra amistad al salir con alguien. Fuiste el único al que dejé entrar a mi casa; fuiste el único con quien coqueteé de esa manera. Nunca permití que nadie más se acercara a mí. Hubierón varias ocasiones en las que estuviste en mi casa y sentí curiosidad por ver qué pasaría si me besaras, así que lo intenté, pero nunca lo hiciste. —Dejó escapar todo lo que había mantenido reprimido durante casi tres décadas. Joaquín volvió a soltar un suspiro de frustración.

—Acabas de decirlo, admites que coqueteaste conmigo mientras me decías que no te gustaba de esa manera. Puede que no quisieras hacerlo, pero lo hiciste de todos modos. Jugaste conmigo y me dolió, aunque no fuera tu intención. Ante tus ojos fui un mal amigo por no quedarme después de un malentendido, ante mis ojos estaba desconsolado y decidí dejarte para poder sanar mi pobre corazón. —Joaquín respondió con convicción. Sus palabras atravesaron el teléfono como el filo de espada. Rebeca también estaba sufriendo, pero esto fue lo más que discutieron el tema, no tenía sentido detenerse a mitad del camino.

—Entiendo que te fuiste para sanar, lo que no entendí fue la forma en que te fuiste. ¿Sabes que todavía tengo nuestra agenda, tus cartas, incluso el osito que me regalaste para mi cumpleaños? Nunca me atreví a deshacerme de ellos. —Ella confesó.

—Tuve que hacerlo, por mi cordura. Tu perspectiva fue la de esta hermosa amistad que compartimos, la mía fue la de alguien que jugó conmigo y nunca me buscó para disculparse. Nunca me deshice de las cartas y la agenda por culpa de otra persona, quería olvidarte y el dolor que eso me causaba. —Joaquín admitió en silencio. Sus palabras continuaron siendo dolorosas, sin embargo, ella no podía creer que esto estuviera sucediendo, a pesar de todo el dolor, estaban teniendo una conversación un tanto civilizada.

—¿Cómo te sientes al respecto de esa decisión ahora? —Ella cuestionó.

—Fue la decisión correcta. Además, mantuviste la mejor agenda de los dos. ¡Nuestra primera! ¿Crees que podría ver nuestra agenda? —Su tono ahora era más curioso que enojado o frustrado.

—Claro, lo traeré la próxima vez que nos veamos. ¿Sabes que en el momento en que esas palabras salieron de mi boca la noche de mi fiesta en casa me arrepentí toda mi vida? Era uno de mis deseos en el lecho de muerte, si no nos hubiéramos encontrado, le pediría a Cassandra que te buscara para pedir perdón antes de morir, —continuó. Sus palabras ahora lo hirieron profundamente, Joaquín estaba escuchando por primera vez que Rebeca había estado pensando en él todos estos años. Mientras tanto, Joaquín se había asegurado de que ella estuviera escondida en su corazón, para que no viera la luz del día.

—He pasado por muchas cosas desde que tenía dieciocho años. He perdido a mi madre; Pasé por un divorcio y pasé unos años terribles entre medio. Te perdoné hace mucho tiempo y seguí adelante. Sabía que si había cometido errores en nuestra amistad, al menos no te rompí el corazón, pero ahora descubro que sí te rompí el corazón también, –respondió. La conversación continuó y a medida que avanzaban en lo que había causado tanto dolor. Rebeca siguió adelante.

–No creo que me hayas perdonado. Puedo escuchar en tu tono, la ira, el resentimiento, las formas extrañas que estás utilizando para asegurarte de que comprenda el dolor que te causé. Si crees que me has perdonado, creo que te estás mintiendo a ti mismo, pero espero que esta vez termines perdonándome para que podamos seguir siendo amigos. Quiero que sepas que lamento mucho, verdaderamente y profundamente haberte lastimado, haberte hecho sentir indeseado, haberte hecho sentir jugado, pero sobre todo, lamento haber arruinado nuestra amistad. –Sus palabras estaban cargadas de arrepentimiento y tristeza, y agregó:

–Quieres la verdad, no me atraías físicamente y pensé que una relación romántica requería algún tipo de atracción física, así que estaba tan segura de que era un amor amistoso, pero eso cambió cuando me besaste. No sabía qué hacer con esas nuevas emociones. –ella elaboró. Joaquín se tomó un minuto para digerir sus palabras.

–No estábamos destinados a tener una relación en ese entonces, tal vez tuvimos que aprender sobre la pérdida para aprender a perdonarnos mutuamente. He tenido relaciones con mujeres que decían que yo era demasiado intenso para ellas, y eso también me enseñó que tal vez era demasiado intenso para ti en ese entonces. –Él admitió.

394

—Es la intensidad de tu amor lo que me impidió tirarlo todo, además a los dieciséis años cualquier cosa sobre el amor sería demasiado intensa. La única parte que fue demasiado para mí fue cómo en un corto período estuviste completamente seguro de que me amabas. No me diste tiempo para desarrollar y descubrir mis sentimientos por ti antes de que fueras tan persistente. Todo lo demás, como tus expresiones, comunicación, afecto y amor, es algo con lo que puedo identificarme porque también amo de esa manera. —Rebeca respondió y se desató sin pensarlo.

—La última vez que tuvimos una interacción positiva fue el día de nuestro primer beso, cuando viniste a mi casa y estábamos parados en mi porche. No esperaba el beso y cuando lo hiciste, me sentí abrumada por sentimientos hacia ti que no reconocía, así que corrí hacia adentro. Nunca te volví a ver, ¿por qué? —Preguntó, recordando ese beso inquietante. Una breve pausa de Joaquín aumentó la tensión del momento.

—El beso. Ese beso fue mi manera de decir adiós. Me di cuenta entonces no podría ser solo amigo tuyo. Me estaba mintiendo a mí mismo y necesitaba sanar. Ya no estaba interesado en hacerle la vida imposible a Vince, más importante aún, sabía que no podíamos ser solo amigos y que no quería lastimarte. Si me hubiera quedado, me habrías odiado. Necesitaba seguir adelante y lo hice después. —Él respondió amablemente. Las palabras salieron sin reservas y fue el turno de Rebeca de dar su versión de esa noche.

—Supongo que me lo merecía, pero para mí fue engañoso porque creía que estábamos bien hasta entonces y no me dejaste saber lo contrario. Después del beso es donde empezó todo para mí, los sentimientos que pensé que eran sólo de amistad. Empecé a preguntarme si en verdad eran más que eso. Hasta que llegó un punto en el que no podía resolverlo por mi cuenta y decidí pedirte que me dieras una oportunidad para poder resolverlo juntos. Quizás debería haberme tomado más tiempo para resolverlos. ¿Habría hecho alguna diferencia en tu decisión? —Ella preguntó.

—No, ya no confiaba en ti y no hubiera habido nada que pudieras haber dicho que me hubiera hecho cambiar de opinión. Estaba herido y me estaba protegiendo. —Respondió Joaquín. Rebeca se había estado aferrando a algo durante décadas y ahora era el momento de hacerle saber a Joaquín sus verdaderas intenciones desde que eran adolecentes.

—Por ese beso y porque te extrañaba tanto se me ocurrió que mis sentimientos eran más que amigos, estaba casi segura de que te amaba, pero no estaba segura. La única opción que tenía era explicártelo de la mejor manera posible y, con suerte, juntos podríamos darle sentido como lo habíamos hecho con tantos otros temas. No tenía intenciones malas ni egoístas, aunque así lo pareciera. Me sentí devastada por tu decisión de terminar nuestra amistad porque fue abrupta. Decidiste quitarnos una amistad que nos pertenecía a los dos, yo no tenía nada que decir. Me ocultaste tus verdaderas intenciones, así que me sorprendió. El vacío que dejaste no fue superficial, fue un agujero profundo, vacío y doloroso, que también tardó años en sanar. —Ella reveló.

—Si tuviera alguna idea de tu intención de poner fin a nuestra amistad, te habría puesto antes que Vince. Habría antepuesto nuestra amistad a cualquier otra cosa porque habría luchado por nuestra amistad contra Vince, mis conocidos, mis padres y mis supuestos mejores amigas. Si me hubieras pedido que eligiera entre él y tú, habrías sido tú, como en la amistad. Dices que ahora sabes que también me rompiste el corazón, pero no creo que realmente créas o entiendas lo desconsolado que me dejaste. Luego, para empeorar las cosas decides seguir siendo amigo de muchas personas, incluidas algunas de tus exnovias, pero nunca pudiste ser amigo mío, ¿por qué? —Ella concluyó. En ese momento, Joaquín estaba cansado y agotado. Esta conversación estaba pasando factura a ambos.

—¿No sabes la respuesta a esa pregunta? Yo te amaba; Me rompiste el corazón. Necesitaba mantenerte lo más lejos posible para poder sanar. No eras una exnovia porque nunca salimos, mientras que con las otras chicas había sentimientos mutuos de aprecio que pensé que imaginaba contigo, —admitió Joaquín con tristeza. Rebeca sabía que necesitaba más respuestas y, como estaban siendo civilizados, continuó.

—El día que me presenté en la fiesta de tu casa, sin previo aviso, te busqué, pero no pude encontrarte, ¿te estabas escondiendo intencionalmente de mí? —Ella insistió.

—No, no creo que supiera que estabas allí hasta que mi hermano y Francisco me lo dijeron, pero no me interesaba saber por qué estabas allí. Aunque tampoco te eché. La mayoría de las veces, cuando la gente venía a mi casa sin previo aviso, uno de nosotros los echaba y yo no iba a echarte a ti. —Afirmó. Rebeca una vez más estaba confundida.

–¿Pero me miraste directamente cuando estabas en la cocina? –Ella cuestionó. Joaquín también estaba confundido.

–¿Hice eso? Quizás estaba mirando en tu dirección, pero no te veía, –especuló. Rebeca todavía no estaba satisfecha con su respuesta y sus sentimientos fluián, necesitaba saber qué tan verdadero era ese *amor* de Joaquín.

–Entonces, ¿Vanessa podría haber sido con quien te habrías quedado si no hubieras tenido el corazón roto? ¿Problemas de confianza provocados por mí? –Ella preguntó.

–Sí, –respondió Joaquín sin vacilar y luego cambió de tema.

–Sabía que la única manera de lidiar con mi corazón roto era alejarme lo más posible de ti y cuando la gente me hablaba de ti, les decía que no quería saber nada. La última vez que fui a tu escuela a recogerte fue cuando todavía estabas saliendo con Vince, ni siquiera me quedé, así que ni siquiera sabías que había ido. Tuve suficiente. Desconfíe de Vanessa y ella terminó pagando por mis problemas de desconfianza. –Él explicó. Rebeca estaba obteniendo las respuestas que anhelaba durante treinta años, pero le dolía, porque Rebeca no era el interés amoroso que pensaba que era para Joaquín cuando eran jovenes.

–¿Fuiste a recogerme a la escuela? Si alguna vez hubo una decisión entre Vince y tú, siempre fuiste tú. Por eso Vince te amenazó tantas veces con que dejaras de hablarme porque yo nunca iba a renunciar a nuestra amistad. Vince y yo habíamos roto un par de veces entonces. No recuerdo si lo sabías, pero te estabas alejando.

398

—Ella profesó.

—Para entonces tú eras sólo un recuerdo que se desvanecía, yo iba avanzando, —añadió Joaquín. Rebeca atacó.

—Para entonces habías decidido lastimarme tanto como yo te lastimé a ti. —Ella alegó. Llegó su turno de lastimar a Joaquín sin saberlo.

—¿Por qué ni siquiera dijiste 'Hola' en la escuela secundaria? —Preguntó Rebeca. Joaquín seguía sonando frustrado, su voz sonaba cansada.

—¿En realidad? Ni siquiera podía verte sin querer venir a hablar contigo, pero también sabía que estaba demasiado enojado para hablar contigo, así que te evité para salvarte de mi enojo. Yo era un adolescente enojado. —Dijo irritado. Era evidente que Joaquín había olvidado la carta de octubre del '92 que había metido en su taquilla. Rebeca no tuvo el placer de conocer el lado enojado de Joaquín, pero recordó cómo le dolía su indiferencia cuando ambos estaban en la secundaria.

—Hubiera preferido tu ira a tu indiferencia. Los últimos tres años de la escuela secundaria fueron los peores años de mi educación. Estaba en una escuela donde el destino pensó que sería gracioso poner a la única persona que necesitaba en mi vida, pero que me odiaba, para burlarse de mí. ¿Sabes? Fui a verte a la obra de teatro de la escuela, *West Side Story*, y me senté atrás para que no pudieras verme. Te escribí un poema después de un cruce de caminos terrible y frío en el pasillo y lo publicaron en el periódico de la escuela. —Ella despotricó. Joaquín siguió suspirando.

—Tonia me lo mostró y me dijo que se trataba de mí, pero no podía creer que fuera verdad. —Declaró Joaquín. Rebeca continuó como si él no hubiera comentado.

—Te envié un saludo en la foto de nuestro anuario de graduación. Parece que intenté acercarme a ti incluso de forma inconsciente. Salía de la escuela y podía oírte a ti y a tus amigos burlándose de mí. Después, empece a salir por las puertas traseras de la escuela y caminaba hasta dos cuadras más para evitarte. —Ella continuó desatandose. Joaquín guardó silencio. Recuperó la compostura.

—Nunca me burlé de ti. Puede que ya no hubiera hablado contigo, pero todavía te amaba y no iba a permitir que la gente hablara de ti, al menos no conmigo. —Él le aseguró.

—Sé que no fui justa en nuestra amistad, quería todo tu tiempo, pero necesito que sepas que nunca fue para lastimarte, nunca fue para atarte hasta que *terminára contigo*, te amaba. Y habría seguido siendo tu amiga hasta el día de hoy si me hubieras dejado. —Ella afirmó. Ambos estaban en silencio ahora. *¡DIOS MÍO! ¡Debe ser verdad!* Pensó Rebeca. *¡Siempre lo he AMADO!* Había ignorado a Joaquín con sus pensamientos. Decirlo en voz alta tenía mucho sentido. El corazón de Rebeca empezó a acelerarse y volvió a centrarse en Joaquín.

—No sólo fuiste injusta; Fuiste algo cruel. Después de que te profesé mi amor, no lo dejaste en paz, sabías que haría cualquier cosa por ti y lo aprovechaste. Una vez que me di cuenta de eso, decidí salir. Te dije que habrían cosas que no querías escuchar, pero necesitas escuchar esto. Te amaba y luego no quise tener nada que ver

400

contigo. Te he perdonado por todo y si quieres, ahora podemos ser amigos. –El sugirió. Joaquín respondió lo mejor posible y ahí estaba la continua voluntad de Joaquín de ser amigos, incluso después de todos estos años, incluso con la situación de Rebeca. Ella también estaba agotada y la conversación le había pasado factura.

–Sí, bueno, puede que no quieras escuchar esto, pero también me asustaste, pasó menos de un mes antes de que profesaras tus sentimientos y fue abrumador para cualquier chica de dieciséis años, y creo que la presión fue demasiada. Me presionaste. –Comentó Rebeca. Joaquín fue más amable en sus palabras.

–Ahora lo sé, en aquel entonces seguí mis sentimientos como siempre lo hago. He aprendido que a veces es mejor guardarte tus sentimientos para ti mismo hasta que sepas que son reales y correspondidos. Puedo decirte esto ahora porque sé que, aunque no lo sabías entonces, sé que habrías hecho lo mismo. Por ti habría hecho cualquier cosa. Sabes que todos estos cambios recientes en mi vida no son coincidencias. Siento que recuperé algo que estaba perdido. Fuiste TÚ todo este tiempo. –Joaquín también afirmó. Rebeca siguió yendo y viniendo entre sus pensamientos y la conversación. Rebeca esperaba que hablaran del pasado, pero nunca, ni en sus sueños más lejanos, esperó que fuera tan cortés y amable. Hubo momentos tensos, pero en general conversaban como viejos amigos comparando notas de viejas historias.

–Me siento igual. Pensé muchas veces: *¿Por qué lo extraño tanto? No lo he visto ni hablado con él en años.* Hubierón momentos en mi vida en los que me sentaba en un rincón de mi casa, particularmente frente a mis hijos, donde lloraba por la estupidez que soportaba en mi vida y pensaba en ti. Sabía que, si hubieras estado en mi vida, me habrías hecho ver claro y no permitirme permanecer en una relación con tanto maltrato. Pensé que no era normal, –expresó. Del otro lado, Joaquín soltó un bostezo, se estaban cansando.

–Es normal para nosotros. Entonces, ¿lo hemos discutido lo suficiente? –Preguntó, esperando encontrar un final a esta conversación.

–Ya veremos, sólo el tiempo lo dirá, –respondió Rebeca.

–Es el pasado y no podemos cambiarlo. Tú y yo tenemos diferentes perspectivas de esa época y no quiero volver a discutir esto nunca más. –Él afirmó. Rebeca no tuvo más remedio que responder con resignación.

–Sí, estoy de acuerdo en que nunca estaremos de acuerdo. Aquí pensé que teníamos una amistad tan hermosa, inocente, única, que permaneció conmigo durante treinta años, sin saber que para ti fue la peor experiencia que te pudo haber pasado. Te diré una cosa con certeza; Ha cambiado mi visión sobre nuestra amistad de la infancia. –ella confirmó.

La conversación los llevó hasta las 03:30 de la mañana, a ella no le preocupaba en absoluto la hora porque esta era una conversación esencial que ya estaba dicha y hecha. Sin embargo, sabía que en el futuro se sostendrían más conversaciones, pero al menos la primera ya había terminado. Ciertamente es diferente ver las cosas a través de los ojos de la otra persona. A veces, es la única manera de resolver los problemas, poniéndose en su lugar y viéndolo desde su perspectiva. Para Rebeca, esta no era la forma en que pensaba que se desarrollaría esta conversación, pero había descubierto cosas que nunca supo y estaba segura de que Joaquín también. Finalmente, pudo dar un cierre, pero sintió que Joaquín estaba luchando por perdonarla.

Era un hombre de 46 años con numerosas experiencias de vida, terapia, autocuidado y crecimiento, pero su esencia, la parte a la que Rebeca estaba conectada, estaba siendo suprimida. El núcleo de una persona, la esencia de una persona no cambia, y ella lo sintió al intentar mirar a través de la oscuridad. ¿Alguna vez realmente la perdonara? No quería volver a perderlo, así que Rebeca decidió que era su turno de ser paciente con su amistad. Esperar y ver si el destino les había dado otra oportunidad de ser... Amigos, Confidentes, algo.

A la mañana siguiente, Rebeca recibió un mensaje de texto de Joaquín. Después de sus bromas matutinas, compartio lo que habia estado pensando:

Así que te quedaste con el oso, ¿eh?

Sí, ¿no me crees?
Aquí hay una foto.

No necesitabas hacer eso
Te creí. solo pienso
es un lindo gesto el que lo has
mantenido durante todo este tiempo,
y basado en esta imagen,
parece que le has
dado un buen cuidado.

Lo he mantenido como yo
guardé todos los recuerdos de ti,
con cuidado y seguros.

Anoche fue duro
pero si vamos a
ser buenos amigos,
Me alegro de que haya sucedido.

No lo querias
aunque si sucedio.

Duele pensar y
hablar de ello, pero me alegro
de que hayas presionado

Entonces estamos bien.

Claro, estamos bien.
Por supuesto que todo esta bien.
Gracias por ser como eres.

Unos días después, Joaquín le envió un mensaje a Rebeca. Decía:

¿Puedes hablar? Tengo
algo para compartir
contigo, lo cual yo no
se qué hacer con ello

Sí, dame unos minutos.
y te llamaré

Rebeca terminó su tarea y llamó a Joaquín preocupada.

—¿Entonces qué pasó? —Ella preguntó. Joaquín se rió de la urgencia de Rebeca.

—Nada grave, es algo raro o tal vez no, te lo iba a contar antes, pero no tuve tiempo, así que pensé en compartirlo ahora, —comentó Joaquín.

—¿Sabes que hemos estado hablando de realidades alternativas y vidas pasadas? Bueno, creo que hubo una señal todo el tiempo que seguí ignorando. —Exclamó con anticipación. Rebeca estaba

404

confundida.

–¿Que señal? –Ella pregunto con curiosidad.

–Tu cumpleaños y tu signo del zodíaco. Cuando conocí a mi exesposa, no sabía que tu y ella compartián el mismo cumpleaños hasta un par de meses después. Pero la cosa no termina ahí, su mejor amiga tiene la misma fecha de nacimiento. Aniversario de bodas de mi hermano, misma fecha. –Joaquín parecía emocionado como si hubiera resuelto un gran misterio.

–Uno de mis compañeros de trabajo, el mismo cumpleaños, somos grandes amigos. Dos de las mujeres con las que salí antes que mi exesposa, ambas Libra. –Soltó con entusiasmo. Rebeca estaba sorprendida.

–¡Oh! ¡Entonces mi hechizo funcionó! Ella respondió en broma, mientras jadeaba por aire de la risa. Joaquín no se reía, pero parecía divertido.

–Entonces, estás admitiendo que eres una bruja. Ja ja. –Él dijo.

–Estoy bromeando, pero hablando en serio, debemos prestar más atención a las señales en nuestra próxima vida. –Añadió, todavía un poco riendo. Su conversación cambió como lo hacían normalmente, de un tema a otro, sin esfuerzo. Sin embargo, para Rebeca se dio cuenta de que, por mucho que Joaquín intentara borrar su recuerdo, la vida tenía otros planes. John Lennon dijo una vez: *La vida es lo que te sucede mientras estás ocupado haciendo otros planes* –y no podría ser más cierto que lo que le pasó a Joaquín.

Capítulo 18
Ya Es Hora

La vida no se trata de hitos,

sino de momentos.

Rose Kennedy

Había pasado un mes desde que Joaquín y Rebeca hablaron sobre su historia. Parecía ser un consenso silencioso de evadir el tema. Sin embargo, fue una discusión larga, apasionada y civilizada, y al final siguieron siendo amigos, por lo que fue un éxito. Joaquín se reservó de hacer preguntas sobre los sentimientos actuales de Rebeca y ella tampoco buscó respuestas. Pronunciar esas palabras significativas durante su conversación dio luz a otra revelación para Rebeca, pero por el momento tuvo que dejarse de lado temporalmente.

Sin embargo, tener a Joaquín de regreso en su vida se sintió surrealista y agradecia cada minuto. En sus escenarios más inimaginables, nunca hubiera imaginado que Joaquín fuera quien entrara en su vida. A lo largo de unos pocos meses, entablaron numerosas discusiones alegres sobre realidades alternativas y conversaciones profundas sobre dificultades personales, creando la sensación de que eran amigos desde hace mucho tiempo. Joaquín tenía sentido en la vida de Rebeca; eran como dos piezas de un rompecabezas que encajaban perfectamente y sin esfuerzo. Recientemente, se dio cuenta de que tal vez Joaquín era la respuesta a sus innumerables oraciones silenciosas.

A Rebeca le desconcertó reconocer que Joaquín apareció en los dos períodos más destructivos de su vida, para apoyarla, ser su amigo y haberla ayudado en ambas ocasiones, probablemente sin saberlo. Joaquín, a los dieciséis años, le dio a Rebeca la fe de que no todos los hombres son intencionalmente hirientes o egoístas. El profundo amor que Joaquín le dio a Rebeca dio a luz una versión transformada de sí misma cuando cumplió dieciocho años. Aunque Joaquín ya no estaba presente en su vida, empezó a afirmarse con espíritu de desafío.

La esperanza que dejó atrás en su breve alianza fue la inspiración del vigor de Rebeca. La joven tímida y asustada que fácilmente era silenciada había desaparecido por completo. Joaquín cultivó una amistad tan poderosa durante su juventud que le proporcionó suficiente esperanza para superar los tiempos oscuros cuando fuera adulta.

En agosto de 2020, una vez más, Joaquín dio esperanza y devolvió la afirmación de que incluso un fragmento de su cuento de hadas había cobrado vida. La existencia del amor verdadero se hizo evidente y Joaquín sirvió como recordatorio de que el amor trasciende todas las demás cosas. Un amor que puede mantener unidas a dos personas incluso cuando no sea romántico. El amor más puro, la inocencia y la amistad de dos jóvenes de dieciséis años. El apoyo y la amabilidad de Joaquín fueron el combustible para que Rebeca siguiera adelante con su destino y se sintiera más fuerte.

La especulación de sus hijos de que se estaba desarrollando una aventura entre Joaquín y Rebeca había sido alimentada por los celos de Peter. Todos los reveses provocados nada menos que por Peter vencieron la esperanza de la reconciliación. Sin embargo, la persistencia de Peter en que existía una posibilidad de reconciliación fue asombrosa. Las oraciones nocturnas implorando orientación se volvierón discusiones entre Rebeca y ella misma, con paciencia, anhelaba que pronto las señales se aclararían.

Era domingo, Peter, los niños y Rebeca salían de la iglesia y se dirigían al norte, a Walmart, para hacer compras. En la radio sonaba música latina y los niños jugaban en el asiento trasero. Rebeca conducía y Peter hablaba por su teléfono móvil. Por alguna razón, Rebeca decidió tomar una ruta diferente a la habitual, aún dentro de su subdivisión. De repente, Rebeca pisó el freno con firmeza y todos se lanzaron hacia adelante.

–¿Qué pasó? –Preguntó Peter, sorprendido. Rebeca miró por el espejo retrovisor para ver si los niños estaban bien, se reían y se adaptaban.

–Sí, lo siento, ¿viste eso? –Le preguntó a Peter mientras retrocedía lentamente.

–¿Qué quieres decir, porque no veo nada? –El respondio.

–¡Es nuestra casa! Como la de Brampton, está a la venta. –Dijo efusivamente mientras señalaba la casa frente a la que se detuvo. Peter observó y miró con atención.

–Oh, sí, tienes razón. –El acepto. Rebeca rápidamente tomó una fotografía del letrero de venta y continuaron su camino.

–¿Vas a llamar? –Preguntó Peter.

–¿No estará de más echar un vistazo? –Rebeca respondió.

–¿Podemos permitirnos eso? –Peter sondeó, preocupado.

–No estoy segura, depende del precio y tendríamos que hacer ajustes. –Comentó, basándose en el conocimiento de sus finanzas sin realmente investigar.

—Tal vez podamos hablar de ello más tarde, cuando los niños estén en la cama. —Ella recomendó. Peter asintió con la cabeza.

Rebeca se sentó en la sala donde Peter estaba viendo la televisión, buscando una manera de iniciar la conversación sobre la casa en venta.

—Entonces, ¿crees que debería concertar la cita? —Ella preguntó. Peter arqueó las cejas para indicar que estaba de acuerdo, una respuesta típica que la enfureció.

—¿Podrías sentarte y hablar conmigo? —Ella insistió.

—Sólo ve a verla tú misma. —Él afirmó.

—Vayamos juntos a ver, si es para nosotros, entonces las cosas encajarán. —Ella afirmó. Por un momento se preguntó si esta era su señal, desesperada por respuestas, interpretaba todo como señales. Anhelaba escapar del sentimiento de no ser amada y anhelaba liberarse de la necesidad de convencerse diariamente de que su marido la amaba. Si éste era su destino, un nuevo comienzo con su marido, entonces lo cumpliría.

—Está bien, supongo que no hará daño simplemente verla. —Él respondió. Rebeca concertó una cita para el día siguiente mientras sus hijos estaban en la escuela. Rebeca oró fervientemente para que la guía divina la guiara hacia las decisiones correctas y experimentó una sensación de flotabilidad. La mañana era borrosa y a las 14:00 horas, llegó el momento de ver la casa.

—Hola, soy Ángela, tú debes ser Rebeca. —La agente de ventas los saludó y les dio un apretón de manos a cada uno.

–Entra, entra. Por favor, quítate los zapatos. –Ella añadió. Entraron a la casa y Rebeca comenzó su propio recorrido ya que estaba familiarizada con el diseño. Era un hogar similar a aquel donde construyeron su matrimonio, donde trajeron a sus hijos del hospital y donde ella era feliz viviendo en su mundo de fantasía. Rebeca y Peter se sintieron abrumados por los recuerdos y Rebeca comenzó a llorar. Ángela estaba preocupada y se quedó mirando, pero no emitió ningún sonido.

–Esta es exactamente igual a la casa anterior que teníamos en Brampton, y ella la está recordando, –le explicó Peter a Angela.

–Ohhhhhh, ok, me preguntaba, –respondió Ángela, siendo buena agente de ventas, detectó la vibra y les brindó espacio para aventurarse.

–Peter, ¿tal vez esta casa está destinada a que tengamos un nuevo comienzo? No sé si podríamos permitirnos esto ahora porque sabes que al negocio no le va bien, pero creo que tal vez sea una señal. –Ella se maravilló.

–¿Quieres un nuevo comienzo? –Él preguntó.

–¿Qué te hace pensar que quiero separar a mi familia? –Ella preguntó, confundida.

–Si puedo mantener unida a mi familia y ser verdaderamente feliz, lo haré. –Ella confirmó.

–Desde que nos mudamos en 2017, todo ha ido cuesta abajo y siento que no puedo respirar en esa casa. Quizás si compráramos esta casa las cosas podrían ser diferentes, pero no puedo hacerlo sola. –Ella expresó.

–Económicamente no puedo hacerlo sola, tendrás que ayudarme. Tendremos que dejar de hacer cosas por un tiempo, pero es un pequeño precio a pagar por tener a nuestra familia nuevamente unida y feliz. –Ella insistió. Rebeca observó a Peter procesando la información.

–Estoy de acuerdo en que tenemos que salir de esa casa, pero ¿qué tal si no podemos o no conseguimos esta casa? –Preguntó. Fue esclarecedor recibir una pregunta bien pensada de Peter que le dio a Rebeca la satisfacción de ser escuchada. Por primera vez en mucho tiempo, se mostró optimista sobre su relación.

–¿Qué tal si nos ocupamos de eso cuando llegue el momento? Vayamos paso a paso. Además, primero deberíamos averiguar a cuánto está cotizada esta casa. –Ella recomendó.

–Está bien, hagámoslo, –respondió Peter positivamente. Fueron a discutirlo con Ángela en la cocina.

–Está bien, Ángela, ¿a cuánto está cotizada esta casa? –Rebeca preguntó con un suspiro.

–Bueno, está cotizado en 1,349,999.00 dolares, pero no veo que se venda por menos de 1,400,000.00 dolares, –compartió de inmediato. La cantidad ciertamente estaba fuera de su presupuesto, pero Rebeca era conocida por hacer que las cosas salieran bien, planificando, organizando y haciendo sacrificios según fuera necesario.

–Está bien, nos gustaría ver si podemos hacer una oferta, pero primero tenemos que vender nuestra casa. ¿Crees que el propietario optaría por una venta condicional? –Ella preguntó.

–No, no en estos tiempos. No he visto una venta condicional en años. La mayoría de ofertas son firmes, pero podemos agilizar la venta de su casa. Podríamos incluirla en el listado de ventas dentro de una semana si creén que pueden hacerlo lo suficientemente rapido. –Ella les aseguró. Peter y Rebeca aceptaron la desafiante tarea de poner su casa en venta el próximo fin de semana.

La semana fue abrumadora y las tareas exigentes, pero por primera vez en años, Peter y Rebeca estaban trabajando juntos. Se concentraron en ordenar su casa y Ángela procesó el papeleo. Ángela también consiguió un decorador y profesionales de diseño interior, lo cual se completó hábilmente. La inclusión en la lista era un logro poco realista para cualquier persona común, pero Rebeca rara vez entendía que no podía y delegaba tareas tanto como fuera posible para pasar la semana.

Fue la noche anterior a la cotización. Rebeca había estado tan ocupada que no pudo comunicarse con Joaquín durante toda la semana y, aunque estaba agotada, lo llamó.

–Oye, ¿estabas durmiendo? –Ella preguntó.

–No, no, solo viendo una película con mi papá, –reconoció.

–Oh, entonces estás ocupado. Podemos hablar mañana. –Ella sugirió.

–No, está bien, ya vi la película. –Aclaró.

–Pero este es tu momento con tu papá y no quiero interrumpir. –Ella instó.

–Mi papá vive conmigo mientras está aquí en Canadá, así que

paso mucho tiempo con él. Podemos hablar. –Él le aseguró. Rebeca estaba feliz.

–Entonces, sé que no hemos hablado esta semana, pero quería decírtelo. –Ella declaró con entusiasmo. Rebeca procedió en detalle desde el principio hasta el final de la semana. Estaba callado y escuchando atentamente.

–¿Qué opinas? –Ella le preguntó. Rebeca valoró su opinión, aunque tal vez no la hubiera dado con entusiasmo.

–Aprecio que me mantengas informado, pero haz lo que debes. –El respondió.

–No estoy aquí para agregar presión, estoy aquí para aliviarla tanto como pueda. Me alegra que parezca que estás en la dirección que la vida te ha marcado. Espero que a medida que las cosas mejoren con Peter, él continúe trabajando duro en su relación. –Él transmitió. Rebeca reconoció su sinceridad.

–Gracias lo aprecio. –Ella respondió. Estaba a punto de decir una continuación de los detalles de sus pensamientos cuando Joaquín soltó.

–Debo irme, podemos hablar mañana. Estoy muy cansado. De acuerdo. Que descances bien. –Habló con tono cansado y colgó. Rebeca se sorprendió por su abrupto adiós, pero estaba demasiado cansada para pensar más.

Aparte de algunos contratiempos con el listado de su casa debido a un problema con la computadora, fue un éxito. En cuatro de los seis días, las reservas para las visitas estaban llenas y era probable que se produjera una guerra de ofertas. La esperanza de que la casa se vendiera al precio requerido era previsible y angustiosa. En la fecha de la oferta, Rebeca apenas pudo contener sus emociones, dejó a sus hijos en casa de su madre y comenzó el juego de espera a las 17:00 horas. De alguna manera esta señal era parte del rumbo en que estaba, cuál era el propósito, no estaba segura, pero lo sentía en sus entrañas. *Sólo espera y verás, ten paciencia,* pensó para sí misma. Peter estaba igual de ansioso y se consolaban mutuamente a pesar de la ansiedad. El celular de Rebeca sonó, se miraron a los ojos, ella respiró hondo y cogió el teléfono.

–Hola Rebeca, soy Ángela. ¿Les gustaría a usted y a Peter pasar por mi oficina para hablar sobre las ofertas? –Ella solicitó. Los ojos de Rebeca se abrieron con asombro y miraron a Peter.

–¿Ofertas? –Rebeca cuestionó.

–Sí, tenemos cuatro ofertas, –confirmó Ángela, pero la emoción en su voz cambió y Rebeca sintió que había un pero.

–Está bien, pero… –añadió Rebeca. La expresión facial de Peter cambió mientras escuchaba.

–Pues no llegamos tan cerca del monto de lo que buscamos, lo intentamos toda la tarde y la mejor oferta es $1,100,000.00, –Ángela explicó. El estado de ánimo estimulante del futuro se desvaneció.

–Entonces no podremos comprar la otra casa y no tiene sentido vender ésta. –Le recordó a Ángela. Rebeca miró a Peter decepcionada, él le hizo un gesto con la mano para que fuera a recoger a los niños.

–¿Por qué no vienen a la oficina y podemos hablar? –sugirió

Ángela.

–No, está bien, el propósito de vender esta casa era conseguir la otra y si no podemos conseguir la cantidad que necesitamos entonces no quiero hacerle perder el tiempo, –confirmó Rebeca. Ángela fue muy persistente y buena vendedora.

–Por qué no le damos una semana y lo intentamos de nuevo, siempre hay un nuevo mercado con demanda de casas en esta zona, –le aseguró Ángela.

–Ya veremos, Ángela. Por ahora, estamos cansados y queremos dar por terminada la noche. –Rebeca insistió. –Buenas noches. – Rebeca se sentó a mirar televisión esperando a Peter y los niños. No había nada que hacer ya que la casa estaba impecable con todas las visitas. Cuando Peter regresó, tuvieron una discusión.

–Angela cree que deberíamos intentarlo de nuevo la semana que viene porque hay mucha demanda de casas. –Ella comentó. Peter también estaba realmente decepcionado y miró a Rebeca con ojos tristes.

–¿Crees que hará una diferencia? –Preguntó. –¿La oferta que recibimos fue 200,000.00 dolares menos de lo que necesitamos? –Él resumió.

–Lo sé. Siento que esto es una señal. –Ella le dijo.

–Está bien, veamos qué pasa la próxima semana. –El respondió. Él también parecía cansado y al menos por esta noche, la conversación había terminado. Rebeca se acostó temprano, pero su mente no estaba en paz.

Fue un sueño inquieto, dando vueltas y vueltas con horribles pesadillas. Pesadillas de ser perseguida por edificios, perseguida por el parque, perseguida en el agua, fue un sueño que duró toda la noche ser perseguida con sus hijos por gusanos contratados. Se despertó sudando, jadeando y recordando cada minuto aterrador de la pesadilla en la que intentaba proteger a sus hijos. Entró al baño y se echó agua en la cara. Mientras se cepillaba los dientes su celular vibró en su mesa de noche. Peter todavía estaba durmiendo. Rápidamente salió corriendo y agarró su teléfono.

—Hola, —susurró.

—Lo siento, ¿te desperté? —Joaquín pronunció suavemente. Rebeca rápidamente volvió al baño para terminar de lavarse los dientes.

—No, no, estoy despierta. Me estaba cepillando los dientes, —Rebeca ofreció.

—Podemos hablar más tarde si estás ocupada. —Le dijo a ella. Rebeca tenía curiosidad por saber la naturaleza de su llamada porque nunca la había llamado tan temprano.

—¿Qué pasa? Tengo unos minutos. —Preguntó, escuchando mientras se ponía la ropa.

—Solo quería brindar más apoyo, ayer no fui un buen amigo. Me alegro de que estés trabajando en tu matrimonio y, tal como lo veo, debemos estar ahí para nuestros hijos. Entonces, ¿cómo estás esta mañana? —Él informó con lo que sonó como una gran sonrisa. Joaquín siempre parecía alegrarle el día.

—Gracias, pero me das mucho apoyo, no pensé lo contrario. Aunque la casa no se vendió, estoy decepcionada, pero podríamos intentarlo de nuevo la semana que viene. –Ella habló en voz baja, mientras aún estaba en el baño. Hablaron durante otros cinco minutos sobre lo que les deparaba el día y colgaron.

Los días se estaban volviendo más fríos ahora que se acercaba el final del otoño, los árboles estaban casi desnudos y el sol se ponía más temprano. Rebeca estaba concentrada en los archivos de trabajo en la oficina cuando Peter la sorprendió al aparecer en la puerta.

–Ángela te estaba llamando, pero no respondiste. Dijo que se vendió la Casa en Vescovo. –Dio la noticia de manera decepcionante. Rebeca estaba confundida por lo que ella había pensado que era una señal.

–Supongo que no estaba destinado a ser así. –Ella se lamentó. Rebeca bajó la cabeza decepcionada. Peter permaneció inmóvil por un momento, entró a la oficina y se sentó en una de las sillas de la oficina.

–Sé que hablas mucho con él y sé que quizás no creas que está pasando algo, pero ten cuidado. Podría tener otra agenda. Algunas personas me han contado cosas sobre él, que me han hecho sentir incómodo. Además, lo recuerdo en aquel entonces y elegí no estar entre sus amistades. –El empezó. Rebeca ya se sentía sensible por la decepcionante noticia, esto no le ayudo.

–¿Vamos a empezar esto de nuevo? Podría haber sido lo que la gente le dice a los demás, pero siempre ha sido amable conmigo. No puedo hacer nada con respecto a lo que otras personas piensan de él y mientras él no me haga nada directamente, seguiremos siendo

418

amigos. –Discutió ella. Peter se encogió de hombros. Rebecca siempre defendía su amistad con Joaquín; era casi una locura que nunca relacionara sus actos con el sentimiento de cuánto lo amaba.

–Pensé que querrías saberlo. –Él refunfuñó. Rebeca giró su silla para mirarlo.

–Qué es lo que necesito saber, qué es lo que es tan malo, dime si es tan importante. –Exigió.

–No, no, ya has tomado una decisión y no hay nada que nadie pueda decirte. –Peter debatió.

–No me estás dando nada en qué pensar para cambiar de opinión, dime qué es lo que necesito saber. –Preguntó desesperadamente. Peter la miró a los ojos como si estuviera tratando de leer su alma.

–Tal vez debería pedirle a mi amiga que hable contigo, ella debería decírtelo directamente. –El sugirió.

–Claro, creo que es una gran idea. Si crees que es algo que necesito saber, soy toda oídos. –Ella le aseguró. Peter se levantó y salió. La discusión sobre Joaquín se apoderó de la conversación y no lograron comentar la decepcionante noticia de Vescovo. Se calmó y entró en la casa.

Peter estaba limpiando la cocina. Rebeca no iba a retirarse tan fácilmente de su *señal*, nada que valga la pena es fácil.

–¿Qué te parece si intentamos vender la casa de todos modos y buscamos algo juntos? Mi error fue comprar esta casa sin ti, claro, no me dejaste muchas opciones, pero éramos más felices cuando hacíamos cosas juntos. ¿Qué opinas? –Rebeca preguntó alentadoramente. Peter dejó lo que estaba haciendo y se acercó a ella.

—Creo que es una idea maravillosa, podemos hacer cualquier cosa juntos, tal vez comprar algo más pequeño, como una casa adosada o una semi y construir de nuevo. —Añadió. Rebeca lo miró con asentimiento, su corazón no sentía ningún amor, pero tenía esperanzas. Peter la atrajo hacia sí por la cintura y la abrazó suave y afectuosamente. Tenía que admitir que sus abrazos habían evolucionado, eran más tiernos, sinceros y no apresurados. Quería abrazarla el mayor tiempo posible, pero ella no podía corresponderle. La dejó desolada, quería sentir el calor que sintió una vez en sus brazos, incluso si era una manifestación de su imaginación. Rebeca no se apartó, permitió el abrazo y después del prolongado abrazo, regresó a su oficina.

Al pasar junto al marco del Sagrado Corazón de Cristo que colgaba sobre su puerta, pensó: *Confío en que sabrás lo que estás haciendo y seguiré tus señales.* Independientemente de lo desesperado que parecía su matrimonio, ella creía en los milagros. Con dos bebés sanos, hermosos y completamente nacidos como prueba, cuando los médicos le informaron explícitamente que no podía concebirlos ni llevarlos a término, todo era posible. No estaba dispuesta a destrozar a su familia, la culminación de veintisiete años de esfuerzo, siete abortos espontáneos, ocho trabajos, tres hogares y numerosas pruebas y tribulaciones. Incluso si la oportunidad fuera trivial, el intento no debe ser inútil, para sus hijos y para la vida que construyeron.

Rebeca llamó a Ángela e intentó poner su casa a la venta nuevamente y la oferta más alta recibida fue inferior a la cotización anterior en $1,080,000. Rebeca y Peter decidieron sacar la casa del mercado arrepentidos de haber tenido alguna vez la oportunidad de soñar. Debe haber una razón por la que pensó: *Sólo ten paciencia. Él tiene un plan, sé que tiene un plan,* se dijo a si misma.

Cuando estaba desesperada, Rebeca utilizó las tareas de remodelar su casa como mecanismo para afrontar su entorno inestable y su estado emocional. El proyecto de distracción actual era un panel de tragaluz en el techo de la escalera que proporcionaría luz natural tanto al piso de arriba como al de abajo. A Rebeca le encantaba la luz natural.

Su primo Mathew se había ofrecido a instalarle el tragaluz con su amigo que acababa de llegar de Ecuador. Mathew ofreció sus servicios de forma gratuita, en compensación por tantos favores legales brindados por Rebeca. Sin embargo, su amigo le pidió una pequeña tarifa por su tiempo y conocimiento. Se acordó y, a principios de noviembre, el proyecto estaba en marcha.

Peter y Rebeca ayudaron llevando el material a la casa, proporcionándoles bebidas, dándoles comida y manteniéndose fuera de su camino. Rebeca comentaba las deficiencias, pero el amigo de su primo tenía las cosas bajo control.

Además, resultó que los tres tenían algo de gracia y bromearon toda la mañana. A mitad del día, el comportamiento de Peter cambió, fue grosero, no sólo con el amigo sino también con Mathew. No la sorprendió en lo más mínimo, Rebeca había apodado a Peter –*Jekyll y Hyde* –debido a sus rápidos e imprevistos cambios de humor. Ni siquiera fue un cambio sutil, fue drástico, como cambiar agua a vinagre. En un momento era dulce y amable y luego estaba enojado y crítico. Mathew se acercó a Rebeca preocupado.

–¿Está todo bien, hice algo? –Preguntó Mathew. Rebeca puso los ojos en blanco.

–No te preocupes por eso. Él está en su mundo, no se trata de ti. –Ella le aseguró. Rebeca se sintió fatal y avergonzada por tener que soportar este tipo de trato. Durante el resto del día, los dos hombres trabajaron silenciosa y rápidamente. Mathew le había asegurado a Rebeca que sería un trabajo de un día y Rebeca se mostró escéptica, pero le dio el beneficio de la duda. Eran alrededor de las 19:00 horas y ella estaba en sótano viendo una película con sus hijos cuando Mathew llamó.

–Sí, –respondió ella.

–Hemos terminado, –anunció Mathew. Detuvieron la película y subieron a ver el nuevo tragaluz. Peter entró desde afuera justo cuando habían llegado a las escaleras, Rebeca estaba asombrada.

–¡Guau! –Ella elogió.

–Es hermoso. –Ella estaba contenta con los resultados. No solo fue un trabajo de un día como lo prometieron, sino que completaron el trabajo desde el interior de la casa, se aseguraron de que todas sus pertenencias estuvieran cubiertas de manera segura y limpiaron el área. Se veía increíble.

–Muchas gracias, seguro que sabes lo que estás haciendo, estoy muy impresionada, – Rebeca volvio a dar mas elogiós y halagos con gratitud. El amigo estaba un poco avergonzado y sonrojado.

–Gracias, si necesita algo más, llámeme y estaré encantado de ayudarle. –Él ofreció.

–Absolutamente. –Declaró sin dudarlo. Peter pasó junto a ellos, sin comentarios, sin contacto visual, y bajó las escaleras, seguido por los niños. Rebeca fue a buscar su bolso, sacó un sobre y se lo entregó al amigo de Mathew.

–No, no te cobraré porque no creo que tu marido esté satisfecho con el trabajo. –Comentó. Rebeca se molestó.

–Definitivamente no, no te preocupes por él. Te contraté y estoy satisfecha con el trabajo. Creo que se ve muy bien. –Dijo, mientras prácticamente empujaba el sobre en sus manos. Estaba tan avergonzada, enojada, herida y la sangre se le subió a la cabeza. Cogió el sobre con pena.

–Gracias, estaré en camino. –Él concluyó. Rebeca los acompañó hasta la puerta.

–Lo siento mucho, por favor hágale saber que no es él ni su trabajo. –Le susurró a su primo. Mathew la miró reconfortante, la besó en la mejilla y se fue. Él era plenamente consciente de los desafíos que ella había enfrentado durante más de un año y no eran necesarias más explicaciones.

Rebeca no pudo controlar su ira y bajó corriendo las escaleras para enfrentarse a Peter.

–Niños, ¿podrían subir arriba? Necesito hablar con su padre. –Ella ordeno. Peter se cruzó de brazos engreído.

–¿Qué te pasa? Los hiciste sentirse muy incómodos y fuiste muy grosero. –Ella espetó con la mandíbula apretada y un tono agitado algo controlado. Peter la miró.

—No pasa nada, ¿por qué tiene que estar mal algo? –Preguntó.

—¿Hablas en serio? Mathew me preguntó si había hecho algo que te molestara y su amigo no quería que le pagara porque pensaba que no te gustaba su trabajo. ¿Crees que eso no es nada? –Ella gritó.

—Estás ahí, no me necesitas. Si estás contenta con ello, entonces está bien. –Se enfureció. Las emociones de Rebeca aumentaron cuando su respuesta fue tan familiar.

—¡Oh, volvemos a eso otra vez, lo que quiera! –Gritó con intención, esta vez con lágrimas en los ojos. Ella se negó a volver a llorar delante de él y se alejó.

Al encerrarse en el baño del dormitorio, lloró y gritó sentada en el suelo del baño, apoyada en la bañera independiente. Cuando los niños dormían, tomó un vaso grande de Smirnoff y un suéter y se dirigió al patio trasero para relajarse. A medida que caía la noche, la temperatura bajaba, lo que la llevó a retirarse al interior. Cuando entró a la casa, Peter también estaba tomando unas copas y escuchando Spotify en la sala. No hizo falta mucho para embriagar a Peter, dos o tres cervezas fueron suficientes. Rebeca abrió el refrigerador y se dio cuenta de que él había bebido seis cervezas mientras ella estaba afuera. Se sentó discretamente en la sala, escuchando la música deprimente que Peter había elegido, aunque adecuada a la ocasión.

—Peter, ¿qué pasó hoy? –Ella preguntó. Cuando Peter estaba borracho, tenía esa mirada desagradable que Rebeca odiaba, probablemente porque le recordaba el síndrome de niñera, que soportó toda su vida.

424

—Peter, ¿Me estás escuchando? ¿Que paso hoy? —Ella preguntó de nuevo. Peter la miró con disgusto y sacudió la cabeza decepcionado.

—¿Es él? ¿Es él con quien querías acostarte? —Gritó enojado.

—¿Qué? No. ¿Me estás diciendo que todo esto fue por celos? —Ella estaba furiosa.

—¿Qué se supone que debo pensar? Quieres acostarte con Paralegales y tienes conversaciones secretas con otros hombres. No puedo confiar en ti. —Le dijo a ella.

—¡Confía en mí! En los veintisiete años que llevamos juntos, nunca te he engañado. Me dediqué a ti, pero sabes qué, YO no confío en ti. Nunca volveré a confiarte mi corazón. Nunca te daré mi corazón ahora que finalmente lo he recuperado. —Ella despotricó.

—No me mereces, no mereces mi amor, has dado por sentado mi amor y no tienes la menor idea de lo que significa amar de verdad a alguien. —Ella continuó. Peter no fue tan incoherente como ella hubiera esperado que fuera con seis cervezas.

—Hay demasiado dolor y daño entre nosotros como para poder reparar esto. Nunca me has dado todo tu corazón y nunca entenderé por qué, pero todo el dolor que tu supuesto amor me ha causado a lo largo de los años se acabó. —Ella deliraba aún más. Peter estaba sonrojado.

—¿Cómo podría confiar en ti? Hiciste exactamente lo que pensé que harías, lastimarme con alguien más, ya ni siquiera sé quién eres. —El respondió.

—Eres increíble Peter. Tratando de darle la vuelta a esto, para que puedas lavarte las manos como Poncio Pilato. No pasó nada. La propuesta del Paralegal fue el año pasado y no pasó nada. ¿Han pasado veintisiete años que hemos estado juntos y me estás diciendo que no me he ganado tu confianza? –Quedó estupefacta al enterarse de la inseguridad de Peter. Sin embargo, tenía más sentido por qué fracasó su matrimonio.

–Sé que no he sido perfecta, tengo mis defectos, pero no te he dado nada más que amor, apoyo, lealtad y cariño y ni siquiera me he ganado tu confíanza, ¡cómo carajos iba a ganarme tu amor, ya no nos queda nada! –Ella persistió.

–Cuando te pregunté antes qué te pasaba dijiste 'nada', claramente había algo, pero te negaste a hablar conmigo. Este es un ejemplo perfecto de por qué nuestro matrimonio terminó. Sin comunicación ningún matrimonio puede sobrevivir. –Ella expresó, mientras las palabras salían de su boca, una calma descendió. Como cuando colocas en el ultimo lugar de una maratón de cinco kilómetros y tienes una sensación de satisfacción de haberlo completado en lugar de darte por vencida.

–No confío en ti. –Peter repition, estaba simplemente furioso.

–Y no confío en ti. –Ella pronunció con tristeza.

Tenían el mismo problema, pero con diferentes motivos. Para Rebeca, él le había roto el corazón demasiadas veces por muchas causas diferentes, no había una buena razón para permanecer juntos, excepto los niños. Sin embargo, dentro de diez o quince años, los niños construirán sus propias vidas y ella se quedaría con un hombre que odia. Para Peter, Rebeca abrió una cicatriz de una relación pasada y posiblemente surgieron problemas de su niño interior con sus padres. En definitiva, la veía como una pareja infiel.

Después de un año tumultuoso lleno de ira, dolor y resentimiento entre ellos, ella llegó a darse cuenta de su propia culpabilidad y de cómo sus decisiones contribuyeron a la perpetuación de un matrimonio sin amor.

En dos casos diferentes, el primero fue cuando Rebeca quedó embarazada del hijo de Peter a los veintiún años y él negó rotundamente ser el padre. Una persona razonable habría visto la negación de su embarazo y su oferta de pagar un aborto como una señal de alerta sobre el tipo de amor que mostraba. Incluso después de que ella había decidido tener al bebé sola, a sus tres meses de embarazo, decidieron darle una oportunidad a su relación, ¿por qué? Porque, Rebeca le suplicó. Desafortunadamente, para Rebeca los traumas de abandono y separación, la cegaron de las banderas rojas en el comportamiento de Peter. Su embarazo acabó siendo de gemelos, pero los perdio a los cinco meses. Pasarian diez años y meses de terapia para perdonarse a ella y a Peter por la pérdida de sus gemelos.

La segunda, darle un ultimátum para que se casara con ella, no se requieren explicaciones, ningún matrimonio debe comenzar con un ultimátum. También poseía el talento de utilizar sus palabras para infligirle dolor y al mismo tiempo profesar su amor, pero esos dos sentimientos eran incongruentes. Sin embargo, podría haber tomado mejores decisiones con Peter. Apóyarlo para que fuera autosuficiente, involúcralo en las finanzas y hacerlo mas responsable de las decisiones del día a día. Si hubiera hecho una diferencia o no, sólo Dios lo sabe. Sin embargo, no fue la carga de las responsabilidades financieras y domésticas lo que llevó a la desaparición de su matrimonio; más bien, fue la ausencia de amor, apoyo y comunicación por parte de Peter. Ya no podía sostener su matrimonio únicamente con su amor inquebrantable, especialmente considerando que su propio amor se había desvanecido.

–Me voy a la cama. –Ella le dijo.

–¿Y ahora que? –Preguntó mientras iba a la cocina a tirar una lata de cerveza, luego fue al refrigerador a buscar otra. Rebeca se puso de pie.

–Cuando estas borracho es la única manera en que puedo lograr que expreses tus sentimientos. Cuando estás sobrio, apenas recibo una frase y, aun así, no puedo confiar en tus palabras porque creo que sólo me estás diciendo lo que quiero oír. No sé si recordarás esto mañana, Peter, pero ya terminamos. –Rebeca exclamó firmemente sin dudarlo.

–Por supuesto, renunciarás a tu familia y a tus hijos. –Él la insultó.

–No me rendí de ti de la noche a la mañana Peter, traté de darte todo y tal vez incluso estuvo mal, pero te amaba, así que quería darte el mundo. Te di un hogar, hijos y amor, incluso oré por una niña para ti, con la esperanza de que me dieras tu amor, cariño y tu atención, pero nunca logré ganarme tu corazón. –Ella lo reveló derrotada. Su hija fue la primera niña de su familia inmediata, no tenía hermanas ni sobrinas.

428

—Estoy cansada Peter; ya no tengo veinte años y ya no quiero vivir así. Quiero amor, abrazos y alguien con quien hablar. Quiero a alguien que pueda amarme tanto como yo a él y que no tenga miedo de demostrarlo sino que lo demuestre con acciones y fiereza, que no aparte mi mano cuando quiero jugar con su cabello o acariciar su cabeza. No tener que pedir besos, sino darlos gratuitamente. Alguien que se tomará el tiempo para planificar una hermosa velada simplemente porque sí. —Se perdió en sus pensamientos y mientras hablaba en voz alta, la imagen del rostro de Joaquín consoló su corazón, dejó escapar un suspiro silencioso. Ya no quería discutir con Peter.

—Solo quiero más. —Ella concluyó. Rebeca comenzó a caminar hacia las escaleras y él la agarró del brazo.

—Esto es culpa tuya, romper nuestra familia. Recuerda eso. Estoy aquí y estoy dispuesto a intentarlo. —Le dijo con la mirada más fría.

—Has estado *intentándolo* durante veintisiete años, Peter, no voy a romper con nuestra familia, tú perdiste a tu familia. —Ella respondió con la misma frialdad. Rebeca subió las escaleras y tenía una nueva dirección. 🐾

Capítulo 19
Amigos Del Alma

La amistad mejora la felicidad y mitiga la miseria,
al duplicar nuestra alegría y dividir nuestra tristeza.

Marcus Tullius Cicerón

A medida que el sol salía y se ponía durante los días siguientes, Rebeca y Peter se mantuvieron en silencio y continuaron con su incómoda situación. La pandemia persistió con cierres intermitentes y cuarentenas obligatorias, apenas dos meses después del primer año de COVID-19. Rebeca había estado evitando hablar con Joaquín por razones desconocidas, solo un mensaje de texto ocasional de saludo es todo lo que podía soportar. En cuanto a Peter y Rebeca, hubo días en los que no se dirijían ni una palabra y luego las discusiones, a menudo inflexibles. Rebeca estaba irritada y Peter tampoco se sentía muy contento con las circunstancias. Eran alucinantes las pretensiones de que todo estaba bien, para sus hijos, para su familia y, a veces, para ella misma. Rebeca necesitaba abordar el siguiente paso obvio del proceso.

—Peter, creo que es hora de que te mudes. —Ella solicitó. Peter fue tomado por sorpresa y estalló.

—¿Por qué no te mudas tu? —Dijo estupefacto. Rebeca no tuvo ningún problema con la alternativa.

—Está bien, lo haré, pero tú tienes que encargarte de la educación de los niños, encargarte de los pagos de la casa y del mantenimiento. —Ella respondió. Era seguro que Peter cambiaría su decisión, le resultaría difícil mantener el riguroso horario de los niños y los gastos de la casa. No sólo no obtuvo ningún ingreso más que la contribución mínima de ser su asistente de datos en el negocio, sino que nunca había pagado una factura. El recordatorio de la responsabilidad que llevaba la enfureció.

–Hablaré con los niños esta noche y saldré el viernes. Ah, y crié una cuenta en eHarmony porque creo que es hora de empezar a tener citas. –Dijo apresuradamente.

Un par de días atrás, en una venganza rencorosa, Rebeca creó una cuenta de eHarmony de la que se arrepintió al instante y la eliminó al día siguiente día. Estaba siendo impulsiva de nuevo y su intención era simplemente enojar a Peter al abandonar la casa por sus propios méritos.

Rebeca estaba en su dormitorio doblando la ropa. Peter entró y cerró la puerta detrás de él. Parecía pasivo y sereno.

–Me mudaré yo. Te quedas aquí para cuidar a los niños. Pero necesito saber si me mudo, trabajaremos en nuestro matrimonio. No podemos tirar veintisiete años por la ventana. –Afirmó. Se sentó al otro lado del cesto de la ropa limpia y continuó.

–Perdón por actuar así, no sé qué me pasa. –Expresó.

–Nunca has estado celoso, ni siquiera en mis mejores años cuando podía entrar a una discoteca y elegir al chico que quisiera, nunca mostraste celos, ¿por qué ahora? –Ella preguntó.

–No lo sé, ahora te veo diferente. Los celos me están volviendo loco. Me pregunto si es ese hombre o aquel, que quería acostarse contigo. –Dijo nervioso.

–Quieres decir que ahora te das cuenta de lo que tienes y pensaste que nunca te dejaría. Estabas tan seguro de mi amor que pensaste que nunca me alejaría de ti. –Ella lo corrigió.

–Sí, sé que he descuidado tu amor, pero puedo demostrarte cuánto te amo. Prometo. Sólo tenemos que empezar por algún lado. –Lo dijó con profunda sinceridad.

–No sé qué decirte, Peter. Me alegra que hayas decidido irte antes de que suceda algo de lo que nos arrepintamos por el resto de nuestras vidas. Sabes que siempre he tenido fé y confio en Dios, así que si tú y yo debemos estar juntos, encontraremos el camino de regreso y seremos felices. Si no, entonces es hora de que tú y yo encontremos nuestros caminos, solos. Caminos que deberían haberse tomado hace mucho tiempo. –Dijo mientras todavía doblaba la ropa.

–¿Es cierto que creaste una cuenta eHarmony? –Preguntó.

–Sí, lo hice, pero la borré inmediatamente. Simplemente estaba enojada y quería que te fueras de la casa. –Ella respondió honestamente.

–Lo siento por eso. –Ella concluyó. Peter no parecía completamente convencido de su respuesta, pero recientemente descubrió que él nunca confiaba en ella de todos modos, por lo que no la desconcertó.

–Fueron necesarias algunas llamadas telefónicas a eHarmony para que dejaran de enviarme mensajes con posibles citas, pero se resolvió en un par de días. –Añadió tratando de convencer a Peter de que fue un error imprudente. No tenía ninguna intención de tener citas en eHarmony. Si empezaba a salir de nuevo, quería que fuera natural, convencional y no una cita a ciegas por Internet. Peter no hizo más comentarios.

—Dame unos días para decidir dónde me quedaré, Jessie dijo que podía quedarme con él, pero quiero confirmarlo. Ha sido un buen amigo últimamente. —Dijo con calma y pasó los siguientes días haciendo las maletas. Esta vez Rebeca no ayudó de ninguna manera para que no hubiera inconsistencias en sus acciones o intenciones.

Después de cenar el viernes por la noche, Rebeca y Peter se sentaron con sus hijos en la sala. Ella comenzó a explicar la situación en la medida en que sus hijos de siete y once años pudieran entenderla. Peter añadió más información y aproximadamente una hora más tarde los niños tuvieron la oportunidad de hacer preguntas. Sus hijos, como la mayoría de los niños, son más sabios de lo que los adultos creen, y se formuló la pregunta más obvia.

—¿Volverán a estar juntos? —Preguntó su hijo. Rebeca respondió con el corazón apesadumbrado.

—Sólo Dios lo sabe, bebé. Veremos que pasa. Tal vez encontremos el camino para volver a estar juntos o podríamos terminar divorciándonos, pero por ahora, tu papá y yo necesitamos tomarnos un tiempo separados. —Ella respondio. Los niños estaban desconsolados y habían estado llorando, pero expresaron que anticipaban la separación desde hacía bastante tiempo.

—Sigue rezando tus oraciones para que tu mamá y yo podamos encontrar el camino de regreso el uno al otro. Los queremos mucho, muchachos. —añadió Peter. Rebeca asintió.

—Sí, los queremos mucho a ambos. —Ella estuvo de acuerdo. Sus hijos esperaban una reconciliación, pero no sería tan sencilla. Los niños le dieron a Peter un fuerte y largo abrazo y se despidieron.

434

Luego se fueron para seguir jugando con sus aparatos electrónicos. Peter aseguró el contacto visual con Rebeca.

—Ahora voy a darte el espacio que necesitas y a ayudar a resolver nuestra relación, pero no me rendiré. Lucharé por mi familia, lucharé por ti, lucharé por mis hijos porque aunque no lo creas, te quiero mucho y sé que puedo hacerte feliz. —expresó Peter. Los ojos de Rebeca se llenaron de lágrimas; ella quería creerle, pero no podía. Este fue el comienzo de un nuevo viaje. Hacia dónde se dirigían sus caminos era un misterio, pero ella estaba decidida a salir adelante. Rebeca sentía en lo más profundo de su esencia, que esta era la decisión correcta, tanto así que la noche anterior compartieron un momento íntimo por decisión propia. Una noche de intimidad más dulce que jamás habían compartido, gentil, tranquila, seductora pero serena mientras también compartían sus despedidas. Rebeca se inclinó y abrazó a Peter.

—Sólo el tiempo dirá hacia dónde nos llevará nuestro camino, pero no lo voy a forzar, no lo voy a manipular, debe ser de forma orgánica. —Ella le susurró al oído. Peter soltó suavemente a Rebeca, la miró profundamente a los ojos y salió por la puerta.

Rebeca lloró hasta quedarse dormida esa noche y algunas noches más después, no del todo de tristeza sino de alivio. Por primera vez en años, pudo respirar y se levantó el gran peso que llevaba sobre el pecho. La cama se sentía vacía pero de una manera diferente, como cuando se cambia una cama de doble a una tamaño queen, al darse cuenta de que tiene más espacio para dormir. Tal vez dormir como una estrella de mar, o dormir cruzada, o sin las mantas, las posibilidades canalizadas hacia un aspecto, todas la tenían durmiendo en paz.

Posteriormente, Rebeca estableció un horario para manejar todas las responsabilidades de los niños y la casa, una tarea excesiva cuando se recupera de un matrimonio roto. La relación ciertamente se encontraba en un terreno difícil, pero había encontrado una sensación de placidez. En el primer mes que Peter se mudó fue difícil adaptarse, pero regularmente rotaba sus visitas para ayudar con los niños. Rebeca y Peter hablaban de vez en cuando por la noche.

Eran las diez menos cuarto del día treinta y nueve de su separación y Rebeca estaba sentada en el suelo de su dormitorio con aprensión por su decisión. Respirando profundamente, *¿Qué he hecho? He hecho muchos sacrificios para llegar a donde estoy hoy. ¿Qué estoy haciendo?* Ella soltó. Estuvo inclinada a llamar a Peter y rogarle que volviera a casa, y cogió el móvil, pero la ansiedad era abrumadora. Comenzó a contar el número de azulejos en la pared de su baño:

—33, 34, 35… —hasta que su respiración volvió a un ritmo normal. Luego, recordó las razones detrás de su decisión de calmarse a sí misma.

Últimamente Joaquín se enojaba en lugar de ayudar a su situación y tuvieron su primer desacuerdo. Joaquín sentía repugnancia con el abuso emocional de Peter y la falta de comunicación con Rebeca todos los días. El recurrió al uso de lenguaje soez con agresividad pasiva. Tampoco ayudó que él también estuviera pasando por el proceso de una relación terminada. Rebeca abordó la situación y estableció límites. El desacuerdo entre ellos fue pasajero porque se escucharon, se respetaron y sobre todo se entendieron. Sin embargo, había límites, Rebeca sabía que Joaquín se enojaría con ella si supiera que estaba considerando la reconciliación, así que llamó a Peter.

Hablaron durante un par de horas sobre su matrimonio y una vez más se contaron sus verdades, pero esta vez de manera serena y coherente. Peter estuvo extremadamente hablador.

—Yo te amaba; Te amo, pero no de la manera que tú quieres, sino de la manera en que puedo dártelo. Intenté mantenerte feliz haciendo todo lo que querías. Es lo que pensé que era amor. Ahora entiendo que te fallé en muchas áreas como esposo, pero te amo y no me habría casado contigo si no quisiera. No me obligaron. —Se comunicó. Las conversaciones entre ellos eran anormales cuando hablaban por teléfono como si estuvieran de novios de nuevo.

—Me cuesta tanto entender tu amor, me duele más que cualquier otra cosa, por tus acciones o por tu falta de acciones, no sé cómo confiar en ti. —Ella explicó.

—Tienes que dejar de lado el miedo que tienes conmigo y te prometo que puedo hacerte feliz durante los próximos treinta, cuarenta años que nos quedan en este mundo. —Él sostuvo.

—Cuando creo que puedo volver a amarte, haces algo para revertir cualquier progreso. Tú das un paso adelante y luego tres pasos atrás. No funcionará si hay interrupciones continuas en nuestro progreso. –Ella instó.

–Estoy aprendiendo a expresarme, a ser la persona que era antes, estoy aprendiendo a ser más abierto y a usar mis palabras. –Él explicó.

–Si logras hacer eso, mi corazón lo sabrá. Siempre me ha conmovido mi corazón y te seguirá si está donde pertenece. Sé que yo también cometí errores, pero puedo decirte que todo lo que hice fue siempre porque te amaba. Nunca sentí tu amor, lo dijiste tantas veces que me convencí de ello, pero nunca lo sentí. –Ella le dijo. Mantuvieron una conversación significativa, sin gritos ni insultos, y ella una vez más se tranquilizó en su decisión. Peter no se dio cuenta de que Rebeca casi vaciló al rogarle que la volviera a amar como lo había hecho tantas veces en el pasado.

Las vacaciones de Navidad estaban a la vuelta de la esquina y lidiar con la situación un día a la vez era todo lo que cualquiera de ellos podía lograr. Peter traía la cena o el helado un par de noches a la semana. De vez en cuando ayudaba a Rebeca con la compra y en ocasiones se quedaba conversando. No fue el mejor de los arreglos porque los niños creían que era una reconciliación en el medio, pero fue un comienzo.

La casa todavía estaba fuera del mercado y Peter y Rebeca decidieron esperar hasta febrero de 2021 para cotizar de forma privada. Estaban procediendo con sus planes según lo establecido, ya sea un nuevo comienzo como una relación madura o tomando caminos separados.

Joaquín y Rebeca empezaron a hablar de nuevo la mayoría de las noches. Sabía qué decir para darle consuelo y tranquilidad. Estaba constantemente llena de dudas y que Joaquín le asegurara sus capacidades la animó. Ciertamente fue un ajuste drástico para todos, no sólo para ella y Peter, sino también para sus hijos, sus familias inmediatas y amigos cercanos. Era el primer año que Rebeca pasaría el Año Nuevo sin sus hijos y estaba desconsolada.

Peter se organizó para llevarlos alrededor de las 17:00 horas y Rebeca iba a cenar en casa de sus padres. Como el país todavía estaba bloqueado, solo estaban ellos tres para Año Nuevo. Sin embargo, antes de dirigirse a la casa de sus padres, convocó una breve visita con Joaquín en un Tim Hortons cercano. Era una noche fría y no podían socializar en el interior, por lo que un rápido recorrido en auto para comprar un chocolate caliente fue la culminación de su visita. Se sentaron en el asiento trasero de su auto, Joaquín la miró dulcemente.

–Este año ha sido un año agridulce para muchos, para mí terminará más dulce que amargo. Devolvió a mi vida algo que me faltaba: tú. –Levantó su chocolate caliente para dar un brindis.

–Te deseo lágrimas de alegría, mucho amor de parte de tus hijos y la paz que tanto anhelas. –Sus palabras fluyeron sin esfuerzo.

–Yo también puedo decir que este año comenzó mal, de hecho, demasiado duro para que mi corazón lo soportara, pero terminó con dirección, paz y apoyo, y lo agradezco. –Ella también levantó su chocolate caliente.

–Deseo que siempre tengas una sonrisa en tu rostro y estoy

agradecida de que me hayas dado una segunda oportunidad de ser tu amiga. –Ella brindó. Joaquín sonrió dulcemente y chocaron sus chocolates calientes.

–Lamentablemente tengo que irme, –dijo Rebeca.

–Yo también, –dijo Joaquín con el ceño fruncido en broma. Salieron del auto y Joaquín se acercó para darle a Rebeca un abrazo de oso, tan grande que la levantó del suelo.

Finalmente llegó el 2021 y el optimismo de un año mejor se extendió por todo el mundo. Comenzaba la esperanza de una nueva normalidad y la vida se reiniciaba. Se anunció que hubo un aumento después de las vacaciones y se reportaron más de 2000 casos de COVID por día. Una vez más, los niños estuvieron en aprendizaje remoto hasta que se calmó la tercera ola de la pandemia. Enero avanzaba un poco más rápido con el entusiasmo *del je ne sais quoi* de volver a un mundo habitual. Peter y Rebeca tuvieron días buenos, días malos y días neutrales, y parecía que se estaban alejando cada vez más de la reconciliación.

El 25 de enero, Rebeca estaba limpiando correos electrónicos, actualizando sus carpetas de archivos y archivando casos de 2020 cuando sonó su teléfono: era Ángela. Rebeca dudó en contestar, Ángela estaba tratando de convencerla de volver a cotizar.

–Hola, Ángela, –dijo Rebeca, descontenta.

–¡Rebeca! Feliz año nuevo. Espero que usted y su familia hayan tenido unas felices vacaciones, –dijo alegre y entusiasmada.

–Feliz año nuevo, Ángela, –respondió Rebeca. Ángela no

estaba al tanto de su separación; de hecho, no mucha gente estaba al tanto de la información.

—Sé que Peter y tú no quieren cotizar más, pero me veo obligadaa decirte que esta mañana recibimos una oferta por tu casa por el precio de venta. —Ella reveló. Rebeca se detuvo en seco.

—¿Pero la casa ni siquiera figura en la lista? —Ella respondió.

—Lo sé, es un comprador que había hecho una oferta antes. Regresaron y aumentaron la oferta, —continuó. Rebeca estaba asombrada e interesada.

—Está bien, déjame hablarlo con Peter, —solicitó.

—Claro, claro, no hay problema. Sólo recuerda que todas las ofertas tienen una fecha límite, y ésta hoy a la medianoche, —confirmó.

—Bueno, gracias. Te lo haré saber lo antes posible. —Rebeca le aseguró e inmediatamente colgó y luego marcó a Peter.

—Hola, —respondió Peter.

—Oye, nunca adivinarás lo que acaba de pasar, —dijo Rebeca asombrada.

—¿Qué? —Peter parecía interesado en sus noticias.

—¿Tenemos una oferta por la casa A NUESTRO PRECIO PEDIDO? —Ella gritó felizmente.

—Tal vez esta sea la señal que esperabamos, Peter, ¡dijimos que venderíamos si obtuviéramos lo que pedíamos y lo tenemos! —Ella continuó arrobada. Peter hizo una pausa.

—Bueno, tal vez haz una contra oferta y pide más. No tenemos que vender porque queríamos intentar vender de forma privada, —sugirió Peter.

–Puedo intentarlo, pero si no aceptan el precio, creo que igual deberíamos aceptarlo, –aconsejó Rebeca.

–No está de más intentarlo. Entonces, ¿venderemos esta casa y compraremos algo juntos? –Preguntó Peter.

–No, vendemos esta casa y vemos adónde nos lleva la vida. Hoy en día ni siquiera podemos hablar sin discutir, Peter. –Ella dijo lo obvio.

–Dijiste que asistirías a terapia matrimonial y ni siquiera hemos empezado, –el rebatió.

–He estado esperando que me lo hicieras saber a través de tu contacto, dijiste que hablarías con Jessie sobre la referencia. –Ella respondió.

–Bien, ¿entonces estás dispuesta a recibir asesoramiento? –Preguntó Peter.

–Sí, por supuesto, pero debemos ser honestos en las sesiones si queremos que el asesoramiento ayude y no gritos, ni insultos. –Ella insistió.

–Sí, lo sé. Lo averiguaré lo antes posible y te lo haré saber. –Afirmó Peter. La conversación siguío, y Peter acepto a vender la casa y Rebeca llamó a Ángela.

El proceso de negociaciones comenzó y al final de la noche, su casa se vendió por $32,000 más que el precio de venta. Faltaban solo tres meses para la fecha de cierre y todo transcurrió tan bien que Rebeca no pudo ver esto como nada más que la señal que habia estado esperando. Rebeca yacía en la cama pensando, temblaba ante sus pensamientos. *Nos estamos moviendo y la vida va a cambiar, ya sea una nueva relación al lado de Peter con amor, respeto y apoyo o una nueva vida, una en la que Peter no existía.* De cualquier manera, estaba aterrorizada.

Los siguientes días volvieron a ser borrosos, ella estaba contemplando su futuro, si debía separar sus pertenencias por igual o empacarlas juntas. Si separaba sus pertenencias, podría estar preparándolos para el fracaso; si juntaba sus pertenencias, podría ser menos que una división amistosa de bienes si se divorciaban. Todo se redujo al potencial del asesoramiento matrimonial.

Peter había organizado su primera sesión para el jueves de esa semana. Pasaría al menos un mes antes de que Rebeca pudiera concluir de manera decisiva si el asesoramiento matrimonial sería beneficioso. Su relación se sentía como una montaña rusa el 90% del tiempo debido a las inseguridades de Peter, especialmente acerca de Joaquín. Fue su amistad la que le proporcionó la estabilidad necesaria para asistir a terapia matrimonial, y ella no tenía intención de romper vínculos. Rebeca necesitaba que Peter confiara en ella y recordara su lealtad durante veintisiete años. Ella le dedicó su corazón y si algo iba a pasar con Joaquín o cualquier otra persona, Rebeca sería la primera en informar a Peter. Si no podía lograr ganarse la confianza de Peter después de todos esos años, entonces el destino de su matrimonio estaba muerto y todo lo que quedaba era buscar el cierre. Era problemático, merecer confianza parece sencillo en un matrimonio, pero no cuando ninguno de los dos la había alcanzado en primer lugar. La falta de confianza fue el problema más importante.

Joaquín se volvió como su sombra, una persona constante, escuchándola, haciéndola reír y brindándole esos momentos de paz. Hablaron con tantas insinuaciones que se convirtieron en parte de sus conversaciones rutinarias. Las continuas bromas sobre su realidad alternativa hacían imposible desviarse de ella y, después de una pequeña charla, una noche, un Joaquín serio habló.

–Me burlo de ti para aligerar el ambiente, pero creo que te tensa, así que seré más consciente. ¿Está bien? –Él reconoció.

–No me tensa, es sólo... bueno, es sólo que después de que me dijiste que investigara mis sentimientos, he descubierto que no eres el único que piensa que mis sentimientos son mas que simplemente ser tu amiga. –Ella admitió. Joaquín estaba intrigado.

–¿Quién mas? –Preguntó con curiosidad.

–Bueno, ya sabes lo de Peter, y ahora Cassandra, estaba muy molesta con ella. Ella dice que te amo desde que éramos jovenes, ¡no entiendo cómo no se le ocurrió decírmelo en ese entonces! –Mientras Rebeca hablaba, se le formó un nudo en la garganta y su voz chirrió.

–Ella dice que te amaba entonces y te amo ahora. –Rebeca rompió a llorar:

–Y creo que puede que tenga razón; Creo que tienes razón. Te amo; Siempre te he amado. Ahora tiene sentido el por qué nunca pude deshacerme de ninguna de nuestras cosas y por qué estaba tan feliz de verte cada vez que nos topábamos. No lo sabía, lamento estar tan ciega. –El llanto de Rebecca surgió de la nada. Una revelación se le había vuelto de pronto cristalinamente clara; casi como si su

444

yo más joven se fusionara con su yo actual. Hubo silencio mientras Rebecca se secaba las lágrimas y se limpiaba la nariz en voz baja. La voz de Joaquín era suave.

—Lo sabía y también lo sentí cuando éramos jovenes, pero debido a tus acciones en ese entonces, pensé que lo estaba imaginando. Esta vez, necesitaba que lo descubrieras por ti misma, sin ninguna presión por mi parte. —Respondió.

—Sabes que me atraes físicamente, ¿verdad? Te encuentro muy atractiva, —continuó Joaquín. Rebeca estaba confundida.

—¿Eso es todo? ¿Solo sientes atracción física por mí? —Ella cuestionó. Joaquín estaba nervioso y frustrado. Rebeca tomó tragos de agua.

—Te amo, Rebeca, siempre te he amado, nunca he dejado de amarte. Has vivido en mi corazón. —Él replicó. Rebeca empezó a llorar de nuevo, pero esta vez por lo que estaba escuchando. En su mente, era una declaración imposible seguir amándola después de todos estos años, era inesperado. Habían pasado treinta años y un joven que se enamoró de ella a los dieciséis nunca ha dejado de quererla. Ahora, el mismo chico que es hombre le ha declarado su amor una vez más. Rebeca estaba en ese infame lugar de responderle.

—No quiero perderte. Acabo de recuperarte, pero también le prometí a Peter que asistiría a terapia matrimonial y quiero intentarlo, si puedo mantener a mi familia unida, tengo que hacer esto, —suspiró Rebeca.

—No me perderás. Si te divorcias de Peter, estaré aquí para recoger los pedazos todo el tiempo que sea necesario. Si no te divorcias y Peter se convierte milagrosamente en el hombre que deseas, estaré aquí para ser tu amigo. Esperando estar contigo cuando estés libre o ser tu amigo cuando no lo estés. Haz lo que tengas que hacer, sé que tomarás la decisión que mejor sea para ti y a tus hijos. –Él se dirigió a ella.

Rebeca logró dejar de llorar y quedó completamente conmovida por la sinceridad y la encantadora declaración de Joaquín. El reconocimiento de sus sentimientos por Joaquín era nuevo y aún estaba en proceso.

–Lamento mucho que me haya tomado tanto tiempo resolver esto. Siempre pensé que mi amor por ti era simplemente amistad porque en aquel entonces no me atraías físicamente, tal vez eras demasiado flaco. –Ella dijo. Ambos se rieron entre dientes.

–Sin embargo, siempre ha habido esta tensión física entre nosotros que me resultaba muy confusa. Ahora ni siquiera sé qué somos. ¿Cómo llamamos a esto? –Rebeca estaba divagando ahora. Joaquín interrumpió.

–Bueno, ¿o somos amigos platónicos o somos más que amigos? No podemos ser más que amigos, por muy platónico que sea, que es donde están todos mis amigos. Sin embargo, nunca has sido solo una amiga, porque no siento lo que siento por ti por otros amigos. Entonces, nunca has estado ni estarás en ninguna otra categoría que no sea la de Rebeca. –dijo Joaquín. Era un experto en asegurarle a Rebeca que todo iba a estar bien.

–Esto te lo puedo decir ahora, en 2016 aunque estaba pasando por un momento difícil, no fue el motivo por el que desaparecí. Sólo me llevó esa noche darme cuenta de que todavía te amaba y que no iba a arruinar tu matrimonio, tu vida. Parecías tan feliz y sabía que, si me quedaba, no iba a ser un buen amigo. Habrías terminado odiándome y no quería arruinar el buen recuerdo de nuestra amistad. –Continuó sin reservas. Hubo una larga pausa.

–Por favor, di algo, –pidió Joaquín.

–Realmente me lastimaste en 2016, pero ahora entiendo por qué me dolió tanto, –respondió.

–Lo sé y lo siento, no puedo hacer nada por lo que pasó en 2016, pero puedo estar aquí para ti ahora si me dejas. Puedo ser paciente, te he esperado durante treinta años y puedo esperar un año más si es necesario. En respuesta a tu pregunta anterior, nunca hemos tenido una etiqueta, no cuando éramos jovenes y ciertamente no ahora, entonces, ¿qué tal si la llamamos *Amigos del alma*? –Eso hizo que Rebeca sonriera y su corazón dio un vuelco.

–Me gusta eso. Sí. Amigos del alma, –coincidió Rebeca. Se dice que más vale tarde que nunca, lo que significa expresar alivio de que algo haya sucedido, después del momento óptimo. Por otra parte, también se lucha por la pérdida del tiempo con la única alma perfecta. 🐾

Capítulo 20
El Callejón Sin Salida

*Es en tus momentos de decisión
donde se moldea tu destino.*

Tony Robbins

Febrero llegó rápidamente y después de un largo período de espera, Rebeca estaba esperando atender su primera reunión de Zoom para consejería matrimonial. En ese momento, estaba familiarizada con el proceso de reuniones virtuales en varias plataformas, Cisco Webex, Google Meet, Skype y Mircosoft Teams, por nombrar algunas, pero su preferencia era Zoom. Sobre su escritorio había un vaso de agua, una libreta y un bolígrafo, todo listo y ella estaba sorprendentemente nerviosa. Isabella entro casualmente a su oficina.

—Mamá tengo hambre; ¿Me puedes dar un bocadillo? —ella preguntó. El tercer confinamiento estaba en pleno apogéo debido a la pandemia, y sus hijos también se habían familiarizado con el aprendizaje remoto.

—Te dejé fresas en la mesa, —respondió Rebeca. Isabella dío la vuelta rápidamente y desde la distancia, gritó.

—Gracias, mamá, —e hizo un feliz sonido de satisfacción.

—De nada, —susurró Rebeca, sin saber si la escucho. Distraída porque Peter se unió a la sala de reuniones. Su entorno parecía ser su dormitorio con escasa luz del día filtrándose. La escasa iluminación hacía difícil verlo excepto por una sombra oscura. El terapeuta estaba dando instrucciones sobre cómo modificar el brillo de su iPad. Después de intentos fallidos, Peter decidió mudarse a la sala y cuando se hizo visible en la pantalla, ella quedó desconcertada por su demacración facial. Rebeca se enorgullecía de su bienestar, de garantizarle una alimentación, rutina adecuada de descanzo y amor, y se sentía culpable. La terapia era su única esperanza de redención matrimonial que daría paso a un nuevo camino. El terapeuta comenzó con Rebeca.

–¿Hola, Rebeca? ¿Puedes oírme? –Preguntó el terapeuta.

–Sí. Puedo oírte. –Rebeca informó.

–Excelente. Ahora que hemos resuelto todos los problemas tecnicos, podemos continuar. Mi nombre es Shawn y seré su consejero matrimonial durante las próximas doce semanas. Además, gracias a ambos por completar los formularios y enviármelos. De los formularios, obtuve un poco de información general sobre lo que ha estado sucediendo en su matrimonio. Entiendo que Peter se ha mudado y que técnicamente están separados. Es importante saber cuál será el objetivo de estas sesiones y por eso quiero preguntarle a cada uno de ustedes, ¿cuál es el resultado que esperan de estas sesiones? –Shawn cuestionó. La pregunta resultó demasiado confusa para Rebeca. Se encontró atrapada entre los deseos contradictorios de cumplir con sus obligaciones y perseguir sus propios deseos. Después de un silencio fugaz, expresó.

–Bueno, supongo que a la larga esperaba encontrar un cierre. Un lugar donde Peter y yo podamos llevarnos bien para poder seguir criando a nuestros hijos. –Rebeca respondió con sus primeros pensamientos. Shawn pasó a Peter.

–¿Y tú, Peter, ¿qué esperas lograr? –Shawn posó. Peter estaba incrédulo e incluso un poco irritado.

–Pensé que estábamos aquí para trabajar en nuestro matrimonio y tratar de conocernos nuevamente. Cuando salí de la casa, fue con ese propósito, me fui, para que pudiéramos trabajar en ello, pero ahora ella dice que quiere cerrar. Entonces no entiendo qué estamos haciendo aquí, –dijo en tono pomposo. Shawn mostraba una cara neutral y no hizo ningún gesto ni reacción ante la información proporcionada.

–Necesito que ambos comprendan que el objetivo de estas sesiones no es volver a juntarlos ni separarlos, sino acortar la distancia de división entre ustedes para que ambos puedan tomar una decisión, –afirmó. Rebeca intervino rápidamente.

–No estoy diciendo que no quiera trabajar en el matrimonio, solo estaba diciendo cómo me siento ahora con respecto a esta terapia. Supongo que por la forma en que lo veo, si tenemos éxito en estas sesiones, entonces la perspectiva de querer estar con Peter será orgánica. Pero Peter quiere que suceda de la noche a la mañana y lo esfuerza tanto que sigue cometiendo errores perjudiciales y simplemente me aleja más. –Rebeca insistió. Peter quedó estupefacto.

–¿Cometí los errores? No soy yo quien quiere acostarme con Paralegales y traer *amigos* a la casa y hablar con éllos hasta altas horas de la noche. –Peter se soltó. La calma de Rebeca disminuyó aproximadamente dos niveles.

–¿Hemos vuelto a eso? No puedo creerte. Si estás tan seguro de que estoy con Joaquín entonces tal vez sea hora de hacerlo realidad. –Ella amenazó. Peter resopló, insinuando que no lo dejaría pasar.

–Esto es de lo que hablo. ¿Cómo podemos trabajar en nuestro

matrimonio cuando él se niega a hablarme en general, y cuando me habla es sólo para insultarme? –Dijo Rebeca enojada.

–Esto es lo que quisiste desde el principio. Sabía que si salía de casa, todo terminaría. Lo planeaste de esta manera. –Declaró Peter. Shawn estaba permitiendo que continuaran las disputas. Rebeca estaba indignada y cualquier calma se había disipado.

–Eres irracional, si alguien nos está separando eres tú. Tú eres el que no se sentó a hablarme de nuestros problemas. Necesitabas un par de cervezas para decirme cómo te sentías realmente. Me trataste como una mierda cuando tuvimos la cita en el banco, como si estuviera por debajo de ti. Vas a mis espaldas y hablas con mis padres. ¡Me acusas de estar con Joaquín cada vez que puedes y todavía crees que tenemos una maldita posibilidad de volver a estar juntos! –Ella desafió. En ese momento se dio cuenta de que no había compartido con Peter la revelación recién descubierta sobre sus sentimientos por Joaquín.

–Estoy aprendiendo, he estado trabajando en mí todos estos meses y estoy orgulloso de lo que he logrado. Si no ves que he cambiado y quiero salvar a nuestra familia, entonces no puedo hacer nada más. –Peter dirigió.

–Sí, por suerte, has tenido tiempo de poder concentrarte en ti mismo y arreglar tus cosas. Como todavía lo intento hacer, con dos hijos que dependen enteramente de mí. Es fácil trabajar en ti mismo cuando eres soltero. –Ella respondió con resentimiento. Rebeca todavía estaba herida por el reproche de Peter en una cita mutua de TD para cortar su cuenta bancaria conjunta unas semanas atras, por lo que atacó, desatando el dolor reprimido.

Cuando Rebeca entró al Banco de TD, Peter ni siquiera la miró y su expresión facial era de disgusto incluso por estar parado junto a ella. Peter solo habló directamente con el asociado del banco y se negó a reconocer la presencia de Rebeca. El asociado del banco actuaba como su mediador y Peter salió furioso cuando el asociado completó su parte. Por otro lado, sin que Peter lo supiera, Rebeca se había coordinado con su madre para cuidar a sus hijos, anticipando la posibilidad de compartir una taza de café después de la cita. Fue una experiencia horrible. Shawn finalmente interrumpió.

–Parece que hay algunos sentimientos fuertes aquí y puede que no sea productivo señalar culpables, así que tal vez en la próxima sesión podamos trabajar para centrarnos en cada uno de tus sentimientos en lugar de centrarnos en la otra persona. –El sugirió. Peter y Rebeca se calmaron y no hicieron comentarios sobre la sugerencia de Shawn. Rebeca tenía la boca seca y pasó por alto su vaso de agua, lo que le habría ayudado cuando se estaba quedando sin saliva durante sus arrebatos.

–Entonces, parece que se nos acabó el tiempo. Para la próxima semana, tal vez puedan llevar un diario. No tiene que ser todos los días, pero cuando sientan que hay algo que quiera recordar y decir en la terapia, escríbanlo. Ayudará a su ejecución ser más pasiva. –Shawn recomendó.

Rebeca y Peter se despidieron de Shawn pero se ignoraron por completo. Estaba claro que la ira y la frustración de la sesión de terapia requerían un período de reflexión muy necesario.

A lo largo de la semana, Peter entraba y salía de la casa a su antojo. Al principio, Rebeca lo toleró, pero ahora que no había reconciliación a la vista, se molestó.

—Peter, desearía que llamaras. Ya no vives aquí, —dijo educadamente pero con firmeza.

—Esta sigue siendo mi casa y entraré cuando quiera, —replicó.

—Esta es tu casa sólo por el título porque no has pagado las facturas durante más de tres meses, ni en forma monetaria, ni trabajando como mi asistente de datos. —Ella protestó.

—¡Te doy dinero para la casa! —Afirmó, descontento.

—El poco dinero que me das ni siquiera cubre las utilidades, Peter. Sé que todavía no estás trabajando, por eso no te he pedido ayuda monetaria, pero si estás haciendo acusaciones, debo decir lo obvio también. —Ella le informó.

—Cuando empieces a trabajar, podremos discutir fondos mensuales para tus hijos. —Ella también afirmó. Peter la pasó a la fuerza y giró bruscamente hacia la casa.

—No te daré ni un centavo, ni ahora ni nunca, puedes resolverlo tú mismo ya que eres muy fuerte e independiente. —Elogió. La afirmación de Peter de no brindarle ayuda financiera no fue sorprendente, él nunca la había apoyado en el pasado, ¿por qué sería diferente? Él había trabajado por dinero en efectivo los fines de semana durante veinte años y ella nunca vio ni un centavo destinado a los gastos del hogar. Las posibilidades de que Peter fuera un apoyo financiero eran remotas. Después de una breve visita a los niños, Peter salió corriendo de la casa tan rápido como llegó, sin ningún reconocimiento por parte de Rebeca.

Durante la noche, mientras hablaba con Joaquín, entró otra llamada, era Peter. Rebeca insistió en que esta conversación entre ella y Peter era vital.

–Lo siento Joaquín, es Peter y necesito hablar con él, –dijo Rebeca y transfirió la llamada.

–¿Hola? –Ella respondió.

–¿Hola estas ocupada? –Preguntó.

–No. ¿Qué pasa? –Ella respondió rápidamente. Rebeca quería saber el propósito de su llamada antes de revelarle la noticia sobre Joaquín. Peter conversó un poco y resumió los eventos de la semana con los niños. Rebeca interrumpió.

–Esta no es la razon por la que me llamaste Peter, háblame por favor, –instó.

–Está bien, creo que deberíamos cancelar la terapia. No tiene sentido acudir a terapia matrimonial si lo único que buscas es terminar nuestro matrimonio. No desperdiciemos nuestro dinero, –sugirió. Esto tomó por sorpresa a Rebeca.

–Estaba siendo honesta. Así es como me siento ahora, pero tal vez me sentiría diferente una vez que continuáramos la terapia. Ni siquiera le diste oportunidad y prometiste que no insultarías, –respondió. Como de costumbre, Peter no respondió.

–Esta relación requerirá mucho esfuerzo, un esfuerzo que no creo que lo poseas, ¿y sabes por qué no creo que lo poseas? Porque no me amas así, como un hombre ama a una mujer, el amor verdadero, alguien que se entrega a su único amor verdadero. Nunca fui la indicada para ti, por eso tuve que luchar por nuestra relación en cada paso del camino y me cansé de que mi amor mantuviera nuestra relación unida. –Rebeca continuó y estaba diciendo verdades. Ya no sentía ganas de derramar lágrimas; Poco a poco estaba saliendo de la fase de duelo y entrando en la etapa de aceptación. Peter permaneció en silencio durante uno o dos minutos.

–Entonces sólo queda una cosa por hacer: les diremos a nuestros hijos y a nuestros padres que esto se acabó, –dijo Peter sin dudarlo. Rebeca esperaba que Peter estipulara la inexactitud de sus acusaciones con hechos propios, pero en cambio, fueron confirmados y su corazón se rompió un poco.

–También tenemos que decirles a los niños que vendimos la casa, –añadió con tristeza.

–Hablaré con mis padres y veré cuando estén disponibles y te dejaré saber, –aconsejó Peter. Con el inesperado tema de conversación que surgió, a Rebeca se le había pasado por la cabeza informarle a Peter sobre sus recién descubiertos sentimientos por Joaquín.

–Está bien, házmelo saber, aunque no estoy de acuerdo en involucrar a nuestros padres, lo haré si te reconforta, –confirmó, y dieron por terminada la noche.

La discusión con sus hijos sobre su decisión final no fue diferente a cuando les avisaron de su separación. La capacidad de los niños para comprender la situación era mínima, completamente confundidos sobre por qué Rebeca quería divorciarse ahora. No sabían que había soportado una agitación emocional durante veintisiete años. Rebeca protegió a sus hijos de un padre que era incapaz de amarla a ella, ní a ellos e incluso a sí mismo. Rebeca esperaba que uno de los numerosos terapeutas con los que intentó contactar respondiera pronto y ayudara a sus hijos con el trauma.

En cuanto a la noche de padres, estaba programada para la semana siguiente y era el principio del fin, pero Rebeca estaba luchando emocionalmente, probablemente relacionado con la esperanza. Como dicé el dicho, la esperanza es lo último que se pierde. Rebeca continuó enumerando tareas en secuencia de prioridades y, sorprendentemente, una de esas listas era los pros y los contras de darle otra oportunidad a su matrimonio. Ella empezó a hiperventilar y llamó a Joaquín,

–¿Hola estas ocupado? –Ella preguntó. Despues de pocas palabras, preguntó Joaquín.

–¿Te gustaría hablar de ello ó te gustaría que te distraiga? –Él cuestionó. Ella quedó asombrada por su profunda comprensión de ella.

–Distráeme, por favor, –pidió. Joaquín habló de información innecesaria y eso la distrajo de sus problemas como se le había pedido. Encontró un gran placer escuchar a Joaquín, dándose cuenta de que poseía un conocimiento limitado sobre el mundo, mientras él le servía de enciclopedia personal. Rebeca se deslizó en la conversación.

–Necesito contarle a Peter lo que siento por ti. Él merece saberlo. No sé qué pasará, pero siempre le dije que sería honesta, –informó.

–Si le cuentas y decides quedarte con él para darle otra oportunidad a tu matrimonio, no podemos ser amigos, –le aseguró.

–Lo sé, –estuvo de acuerdo. Joaquín no estaba al tanto del alboroto de su primera sesión de asesoramiento matrimonial; según Joaquín, Rebeca todavía estaba trabajando en su matrimonio. La conversación continuó hasta la hora de dormir y se reanudó a la tarde siguiente mediante un mensaje de texto:

Hola, espero que
te sientas mejor hoy.

> Hola, si lo estoy, gracias. ¿Y tú?

Hoy ha sido un día muy ocupado,
pero he estado pensando mucho
en lo que hablamos anoche.
Sé que la honestidad y la transparencia
son algo que quieres con Peter,
sin embargo, decírselo podría
hacer más daño que bien.
Solo quería decir esto porque me
ha estado molestando. Duele decirlo,
pero no mentí cuando dije
que quiero que tu matrimonio funcione.
Se que tú no vas a dejarme, entonces quizás
yo debería ser el que se aleje. No quiero
alejarme, pero no quedan muchas opciones.

> No veo cómo puedo empeorarlo;
> él ya cree que tú y yo somos
> una pareja, me acusa todo
> el tiempo. Pero si sientes la necesidad
> de alejarte de mí otra vez, haz lo que
> tengas que hacer. No te detendré.

Su mensaje de texto consternó a Rebeca. Después de todas sus discusiones sobre ser sistemas de apoyo mutuo, él quería alejarse de ella por tercera vez. Los mensajes continuaron, el texto de Joaquín decía:

La verdad, no quiero alejarme nunca.
Pero tampoco quiero ser la excusa de
que tu matrimonio no funcione.
Si me convierto en eso, las posibilidades
de que algún día estemos juntos son aún
más remotas, porque sera percibido
de que yo fui el culpable.

> Haz lo que debes Joaquín
> Como dije, no te detendré.
> Y para que quede claro, tú volviste
> a mi vida en un momento
> específico y por una razón.

No creo que esa razón sea ayudar a que
termines tu matrimonio. Sinceramente,
ojalá hubiera vuelto cuando ustedes dos
ya hubieran resuelto esto. Yo sé que para
tí no soy una excusa. Lo sé. Pero para Peter,
eso es exactamente lo que seré. Solo quería
compartir mi opinión sobre contarle a Peter,
por más impopular que sea. No quiero
sentirme como un peón que él va a usar,
que es lo que inevitablemente va a pasar.

> Si tú no hubieras vuelto a mi vida,
> Peter y yo estaríamos exactamente
> en el mismo lugar que ahora.
> Si tú no estuvieras en mi vida, eso no
> habría cambiado nada; este camino
> comenzó mucho antes de que tú
> siquiera existieras. Lo único que sí
> cambió es que dejé de ser una persona

vacía y de corazón frío. Volví a sentir.
Respetaré tu decisión y no le diré
nada a Peter.

Gracias. Di mil vueltas, pero
entendiste lo que te decía (aunque
yo ni siquiera entendía que era eso
lo que estaba preguntando).

Entenderte es fácil para mí, pero
ya tengo el corazón frágil y creo
que es mejor preguntarte
directamente… ¿Qué quieres de mí?

Quiero que seas libre para estar
conmigo después de que hayas
agotado todas las opciones para
trabajar en tu matrimonio.

Ni siquiera puedo expresarte cuánto
dolor siento ahora mismo.
Ya te alejaste de mí dos veces y
lo estás haciendo otra vez.
Estás eligiendo la salida fácil.
Sé que estoy luchando por el
bienestar de mis hijos y creo que
de ahí me viene ese hilo de esperanza.
Sigo esperando sentir algo para
poder mantener unida a mi familia.
Algunos días son más difíciles
y vuelvo a decir que debería
quedarme con Peter por la felicidad
de mis hijos, pero a la larga nadie será
feliz si Peter y yo somos como dos
robots. ¿Y sabes qué? Ya me cansé de
intentar convencerte.

Rebeca dejó su teléfono y los mensajes siguieron sonando.

Rebeca estaba tan molesta que se negó a leerlas o contestarlas y continuó con su día, pero le picaba y por eso miró:

Es difícil amarte desde lejos,
pero la alternativa es peor. Es egoísta,
estoy intentando sanar antes de que
siquiera comience. Quiero ser un
buen amigo y desearte la felicidad
que mereces, pero quiero que esa
felicidad sea conmigo y me odio por eso.
Me descubro deseando que
Peter falle y me odio aún más.

Rebeca estaba tan molesta que empezó a llorar y respondió:

Creo que he dicho lo que pensaba
sobre tu decisión, así que no
haré más comentarios.

El teléfono quedó en silencio y Rebeca pasó un terrible resto del día, sintiéndose ridícula por creer en Joaquín cuando había demostrado ser incapaz de ser simplemente su amigo. Todo el coqueteo de los últimos meses fue inocente e infantil, intentando revivir su vínculo de amigos. Era maravilloso, pero su naturaleza compulsiva de huir era desalentadora. Joaquín tenía un mecanismo sencillo para afrontar el trauma o las situaciones dolorosas y ese era el desapego. Podía separarse de cualquiera sin siquiera una llamada telefónica. Rebeca pensó detenidamente en una posible relación con Joaquín. *¿Podría estar con Joaquín sabiendo su facilidad para desapegarse? ¿Sería capaz de soportar otro corazón destrozado por él?* ¿Cómo afrontarían sus síndromes traumáticos opuestos, ella con la ansiedad de apego y él con el trastorno de desapego? Fue confuso.

461

Después de la rutina de los niños a la hora de dormir, Rebeca se sirvió un vaso de Smirnoff. Habían pasado algunos meses desde su última bebida alcohólica. Era justo lo que necesitaba para relajarse un poco. Alrededor de las 22:15 horas, sonó su teléfono. Con ayuda del Vodka se estaba sintiendo valiente para hablar con Joaquín.

–¿Hola? Sí, –respondió ella.

–Estoy afuera de tu casa, ¿abre la puerta por favor? –Preguntó Joaquín. En el principio, Rebeca pensó en negarse, pero se recordó a sí misma que ya no tenía dieciséis años.

–Ven a la puerta de la oficina, –respondió. Rebeca estaba en camisón, así que cogió una gabardina larga del armario delantero y se dirigió a la puerta de la oficina. Estaba oscuro y Rebeca encendió un juego de luces. Joaquín entró, la abrazó y dio un paso atrás.

–No estaba siendo claro. Estoy dispuesto a esperar el tiempo que sea necesario. No quiero que Peter me use como excusa o sea un factor para no solucionar las cosas contigo. En este momento, se trata de esperar a que esto termine o continúe. De cualquier manera, debes saber que no iré a ninguna parte. –Él le aseguró fuertemente.

–Sé que deseo tu felicidad, aunque no sea conmigo, pero preferiría que así fuera. Sin embargo, sé que tus hijos son una prioridad para tu felicidad y harás lo mejor para ellos y para ti. –Él continuó.

Durante la conversación, él puso su mano en la suya y eso derritió a Rebeca. Se miraron fijamente por un momento.

–Acabo de descubrir lo que siento por ti, aunque creo que siempre lo he sentido así por ti, todavía es nuevo. La ironía es que oré por ti, no me di cuenta de la conexión hasta hace poco, pero tú has sido la respuesta a mis oraciones. —Rebeca reveló e hizo una pausa para aclararse la garganta. Los ojos de Joaquín se llenaron de lágrimas.

—Recé con todo mi corazón por alguien que pudiera amarme como yo amo y alguien que pudiera hablarme sin reservas. Siempre has sido la persona que me entendió tan bien, confío completamente en ti y nunca sentí el tipo de paz que siento contigo, —jadeó Rebeca. Se alejó para coger un pañuelo para sonarse la nariz, llorar era inevitable. Joaquín también necesitaba un pañuelo y Rebeca le ofreció uno.

—No quiero perderte, pero tampoco te obligaré a quedarte. Entiendo que esta es una situación única. Lucho con los sentimientos de mis hijos porque sé que quieren que sus padres estén juntos y están sufriendo. No se como salvarlos de este dolor y al mismo tiempo, salvarme de un matrimonio sin amor. Peter ha terminado el asesoramiento matrimonial y no creo que nos quede nada mas en hacer. —Ella concluyó.

Joaquín se reservó sus comentarios ante la nueva información. Rebeca se acercó y lo abrazó; ella apoyó la cabeza en su hombro y él la abrazó con fuerza. Rebeca sintió que Joaquín inhalaba el aroma de su cabello y quedaba hipnotizado por él, como si fuera su droga de predilección. Es uno de los gestos que le encantaba hacer desde que ella lo conocío. Fue cosa de Joaquín. Nunca recordaba que nadie hubiera olido su cabello con tanta intensidad, o en absoluto. Sin soltarla, Joaquín comentó.

—No puedo imaginar lo difícil por lo que estas pasando, porque cada separación es diferente. En mi opinion, tenemos que estar ahí para nuestros hijos y si no nos cuidamos a nosotros mismos, no podremos estarlo. —él la consoló. Rebeca lo abrazó con más fuerza haciéndole saber su gratitud por sus amables palabras y finalmente se dejaron ir.

—¿Quieres algo de beber? —Preguntó Rebeca.

—No, debería irme, cuando llegue a casa serán como las 23:30 horas. —Él estimó. Rebeca asintió y se alejó de la puerta para abrirla. Joaquín parecía tener algo más que decir y era una noche fría, así que rápidamente cerró la puerta.

—Soy todo tuyo. Estoy aquí. Nunca más me perderás; Cometí el error de dejarte ir una vez y nunca volveré a hacerlo. Nunca te desharás de mí a menos que me lo pidas específicamente; de lo contrario, estoy aquí y lo seguiré repitiendo. —Afirmó, pero con la expresión más tierna.

Rebeca se quedó sin palabras, Joaquín era un poeta, un romántico, y si era posible, todavía podía darle mariposas a sus cuarenta y cinco años. Ella tuvo ganas de besarlo y dio un paso más cerca, pero se acobardó y agarró el pomo de la puerta simulando la intención de abrirla. Sufriría grandes pérdidas si no procedía con cautela. Su buen juicio pisoteó esos impulsos adolescentes. Joaquín abrió la puerta y se dio vuelta.

—Buenas noches, —dijo. Se sintió aliviada de que él no se hubiera dado cuenta de sus intenciones porque la situación ya era bastante complicada.

—Buenas noches y gracias por venir a verme, —respondió ella. Cerraba la puerta lentamente; Joaquín la empujó suavemente hacia atrás, entró y la miró con la misma mirada del joven que se enamoró de ella hace casi 30 años. Era evidente que había percibido sus intenciones, y la forma en que la miró y la paciencia para esperar eran su manera de buscar su consentimiento. Se entendían el uno al otro por completo: no eran necesarias las palabras. Rebeca le devolvió la mirada seductora, como si estuviera mirando un delicioso plato principal que había sido colocado frente a ella pero prohibido. Ella intentó resistirse, pero fracasó estrepitosamente; un segundo después, tiró de su chaqueta y lo acercó.

Al mismo tiempo se inclinaron por un beso después de treinta años, un beso tan dulce y tierno como el momento. La sensación de sus labios irradiaba por todo su cuerpo y pedía más. Un cuerpo privado de pasión, los besos de Joaquín le decían te quiero; te necesito, deseo saborearte por todas partes. Se intensificó en veinte segundos, pero antes de que Rebeca y Joaquín pudieran recomponerse, el beso pasó de su boca a su cuello, a su pecho y espalda. Joaquín la hacía sentir amada, segura, deseada y llena de impulsos incontrolables al mismo tiempo. La intensidad era abrumadora, no dejaba lugar para escapar de sus emociones, y la idea de regresar simplemente no existía. Estaba claro como la luz del día que lo amaba mucho. Él fue capaz de darle serenidad en un minuto y hacerla perder el control al siguiente y ella se preguntó: *¿Es así como se siente el verdadero amor?* Se detuvieron conscientemente, pero sin un ápice de arrepentimiento. Aún sin aliento, Joaquín abrió la puerta.

465

–Duerme bien. Te amo, –dijo dulcemente y desapareció en la noche. Rebeca se quedó allí ordenando sus pensamientos, apoyada contra la parte trasera de la puerta sin palabras, en un sentimiento extremadamente familiar. 🐾

Capítulo 21
La Última Gota

No tengo voluntad; es la voluntad de nunca decidir.
He sido tan abrumado por las muchas tormentas que han
estallado sobre mi cabeza, que me he vuelto pasivo en manos
del todopoderoso, como un gorrión en las garras de un
águila. Vivo porque no está ordenado que muera.

Alexandre Dumas, El Conde de Montecristo

A la mañana siguiente, Rebeca se despertó soñando con los pájaros tarareando y los ratones quitando el polvo de su ropa diaria mientras cantaba su rutina matutina. Cuando vio un moretón en su cuello en el espejo. Ella se recuperó y miró atentamente: *¿Cómo me hice un moretón en el cuello? ¡UN CHUPÓN!* Tampoco era un chupetón sutil que pudiera ocultarse con maquillaje, medía unos cinco centímetros de largo y tenía los colores del arcoíris. Rebeca entró en pánico; sus hijos tendrían tantas preguntas.

—¡Cómo voy a explicar esto! —Se pronunció a sí misma. Rebeca era su peor enemiga y el juicio le impedía perder el control:

—Por supuesto, esto me pasó a mí, —dijo en voz alta, frustrada. No fue culpa de Joaquín; incluso el más mínimo rasguño en la piel habría dejado una decoloración. Inmediatamente se puso un jersey de cuello alto y esperó que no se notara. No hace falta decir que Rebeca se sintió avergonzada y decepcionada de sí misma por haber sido tan imprudente como para haber permitido esta indiscreción a los cuarenta y cinco años.

Mientras preparaba el desayuno el chupetón se le escapó de la mente, pero sus hijos no se habían dado cuenta o eso creía ella. Se sirvió el desayuno y masticó una tostada, su hijo cuestionó.

—Mamá, ¿qué tienes en el cuello? —Preguntó con curiosidad. Tan rápida e inesperadamente cómo surgió la pregunta, así de rápido respondió ella.

–Oh, se cayó una caja y me lastimé el cuello. –Ella respondió. Parecía una historia probable ya que últimamente había estado empacando la casa. Casualmente, a principios de semana, ella estaba apilando cajas de aproximadamente 12 x 12 y las cajas se cayeron y una de ellas lastimó el pecho de Rebeca. Sebastián no hizo más preguntas y tomó su respuesta al pie de la letra. Esta era la primera vez que engañaba a sus hijos de esa manera, se sentía como una niña de cinco años a la que pillan coloreando las paredes. Cualquier otra explicación a sus hijos requería aclarar la situación de antemano, las verdades a medias son tan malas como las mentiras.

Los niños fueron a sus clases remotas en la sala donde Rebeca había preparado un área similar a un salón de clases con dos escritorios, útiles escolares y una impresora. En su primera oportunidad, le envió a Joaquín una fotografía de lo que había sido su terrible experiencia matutina. Aproximadamente una hora después respondió.

–Dios mío, lo siento mucho amor. ¿Puedo llamarte amor? –Respondió. Su corazón dio un vuelco con el sonido de Joaquín llamándola *amor*. Él dijo *te amo* la noche anterior, algo que no había sido discutido y, aunque era obvio que sus propios sentimientos eran suyos, ella dudó en expresarlo.

–Sí, está bien, –respondió ella.

–Lamento el chupetón; No sabía que estaba haciendo eso, –continuó. Rebeca no estaba dispuesta a hacerlo sentir culpable, era su responsabilidad, pero le advirtió.

—Necesitas controlarte, amor, —insistió. Referirse a Joaquín como *amor* fue conmovedor e incómodo. A partir de ese momento, su correspondencia rebosó de un tierno afecto propio de dos personas que se embarcan en una conexión romántica. Sin embargo, en ese entonces no estaban en una relación… *¿te suena familiar?* *¡INCREIBLE!* Fue sólo uno de esos fenómenos extraordinarios que se dieron y, finalmente, Rebeca fue amada. El vacío que pesaba en su corazón fue llenándose lentamente, gota a gota, por parte de Joaquín.

Era el día de San Valentín y Rebeca no tenía intención de celebrarlo ni de fingir. Fue un día de espectáculo compartido entre dos almas que se aman y, en la mayoría de las relaciones, fue una actuación. Aunque hubo mutuo amor en su vida, todavía estaba de luto por la pérdida de la unidad familiar.

Rebeca y sus hijos disfrutaron de un desayuno de San Valentín con huevos y tocino, chocolates y pequeños obsequios. Luego, Peter llegó por los niños según su acuerdo verbal. Habían llegado a un consenso mutuo de que asumiría la custodia de los niños después de la escuela los miércoles, viernes y todos los domingos. Coincidió con el horario de trabajo a tiempo parcial de Rebeca en Disney. Sonó el timbre, lo cual era inusual porque Peter había estado usando sus llaves. Rebeca abrió la puerta.

—Feliz día de San Valentín, —dijo Peter con una sonrisa forzada y le regaló una rosa roja.

—¿Gracias? —Ella respondió vacilante. Tenía una segunda

rosa roja y con ternura se la entregó a Isabella. Aunque este gesto era entrañable, dejó a Rebeca perpleja y a menudo le dio ganas de arrancarse el pelo debido a su comportamiento inconsistente e impredecible. Peter no le dirigiá ni una palabra más que durante el horario de las visitas, para preguntar por las necesidas ó el bienestar de los niños, no conversaban. El resto del tiempo aprovechaba la oportunidad para proferir insultos. Rebeca estaba cansada del comportamiento impredecible de Peter; sin embargo, para estar justos, también le resultaba difícil corresponder gestos simples.

Los estándares de Rebeca habían evolucionado y la capacidad de amor de Peter no estaba a la altura de sus nuevas demandas. Hubo un tiempo en el que Rebeca se habría sentido eufórica ante el minúsculo afecto de Peter, pero ahora él estaba siendo comparado con Joaquín. No tenía sentido luchar contra ello, quería EXCEPCIONAL. Peter necesitaba hacer mas que un gran gesto, el acto cliché de demostrarle que su amor era más fuerte que sus celos, que su egoísmo y su vanidad. Ella quería que demostrara su amor con acciones y no con palabras vacías porque ya no creía en él.

Desafortunadamente, Peter no entendió que tenía ventaja sobre Joaquín. Independientemente de lo que Rebeca sintiera por Joaquín, no superó su deseo para mantener la unidad de su familia. Aún asi, ella no estaba dispuesta a dar un acto de fe ante los continuos insultos e inconsistencias de Peter. La conducta, las palabras y el comportamiento de Peter se alinean con los de un hombre que carece de amor genuino, pero cree que ella es su propiedad privada.

Eso no califica como amor; está simplemente impulsado por el ego. Rebeca se encontró sola con sus tareas domésticas y responsabilidades de oficina, sin la motivación para atender ninguna de ellas. Llamó a Cassandra, Lily y Myra, pero todas tenían planes con sus familias o cónyuges. Luego, como si fueran telepáticos, Joaquín envió un mensaje de texto:

¿Qué estás haciendo hoy?

Siempre estaban sincronizados. Él estaba escribiendo incluso antes de que ella presionara enviar.

La respuesta de Rebeca decía:

¡JAJA, estaba viendo a quién podía molestar hoy!

Al instante sonó un texto de Joaquín:

¡Feliz día de San Valentín!
¿Serías mi San Valentín?
□ 100%
□ Quizás
□ ¿Déjame pensarlo?
□ ¡Sí!

Una enorme sonrisa se apoderó de su expresión y Rebeca empezó a escribir:

¡Feliz Día de San Valentín!
¡SÍ, hoy sí seré tu Valentín!
100% tuya para siempre…
QUIZAS en los días que nos saquemos de quicio,
y LO PENSARÉ esos días en que me sacas de mis
casillas.

La respuesta fue sencilla y con varios emojis de risa. Cuando te sientes amado, es sencillo articular las palabras para expresar tus emociones. Por eso, a Peter se le hacía difícil hablar con Rebecca.

Ella tenía poca inclinación hacia las posesiones materiales; aunque se esforzaba por conseguirlas, eventualmente volvería a tener los medios para adquirir los deseos de su corazón. Sin embargo, no podía concederse a sí misma el afecto y el amor que solo un hombre podía proporcionarle. El amor propio es diferente y para algunos es suficiente, pero para Rebeca no, ella anhelaba la calidez y el amor de un hombre. Los mensajes de texto iban y venían varias veces, para planear un futuro encuentro y Joaquín la llamó.

—Esto es mucho más fácil, —aconsejó.

—No tenemos muchas opciones con las restricciones. —Ella respondió abordando los mensajes de texto.

—¿Te gustaría dar un paseo por Lakeshore y tomar un poco de chocolate caliente? —Joaquín preguntó.

—Eso suena maravilloso, —estuvo de acuerdo. Rebeca paso por Joaquín aproximadamente una hora más tarde y pasó por un Tim Horton para comprar chocolates calientes. Cuando comenzaron a caminar por el sendero, parecía que no eran los únicos con la idea. Muchas parejas habían decidido dar un paseo y aunque era invierno, el clima era templado y comodó. Rebeca se desahogó sobre la única rosa roja y Joaquín era demasiado bueno para ser verdad. Aunque quería ser el hombre de su vida, todavía escuchaba la esperanza obvia de Rebeca que yacía debajo de todos los desvaríos. Rebeca lloraba y Joaquín la hacía sonreír con alguna tontería.

La caminata fue rejuvenecedora y Rebeca recuperó energías. Después de leer en línea sobre el concepto de transferencia de energía, se le ocurrió la idea de que Joaquín le estaba impartiendo su aura positiva y esperaba que no lo estuviera agotando. Habían pasado algunas horas y con el excesivo tiempo al aire libre estaban congelados.

Al llegar a la casa de Joaquín, hizo un gesto.

—Espera aquí, tengo algo. —Solicitó. Rebeca también tenía algo para él, pero se mostró reacia. Todo avanzaba muy rápido y su vida era demasiado confusa. Pasaron aproximadamente cinco minutos y Rebeca tuvo tiempo suficiente para buscar su regalo del maletero del coche. Joaquín saltó abruptamente en el auto con una linda bolsita roja con flores, sin lazo, sin tarjeta, sin pañuelos excesivos, simple.

—Feliz día de San Valentín, mi amiga del alma, —dijo y le entregó el bolso.

—Gracias. No deberías haberlo hecho, —respondió ella y lo abrazó.

—Ábrelo, —Joaquín insistió.

—¿Ahora? —Dijo confundida. Joaquín hizo un gesto para abrir el regalo. Rebeca separó con cuidado el único pañuelo que separaba su vista del regalo.

—¿Es un libro? —Preguntó mientras pasaba algunas páginas.

—Es un diario. Como el que teníamos de niños, —respondió Joaquín. —Estás pasando por un momento difícil y creo que lo que estás haciendo requiere mucho coraje. Quiero apoyarte en todo lo posible, pero si algo he aprendido de la terapia es que la autoayuda es necesaria y escribir en este diario puede ser terapéutico para ti, —sugirió.

—Esta personalizado por una autora de Toronto que tiene una

pequeña empresa. –Rebeca quedó cautivada por el esfuerzo que se puso en el regalo; el gesto fue…Excepcional. Rebeca estaba llorando. Joaquín le entregó un pañuelo y Rebeca se secó las lágrimas. Ella se inclinó para besarlo en la mejilla, apenas untando sus labios.

El momento no se trataba de lujuria, pasión o necesidades sensuales, se trataba del tipo de relación que querían construir. Un beso en su mejilla fue más que satisfactorio para ambos, fue el comienzo de Rebeca y Joaquín, una amistad con treinta años de gestación. Rebeca le entregó a Joaquín una pequeña bolsa negra que escondía debajo de sus piernas.

–Feliz San Valentín, –dijo con voz crepitante. Joaquín estaba en shock.

–¿Qué? –Soltó y no esperó, abriéndola más rápido que Rebeca, sacando una pequeña caja de 5 x 7 con una imagen en el frente.

–Dios mío, ¿es un rompecabezas? –Preguntó. El rompecabezas enmarcaba a Joaquín y Rebeca, de dieciséis años, y una segunda imagen de casi treinta años después en 2020. También tenía un hashtag, #AmigosPorVida. Joaquín también estaba enamorado de Rebeca. Entendieron que los esfuerzos de un regalo eran más importantes que el valor monetario. Terminaron la noche y Rebeca se dirigió a casa para esperar a sus hijos. El día resultó agradable y bastante inesperado. Posteriormente, Rebeca adquirió el hábito de escribir en su diario todos los días, llenando sus páginas con sus pensamientos, dibujos, poemas, peroratas y citas. Esta práctica finalmente dio paso a la concepción de este libro.

En los días siguientes, se ultimaba la coordinación de la reunión de de los padres de ambos, Peter y Rebeca, y se hacían arreglos para el cuidado de los niños. Rebeca sería la anfitriona como de costumbre. Temprano en la mañana del día de la reunión, Katrina llamó a Rebeca y tuvo una breve discusión sobre por qué Peter sentía que era necesario involucrar a los padres en el proceso. Sin embargo, sus padres accedieron al pedido de Peter de estar presentes.

Según entendió Rebeca, la reunión fue para informar a los padres que habían decidido divorciarse. No hubo intenciones de hacer de esta reunión una intervención, ni tampoco reservas. Fue para anunciar formalmente que su matrimonio había terminado, dándole el mismo respeto que cuando anunciaron formalmente su compromiso. La reunión comenzó informalmente con saludos y una pequeña charla. Rebeca amablemente ofreció té, café y postres de manzana mientras estaba sentada en el comedor. Pasó una hora sin que nadie se diera cuenta, y cada grupo de padres con su hijo se sentaron uno frente al otro, pero llegó el momento de abordar el asunto en cuestión.

—¿Nos trasladamos a la sala? —Rebeca invitó. Todos se levantaron de la mesa, la madre de Peter, María y Katrina comenzaron a recoger los platos y ordenar la mesa.

—Está bien, limpiaré más tarde, vayamos todos a la sala, —pidio Rebeca. Todos se acomodaron en sofás separados junto a sus respectivos cónyuges y, para sorpresa de Rebeca, Peter decidió hablar primero.

—Como todos saben, estamos aquí porque Rebeca y yo hemos

decidido separarnos. Soy un hombre tradicional y respeto a mis padres, por eso, al reunirnos como lo hicimos al principio para anunciar nuestro compromiso, anunciamos nuestra separación de la misma manera, –dijo y respiró hondo.

–Sé que a lo largo de los años no he sido un hombre fácil con quien vivir. He lastimado a Rebeca muchas veces y le dije que lo sentía mucho. No puedo hacer nada con respecto al pasado, pero he tratado de demostrarle que soy un hombre nuevo, que he cambiado y que puedo hacerla feliz, pero ella ha decidido que es demasiado tarde. Intenté hacerla feliz cuidando de los niños y de la casa, complaciéndola más de lo que harían la mayoría de los hombres. Le di lo que pensé que quería. –Continuó algo angustiado.

–Ella permitió que otro hombre entrara en nuestras vidas y lastimó a nuestra familia. Ella ha decidido romper esta familia. Le he dicho que todavía estamos casados porque no hay papeles firmados, pero al mismo tiempo necesito proteger a mis hijos y eso es lo que voy a hacer. Si este matrimonio ha terminado, lo acepto, y si no, sólo el tiempo lo dirá, –dijo Peter en un tono sincero, pero sin lágrimas.

Mientras Peter hablaba, no pudo establecer contacto visual con nadie en la sala y los padres de Rebeca observaron con juicio. Para Peter, el contacto visual era obsoleto y con él desapareció el peso que tenían sus palabras. Tan pronto como Peter concluyó, Rebeca también necesitó hacer las paces con los padres de Peter.

–Me gustaría tener la oportunidad de responder a los comentarios de Peter. Esta decisión no se tomó a la ligera, como podría parecer por los comentarios de Peter. Ha pasado más de un año, he intentando volver a sentir algo, cualquier cosa por Peter y han pasado varios años intentando explicarle lo sola y sin amor que me sentía en este matrimonio. No me tomó en serio. Dio por sentado mis palabras y mi amor porque no fue hasta que otro hombre llamó mi atención que empezó a hablar conmigo. –Ella afirmó.

–Me insulta cada vez que puede y luego me trae flores, él no sabe amar, –insistió, y fue una explicación muy vaga.

La sinopsis de sus revelaciones sobre Peter sería extensa y demasiado dolorosa para sus padres. Aunque actualmente sentía algo por otro hombre, sus verdades sobre su amor y sus esfuerzos por Peter eran objetivas y también lo era su convicción. Hizo contacto visual con Peter y sus padres porque podía enumerar desde 1993, uno por uno, todo lo que había intentado conquistar el amor de Peter. No había que avergonzarse de amar demasiado a alguien.

–De hecho, que Peter les pidiera permiso a mis padres en nuestro compromiso fue más importante que pedirme que me casara con él, él nunca me lo pidió, simplemente puso el anillo en mi dedo delante de todos ustedes. Ahora bien, esta reunión era más importante para él que hablarme sobre sus sentimientos o escuchar y absorber asesoramiento matrimonial. –Rebeca expresó, contuvo las lágrimas.

La información que estaba proporcionando provenía de un lugar de hechos recopilados, analizados y descifrados. No fue una táctica impulsiva, enojada o de venganza.

–Su negatividad y su falta de amor por nadie, incluido él

mismo, estaba afectando mi alma. Me estaba muriendo por dentro y tuve que tomar la difícil decisión de elegirme a los niños y a mí y no a él por primera vez en mi vida. Sabía lo mucho que me molestaba que nunca me pidiera que me casara con él y, sin embargo, nunca intentó corregirlo. No se toma el tiempo para planificar algo especial para mi cumpleaños, aniversario o simplemente porque sí. Cualquier esfuerzo que haya hecho durante el último año no cuenta porque hace mucho que no lo amo. Habría significado mucho para mí cuando lo amaba con todo mi corazón, alma y mente, y haberme tomado el tiempo en ese momento. –Ella enumeró.

–En cuanto a un hombre en mi vida, no sé hacia dónde va eso, pero como he dicho antes, aún soy lo bastante joven para encontrar a alguien que pueda amarme como yo sé amar. Lamentablemente, no es Peter. Le he dado veintisiete años de mi vida para que me muestre su amor y es hora de que me recupere. –Ella concluyó.

Hubo un silencio momentáneo, la expresión en el rostro de todos era desagradable. Peter sintió la necesidad de responder.

–Es importante para mí, todos ustedes entienden que ella es la que está rompiendo nuestra familia. Le dije que pasaría los próximos veinticinco años haciendo todo lo que estuviera a mi alcance para hacerla feliz, pero ella no cree que haya cambiado. No puedo hacer que me crea y tampoco voy a quedarme cerca mientras haya alguien más. Estaré ahí para mis hijos y la vida continuará. –concluyó Peter.

Rebeca no respondió a su apéndice; estaba consciente de que en su comentario había mucho más de lo que estaba indicando. Hasta ese momento, el trato que le había dado había sido espantoso, con la excusa de que estaba aprendiendo a comunicarse. Sin embargo, Rebeca no podía comprender por qué Peter creía que era su responsabilidad soportar más dolor durante su curva de aprendizaje.

Ambos padres estaban decepcionados, pero los padres de Rebeca también estaban cansados de ver a su hija luchar sola para mantener a flote a su familia. Todo cayó a sus pies, los desafíos financieros, emocionales y sistémicos fueron todos suyos desde el momento en que se casaron. Independientemente de los roles no relacionados con el género que eran evidentes en la casa de Rebeca, Peter se había sentido demasiado cómodo con que lo mantuvieran y eso era obvio para sus padres. Sin embargo, ambos padres se abstuvieron de expresar opiniones sobre su decisión, excepto cuando expresaron sentimientos de pérdida. Cada grupo de padres consideraba que cada uno de sus hijos era plenamente capaz de decidir su destino. Fue la última vez que estuvieron todos amigablemente en la misma habitación.

Rebeca desperdició el tiempo repitiendo la velada en su mente, dudando de estar haciendo lo correcto según sus normas morales. Sin embargo, en poco tiempo, Peter le aseguró su decisión con sus comentarios de mal gusto, su indiferencia, su conducta negativa y su falta de respeto. Finalmente entendió que, si Peter la amaba, tendría que anteponer sus necesidades a las suyas, y era una batalla perdida. Ahora más que nunca estaba convencida de que el amor de Peter no era amor en absoluto, sino un sentimiento de complacencia. Ella satisfizo una necesidad sexual, material sustancia y una vida cómoda, pero el nunca la amó con su corazón, alma y mente como Rebeca lo hizo alguna vez. A lo largo del mes ocurrieron más incidentes que continuaron alejando a Rebeca de Peter y acercándola a Joaquín sin que Rebeca se diera cuenta, pero la gota que colmó el vaso estaba a la vuelta de la esquina.

Joaquín y Peter eran personas contrastantes y los únicos dos hombres que Rebeca amó. Como observador, sería difícil comprender cómo se enamoró de estas dos personas divergentes; esto también dejó perpleja a Rebeca.

Los días siguientes los pasaron empacando, dividiendo pertenencias y priorizando. La pandemia había ralentizado todos los negocios de servicios, lo que permitió a Rebeca concentrarse en el cierre de la casa. Al menos, su mente estaba tranquila, sin necesidad de calcular los pagos de facturas mensuales. Durante los siguientes meses, hubo suficiente dinero ahorrado para cubrir los gastos del hogar hasta el cierre.

Sus hijos dominaban el aprendizaje remoto y esa tarde Isabella le pidió a Rebeca su iPad para leer en una aplicación escolar. Peter llegó a la casa el día previsto y Rebeca decidió ir a mirar escaparates. Estaba esperando pacientemente en la fila para ingresar a Winners, pero con las restricciones de COVID el número de personas permitidas por tienda era cincuenta, por lo tanto, todo tomó el doble de tiempo. Justo cuando llegaba al principio de la fila, preparada para entrar a la tienda, llegó un mensaje de texto de Peter:

Ahora sé quién eres.

Tus hijos y yo hemos visto
tu verdadera cara. Nos mentiste,
y ellos lo han visto todo.

Peter fue acusatorio. Luego Rebeca recibió varias fotografías de mensajes de texto tomadas por Peter desde su iPad.

Aunque los mensajes de texto con Joaquín eran solo coqueteo inofensivo y desahogos sobre Peter, a Rebecca se le cayó el alma a los pies. Las fotos enviadas a Joaquín fueron sacadas de contexto, como la del chupetón, que ahora habían visto sus hijos. Peter se aseguró de que sus hijos entendieran que se trataba de una aventura grotesca de una década de infidelidad, en lugar de lo que era: un momento de pasión.

Por último, una foto de Rebecca empujando su estómago para aparentar estar embarazada, solo como una broma sobre la historia de realidad alternativa que Joaquín y Rebecca inventaban, fue distorsionada. Era absurdo que una mujer de cuarenta y cinco años actuara así, pero nadie debería haber visto sus incongruencias; solo era para gratificar a su niña interior de diecisiete años. Sin embargo, si queremos hablar de absurdos, Peter no entendió el acto criminal de sus acciones, invadiendo su privacidad y tomando fotografías de su iPad sin permiso. Rebeca estaba horrorizada.

En lugar de continuar con una respuesta caótica, se dirigió a casa. Rebeca no se preocupaba por Peter porque él no era nadie a quien juzgar, reclamar o reprochar. Terminó todos los intentos de reconciliación poniendo fin al asesoramiento matrimonial. Además, estuvieron técnicamente separados durante tres meses y oficialmente separados durante semanas desde la reunión de padres.

Honestamente, para Rebeca estaban separados desde octubre de 2019 cuando ella solicitó el divorcio por primera vez, y para entonces ya no estaba enamorada de él. Si Peter quería vivir negandolo, eso era su cruz para cargar. No logró comprender el concepto de que el amor no debe infligir dolor ni estar impulsado por el egoísmo, como Rebeca había demostrado una y otra vez. Si realmente la amaba, priorizaría su bienestar por encima de todo, incluso en momentos de ira o desacuerdo. En cambio, se humillaba ante la alegría de que sus hijos la criticaran y la repudiaran por romper la familia debido a sus supuestas infidelidades y eso estaba lejos de la verdad.

De hecho, Rebeca cometió un error al ocultar sus sentimientos por Joaquín, pero durante su amor por Peter, nunca actuó de manera infiel. Cuando su corazón pertenecía a alguien, era devota y absoluta.

Aunque, pare ella los niños eran otra historia completamente diferente. Habiendo fomentado la confianza en sus hijos desde el momento en que estaban en su útero, se sintió profundamente traicionada. Rebeca corrió por la puerta principal y todos estaban esperando respuestas. Sebastián parecía enojado y Isabella parecía asustada.

A Rebeca le explicaron detalladamente que Isabella se había topado con sus mensajes con Joaquín mientras hacía su tarea de lectura y luego había involucrado a su hermano. Entonces, Sebastián decidió contárselo a su padre y Peter decidió tomar fotografías de los mensajes de texto completos entre Joaquín y Rebeca. La habitación estaba llena de tensión y Rebeca no sabía por dónde empezar.

—No es lo que ustedes piensan, —afirmó a sus hijos. Se acercó a Sebastián.

—¿Por qué no viniste a mí, en lugar de decírselo a tu papá? Siempre he sido honesta contigo y te habría dicho la verdad, pero en lugar de eso, violaste mi confianza. Este es mi iPad; ¿Te gustaría que entrara en tu iPad sin permiso? —Ella preguntó. Peter estaba frustrado.

—No le hables así, no te desquites con él porque te pillaron, —aseveró.

—Me pillaron, ¿con qué? Joaquín y yo tenemos sentimientos el uno por el otro, sí, los tenemos, pero no he actuado en consecuencia, al menos no todavía. —Ella refutó. Peter resopló ante el comentario de Rebeca.

—¿Crees que le vamos a creer a una mentirosa? Lo vieron con sus propios ojos y, aunque me iba a doler, necesitaban mostrármelo. Oré por la verdad, nunca pensé que Dios usaría a mis hijos para mostrarme el camino. —Gritó.

—No me importa lo que pienses, has pensado que he estado con Joaquín todo este tiempo, y si no fue con él, fue con alguien. —Ella gritó en respuesta. Se dirigió a sus hijos.

—No estoy con Joaquín, pero sí tengo sentimientos por él. Los acabo de descubrir y son nuevos para mí. Joaquín está teniendo paciencia, el esperara el tiempo que sea necesario para sentirte cómoda con mis sentimientos. Además, tu papá no me ama de esa manera, nunca lo ha hecho, y por eso nunca volveremos a estar juntos, no es por Joaquín, —explicó esperando que tuviera sentido.

Sus hijos lloraban y Sebastián la miraba con desprecio.

—Estás rompiendo nuestra familia. No le das a papá una oportunidad. ¡Él ha cambiado y no te importa! —Sebastián expresó indignado. Peter puso suavemente sus manos sobre su hombro para consolarlo y agarró la mano de Isabella.

—Voy a sacarlos para que se relajen. Espero que estés orgullosa de ti misma. —Peter replicó. Rebeca estaba profundamente angustiada, no sólo por la revelación sino también porque había destrozado la confianza de sus hijos. Las palabras de su hijo apuñalaron su corazón repetidamente al recordar el momento.

Sus hijos no sabían la verdad sobre su padre, sobre la cantidad de veces que ella fue lastimada, una y otra vez, con la forma de beber de Peter, sus palabras y su falta de afecto. Ella constantemente lo retrató como un individuo más admirable en presencia de sus hijos, su familia, sus amigos y el mundo entero. Oculto la verdad de la persona negativa y ensimismada que ahora no quería nada más que vengarse de Rebeca. Sus hijos eran demasiado pequeños para entender, un día, cuando tengan edad suficiente, comprenderán por sí solos las complejidades del matrimonio, por ahora, solo necesitaba reparar la violación de confianza. Al regreso de los niños, ya era muy tarde, no hubieron discusiones, todos se fueron a descansar ya que fue un día agotador.

Rebeca pasó toda la noche eligiendo las palabras correctas. Después del desayuno, Rebeca se sentó en el sofá y les señalo a sus hijos hacia la mesa.

—Mis bebés, vengan aquí, —pidió. Los niños se acercaron y cada uno se sentó a cada lado de ella.

—Primero, quiero que sepan que estoy muy decepcionada de que hayan roto mi confianza. Entienden que la confianza va en ambos sentidos, si quieren que respete sus cosas, entonces debén de respetar las mías. Si tenian alguna preocupación ó pregunta, deberían haber venido a mi, especialmente porque era mi iPad. ¿Tiene sentido? —Ella afirmó. Ambos asintieron.

—De acuerdo. Gracias. En segundo lugar, lamento mucho que se hayan enterado de esta manera y también rompí su confianza. Debería haberles contado mis sentimientos, pero la única explicación que puedo darles es que mis sentimientos por Joaquín son nuevos y no importa lo que piense tu padre, no estamos juntos. Todavía estoy investigando que es esto que siento. Quiero que sepan que nada ni nadie es más importante que ustedes dos. Los quiero mucho a ambos y siempre estaré aquí para ustedes, —Rebeca les prometió. Los niños estaban tristes, pero escuchaban atentamente.

Continuaron conversando, Rebeca permitió que los niños expresaran sus sentimientos y aceptó cualquier burla, enojo o confusión demostrada. Tuvo que reprimir su frustración cuando se hizo evidente que estaban repitiendo lo que habían oído. Fueron inculcadas por un padre enojado que logró obligar a sus hijos a adoptar opiniones y especulaciones delirantes. Una conversación que nunca debería haber involucrado a los niños, pero que lamentablemente sin darse cuenta se convirtieron en el centro del intercambio.

Las pruebas contra Rebeca con las fotografías, mientras ambigua pero posible, Peter no consideraría que su percepción malinterpreto los hechos, especialmente porque Rebeca le había dado veintisiete años de transparencia. Para Peter, Rebeca no merecía su tiempo, era una mujer infiel, mentirosa y vil y ninguna explicación satisfaceria su ego. Había tomado una decisión sobre Rebeca en el momento en que ella le contó el incidente con Carlos. Sin embargo, como se señaló anteriormente, habian veces que Peter pareciera que tuviera una personalidad dual, como el Dr. Jekyll y Hyde. No pasaria mucho tiempo antes de que Peter hiciera otro pobre intento de reconciliación.

Pasaron los meses, Peter y Rebeca se encontraron profundamente absortos en discusiones sobre el incidente del iPad. Rebeca, sintiéndose devastada por la situación, había controlado sus emociones con respecto a Joaquín. Ella cargó sobre sus hombros el peso de haber permitido que su amistad cruzara la línea, viendo con claridad que, si el amor con Joaquín iba a florecer, su corazón debía hallar primero un puerto en calma. El vínculo ambiguo que se asemejaba a un romance pero no lo era, tuvo que encontrar su ocaso. Poniendo en juego la semilla de un amor verdadero y duradero, al entregarse a juegos inmaduros.

Al mismo tiempo, aunque Rebeca ya no amaba a Peter, reconoció que él seguía siendo el padre de sus hijos y que era crucial establecer una relación de compaternidad. Rebeca mantuvo la máxima honestidad con Peter y no desalentó la posibilidad de una reconciliación, creyendo que, si estaba destinado a suceder, debería desarrollarse de forma natural. Su único requisito innegociable era que debía ser un proceso orgánico.

Peter había estado cada vez más presente en casa, ayudando activamente a Rebeca a empacar sus pertenencias. La atmósfera entre ellos carecía de tensión o pasividad, y las discusiones eran escasas y espaciadas. Las únicas excepciones fueron los persistentes interrogatorios de Peter, a los que Rebeca respondió lo mejor que pudo, compartiendo lo que había descubierto y analizado. Aceptar la historia de Rebeca y Joaquín fue un trago amargo, pero sin semejante narrativa no habría novela. Las historias genuinas a menudo forman las historias de amor más cautivadoras, un hecho que a Peter le resultó difícil de aceptar. Después de todo, él había sido la figura masculina prominente en la vida de Rebeca durante veintisiete años y aún no estaba listo para dar un paso al costado.

El sábado por la mañana, a finales de abril que coincidia con el fin de semana de su aniversario, Rebecca se despertó con la determinación de continuar empacando el contenedor de almacenamiento que estaba en su entrada. Después del desayuno, mientras recogía los platos, notó que sus hijos la observaban desde lejos, intercambiando risitas y susurros en voz baja.

—¿Qué está sucediendo? —ella cuestionó. Los niños se levantaron y huyeron.

—Nada, nada, —respondieron a lo lejos. Rebeca sintió que algo estaba en proceso, pero no podía discernir qué era. Peter entró en la cocina y los niños corrieron a saludarlo, rebosantes de emoción y entusiasmo.

–Ve a cambiarte, vamos a salir… si estás abierta a la sugerencia. –Se dirigió a Rebeca.

–¿Dónde? –Ella preguntó. Rebeca ya no se sentía cómoda con Peter, él la hacía sentir aprensiva y preocupada por pasar tiempo con él.

–Ya verás, pensé que sería un buen descanso de todo el estrés de estar empacando, –aconsejó. Miró a sus hijos que tenían una sonrisa de oreja a oreja.

–¿Qué pasa con los niños? –Ella preguntó.

–No te preocupes, he hecho arreglos con tu mamá y yo me encargaré. Prepárate cuando regrese para irnos. –Insistió, también emocionado.

Rebeca obedeció y cuando Peter regresó, salieron. Sin embargo, Rebeca estaba preocupada porque no quería que esta salida fuera malinterpretada como parte de su aniversario de bodas.

–¿A dónde vamos? –Rebeca volvió a preguntar.

–Si estás de acuerdo con las posibilidades, lo pasaremos bien. –Él animó. Rebeca necesitaba abordar lo obvio.

–Mientras no acabemos en un hotel, entonces sí, estoy dispuesta a participar, –respondió.

–¿Por qué no improvisamos sobre la marcha, ¿trato? –Él afirmó. Rebeca asintió y al comienzo del viaje quedó claro que se dirigían a las Cataratas del Niágara.

Durante el viaje de hora y media, Peter indagó sobre los sentimientos de Rebeca por Joaquín y su amistad. También preguntó sobre los detalles del libro que ella se había embarcado en escribir, del cual se enteró a través de sus hijos.

De mala gana, Rebeca accedió y contó la historia de cómo ella y Joaquín se cruzaron por primera vez cuando eran niños, profundizando en las complejidades de su duradera amistad.

Peter se detuvo en un estacionamiento al otro lado de las Cataratas del Niágara. Las calles estaban vacías de gente como todavía estaba durante el COVID y los restaurantes, tiendas y entretenimiento estaban cerrados.

–Estamos aquí, –dijo Peter. Rebeca no hizo más preguntas y simplemente siguió a Peter. Salió del vehículo y rápidamente se dirigió hacia ella, abriéndole la puerta con valentía. Cuando estaban a unos metros del vehículo, Peter caballerosamente la tomó de la mano y procedieron a caminar unidos, tomados de la mano.

–¿Tomamos un paseo por las cataratas? –Preguntó Peter.

–Está bien, –Rebeca estuvo de acuerdo. Habían caminado de la mano durante aproximadamente una cuadra cuando Peter se detuvo y colocó a Rebeca en un pedestal de piedra cercano. Se alejó de ella, metió la mano en el bolsillo y regresó.

–La vida no ha sido fácil y ambos hemos cometido errores, lo que pasó en el pasado ya es pasado y te perdono. Quiero que sepas que nada es más importante que tú y mis hijos. Realmente te amo, nunca he amado a nadie más que a ti y quiero empezar de nuevo. –Él declaró. Peter se arrodilló sobre una rodilla y reveló un anillo de oro diseñado a medida.

–Este es un anillo de promesa de mi parte para ti, debería habertelo dado hace mucho tiempo, un símbolo de un nuevo comienzo. —Él profesó y lo colocó con delicadeza en su dedo anular. Rebeca permitió ese sentimiento con reservas.

—No sé qué decir, es mucho considerar por todo lo que ha pasado. —Ella respondió.

—No digas nada, simplemente disfrutemos este tiempo juntos y tomemos un día a la vez. Puedo ser el hombre que necesitas si me dejas. —Él concluyó. Rebeca estaba sorprendentemente complacida con la forma en que Peter expresó sus sentimientos. Rebeca accedío, para no arruinar el momento con escepticismo y continuaron su camino.

Habían pasado algunas horas y ambos tenían hambre, pero las opciones eran mínimas y Peter tuvo que confesar.

—Sé que no quieres ir a un hotel, pero como no había muchas opciones, reservé una habitación de hotel con jacuzzi para relajarnos, podíamos pedir algo de comida y no tenemos que quedarnos a dormir si no quieres, podríamos irnos a casa después. ¿Qué opinas? —El propuso.

—¿No tengo ropa ni traje de baño? —Ella cuestionó.

—Te hice una maleta, —respondió satisfecho.

—¿Podríamos ver los Oscar esta noche? —Ella añadió.

—Por supuesto, podríamos hacer lo que quieras. —Respondió. Peter y Rebeca tenían la tradición anual de ver el concurso de la academia de cine, compitiendo para ver quién podía hacer las predicciones más precisas. Con la cancelación de los Oscar el año anterior, era algo que esperaban con ansias.

El hotel Hyatt estaba desierto y Peter se registró sin esfuerzo.

La habitación estaba en el piso principal y cuando entraron, había una cama plegable. Rebeca se dio cuenta de que Peter tenía intenciones de pasar la noche, pero tuvo la cortesía de solicitar una cama separada. Rebeca estaba de pie en medio de la habitación, incómoda e incrédula.

—¿Te gustaría entrar al jacuzzi o puedo darte un mensaje si quieres? —Preguntó.

—Me gustaría meterme al jacuzzi, ¿dónde está mi traje de baño? —Ella solicitó. Después de que Peter comenzó a llenar el jacuzzi, buscó a tientas su bolso de viaje.

—Aquí está tu camisón y una muda de ropa interior —afirmó.

Peter salió de la habitación hacia el auto y Rebeca aprovechó para cambiarse y se acomodo en el jacuzzi mientras aún se estaba llenando. Cuando Peter regresó, encendió los chorros del jacuzzi.

—¿Cómo se siente? —Preguntó.

—Maravilloso, es genial, —respondió ella con serenidad.

—¿Puedo entrar tambíen? —Preguntó con cautela.

—Preferiría que no lo hicieras, —respondió ella con ansiedad. Rebeca no quería que la obligaran a tener relaciones con el. Se sentía degradada cuando tenian sexo casual.

—Está bien, está bien, me sentaré aquí y podemos hablar, —le aseguró. No parecía molesto y aceptaba las circunstancias.

Durante las siguientes horas hablaron de tantos temas que fue surrealista la variedad de conversaciones que tuvieron. Rebeca nunca antes se había encontrado con esta interacción con Peter, era a la vez aterradora y reconfortante.

–¿Tienes hambre? No creo que haya mucho por aquí, déjame buscar algo, –preguntó Peter y buscó en su teléfono.

–Sí, lo estoy. Cualquier cosa estaría bien, incluso la comida rápida, excepto McDonald's. –Ella respondió.

–Está bien, iré a ver qué encuentro, –respondió. Mientras Peter buscaba comida, Rebeca disfrutaba de la comodidad del jacuzzi, tranquila, sola y segura.

Una hora más tarde, Rebeca se había duchado, vestido y estaba buscando las ceremonias de apertura de los Oscar en la alfombra roja. Peter irrumpió con comida de Burger King.

–Lamento haber tardado tanto, no pude encontrar nada abierto. –El compartío, mientras cerraba la puerta detras de el.

–Está bien, encontré los Oscar, –aconsejó Rebeca.

–Entonces, ¿deseas pasar la noche? –Preguntó.

–Claro, dormirás en la cama plegable, –confirmó Rebeca.

–Sí, si eso es lo que quieres, –asintió.

Disfrutaron de sus hamburguesas y sintonizaron el pre-show de la alfombra roja, seguido de su juego de los ganadores del Oscar. La noche resultó entretenida y agradable. Cuando el reloj dio las once, Rebeca se quedó dormida y apoyó la cabeza en el pecho de Peter, un gesto afectuoso que no había hecho en años. De repente, Rebeca sintió una especie de movimiento y se despertó.

–No puedo hacer esto, –exclamó Peter. Parecía agitado.

–¿Qué? ¿Qué ocurre? –Ella cuestionó, medio dormida.

–No puedo estar contigo y no estar contigo. Te quiero y no puedo acostarme a tu lado sin querer más. –Afirmó. Peter salió corriendo de la cama y se dirigió a su cama plegable. Rebeca se sintió decepcionada por su reacción, pero retiró la colcha y se metió en la cama. En algún momento después, la duración exacta no está clara, mientras Rebeca estaba dormida, Peter la despertó suavemente y comenzó a acariciar su cuerpo.

–Peter, no lo hagas, ya te dije que no quiero sexo casual. –Ella recordó.

–Pero no me extrañas, te extraño mucho, –respondió él mientras seguía besando su rostro hasta llegar a sus labios. Ella se dio vuelta abruptamente.

–No quiero. –Ella proclamó. Sin entrar en muchos detalles, Peter logró persuadir a Rebeca para que se acostara con él, pero una vez que terminó el encuentro, rápidamente abandonó la cama y se trasladó a su cama plegable, donde rápidamente se quedó dormido. Le prestó poca atención a su descontento con el encuentro íntimo, sin mostrar consideración por sus necesidades emocionales y no hizo ningún esfuerzo por abrazarla o abrazarla después.

Si alguna vez hubo un momento específico en el que Rebeca experimentó una profunda sensación de no ser amada, habría sido entonces. Se sentía menos como una esposa querida y más como una vil transacción, como si fuera una prostituta en lugar de una compañera en su matrimonio.

Chapter 22
Almas Gemelas

Amar es fácil y por lo tanto común,
pero entender, ¡qué raro es!

L. M. Montgomery,
Emily de la Luna Nueva

La indiferencia y el pesimó carácter de Peter escalaron hasta convertirse en acusaciones despectivas y miradas que podrían constituir un intento de homicidio. Esas actitudes paraban por un rato, solo después de que Rebeca expresaba su vergüenza por esas acciónes mostrando un egoísmo grotesco. Ella sentía repulsión por él en todos los sentidos y ni siquiera quería que él mirara en su dirección.

Ahora que se suponía que Rebeca era adúltera, ya no tenía importancia la angustia que Peter le causo durante tantos años. Peter eludió cualquier responsabilidad. Además, optó por manipular la percepción de sus hijos proporcionando selectivamente verdades a medias sobre su relación y distorsionando su papel en el fallido matrimonio.

Peter había borrado de su memoria todas las indiscreciones que Rebecca había soportado, y a través de todo ello, ella demostró amor. La indiscreción en su despedida de soltero presagió la necedad de ella al haberse casado con él en primer lugar. La ilusión de estar borracho y no ser responsable de sus actos era una excusa razonable para Peter para defender aquellas acciones. Muy cerca quedaron las innumerables veces que ella lo cuidó y atendió desinteresadamente a causa de su embriaguez, mucho después de que los demás hubieran cansado de su imprudencia egoísta.

Con maestría, Peter la manipuló haciendo luz de gas,

culpabilizando hábilmente a Rebeca por esas contadas veces en las que el había sido un ser humano decente. Con frecuencia, le recordaba que su primera casa había sido adquirida gracias a su indemnización de 30.000 dólares, y solía mencionar su visita a Walt Disney World, que con el tiempo ocupó un lugar especial en su corazón. No obstante, la manipulación alcanzó su punto más oscuro cuando Peter explotó la maternidad de Rebecca, usándola como herramienta de culpa y manipulación, hablando mal de ella a cualquiera que prestara oídos para creer que era una madre abismal.

Peter albergaba un deseo secreto de que Rebeca cometiera un error fatal, evitándolo de enfrentar al mundo con la carga de ser únicamente responsable de destrozar el afecto de Rebeca. Exigió el presunto incidente para demostrar al mundo que fue víctima de una pareja infiel. A pesar de la verdad, no podía comprender por qué alguien se inclinaría a pensar en una infidelidad suya; todos sabían lo leal que era Rebecca, pero la gente suele inclinarse a creer lo peor. La familia de Peter la rechazó y, a pesar de la relación duradera que ella había construido a lo largo de los años, mostraron una completa falta de empatía.

Joaquín le advirtió sobre la furia del ego de un hombre herido; su consejo de no revelar sus sentimientos a Peter no era para ser secreta, sino para protegerla de la psicosis de Peter.

Los meses transcurrieron rápidamente y el proceso de curación fue lento pero activo. Rebeca guardó la mitad de sus pertenencias y se mudó a la casa de sus padres con sus hijos en mayo de 2021. Joaquín le había dado espacio a Rebeca a petición suya a regañadientes y su relación de *amigos del alma* se pospuso. Con una red de apoyo a su alrededor, redescubrió su verdadera esencia: una persona llena de amor, bondad, paciencia y vitalidad.

Una noche, mientras estaba acostada en la cama, Sebastián entró en su dormitorio.

–Mamá, ¿te apetece charlar?, –Preguntó. La hora de dormir se había convertido en un ritual de conversación en su hogar, pero durante algunos meses se pasó por alto debido a la tensión.

–Claro, entra, –dijo mientras se deslizaba sobre la cama. Su hijo comenzó con sus intereses en el mundo de los videojuegos y su frustrante día con el aprendizaje remoto. Estaban bromeando y, de repente, él habló en serio.

–Mamá, ¿hablarías con papá si te llamara? –Preguntó. Rebeca no dudó en responder.

–Por supuesto que lo haría, pero él no me llama, no sabe hablar conmigo, –dijo con cariño. Es inherente a un hijo del matrimonio aferrarse perpetuamente a la esperanza de la reconciliación parental.

–Lo intentaría si supiera que él me trataría como merezco, me amaría como yo puedo amarlo y se lo demostraría. Desafortunadamente, ese no es tu papá y no puedo obligarlo a ser algo que no es. Ahí es donde me equivoqué en nuestro matrimonio. Creer que podía cambiarlo, –explicó. Sebastián parecía triste y no sabía qué decir.

–¿Pero intentarías trabajar en ello si él te llamara? –Preguntó más específicamente.

–Sí, –dijo de mala gana. Su ansiedad se intensificó después de la conversación asumiendo que su hijo era el mensajero y que se trataba de una intervención orquestada por Peter.

Más adelante esa semana, Rebeca tuvo una larga conversación con Jessie, la mejor amiga de Peter en ese momento, una discusión que pretendía mantener fuera del conocimiento de Peter. Rebeca reveló sus errores en el matrimonio y su deseo de deshacer algunas decisiones del pasado. Además, insinuó erróneamente que intentaría una reconciliación sincera si eso significaba que su familia volvería a estar completa. Rebeca tuvo un lapso momentáneo mientras hablaba con Jessie, sintiéndose fuera de lugar sin Peter, alguien con quien había pasado veintisiete años de su vida. Ella pensó que sus comentarios eran seguros con Jessie, pero Peter la llamó al día siguiente.

–Entonces creo que tenemos mucho de qué hablar, –instó Peter. Era evidente que Jessie había divulgado la información.

–Claro, –respondió ella.

–¿Estarás libre más tarde? –Preguntó.

–Después de acostar a los niños, lo haré, –confirmó.

–Está bien, vendré alrededor de las 22:00 horas ¿Y nos vemos en el porche? –Él coordinó. Rebeca estuvo de acuerdo. Ella se puso aprensiva ante la idea de encontrarse con el, conociendo a Peter, nunca salian bien estas conversaciones, pero aun así esperó.

El porche de sus padres estaba cerrado con gruesas paredes de vidrio que mantenían el porche cálido en invierno y fresco en verano. El auto de Peter se detuvo y se acercó a Rebeca.

–Hola, –dijo.

–Hola, –lo saludó cortésmente. Se sentaron uno al lado del otro en el porche durante unos momentos en silencio e intercambiaron algunos comentarios sin sentido. Inesperadamente Peter se puso de pie.

–Está bien, creo que me iré ahora, –afirmó. La cabeza de Rebeca explotó de incredulidad.

–Hmm, está bien, –respondió ella desconcertada. Cuando Rebeca regresó a su habitación, se sintió llena de inquietud y procedió a enviarle un mensaje de texto. El mensaje de Rebeca decía:

> ¿Cuál es tu problema?
> Dices que tenemos mucho
> de qué hablar y luego apareces
> y no dices una palabra.
> Eres tan confuso y exasperante.

Peter había dado la vuelta a la manzana y había regresado a la casa de sus padres. Rebeca lo vio estacionado en el camino de entrada mientras él respondía a su mensaje de texto:

> Bueno, después de lo
> que me dijo Jessie, pensé que
> querías hablar conmigo.

Rebeca estaba molesta. Ella respondió a su mensaje de texto:

> TÚ dijiste que teníamos
> mucho de qué hablar, yo no
> lo propuse. ¿Por qué se te
> hace tan difícil hablar conmigo?
> ¡Nunca has podido simplemente
> hablar conmigo! ¡Nunca!

Estoy afuera,
¿puedes salir por favor?

Ella dudó, pero obedeció, aunque ya no se mostró pasiva ni dispuesta a escuchar. Si ni siquiera podía realizar la tarea más básica, como entablar una conversación con ella, ¿qué posibilidades tenían de reconciliarse? Se estaba mintiendo a sí misma otra vez creyendo que su matrimonio era salvable. Ella caminó hasta el camino de entrada en lugar de permitirle regresar al porche.

–¡Dime! –Ella untó.

–Está bien, lo sé, puedo ser confuso, estaba tratando de ordenar mis pensamientos y palabras antes de hablar. –El confesó. Rebeca necesitaba dejar de tener esperanzas.

–Ya no me importa Peter, he cometido muchos errores en mi vida, y pensar que contigo hay esperanza no me está permitiendo seguir adelante. Voy a perder a un hombre que me ama de verdad, me ama desde que tenía quince años y entonces no le di una oportunidad. Ahora que sé lo que siento por él, no cometeré el mismo error dos veces. Es hora de que le dé una oportunidad. –Dijo con firmeza y entró. Peter se fue sin decir una palabra.

De repente, Rebeca se sintió fortalecida y se dio cuenta de que hacía tiempo que debía romper los lazos. El camino que debía emprender era evidente. La esperanza de amor, comprensión o comunicación por parte de Peter era una ilusión. No poseía amor propio y la comprensión continua de uno mismo es alucinante. Rebeca descubrió que su viaje de autoconciencia le había proporcionado herramientas para comprender las profundidades del autosabotaje de Peter. Si tan solo hubiera tenido estas herramientas al principio de su matrimonio para protegerse de tanto dolor y tal vez incluso ayudar fundamentalmente a Peter.

Después de un lapso de dieciocho años, no tuvo que preocuparse por Peter, una hipoteca, facturas de servicios públicos o gastos del hogar y con la división equitativa de las ganancias de la casa matrimonial, tenía dinero en el banco. Mientras vivía con sus padres, su atención se centraría en sus hijos y en reconstruir su relación, enfocándose en la curación y su futuro.

Mientras tanto, Isabella estaba luchando con la separación y mostraba signos preocupantes. Después de un par de incidentes, Rebeca recibió una llamada de la escuela sobre una carta que escribió Isabella en la que decía que odiaba a su madre. Esto destruyó a Rebeca y, a pesar de los numerosos intentos que hizo para conseguir un terapeuta, fue sólo gracias a la intervención de Jessie que se encontró un terapeuta en los servicios sociales.

Inmediatamente comenzaron sesiones familiares, pero cada vez se convirtieron en un campo de batalla. Sus hijos expresaron enojo y decepción hacia Rebeca, y ella trató de simplemente escuchar, pero fue doloroso. ¿Cómo explicar todo el dolor que le causó su padre sin manchar su imagen? Peter siempre será su padre, para bien o para mal.

Los niños tuvieron algunas sesiones solos y al final de la quinta sesión, Rebeca prometió a sus hijos, a regañadientes, que le darían a su padre otra oportunidad. La terapia les había dado a ella y a los niños un punto de partida para resolver el abuso de confianza y era una prioridad. Joaquín le había concedido a Rebeca suficiente distancia, hasta el punto de que estuvieron sin hablar durante días que eventualmente se volvio semanas. Parecía ser el final para Rebeca y Joaquín.

En el transcurso de las siguientes semanas, Rebeca ideó un plan para preservar la promesa que había hecho a sus hijos. Consulto con varias amistades de confianza cercanos, y algunos consejos fueron duros, otros no fueron útiles y luego estaba Joaquín.

–Entonces, ¿qué piensas? –Preguntó Rebeca dudosa. Joaquín no estaba contento con la noticia.

–Te he dicho lo que pienso y lo que siento. No me alegra que haya una posibilidad real de que no estés conmigo, pero también me alegra que parezca que finalmente tienes dirección y tendras la vida que decidas. Espero que las cosas mejoren con Peter, que vea que necesita trabajar duro en la relación, –dijo Joaquín. Sonó sincero, pero también herido. Rebeca se quedó sin palabras.

–¡Siempre te amare! –Ella le dijo. Ambos dejaron escapar un breve suspiro.

–Y yo también, siempre te amaré, –respondió Joaquín, sus palabras casi inaudible.

–Una vez que recomience esta relación con Peter, él me pedirá que nunca hable contigo otra vez. –Ella reveló. Joaquín no se sorprendió.

–Lo sé, –respondió.

–Es por eso que deberíamos despedirnos ahora para que duela menos, –sugirió Joaquín. Rebeca empezó a llorar; era un sentimiento familiar de tristeza, ella silenciosamente jadeó por aire. Por segunda vez en su vida, su amor no pudo ser y tuvieron que dejarse ir. No prolongaron la conversación y se despidieron con simpleza. Rebeca estaba angustiada por la pérdida, lloró hasta quedarse dormida, pero se recuperó al día siguiente. Sus hijos significaban todo para ella y no podía volver a decepcionarlos.

La perspectiva de levantar el teléfono y decirle directamente a Peter: *intentémoslo de nuevo* era inconcebible. Sus dedos quedaban inmovilizados al ver su número de teléfono, y cuando Peter respondía, la conversación inevitablemente giraba en torno a uno de sus hijos, desviándose del tema previsto. A veces, a altas horas de la noche, ella le enviaba mensajes de texto con cualquier excusa de los niños para entablar conversación, pero los intentos fracasaban. La verdad era que extrañaba muchísimo a Joaquín y el dolor de perderlo la hacía sentirse miserable. El amor es una criatura tan compleja. Rebeca no pudo ocultar su dolor y la tristeza que mostraban sus expresiones faciales. Lo peor de todo es que, en buena conciencia, no podía intentar entablar una relación con Peter cuando anhelaba a Joaquín.

Un viernes por la noche, los niños estaban con Peter y Rebeca se estaba asfixiando por sus continuas contradicciones y engaños internos. Llamó a Cassandra y rápidamente ella reorganizó su agenda para acomodar a Rebeca. Fueron a un bar en el patio al aire libre y mientras bebían margaritas, Cassandra expresó.

–¿Estás segura de que estás haciendo lo correcto? Sé que amas a tus hijos y siempre has hecho todo por ellos, pero los niños se van. Se vuelven adolescentes y luego tienen sus propias vidas. Se vuelven desagradecidos. –Cassandra le aseguró, ella tenia las experiencia de tres adolescentes. Los ojos de Rebeca se llenaron de lágrimas.

–¿Por qué estás llorando? –Preguntó Cassandra amablemente.

Cassandra estaba indignada por la decisión de Rebeca, pero intentaba ser considerada con sus sentimientos. Rebeca no respondió mientras las lágrimas corrían por sus mejillas.

–Lo extrañas, ¿no? –Cassandra afirmó.

–¿Puedes decir honestamente que puedes vivir con un hombre al que ya no amas sabiendo que tu alma gemela está ahí fuera? –Declaró Cassandra.

Rebeca miró fijamente al vacío y repitió las palabras de Cassandra, *Alma gemela*, nunca había pensado que Joaquín fuera su alma gemela. Rebeca no pudo contener su emoción envolvente y estalló en un llanto tan incontrolable que abandonaron el restaurante y continuaron la conversación en su auto.

–Han pasado meses y no consigues ni dar un paso adelante con Peter, ¿cómo vas a vivir con esta decisión? –añadió Cassandra.

–No sé. Amo a Joaquín, lo extraño, lo necesito. No quiero perderlo, pero ¿cómo rompo la promesa que les hice a mis hijos? Preguntó Rebeca. Cassandra también amaba a sus hijos, pero sabía ser directa y severa cuando se trataba de temas difíciles.

–Solo necesitas decirles la verdad. Ya no amas a su papá y no puedes estar con alguien sólo por éllos, un matrimonio no funciona así, –recomendó.

—Espero que algún día entiendan por qué elegí a Joaquín. Espero que algún día entiendan que merezco ser amada, merezco tener besos y abrazos, y que merezco que mi pareja se comunique conmigo, —concluyó. Hablaron durante bastante tiempo, pero llegó el momento de que Rebeca se recuperara y regresara a casa a esperar a sus hijos.

Peter normalmente los dejaba alrededor de las 20:00 horas y ella estaba recostada en la cama pensando en toda la conversación con Cassandra. Sus hijos llegaron a tiempo y todavía la saludaban fríamente.

—Mis bebés, ¿se divirtieron con su papá? —Ella les preguntó.

—Sí. —Dijeron simultáneamente. Cuando estaban a punto de entrar a sus respectivas habitaciones, anunció Rebeca.

—¿Podríamos hablar un minuto? —Ella solicitó. Los niños saltaron a su cama y la miraron con curiosidad. Rebeca comenzó a llorar incluso antes de decir una palabra.

—No puedo cumplir mi promesa. Ya no puedo intentarlo con tu padre. Lo siento mucho. Ya no lo amo y, en el matrimonio, el amor es muy importante. Extraño a Joaquín, esa es la verdad. Es amable, es dulce, me habla, es paciente, pero sobre todo me quiere y me lo demuestra. No sé adónde irá o si incluso saldrá conmigo en este momento porque lo he alejado, pero con tu padre, no puedo. —Ella confesó con el corazón roto. Sus hijos no se sorprendieron y, en lugar de enfadarse, la apoyaron.

—Está bien mamá, ¿por qué no le preguntas y ves que pasa? ¿Crees que dirá que sí? Preguntó Sebastián. Isabella parecía más reservada sobre el tema.

—No sé si me gusta eso o él, pero si eres feliz mamá, entonces está bien. —Isabella compartió. Rebeca se encogió de hombros en respuesta a su hijo.

Joaquín prometió que la esperaría el tiempo que fuera necesario, pero aún era un hombre y tenía necesidades. La conversación con sus hijos fue breve pero informativa. Su respuesta fue inesperada y prevaleció una sensación de alivio.

—No tiene por qué gustarte si no lo sientes, no te presionaré para que hagas o sientas nada que no quieras, —les garantizó Rebeca. Ambos le dieron un fuerte abrazo y se dirigieron a sus habitaciones.

La decisión de Rebeca no fue tan desatinada después de todo, pero ahora se preguntaba si ya era demasiado tarde con Joaquín. Pasaron muchos días, cada día comenzaba un mensaje de texto a Joaquín, pero Rebeca lo consideraría inadecuado. Honestamente, estaba aterrorizada por su reacción. En cambio, Rebeca reservó un viaje con Cassandra a un resort todo incluido de cuatro días en la República Dominicana. Con la pandemia y la separación de los últimos años, Rebeca necesitaba un descanzo.

Fue un viaje revelador y vivieron innumerables momentos agradables. Rebeca sacó a relucir a la niña en Cassandra, y Cassandra sacó a relucir a la ruda en Rebeca. Cassandra fue paciente escuchando los incesantes desvaríos de Rebeca sobre Peter y su constante necesidad de Joaquín durante cuatro días. Fue su primer viaje de chicas y fue memorable. Como la vida es impredecible, todas las tiendas Disney en Canadá estaban a punto de cerrar sus puertas permanentemente en septiembre de 2021. Por lo tanto, Rebeca decidió utilizar sus beneficios por última vez e inmediatamente reservó un viaje de siete días a Disney World. También convenció a Cassandra para que la acompañara con su familia. Peter no cooperó y Rebeca enfrentó un poco de hostilidad en la frontera de Aduanas de Estados Unidos. Sin embargo, después de explicarle su posición al oficial y por qué su exmarido era tan repugnante, fueron excusados.

Su alojamiento era una suite de dos dormitorios, con cocina completa, sala y dos baños. Planificación del día a día de los parques temáticos, tiendas y restaurantes. Rebeca aprovechó sus descuentos al máximo de su capacidad, este fue su viaje de despedida como miembro del elenco de Disney. Las tardes estuvieron llenas de bocadillos, juegos de mesa y risas. Ciertamente era una atmósfera diferente a la de viajes familiares anteriores, sin discusiones, sin negatividad, era pacífica y considerablemente más relajada.

Rebeca recuperó persistentemente el sentido de sí misma, recordando a la persona que una vez conoció y finalmente vislumbró la luz al final del túnel. En el penúltimo día de su viaje a Disney, Sebastián dio un salto colosal sobre la cama, impulsando a Rebeca en el aire desde el colchón y ambos se rieron.

–¿Entonces dijo que sí? –Preguntó de la nada. Rebeca le dedicó una media sonrisa.

–No le he preguntado, me temo que ya es tarde, –confesó.

–Bueno, nunca lo sabrás si no preguntas, –respondió. Esto venía de su hijo de doce años y estaba muy orgullosa. Expresó sus pensamientos y opiniones, y fue amable al verbalizar.

—Gracias, tienes razón, lo haré pronto, —afirmó. Sebastián le dio a Rebeca la fuerza y el coraje que necesitaba para enfrentar su miedo. El viaje a Disney brindó a Rebeca y a sus hijos la reconexión que necesitaban.

Aunque Rebeca entendió que aún quedaba mucho por superar, finalmente estaba en paz con su decisión. Considerándolo todo, si fallaba con Joaquín, estaba segura de dos cosas: Peter estaba fuera de discusión y sentarse a llorar por Joaquín no era una opción. Irónicamente, su primer aniversario desde que reavivaron su amistad seria en unos días y el momento para invitarlo a salir fue impecable.

De vuelta en Canada, Rebeca se sentó sola en el porche de la casa de sus padres en silencio y comenzó a practicar como abordaria el tema. Él era el poeta entre ellos y ¿podría ella estar a la altura de esas expectativas? Ya no tenía diecisiete años y poseía una profunda comprensión de sus emociones, reconociendo una sensación profundamente familiar que sólo podía describirse como haberlo amado toda su vida.

De joven, la oportunidad de resolver sus sentimientos por Joaquín quedó paralizada, quedaron en el limbo y se mantuvieron incompletas. Era demasiado joven para analizarlos y le resultaba demasiado doloroso hablar de ellos. Nunca habló de Joaquín, de hecho, ni siquiera consigo misma, lo enterró tan profundamente que el amor que sentía era un misterio para ella.

Finalmente se armó de valor y le envió un breve mensaje de

texto:

> Hola Joaquín,
> ¿Cómo estás?
> Sé que las cosas han estado
> raras entre nosotros, y ya nos
> despedimos. Agradezco mucho que
> hayas respetado mis deseos. He
> reconsiderado mi decisión porque
> esa decisión se basó únicamente en la
> felicidad de mis hijos. Hace un tiempo
> que sé que mis sentimientos hacia ti
> son fuertes y me gustaría explorarlos
> contigo para ver a dónde nos llevan, si
> tú me lo permites.
>
> ¿Saldrías conmigo en una cita?

Joaquín no lo dudó y respondió a los pocos minutos:

> No voy a mentir. Esto es una sorpresa.
> Es decir, sabes cómo me siento por ti
> y, honestamente, estaba empezando a
> preguntarme si esperarte en realidad
> estaba ejerciendo más presión, pero
> yendo al grano… ¡SÍ! Me encantaría
> salir en una cita contigo. Espero que
> todo esté bien por tu parte.

Él la estaba esperando como había prometido y después de 29 años, 10 meses y 21 días, tuvieron su primera cita el 26 de agosto de 2021. Rebeca planeó su primera cita y durante sus muchas conversaciones, Joaquín mencionó que nunca había visto una película en un autocine, asi que sus planes se hicieron solos.

Las reservas se hicieron para las 19:00 horas. en Le Castile Steakhouse con un acogedor autocine a continuación a las 21:50

510

horas. Su atuendo era un vestido negro de una sola pieza hasta la rodilla, con el cabello suelto y tacones negros de 5 pulgadas. La noche fue perfecta, llena de amor, esperanza, risas y gratitud, finalmente estaban juntos.

Su conexión no fue sólo un enamoramiento, mas que un amor de nombre, trascendió a través de muchas tribulaciones, obstáculos y angustias. A pesar de todo, encontraron el camino de regreso el uno al otro y, aunque la realidad de una historia de amor no es un cuento de hadas, es mejor. Una historia que demuestra que el amor existe y dos personas que realmente están hechas el uno para el otro. Siempre habrán desacuerdos y siempre habrán días difíciles por venir, pero Rebeca y Joaquín ahora saben que su amor es real. A pesar de esos días difíciles, realmente vivirán felices para siempre.

Posteriormente, Rebeca se mudó de la casa de sus padres seis meses después con su ayuda. Completó un Diplomado en Gestión Empresarial e implementó esas estrategias en su negocio. Los tres han vuelto a empezar con Joaquín a su lado y bueno. Peter, todavía siguio agraviado pero encontró la paz como soltero. Peter logro tener una relación sostenible con sus hijos y eso consolo a Rebeca. Puede que no haya experimentado la felicidad del nuevo Peter, pero sus hijos ahora tienen la mejor versión y Peter siempre tendrá un lugar en su corazón.

Rebeca reconocio que los niños no eligen quién será su padre y por eso es importante elegir sabiamente, pero no se arrepintío, su consejo: *Si vas a amar, ama con todo lo que tienes, si vas a soñar, sueña en grande, y lo mas importante, reconoce cuando mereces algo mejor.* Si un cónyuge no aprecia a su pareja, no intentes cambiarlo, cámbiete a ti mismo. Eso no quiere decir que una relación no requiera esfuerzo, tiempo, perdón o segundas oportunidades. Significa conocer tus limitaciones y comprender tu autoestima. No hay margen para el orgullo en el amor, una vez que descubres el amor propio, tus acciones y palabras colman el amor en todo tu universo como un faro.

Algunas personas le han preguntado a Rebeca de dónde obtuvo su coraje a lo largo de su vida, algunas personas le dan crédito a sus padres, otras creen que fue un ser superior y otras, bueno, consideran que fue por casualidad. Ahora, a la edad de cuarenta y siete años y consciente de sí misma, Rebeca puede decirte honestamente y sin lugar a duda que su coraje surgió del AMOR. El amor de sus padres, el amor de un ser superior, el amor de sus hijos y el amor de la casualidad de que Rebeca encontrara a su alma gemela. 🐾

El fin… en realidad El Comienzo

Gracias
de Rebeca y Joaquín

Una vez más, gracias por ser parte de este viaje literario. Es un honor tenerte como lector, y espero seguir cautivando tu corazón con más relatos encantadores en el futuro.

Con todo cariño,

Sheila Wilches
Autora

Sorpresas!

Escucha la lista de canciones favoritas de Rebeca y Joaquín, creada inadvertidamente durante más de treinta años. Los clásicos nunca pasan de moda..

https://open.spotify.com/playlist/4cJBhqbUqOvikFmEV1MBQf

WE_WERE_SIXTEEN

Sigue a @we_were_sixteen en Instagram. Únete a nuestra comunidad para descubrir juntos sobre el amor, las relaciones y más.

¿Listo para embarcarte en un viaje transformador de autodescubrimiento y crecimiento personal?

Sigue a @discovering_theself para inspiración diaria, estrategias prácticas y valiosas ideas que te ayudarán a desarrollar autoconciencia y cultivar compasión.

DISCOVERING_THESELF

Biografía de autora: Sheila Wilches

Sheila, una autora multifacética, Paralegal con licencia y Consejera de Inmigración, nació con una pasión innata tanto por la ley como por la palabra escrita. Con una dedicación inquebrantable para empoderar a otros, a través de esta historia de amor, encontró el coraje para enfrentar desafíos emocionales, la separación y las pruebas de una pandemia global.

A pesar de prosperar como individuo en su carrera legal, se encontró enfrentando luchas personales durante el brote de la pandemia y la convulsión de una separación. Durante esta profunda incertidumbre, emprendió un viaje transformador hacia la curación y el autodescubrimiento. Sin saberlo, las habilidades adquiridas en la redacción de documentos se transferirían a un amor por la escritura y jugarían un papel fundamental en este proceso.

Canalizando sus emociones y experiencias en papel, Sheila encontró consuelo en contar historias, un medio terapéutico que le permitió enfrentar sus vulnerabilidades y emerger más vital que nunca. Lo que comenzó como un esfuerzo personal eventualmente se convirtió en su primer libro, que narra sinceramente su camino desde las profundidades de la desesperación hasta la luz de la resiliencia.

La mezcla única de empatía, autoconciencia, amor y arte literario de Sheila tocó los corazones de muchos, inspirando esperanza y coraje en un mundo enfrentando desafíos sin precedentes. Sheila sigue comprometida a fomentar conversaciones abiertas sobre la salud mental y proporcionar un espacio seguro para que otros compartan sus historias.

Hoy en día, Sheila continúa embarcándose en nuevos proyectos literarios, creando narrativas que exploran la resiliencia del espíritu humano y el poder de la vulnerabilidad. Con su cursor como guía, Sheila se esfuerza por hacer del mundo un lugar mejor, una historia a la vez. Sus palabras sirven como recordatorio de que incluso en los momentos más oscuros, la esperanza, la curación y la fuerza pueden encontrarse dentro de nosotros mismos y nuestra experiencia humana compartida.

¿Estás en un club de lectura?

Solo Teniamos Dieciséis es una elección ideal para un club de lectura. Su exploración del amor verdadero, la amistad y la resiliencia del espíritu humano proporcionará a tu club de lectura una conversación inolvidable y cautivadora que perdurará mucho después de la última página. Aquí tienes algunas preguntas de muestra:

- Si tuvieras la oportunidad de nombrar el libro, ¿cómo lo habrías llamado?
- ¿Recuerdas cuando tenías dieciséis años, y hay decisiones que tomaste en ese entonces que desearías hacer de manera diferente? ¿Cuáles fueron?
- Si hubieras estado en los zapatos de Rebeca en 1992, ¿habrías perseguido a Joaquín más a fondo, o qué habrías hecho diferente?

Hubieron muchas menciones sobre cómo la sociedad ha cambiado y cómo los papeles de género, las expectativas y los traumas generacionales tuvieron mucho que ver con las decisiones tanto de Rebeca como de Joaquín.

- ¿Cómo ha cambiado la sociedad desde principios de los años 90?
- ¿Crees que hay más oportunidades para que la sociedad siga cambiando?
- ¿Crees que la brecha de expectativas entre los roles de género se ha estrechado?
- ¿Puede cada miembro de tu grupo mencionar un trauma generacional?

Solo Teniamos Dieciséis aborda relaciones en varias etapas desde la infatuación, pasando por las rupturas y eventualmente los compromisos a largo plazo. Los temas de autoconciencia, salud mental y abuso emocional no se discuten lo suficiente en nuestra sociedad. Tómate un tiempo para reflexionar sobre las siguientes preguntas.

- ¿Cuáles son algunas formas saludables de lidiar con parejas que no tienen la capacidad de entender las necesidades del otro cuando se trata de matrimonio y relaciones?

- Reflexionando sobre las normas sociales, ¿por qué crees que los temas de autoconciencia, salud mental y abuso emocional a menudo son subdiscutidos o estigmatizados?

- ¿Cómo puede la literatura, como *Solo Teniamos Dieciséis*, desempeñar un papel en romper estas barreras y fomentar conversaciones significativas?

Gracias de todo corazón por embarcarte en el encantador viaje de *Solo Teniamos Dieciséis*. Espero que hayas encontrado la novela tan conmovedora y cautivadora como se pretendía. Tu apoyo como lector significa mucho para mí y es un testimonio del poder de la narración.

Como sabes, las reseñas de lectores como tú son increíblemente valiosas para los escritores y para otros posibles lectores. Si pudieras tomarte unos momentos para compartir tus pensamientos y dejar una reseña del libro, estaría inmensamente agradecida. Tu feedback honesto no solo me ayudará a mejorar, sino que también ayudará a otros amantes de los libros a descubrir la magia de *Solo Teniamos Dieciséis*.

Para dejar una reseña, escanea el código QR ó sigue el enlace que corresponde a tu plataforma social de lectura favorita:

GoodReads

Enlaces:

https://www.goodreads.com/book/show/190878386-we-were-sixteen

https://www.amazon.ca/dp/B0C9S8SL9M

Amazon

www.ingramcontent.com/pod-product-compliance
Lightning Source LLC
Chambersburg PA
CBHW072012020726
47501CB00006B/1775

* 9 7 8 1 0 6 8 8 3 9 9 4 8 *